10|18
12, avenue d'Italie — Paris XIIIe

## *Sur l'auteur*

Né en 1843 à New York, non loin de Washington Square, Henry James effectue de longs séjours en Europe avant de quitter définitivement les États-Unis, à l'âge de trente-deux ans, pour s'installer à Londres où il mourra en 1916. Les conflits de points de vue entre l'Ancien et le Nouveau Monde lui inspirent le thème « cosmopolite » de ses premiers romans : *L'Américain, Daisy Miller, Les Bostoniens*, mais son art de romancier atteindra sa véritable mesure avec les chefs-d'œuvre de la maturité, dont notamment *Ce que savait Maisie* (1879), *Les Ailes de la colombe* (1902) ou *Les Ambassadeurs* (1903). Écrivain de l'introspection, ami de Flaubert, Maupassant et Tourgueniev, Henry James est considéré comme l'un des précurseurs du roman moderne.

# CE QUE SAVAIT MAISIE

PAR

HENRY JAMES

Traduit de l'américain
par Marguerite YOURCENAR

Préface d'André Maurois

10|18

*« Domaine étranger »*
*dirigé par Jean-Claude Zylberstein*

ROBERT LAFFONT

*Du même auteur*
*aux Éditions 10/18*

L'élève et autres nouvelles, n° 147
► Ce que savait Maisie, n° 1401
Daisy Miller, n° 2127
Le sens du passé, n° 2475
Julia Bride, n° 2552
Washington Square, n° 2729
Portrait de femme, n° 2795
Les ambassadeurs, n° 2817
L'américain, n° 2911
L'âge difficile, n° 3004

Titre original :
*What Maisie Knew*


ISBN 2-264-03851-9

# PRÉFACE

ENTRE *les mouvements littéraires des différents pays, il existe presque toujours un décalage. L'Amérique était devenue naturaliste au moment où, en France, le naturalisme déclinait. Voici qu'elle réveille d'entre les morts Henry James cependant que, chez nous, triomphent Hemingway, Steinbeck et Caldwell. Tous les romans et récits de James sont aujourd'hui, aux Etats-Unis, réédités, recherchés, commentés. Les critiques les plus sérieux de la jeune génération : Edmund Wilson, F.-O. Matthiessen, W.-H. Auden lui consacrent des livres ou des études. L'Amérique, qui l'avait repoussé comme un esthète européen, le revendique maintenant avec fierté et certains vont jusqu'à le proclamer le plus grand romancier américain. Les renouveaux de la gloire sont choses communes dans l'histoire littéraire ; toutefois celui de James apparaît comme l'un des plus rapides et des plus inattendus.*

*Car Henry James revient de loin et peu de grands écrivains ont été, de leur vivant, plus maltraités. L'Amérique lui reprochait d'être allé se mettre à l'école des romanciers européens ; de s'être fait disciple de Tourgueniev et de Flaubert, ami des Goncourt, de Paul Bourget et d'Alphonse Daudet ; d'avoir vécu à Londres et à Paris plutôt qu'à Boston ou à New York ; de n'avoir peint dans ses livres que l'aristocratie anglaise et la ploutocratie américaine ; d'avoir ignoré la vie réelle, celle des hommes d'affaires et des masses ; d'être devenu un champion de l'art pour l'art et, pour tout résumer d'un mot, d'avoir été un déraciné.*

*Cependant l'Europe, à laquelle il avait tout sacrifié, ne l'avait pas elle-même adopté. James y avait conquis quelques fidèles de qualité, dont Sir Edmund Gosse, Charles Du Bos, Jacques-Emile Blanche, mais beaucoup de bons esprits lui reprochaient ce qu'ils appelaient son snobisme. André Gide le tenait pour un « profane », qui sacrifiait tout à la virtuosité et dont les caractères manquaient d'âme. Wells le blâmait de peintre « des êtres sans viscères » que tourmentent de vains scrupules. « Pour vous, écrivait-il à James, la littérature est une fin, comme la peinture ; pour moi la littérature, comme l'architecture, est un moyen : elle doit servir. » A quoi James répondait que la littérature, à ses yeux, était essentiellement une question de forme. « C'est l'art qui fait la vie, disait-il, et la forme seule qui sauve les œuvres d'art. » Le temps s'est fait juge du débat. Au lendemain de la mort de Wells, Henry James ressuscite et triomphe.*

⁂

*Quelle est l'explication de ce revirement et quelles sont les valeurs qui renaissent avec James ? J'en vois deux : l'intelligence et la technique. Henry James était admi-*

*rablement intelligent au sens où l'était Marcel Proust. Il savait analyser les mouvements d'âmes les plus ténus ; il était adroit à les déceler et à les indiquer par d'infimes et symboliques détails. Après tant de brutes bégayantes aux monosyllabes blasphématoires, les dialogues un peu tarabiscotés de ses héros cultivés ont plaisamment surpris le lecteur américain de notre temps.*

*Quant à la technique, peu de romanciers lui ont accordé autant de réflexions et de soins. James avait bien étudié ses modèles : Tourgueniev, Flaubert, et il avait cru découvrir leur secret dans une merveilleuse économie de moyens et dans une parfaite construction. Economie : tout, dans ses romans, est sacrifié au sujet central. « Un roman de James, disait Wells, est comme une église où il n'y aurait pas de fidèles à regarder pour se distraire et où toute la lumière serait concentrée sur le maître-autel... » Construction : Henry James fait choix, pour centre du roman, d'une conscience qui sera le miroir dans lequel se refléteront les événements. Par rapport à ce centre, les épisodes s'ordonnent avec une symétrie et une gradation flaubertiennes.*

⁂

*Considérons par exemple* Ce que savait Maisie. *C'est l'histoire de la rupture d'un ménage anglais, vue par les yeux de la petite fille qui en est la victime. Maisie sera l'unique réflecteur. Nous ne saurons des événements que ce qu'en peut connaître Maisie, mais nous en saurons tout de même plus qu'elle parce que nous déduirons, des signes qu'elle observe, les conséquences qui lui échappent. La donnée première du sujet se bornait à cela : le divorce, l'enfant, un remariage. De cette graine minuscule, la technique de James a fait surgir un arbre vivant.*

*« Quelqu'un avait par hasard mentionné devant moi, écrit-il, la manière dont la situation de la malheureuse enfant d'un couple divorcé avait été affectée par le remariage d'un des parents... La loi de sa petite vie, cette alternance des séjours chez le père et chez la mère, se trouvait contrariée par la mauvaise volonté du nouveau conjoint. Alors que jusque-là le père et la mère se seraient disputé agressivement l'enfant, soudain l'époux remarié ne penserait plus qu'à s'en débarrasser et à la laisser, au-delà du temps prescrit, sur les bras de l'adversaire ; acte de mauvaise foi qui éveillerait le ressentiment de l'autre et lui inspirerait le désir de se venger par une tricherie de même nature. La pauvre enfant se trouverait ainsi pratiquement désavouée, rebondissant de raquette en raquette comme une balle de tennis ou un volant. Cette image ne pouvait que toucher l'imagination et lui apparaître comme le commencement d'une histoire... Je me souviens d'avoir aussitôt pensé que, pour assurer une symétrie convenable, le second conjoint devrait se remarier aussi. »*

*Le lecteur verra que la symétrie a été poussée beaucoup plus loin, qu'après le double remariage, la belle-mère et le beau-père de Maisie, rapprochés par elle, s'éprennent l'un de l'autre cependant que le père et la mère volages poursuivent des aventures multiples et folles que Maisie reflète avec sérénité. On comprend, en étudiant cette ingénieuse construction, que Gide ait employé, à propos de James, le mot* virtuosité. Ce que savait Maisie *est un tour de force technique, à peu près inégalé dans l'histoire du roman : les drames d'un groupe d'adultes y sont reconstruits sans autres matériaux que des valeurs enfantines.*

***

*Mais nous demandons à un romancier plus qu'un tour de force. Nous cherchons dans son œuvre une peinture vraie des passions humaines. « L'art doit être dur comme fer », disait Henry James, et Flaubert, avant lui, homme de même foi, avait écrit : « Tu pourras chanter l'amour, le vin et la gloire, mon bonhomme, à la condition de n'être ni amoureux, ni pochard, ni tourlourou. »*

*Comment combiner le détachement esthétique avec l'émotion vraie, tel est le problème central de l'artiste. Henry James lui-même, si partisan qu'il soit de l'art pour l'art, a soutenu qu'en toute grande œuvre le critique peut découvrir quelque figure secrète qui court de roman en roman, image invisible de l'auteur, fil conducteur tissé parmi ceux du dessin apparent, mais qui seul forme le motif essentiel. Quel est, dans le cas de James, le « motif dans le tapis » ?*

*Et d'abord, y en a-t-il ? A première lecture, on en doute. L'auteur semble dominer tous ses personnages et les peindre avec une égale ironie. L'humour, don si précieux dans la vie, peut devenir une malédiction pour le romancier. Virginia Woolf a montré que si Tolstoï est supérieur à Dickens, c'est parce que Tolstoï se garde bien de survoler ses personnages. Il les prend au sérieux ; il souffre avec eux, parfois même il les juge. C'est ce que ne feraient ni Flaubert, ni James. Celui-ci n'a pas de compassion pour Maisie. Il sourit des pathétiques erreurs de l'enfant. « Pauvre chère vieille Maisie », semble-t-il dire, et plus généralement : « Pauvre chère vieille humanité...*[1]*. » Jamais il ne prend parti, comme Wells, pour les opprimés contre les oppresseurs. Les uns et les autres semblent être à ses yeux également absurdes, comiques et pitoyables.*

*Mais lorsqu'on relit toute son œuvre, on découvre peu à peu le fil mystérieux qui dessine « le motif dans le tapis ». Nous avions cru Henry James snob ; dupe et victime d'un monde européen qui n'est certes pas le meilleur. Et sans doute avait-il en effet commencé par être plus européen que les Européens. « Avec la naïveté de l'âge de l'innocence, dit Vernon Parrington, il avait cru qu'une société aristocratique, celle de Mayfair ou du faubourg Saint-Germain, devait être un mélange complexe d'impondérables subtils. »*

*Le secret de James est que, plus tard, il a découvert que cette société séduisante a de terribles défauts, et qu'il a pris alors le parti de l'innocence. Les personnages sympathiques de ses œuvres sont des Américains ou des enfants. Qui a raison contre le monde vicieux et mensonger des adultes de Mayfair ? La petite Maisie et la pauvre Mrs. Wix. Ainsi, sous l'esthète déraciné, nous retrouvons le puritain mystique de la Nouvelle-Angleterre. L'intelligence de James lui disait : « Tu ne jugeras point » ; son instinct jugeait. Au fond de la haute laine du tapis, l'œil découvre le visage sévère du Bostonien.*

*Que ce Bostonien ait rendu visite à Flaubert et joué des charades avec Tourgueniev ajoute à la complexité du personnage sans en détruire l'armature. Qu'il ait été*

---

1. Ford Maddox Ford.

*si peu apprécié dans sa propre ville que l'on y pouvait, de son vivant, parler de « feu Henry James », sans éveiller même un sourire, aide aujourd'hui à sa gloire posthume. « Vous ne me découvririez pas, pourrait-il dire aux Américains, si vous m'aviez toujours aimé. » Les Français, dont il a tant admiré l'art, finiront bien à leur tour par reconnaître le sien.*

ANDRÉ MAUROIS,
*de l'Académie française.*

*Le procès avait paru interminable, et certes le cas était compliqué, mais la décision du juge avait été confirmée en appel en ce qui concernait l'attribution de l'enfant. Le père, bien qu'éclaboussé des pieds à la tête, avait obtenu gain de cause, et recevait la garde de la fillette en conséquence de ce triomphe ; non que la réputation de la mère fût véritablement plus ternie que la sienne, mais l'éclat du teint féminin (et celui de la dame en question avait été fort admiré à l'audience) semblait plus endommagé par ces taches. Toutefois, une clause de ce verdict lui enlevait de sa douceur aux yeux de Beale Farange : l'intimation d'avoir à rembourser à sa femme les deux mille six cents livres sterling qu'elle avait versées trois ans plus tôt, en vue de l'entretien de l'enfant, et précisément à la condition qu'il n'engagerait pas de procès ; de cette somme, il avait eu l'administration, et ne pouvait rendre le moindre compte. Cette obligation imposée à son adversaire versait quelque baume sur le ressentiment d'Ida, émoussait tant soit peu l'aiguillon de sa défaite, et forçait visiblement*

*Mr. Farange à baisser l'oreille. Il était bien incapable de restituer l'argent ou de trouver à le rembourser ; aussi, après un démêlé guère moins public et guère plus décent que la première bataille, Mr. Farange ne sortit d'embarras que grâce à un compromis proposé par ses conseillers légaux et finalement accepté par ceux de sa femme.*

*Cet arrangement le tenait quitte de sa dette, et disposait de la fillette d'une manière digne du tribunal de Salomon. Elle était coupée par moitié, et les tronçons jetés impartialement aux deux adversaires. Chaque parent l'aurait pour six mois ; elle passerait tour à tour un semestre avec chacun d'eux. Ce jugement parut bizarre à des yeux encore blessés par l'impitoyable lumière projetée sur ce père et cette mère durant le procès, où ni l'un ni l'autre n'étaient apparus le moins du monde comme un exemple à offrir à la jeunesse et à l'innocence. Ce que ce défilé de témoins avait fait escompter, c'était la domination,* in loco parentis, *de quelque décente tierce personne, de quelque ami respectable, ou tout au moins présentable. Sans doute, l'entourage des Farange avait-il été vainement exploré à la recherche d'un tel trésor ; de sorte que cette tutelle scindée en deux restait l'unique solution résolvant toutes les difficultés, une fois exclu l'envoi de Maisie dans quelque pensionnat. Ses parents avaient plus de raisons pour s'accorder sur cet arrangement qu'ils n'en avaient eu jusqu'ici pour s'accorder sur quoi que ce soit avec l'aide de l'enfant ; ils se préparaient désormais à jouir du succès qui ne manque jamais aux natures vulgaires ayant dûment fait leurs preuves. Leur rupture avait fait du bruit, et ces deux êtres parfaitement insignifiants tant qu'ils avaient été réunis allaient se trouver très remarquables séparément.*

N'avaient-ils pas produit une impression qui obligeait les gens à chercher s'il ne se trouvait pas dans les journaux des appels en faveur de la fillette, réverbérant ainsi, au milieu du public vociférant, l'idée qu'un mouvement quelconque devait être entrepris, ou qu'une personne au cœur généreux devait se mettre en avant ? Une excellente femme fit en effet deux ou trois pas dans sa direction ; c'était une parente éloignée de Mrs. Farange, à qui elle proposa, ayant elle-même des enfants et une nursery fonctionnant comme une machine bien remontée, d'emmener chez elle l'objet de la dispute et de l'installer dans ce milieu déjà tout prêt, déchargeant ainsi au moins l'un des parents de son devoir. Pour Maisie, après les inévitables six mois chez Beale, cette solution offrait la chance d'un plus complet changement d'atmosphère.

— Un changement plus complet ? s'écria Ida. N'est-ce pas pour elle un changement assez grand que de passer des mains de cette ignoble brute dans celles de la personne au monde qui le déteste le plus ?

— Non : vous le détestez tellement que vous en parlerez sans cesse à l'enfant. Vous le lui remettrez continuellement à l'esprit à force de le couvrir d'injures.

Mrs. Farange ouvrit de grands yeux :

— Et ne dois-je rien faire pour centrebalancer ses honteux excès de langage à mon sujet ?

L'excellente femme ne répondit pas tout de suite. Son silence portait un sombre jugement sur toute l'affaire. « Pauvre petit chat ! » s'écria-t-elle enfin, et ces mots furent pour Maisie une épitaphe sur la tombe de son enfance. Elle fut abandonnée à son destin. Chaque spectateur se rendait clairement compte que le seul lien entre son père et sa mère était cette situation qui la *transformait en une coupe d'amertume, une profonde petite tasse de porcelaine où de mordants acides pouvaient être versés. Ses parents n'avaient pas voulu d'elle pour le bien qu'ils pourraient lui faire, mais pour le mal qu'ils pourraient se faire l'un à l'autre, grâce à son aide inconsciente. Elle servirait leur colère et scellerait leur vengeance, car le mari et la femme sortaient pareillement mutilés des lourdes mains de la justice, qui, en dernière analyse, s'était refusée à tout accorder à l'un comme à l'autre, en dépit de leurs réclamations indignées. Si chacun d'eux n'obtenait qu'une moitié, il semblait reconnu que ni l'un ni l'autre n'était donc si indigne que le prétendait son adversaire, ou, en d'autres termes, que tous deux étaient également indignes, puisqu'ils s'équivalaient tout au plus. La mère avait voulu empêcher le père (c'étaient ses propres paroles) « d'effleurer même l'enfant du regard » ; et le père avait affirmé que le moindre contact de la mère « la contaminerait, tout simplement ». Tels étaient les principes contradictoires qui allaient présider à l'éducation de Maisie ; à elle de les accorder comme elle pourrait. Rien de plus touchant au début que son incapacité à soupçonner les épreuves auxquelles sa petite âme sans tache allait être soumise. Bien des gens pensaient avec horreur à ce que les efforts combinés de ces deux tuteurs allaient tenter de faire d'elle ; personne ne pouvait concevoir à l'avance qu'ils fussent capables d'en obtenir rien de mal.*

*Dans ce monde-là, les gens étaient presque uniquement occupés de commérages, mais ce couple désuni avait au moins devant lui de sérieuses occupations. Ils se ceignirent les reins, avec le sentiment que la lutte ne faisait que commencer. En vérité, ils se sentaient plus mariés que jamais, d'autant plus que le mariage n'avait jamais signifié pour eux qu'une perpétuelle occasion de disputes. Dans ces querelles, des tiers autrefois avaient pris parti, et ces tiers s'avéraient plus nombreux que jamais ; pour eux aussi, l'avenir s'ouvrait sous l'agréable aspect d'une surabondance de potins propres à alimenter la conversation. Les nombreux amis des Farange se rapprochèrent pour discuter leur conduite ; l'esprit de contradiction fleurissait dans une atmosphère de tasses de thé et de cigares. Tout le monde assurait à tout le monde qu'il y avait là quelque chose d'extrêmement choquant, et personne n'aurait été content si la conduite de personne n'avait été scandaleuse. Ce couple semblait doué aux yeux du monde d'un charme qui ne leur faisait défaut qu'à l'égard l'un de l'autre ; c'était beaucoup de pouvoir dire en faveur d'Ida que seul Beale désirait sa mort ; et quant à Beale, si par hasard quelqu'un lui arrachait les yeux, ce ne serait jamais que sa propre femme. Tout d'abord, on les trouvait généralement fort beaux — l'analyse pour le moment n'allait pas plus loin. A eux deux, par exemple, ils totalisaient à peu près douze pieds trois pouces de taille, et rien n'était plus discuté que la part qui en revenait à chacun. Le seul défaut qu'on trouvât à la beauté d'Ida était une excessive longueur de bras expliquant peut-être ses succès au billard sur son ex-époux ; sa supériorité à ce jeu était largement due, affirmait-elle, au soulagement que cet exercice violent lui procurait dans ses moments de colère. Le billard était son grand talent de société, et cette qualité était toujours mentionnée la première quand on prononçait son nom. En dépit de sa haute taille, tout ce qui chez elle eût eu le droit de s'étendre quelque peu en largeur, et qui, chez beaucoup de femmes profite de la permission, était à une exception près, admiré et noté pour sa petitesse. Cette exception était ses yeux, qui auraient pu être de grandeur normale, mais qui outrepassaient la modeste moyenne naturelle ; sa bouche, d'autre part, était à peine perceptible, et les mesures de sa taille servaient souvent de sujet à des paris. C'était une personne qui, dès qu'elle se montrait en public, — et elle se montrait sans cesse en public — donnait partout l'impression d'avoir été déjà vue souvent, l'impression d'une espèce d'abus de visibilité, de sorte qu'il eût semblé assez vulgaire de la remarquer par trop dans les endroits à la mode. Seuls, les étrangers le faisaient, mais ils le faisaient avec excès, pour le plus grand amusement de ses familiers ; c'était là une inévitable manière de trahir leur qualité d'étrangers. Tout comme son mari, Ida savait porter ses vêtements, les porter comme un train porte ses passagers ; les gens avaient pris l'habitude de comparer leur goût et de discuter leur style personnel en matière de toilette, bien qu'ils inclinassent dans l'ensemble à préférer celui d'Ida en tant que moins surchargé, surtout en ce qui concernait les fleurs et les bijoux. Beale Farange avait ses ornements octroyés par la nature : une sorte de costume fourni par sa grande barbe blonde, luisante comme une cuirasse d'or bruni, et par l'éternel éclat d'une denture que sa longue moustache avait été dressée à ne pas dissimuler, et qui lui donnait en toutes circonstances un air de joie de vivre. Dans sa jeunesse, il s'était destiné à la diplomatie, et il avait pendant quelque temps été attaché sans appointements à une légation, ce qui lui permettait de dire souvent : « En Orient, de mon temps... », mais l'histoire contemporaine semblait ne pas vouloir de lui, l'avait dépassé, le laissant à demeure à Piccadilly. Tout le monde savait le chiffre de sa fortune : deux mille cinq cents livres sterling, et rien de plus. La pauvre Ida, qui avait tout mangé, ne possédait plus que sa voiture et un oncle paralytique. Cette vieille bête, comme on l'appelait, était supposée avoir beaucoup d'argent mis de côté. L'avenir de l'enfant se trouvait assuré grâce à une marraine avisée, une défunte tante de Beale, qui lui avait laissé quelque chose en s'arrangeant pour que les parents ne pussent toucher qu'au revenu.*

# I

L'AVENIR de l'enfant était assuré, mais le nouvel arrangement était certes fait pour confondre toutes les notions dans une jeune intelligence intensément sensible au fait que quelque chose de très important s'était sans doute passé, et cherchant autour de soi avec anxiété les effets d'une si grande cause. Le destin de cette passive petite fille était de voir beaucoup plus de choses qu'elle n'en pouvait tout d'abord comprendre, mais aussi, et dès le début, de comprendre bien plus que toute autre petite fille, si passive qu'elle eût jamais l'occasion d'être, n'avait jamais compris avant elle. Seul un tambour dans une ballade ou dans un conte aurait pu se trouver ainsi au cœur de la mêlée. Elle était prise pour confidente par des passions sur lesquelles elle fixait le même regard ébahi qu'elle aurait pu avoir pour des images se poursuivant sur un mur à travers une lanterne magique. Son petit univers était une fantasmagorie : des ombres étranges dansant sur un drap. On eût dit que le spectacle se donnait pour elle : petite enfant de rien du tout un peu intimidée dans ce grand théâtre obscur. Bref, l'expérience de la vie lui était prodiguée avec une largesse à laquelle l'égoïsme des autres trouvait son compte, et seule l'innocence de sa jeunesse pouvait détourner le danger.

Son premier semestre se passa chez son père, qui n'eut d'autres ménagements envers elle que de l'empêcher de lire les furieuses lettres que lui adressait sa mère. Il se contentait de les brandir hors de sa portée en exhibant sa denture, l'amusant ensuite par la manière dont il les lançait dans le feu à travers la chambre. Même à ce moment, d'ailleurs, elle éprouvait un craintif avant-goût de fatigue, un sentiment un peu coupable de n'être pas à la hauteur, tout en se laissant charmer par la violence avec laquelle les raides enveloppes non ouvertes, dont elle aurait aimé examiner de près les grands monogrammes (Ida était tout hérissée de monogrammes), se trouvaient bruyamment projetées en l'air comme de dangereux projectiles. Le plus grand effet de cette grande cause était son importance à elle devenue plus grande aussi, et que lui révélaient surtout les plus fortes libertés prises avec sa personne tirée à hue et à dia, maniée, embrassée, et obligée de faire preuve d'une gentillesse proportionnellement accrue. Ses traits étaient devenus quelque peu proéminents, à force d'avoir été pris entre le pouce et l'index par des messieurs qui venaient voir son père, et lui soufflaient au visage la fumée de leurs cigares. Quelques-uns de ces fumeurs la chargeaient d'enflammer pour eux une allumette ; d'autres, tenant l'enfant sur leurs genoux, et lui imprimant force secousses, lui pinçaient les mollets à la faire crier (on admirait beaucoup ce cri), et lui reprochaient d'avoir pour jambes des baguettes de tambour. Le mot lui resta dans l'esprit, et contribua dès cette époque à la persuader qu'il lui manquait une qualité qui l'eût rendue agréable à tous. Elle découvrit de quelle qualité il s'agissait : c'était cette tendance congénitale à la production d'une substance à laquelle Moddle, sa bonne, donnait un vilain nom monosyllabique, péniblement associé pour Maisie au souvenir des morceaux gras qu'elle refusait de manger. Maisie avait laissé loin derrière elle l'époque où elle n'avait à se rendre agréable à personne, sauf à cette même Moddle que la fillette trouvait toujours assise sur le même banc dans les jardins de Kensington, quand elle revenait pour s'informer si elle ne s'était pas trop éloignée au cours de ses jeux. Moddle n'avait qu'un désir : que Maisie ne s'éloignât pas trop, et ce désir était si facile à satisfaire que les seules ombres de ces longs beaux jours consistaient pour l'enfant à se demander ce qui adviendrait d'elle, si jamais, quand elle revenait en courant vers Moddle, il lui arrivait de ne plus la trouver assise sur le banc. Elles allaient encore aux jardins, mais même là il y avait une différence ; Maisie ne pouvait s'empêcher de regarder sans cesse les autres enfants et de demander à sa bonne si ceux-là aussi avaient pour jambes des baguettes de tambour. Moddle était terriblement sincère : elle répondait : « Pour ça, ma chérie, vous n'en trouverez jamais de pareilles aux vôtres. » Et cette phrase ne semblait pas sans rapports avec une autre que Moddle répétait souvent : « Vous vous en ressentez, voilà ce que c'est. Et vous vous en ressentirez encore plus, je vous dis. »

Ainsi, dès le début, Maisie non seulement ressentit ces choses, elle sut qu'elle les ressentait. En partie, ce fut le résultat des déclarations de son père lui affirmant qu'il s'en ressentait aussi, et disant à Moddle, en présence de l'enfant, qu'il comptait sur elle pour le faire savoir à qui le droit. Elle était familière, dès l'âge de six ans, avec l'idée que tout avait été modifié à cause d'elle, et que tout avait été mis en œuvre pour permettre à son père de se dévouer à elle entièrement. Elle ne devait jamais oublier la phrase dont Moddle se servait pour lui imprimer dans l'esprit ce dévouement paternel : « Votre papa veut que vous n'oubliiez jamais qu'il a été terriblement embêté, vous savez. » La peau de la figure de Moddle donnait toujours à Maisie l'impression d'avoir été tendue exagérément et par un procédé peut-être pénible, mais elle n'en avait jamais plus l'air que quand Moddle prononçait cette phrase, qu'elle avait si souvent l'occasion de prononcer. L'enfant se demandait si Moddle en la disant avait plus mal à la figure que d'habitude, mais du temps s'écoula avant qu'elle pût prêter à cette peinture des souffrances paternelles, et surtout aux jeux de physionomie de sa bonne à leur sujet, le sens pour lequel ces choses avaient attendu jusque-là. Lorsqu'elle devint plus maligne, comme le disaient volontiers les messieurs qui avaient critiqué ses mollets, elle trouva dans sa mémoire une collection d'images et d'échos qu'elle pouvait désormais pourvoir de signification, images et échos mis de côté à son intention dans le demi-jour de l'enfance, comme, dans le tiroir d'en haut de l'armoire sombre, des boîtes de jeux auxquels elle n'était pas encore assez grande pour toucher. En attendant, le plus grand effort pour elle consistait à essayer de transporter sans accident ces choses que son père disait au sujet de sa mère, — et que Moddle, dès le premier coup d'œil, lui prenait des mains et serrait dans l'armoire comme si elles avaient été autant de jouets compliqués ou de livres au-dessus de son âge. Elle devait découvrir plus tard un étonnant assortiment d'objets de ce genre, entassés là pêle-mêle en compagnie des choses que sa mère lui avait dites au sujet de son père.

Elle savait qu'à une certaine date, chaque jour plus proche, sa mère apparaîtrait sur le seuil pour la prendre, et cette perspective aurait assombri ses journées si l'ingénieuse Moddle n'avait écrit en très grosses lettres sur une feuille de papier les nombreux plaisirs qui l'attendaient dans l'autre maison. Ces promesses allaient du « tendre amour d'une mère » à « un bel œuf poché » pour souper, et mentionnaient aussi la chance de rester éveillée très tard afin d'assister au départ pour une soirée de la dame en question, toute couverte de soie et de velours, de diamants et de perles ; aussi fut-ce un véritable encouragement pour Maisie, le grand moment venu, de sentir que ce papier avait été fourré dans sa poche par les soins de Moddle, et de l'y serrer dans son petit poing. Le grand moment devait lui laisser un souvenir inoubliable, — celui de l'étrange incartade de Moddle, qui, en réponse à une parole de son père, s'écriait en plein salon : « Vous devriez avoir honte de vous-même, oui, monsieur, vous devriez rougir de ce que vous faites ! » La voiture, où sa mère attendait, se trouvait devant la porte ; un monsieur qui se trouvait là, qui se trouvait toujours là, se prit à rire aux éclats ; son père, qui la tenait dans ses bras, dit à Moddle : « Je vous réglerai votre compte tout à l'heure, ma bonne femme. » Ensuite, il répéta, montrant plus que jamais les dents à Maisie en l'embrassant, les mots qui avaient ainsi indigné la bonne, Maisie en fut moins frappée sur le moment que du surprenant spectacle offert par une Moddle cramoisie et révoltée, mais elle parvint à répéter avec exactitude ces mêmes mots cinq minutes plus tard, dans la voiture, lorsque sa mère, tout baisers, rubans, yeux, bras, bruissements étranges et doux parfums, lui demanda : « Et est-ce que votre vilain papa, mon cher ange, ne vous a chargée d'aucun message pour votre tendre maman ? » Ce fut alors qu'elle s'aperçut que les mots prononcés par son vilain papa se trouvaient quand même au fond de ses petites oreilles stupéfaites, d'où, à l'appel de sa mère, ils passèrent directement dans sa claire voix aiguë, et sur ses petites lèvres innocentes. — Il m'a dit de vous dire de sa part, répéta-t-elle fidèlement, que vous êtes un affreux chameau !

## II

GRACE à ce fort sentiment de l'immédiat, qui constitue la vraie atmosphère de l'âme enfantine, le passé, dans chaque alternative, devenait pour elle aussi vague que l'avenir ; elle s'abandonnait tout entière à l'actualité avec une bonne foi qui aurait dû toucher le père comme la mère. Si cruels qu'eussent été leurs calculs, ils furent d'abord justifiés par l'événement : elle était bien le petit volant empenné qu'ils pouvaient sauvagement se lancer l'un à l'autre. Tout le mal qu'ils étaient capables de penser, ou de prétendre penser l'un de l'autre, ils le versaient dans sa petite âme gravement attentive comme dans un réceptacle sans fond, et chacun d'eux se croyait sans doute obligé en toute conscience à l'instruire de la triste vérité, pour la sauvegarder de l'influence de l'autre. Elle était à l'âge où toutes les histoires sont vraies, et où toutes les idées sont des histoires. L'actuel était absolu, le présent seul existait. Par exemple, l'objurgation lancée dans la voiture par sa mère, lorsque l'enfant eut fidèlement transmis le message paternel, tomba dans sa mémoire avec le bruit sec d'une lettre jetée à la boîte. Et comme une lettre, incluse dans le contenu d'un sac postal bien rempli, la réponse fut délivrée à son adresse en temps voulu. A la suite de ces débordements continués pendant une couple d'années, les associés des deux parties en vinrent à sentir parfois que quelque chose devait être fait pour ce qu'ils appelaient « le bien, vous comprenez ? » de l'enfant. Rien ne fut fait, en tout cas, chacune des deux parties se bornant à soupirer qu'heureusement Maisie ne passait pas toute l'année là où elle se trouvait à chaque moment particulièrement critique, et que d'ailleurs, par suite de son caractère extrêmement rusé ou extrêmement stupide, elle avait l'air de ne s'apercevoir de rien.

Cette théorie de sa stupidité, ultérieurement adoptée par ses parents, correspondit avec une grande date de sa passive petite vie : celle où Maisie parvint à se former une idée silencieuse, mais définitive et complète, de l'étrange emploi qui lui était dévolu. Ce fut littéralement une révolution morale qui se produisit dans les profondeurs de sa nature. Les raides poupées, dans le demi-jour des étagères, commencèrent à remuer bras et jambes ; de vieilles formules, de vieux épisodes s'emplirent d'un sens qui l'effraya. Elle éprouva un sentiment nouveau, celui du danger, et une notion nouvelle crût en elle pour y faire échec, l'idée de la vie intérieure, ou, autrement dit, celle du secret. Elle débrouilla à l'aide de signes imparfaits, mais avec une habilité merveilleuse, qu'elle avait été un centre de haines et une messagère d'insultes, et que tout allait mal parce qu'on l'avait employée en vue de ce résultat. Ses lèvres entrouvertes se fermèrent avec la détermination de ne plus servir. Elle oublierait tout, elle ne répéterait rien ; et quand, en conséquence de l'application réussie de son système, elle se vit traitée de petite idiote, le plaisir qu'elle en éprouva fut vif et plein de nouveauté. Et lorsque, devenue plus grande, elle entendit ses parents déclarer l'un après l'autre qu'elle était devenue scandaleusement bête, ceci ne provint d'aucun rétrécissement véritable du flot de sa petite vie. Elle gâtait tout leur plaisir, mais après tout elle augmentait le sien. Elle voyait de plus en plus de choses ; elle en voyait trop. Ce fut miss Overmore, sa première gouvernante, qui, dans une occasion importante, sema en elle les graines du secret, non par des paroles, mais par un simple mouvement de ses beaux yeux que Maisie admirait déjà. A cette époque, à la suite de changements alternés de résidence dont l'enfant ne gardait pas de mémoire bien nette, Moddle était devenue une image vaguement embaumée dans le souvenir qu'elle avait des sorties furtives de la bonne affamée hors de la chambre d'enfant, et de ses lamentables erreurs dans la récitation de l'alphabet, tristement embarrassantes surtout pour la fillette quand Moddle l'invitait à reconnaître la forme des H qu'elle dénommait des « Haches ». Miss Overmore ne s'esquivait jamais, même quand elle avait grand-faim ; ceci lui conférait en quelque sorte un rang supérieur, et une joliesse que Maisie croyait extraordinaire confirmait cette supériorité. Mrs. Farange la trouvait presque trop jolie, et quelqu'un lui ayant demandé où était le mal, tant que Beale n'était pas là : « Beale ou pas Beale (telle était la réponse que l'enfant avait entendu faire à sa mère), je la prends parce qu'elle est convenablement élevée, et pauvre à faire peur. Des parents assez bien, mais il y a sept filles à la maison. A quoi donc pensent les gens ? »

Maisie ne savait pas à quoi pensaient les gens, mais elle connut bientôt le nom de toutes les sœurs, et put les réciter avec moins de fautes que la table de multiplication. Sans jamais poser de questions, elle méditait en secret sur cette effroyable pauvreté, dont sa compagne ne parlait jamais non plus. Des lois mystérieuses en tout cas pourvoyaient à la nourriture ; miss Overmore ne portait jamais de tablier, comme autrefois Moddle, et, en mangeant, elle tenait sa fourchette en recourbant le petit doigt. L'enfant, qui passait de longs moments à l'observer, l'examinait surtout à ceux-là : « Je pense que vous êtes merveilleuse », lui disait-elle souvent. Même maman, qui était merveilleuse aussi, ne tenait pas si joliment sa fourchette. Maisie associait cette plus voyante compagne avec le fait d'être devenue « plus grande », sachant bien que seules les petites filles qui n'étaient pas « vraiment petites » avaient ainsi des gouvernantes. Elle savait d'ailleurs vaguement que l'avenir la dépassait encore de toute la taille, et qu'une partie de cette grandeur était justement constituée par la multitude de gouvernantes qui s'y embusquaient, prêtes à en surgir. Tout ce qui s'était passé pendant sa vraie petite enfance demeurait latent, sauf l'absolue certitude, dispensée jadis par Moddle, qu'il était naturel à un enfant de jouir de ses parents par portions distinctes et successives, comme du rôti de mouton et du pudding, ou du bain et de la sieste.

— Est-ce qu'il sait qu'il ment ? Telle fut la question qu'elle avait anxieusement posée à miss Overmore, dans l'importante occasion d'où devaient résulter de tel changements dans sa vie.

— Est-ce qu'il sait ? Miss Overmore la regarda avec stupéfaction. Elle avait engagé la main dans un bas, et s'arrêta au moment d'y piquer l'aiguille. Cette tâche était des plus humbles, mais son geste demeurait gracieux, comme tous ses gestes.

— Mais oui, papa.

— Qu'il ment ?

— Que maman m'a ordonné de dire qu'il ment, et qu'il sait qu'il ment.

Miss Overmore rougit beaucoup, tout en riant au point de renverser sa tête en arrière ; et elle piqua si fort l'aiguille dans l'étoffe qui emmitouflait sa main, que Maisie se demanda comment elle faisait pour le supporter.

— Dois-je le lui dire ? continua l'enfant.

Ce fut alors que sa compagne lui répondit dans le langage limpide de deux yeux gris sombre :

— Je ne puis vous dire non, répliquèrent ces yeux aussi distinctement que possible, je ne puis vous dire non parce que j'ai peur de votre maman, comprenez-vous ? Et pourtant, comment pourrais-je dire oui, lorsque votre papa a été si bon pour moi, lorsqu'il a causé avec moi si longtemps, en souriant et en montrant ses belles dents, le jour où nous l'avons rencontré dans le parc, et où, content de nous voir, laissant là les messieurs qui l'accompagnaient, il s'est promené avec nous pendant une demi-heure ?

A la lumière des beaux yeux de miss Overmore, cet incident se parait pour Maisie d'un charme qu'il n'avait pas eu sur le moment, et ceci bien que sa gouvernante n'en eût parlé qu'une seule fois. En rentrant à la maison, après que papa les eut quittées, miss Overmore avait exprimé l'espoir que Maisie ne parlerait pas de cela à maman. L'enfant aimait sa gouvernante à tel point, et avait à tel point le sentiment délicieux d'être aimée d'elle, que cette remarque lui parut sans réplique, et qu'elle sut merveilleusement s'y conformer. L'enchantement renaissait au souvenir des paroles que papa avait dites à miss Overmore :

— Je n'ai qu'à vous regarder pour voir que vous êtes juste la personne que je puis appeler à l'aide pour sauver ma fille.

L'ignorance du danger dont il s'agissait de la sauver ne diminuait pas chez Maisie le plaisir de trouver dans miss Overmore l'instrument de son salut. C'était comme l'impression de se tenir étroitement serrée contre elle, dans le vertigineux tournoiement d'un manège de chevaux de bois.

## III

ELLE n'en fut que plus surprise lorsque sa mère lui dit au sujet de quelque préparatif de sa prochaine migration :

— Et, naturellement, vous savez qu'elle ne vous accompagnera pas.

Maisie crut tomber :

— Oh ! je pensais qu'elle viendrait...

— Ce que vous pensez n'a pas la moindre importance, entendez-vous ? cria Mrs. Farange, et vous feriez mieux dans l'avenir de garder vos pensées pour vous, mademoiselle.

C'est justement ce que faisait Maisie, et cette vertu si exactement pratiquée était bien la cause de l'irritation maternelle. La dame en question soupçonnait en l'enfant la présence d'un horrible petit esprit critique, d'une tendance silencieuse à porter des jugements sur les grandes personnes, tandis que pour sa part elle n'appréciait dans les enfants que la confiance et la naïveté. D'ailleurs, elle aimait à être renseignée sur l'effet des coups administrés par elle à la prétendue paix d'esprit de Mr. Farange : la satisfaction de les assener diminuait dans l'ignorance de leurs résultats. Le jour approchait, et elle le savait, où elle trouverait plus de plaisir à jeter Maisie à la tête de son père qu'à la lui arracher ; de sorte que sa conscience se sentait pourtant blessée par la juste réflexion d'un ami sincère, faisant remarquer que tout ce tirage finirait par faire de l'enfant une corvée que chaque parent s'efforcerait d'imposer à l'autre : sorte de jeu où une tendre mère ne paraîtrait pas à son avantage. La perspective de ne pas paraître à son avantage, privilège qui ne lui avait jamais manqué jusque-là, produisit chez Ida Farange une mauvaise humeur dont plusieurs personnes ressentirent les effets. Elle était surtout décidée à les faire sentir à Beale : elle se répéta une fois de plus que dans l'art de se rendre odieuse envers lui elle ne devait jamais s'accorder de répit. Rien ne pouvait plus ennuyer Beale que de ne pas bénéficier de cet agréable accessoire féminin auquel Maisie s'était visiblement attachée. Entre autres choses, Ida déclara à l'accessoire que la maison de Beale était de celles où nulle femme convenable ne consent à s'aventurer. Ce fut miss Overmore elle-même qui expliqua à Maisie qu'elle avait espéré l'accompagner chez son père, mais que cet espoir se trouvait anéanti par la façon dont maman avait pris la chose.

— Elle dit que si je m'avise jamais d'entrer au service de votre père, je ne dois plus compter remettre les pieds ici. Aussi ai-je promis de ne pas essayer de vous accompagner. Si j'attends patiemment votre retour, nous nous trouverons sûrement réunies de nouveau.

Attendre patiemment, et surtout attendre son retour chez sa mère, parut à Maisie un procédé de longue haleine ; cela lui rappelait tant de promesses qui lui avaient été faites pour le jour où elle serait sage, et qui, en dépit de toute la sagesse possible, n'avaient pas encore été tenues.

— Et qui est-ce qui s'occupera de moi chez papa ?

— Dieu seul le sait, mon trésor ! répliqua miss Overmore en l'embrassant tendrement. On ne pouvait douter que Maisie fût chère à cette belle amie. La meilleure preuve n'en est-elle pas qu'au bout de huit jours à peine, en dépit de leur triste séparation, et de la défense de sa mère, et des scrupules de miss Overmore, et des promesses de miss Overmore, la belle amie fit son apparition chez le père de l'enfant ? La petite dame déjà engagée comme gouvernante à la journée, une petite dame aux cheveux noirs, avec un nom étranger, des doigts malpropres, et un chapeau qu'elle gardait durant tout le temps de ses visites, donnant ainsi l'illusion trop vite évanouie qu'elle ne s'attarderait pas longtemps (et de plus la petite dame posait à Maisie des questions sans aucun rapport avec ses études, et que Beale Farange lui-même, quand deux ou trois lui furent répétées, déclara terriblement vulgaires), cette falote apparition se dissipa devant l'éblouissante créature qui avait tout bravé pour Maisie. L'éblouissante créature avoua à sa pupille ce qui s'était passé, c'est-à-dire qu'elle n'avait pu y tenir plus longtemps. Elle avait manqué de parole à Mrs. Farange après trois jours de combats intérieurs ; elle était allée tout droit chez le papa de Maisie et lui avait dit la simple vérité. Elle adorait l'enfant ; elle ne pouvait l'abandonner : elle était prête pour Maisie à tous les sacrifices. En conséquence, il avait été décidé qu'elle restait ; son courage avait été récompensé, et elle ne cacha pas à Maisie qu'il lui avait fallu beaucoup de courage. Certaines de ses déclarations firent sur l'enfant une impression des plus fortes, par exemple, l'assurance que, quand son élève serait plus grande, elle comprendrait mieux combien une jeune personne devait être « terriblement hardie » pour agir comme elle l'avait fait.

— Heureusement, votre papa apprécie ma conduite ; il l'apprécie *immensément.* C'était là une des choses que miss Overmore affirmait, en insistant beaucoup sur l'adverbe final. Mais elle-même fut très impressionnée par les épreuves qu'avait traversées cette martyre, surtout lorsqu'elle entendit parler de la terrible lettre de Mrs. Farange. Maman était si furieuse que, selon les propres paroles de miss Overmore, elle avait traîné celle-ci dans la boue, — preuve de plus qu'elles ne pouvaient désormais espérer se retrouver de nouveau réunies sous le toit de maman. Mais c'était au tour du toit de maman d'apparaître à l'enfant perdu dans une vague distance, de sorte qu'elle avait à peine besoin, pour se rassurer, des secrètes et solennelles confidences de sa compagne, quant à la probabilité qu'elle ne retournerait pas du tout chez maman. C'était l'opinion personnelle de miss Overmore (et une partie des mêmes confidences) que si la fille de Mr. Farange montrait une préférence marquée pour son père, l'« opinion publique » la soutiendrait dans son effort pour ne pas le quitter. Pour la pauvre Maisie cet encouragement demeurait obscur, mais il lui était facile de s'abandonner à l'instant présent. Elle avait conçu sa première passion, et sa gouvernante en était l'objet. On ne lui avait pas fait remarquer, et elle ne pouvait le faire d'elle-même (ou du moins, elle n'essaya point), qu'elle préférait miss Overmore à son papa ; mais en présence d'une telle imputation, elle se serait sentie soutenue par la possibilité de répondre que papa lui aussi aimait miss Overmore de tout son cœur. Il le lui avait dit expressément. D'ailleurs, elle le voyait bien.

## IV

TOUT cela la poussait de l'avant, mais amenait aussi l'instant fatal où sa mère se trouverait sur le seuil, dans la voiture où Maisie ne montait maintenant que dans ces occasions-là. Cette fois, il n'était pas question de se faire accompagner par miss Overmore ; il était universellement reconnu que ses rapports avec Mrs. Farange étaient beaucoup trop tendus pour cela. L'enfant le sentit tout de suite ; la dame qui l'emmenait ne s'abandonna cette fois ni à des exclamations ni à des étreintes : il n'y eut qu'un silence effrayant, que ne venaient même pas distraire les irritantes questions des autres années, et qui parut se condenser, conformément à sa sévère nature, dans la silhouette encore plus effrayante d'une vieille femme qui attendait Maisie sur le seuil.

— Vous êtes confiée aux soins de cette dame, lui dit sa mère. Prenez-la, Mrs. Wix, ajouta-t-elle avec impatience en s'adressant à la silhouette, et elle poussa l'enfant avec une énergie qui parut à Maisie offerte à Mrs. Wix en exemple pour l'avenir. Mrs. Wix la prit, et Maisie sentit dès le lendemain que celle-ci n'abandonnerait jamais son mandat. Au premier moment, l'enfant habituée à Miss Overmore l'avait trouvée terrifiante, mais au bout d'une heure sa voix sut toucher la petite fille à un endroit que personne n'avait atteint jusque-là. Maisie le comprit plus tard bien qu'elle demeurât sans doute incapable de l'expliquer : c'étaient de ces choses que quelques jours de conversations avec Mrs. Wix suffirent à rendre plus claires. La plus importante avait été tout de suite mentionnée par Mrs. Wix elle-même : cette dame avait eu une petite fille à elle, et cette petite fille avait été tuée dans un accident. Mrs. Wix n'avait jamais aimé que cette enfant, et ce malheur lui avait absolument brisé le cœur. Il était agréablement entendu entre elles que le cœur de Mrs. Wix était brisé. Mais ce que Maisie sentait, c'est que Mrs. Wix avait été, passionnément et douloureusement, une mère, et c'était là quelque chose que Miss Overmore n'était pas, quelque chose (étrangement, confusément) que maman était encore moins.

C'est ainsi qu'au bout de très peu de temps elle se trouva aussi profondément absorbée dans le souvenir de la petite Clara Matilda, qui avait été renversée et écrasée en traversant Harrow Road par le plus cruel des fiacres, qu'elle l'avait jamais été dans le groupe familial évoqué précédemment pour elle par l'une des sept filles. « C'est votre petite sœur morte », finit par dire Mrs. Wix, et Maisie, prise d'un frémissement de curiosité et de compassion, ressentit à partir de ce moment une pieuse tendresse pour cette parente adoptive. Certes, ce n'était pas une vraie sœur, mais ceci ne faisait que la rendre plus romanesque. Ce point de vue se vit confirmé par le silence qu'elle dut garder à ce sujet envers tout le monde, et surtout envers Mrs. Farange, qui ne se serait pas souciée de la petite sœur, et n'aurait pas reconnu la parenté. Tout cela devait rester entre elle et Mrs. Wix comme un petit secret inépuisable et impossible à trahir. Maisie sut de Clara Matilda tout ce qu'on pouvait en savoir, tout ce qu'elle avait dit ou fait dans sa petite vie tronquée, et combien exactement elle était ravissante, et comment ses cheveux étaient bouclés, et quelles étaient les garnitures de ses robes. Ses cheveux descendaient bien au-dessous de la ceinture ; ils étaient merveilleusement clairs et dorés, juste comme ceux de Mrs. Wix l'avaient été autrefois. Et certes, la chevelure de Mrs. Wix était encore très remarquable, et Maisie avait cru d'abord qu'elle ne s'y habituerait jamais. Elle était pour une bonne part dans ce triste et étrange aspect, une sorte de gris graisseux, que Mrs. Wix avait présenté à l'arrivée de l'enfant. Cette chevelure avait jadis été jaune, mais le temps avait jeté des cendres sur cette élégance et changé l'or en un blanc trouble et peu vénérable. La pauvre dame coiffait ses cheveux, encore extrêmement abondants, selon une mode dont elle ne semblait pas s'apercevoir qu'elle était périmée, avec une tresse luisante posée sur le dessus de la tête, comme un large diadème, et un petit chignon de rien du tout placé sur la nuque comme un gros bouton. Elle portait des lunettes qu'elle appelait ses redresseurs, par une humble allusion à un défaut de sa vue, une divergence des rayons oculaires, et une vilaine petite robe couleur de tabac à priser, garnie de volants de satin lustrés par l'âge. Les redresseurs, expliquait-elle à Maisie, étaient portés pour le bien du prochain, qu'aurait pu induire en erreur l'aspect douteux de son regard légèrement oblique ; le reste de ce mélancolique attirail ne pouvait toutefois être porté que pour le bien de Mrs. Wix elle-même. Avec la dernière touche qu'y ajoutaient les lunettes, il rappelait à Maisie les écailles polies ou le corselet d'un horrible insecte. Tout d'abord, Mrs. Wix avait paru grognon et presque cruelle, mais cette impression s'évanouit lorsque l'enfant eut compris que la vieille dame ne jouait dans le monde que le rôle d'une figurine comique. Elle était aussi amusante qu'une charade ou qu'un animal au dernier chapitre d'une « Histoire Naturelle » : c'était quelqu'un que les gens aimaient à décrire et à imiter pour animer la conversation. Tout le monde connaissait les redresseurs : tout le monde connaissait le diadème, le bouton, les volants et les bandes de satin ; tout le monde, bien que Maisie n'eût jamais trahi le secret, connaissait aussi Clara Matilda.

C'est pour toutes ces raisons que maman avait pu engager Mrs. Wix pour un si petit salaire, littéralement pour un morceau de pain : chose qu'un jour où Mrs. Wix l'avait accompagnée au salon pour l'y laisser seule ensuite, l'enfant entendit raconter à une dame aux sourcils arqués, comme des cordes à sauter, avec d'épaisses coutures noires, pareilles à des portées de musique, sur ses magnifiques gants blancs. Elle savait que les gouvernantes étaient pauvres : Miss Overmore l'était en secret, Mrs. Wix publiquement. Ni cette pauvreté, pourtant, ni la vieille robe brune, ni le diadème, ni le bouton, n'enlevaient quoi que ce fût pour Maisie au charme répandu sur toutes choses ; le charme de Mrs. Wix provenait sans doute de ce que, dans sa pauvreté et dans sa laideur, elle était, de façon complète et calmante, tout à fait sûre ; plus sûre que personne au monde, que papa, que maman, que la dame aux sourcils arqués ; plus sûre même, en dépit d'une beauté tellement moindre, que Miss Overmore, dont Maisie se rendait vaguement compte, et précisément parce que ses yeux d'enfant la trouvaient ravissante, qu'on ne pouvait attendre d'elle le même sentiment confortable d'être embrassée et bordée au lit avec un tendre bonsoir. Mrs. Wix était aussi rassurante que Clara Matilda, qui était au ciel, et en même temps, chose bien embarrassante, à Kensal Green, où toutes deux étaient allées visiter sa petite tombe hâtive. C'est grâce à ce qu'il y avait chez Mrs. Wix d'inimitable en dépit des caricatures, que Maisie, avant la fin de son séjour chez sa mère, éprouva enfin le sentiment d'être soutenue, comme par une rampe d'escalier qui arrivait à la hauteur de sa poitrine, et ne risquait pas de s'effondrer dans le vide. De même qu'elle n'ignorait pas que son institutrice était bizarre et pauvre, elle savait aussi que Mrs. Wix était loin d'être aussi « qualifiée » que Miss Overmore, qui savait réciter de mémoire de longues listes chronologiques (et vous permettait de tenir le livre), pouvait désigner sur la carte l'emplacement du Malabar, jouait six morceaux de piano sans cahier de musique, et dessinait merveilleusement les arbres, les maisons, et autres choses difficiles. Maisie elle-même savait plus de morceaux pour piano que Mrs. Wix, et cette dernière, visiblement honteuse de ses maisons et de ses arbres, pouvait tout au plus, à l'aide d'un doigt barbouillé dont la propriété en matière d'art demeurait douteuse, imiter la fumée sortant des cheminées.

La gouvernante et l'élève classaient leurs travaux par « sujets », mais nombre d'entre eux étaient remis par Mrs. Wix de semaine en semaine, et finalement jamais entamés. Elle se contentait de dire : « Tout viendra à son tour. » Ce tour était aussi vaste que l'orbe d'un monde inexploré. Son esprit n'avait rien d'aventureux ; l'enfant s'apercevait bien que beaucoup de ces sujets l'effrayaient. Elle se réfugiait sur la terre ferme du roman, où coule somme toute en mille méandres le fleuve bleu de la vérité. Elle savait par cœur des tas d'histoires, tirées pour la plupart de romans qu'elle avait lus ; elle les racontait avec une mémoire jamais en faute et une abondance de détails qui ravissaient Maisie. Il y était question de beauté et d'amour, de machinations et de comtesses. Sa conversation n'était guère qu'un récit sans fin, un grand jardin romanesque, avec de soudains aperçus de sa propre vie, et des fontaines débordantes d'honnête banalité. C'était dans ces régions qu'elles flânaient le plus ; Mrs. Wix réussissait à retracer avec l'enfant chaque pas de sa longue route harassante, et à la faire trouver plus palpitante que les monstres et les contes de fées. L'élève finit par se faire l'idée la plus nette de tous ceux contre lesquels Mrs. Wix s'était cognée, comme elle le disait (et parfois si durement) ; de tous sauf de Mr. Wix, son mari, au sujet duquel rien n'était dit, sinon qu'il était mort depuis des années. Il avait été remarquablement absent de la carrière de sa femme, et Maisie ne fut jamais menée voir sa tombe.

## V

La seconde séparation d'avec Miss Overmore avait été cruelle, mais la première séparation d'avec Mrs. Wix fut pire. L'enfant était allée dernièrement chez le dentiste, et avait un terme de comparaison pour l'arrachante tension de toute la scène. Elle se passa dans le même silence affreux que l'extraction de sa dent ; à cette occasion, Mrs. Wix lui avait saisi la main, et elles s'étaient serré les doigts l'une à l'autre avec un effort frénétique pour ne pas crier. Chez le dentiste, Maisie avait été héroïquement calme, mais juste au moment où son angoisse atteignait le paroxysme, elle avait entendu un léger cri de sa compagne, un soupir étouffé de sympathie. Cet épisode eut son pendant dans le seul bruit qui interrompit leurs derniers adieux un mois plus tard, quand « l'arrangement », car c'est ainsi qu'on appelait son déracinement périodique, vint jouer son rôle d'horrible forceps. Enchâssée dans la personnalité de Mrs. Wix comme une dent dans une gencive, l'extraction devenait une véritable opération qui eût nécessité le chloroforme. C'est heureux que les étreintes de Mrs. Wix pussent se passer de mots, car la pauvre femme en semblait à ce moment aussi démunie que de toute autre richesse. Au fond du vestibule, l'autre gardien semestriel de Maisie (il aimait à commettre l'impertinence de s'aventurer aussi loin que possible dans la maison de son ancienne femme) les contemplait, montre en main, et la grimace d'un sourire aux lèvres ; tandis qu'avec la seule parcelle de son regard que Mrs. Wix n'accaparait pas, Maisie pouvait apercevoir Miss Overmore attendant à l'intérieur d'un coupé arrêté devant la porte. Elle se rappelait la scène différente au cours de laquelle, six mois plus tôt, elle avait été arrachée aux bras de cette plus énigmatique protectrice. Miss Overmore, debout elle aussi dans le vestibule, bien que ce fût naturellement celui de l'autre maison, avait donné cours à des protestations véhémentes et volubiles, et elle avait courageusement déclaré que quelque chose — son élève ne savait pas bien quoi — était une vraie honte. Cet incident avait vaguement évoqué pour Maisie la grande incartade désormais si lointaine de Moddle : il semblait toujours y avoir « de vraies hontes » appa-rentées avec l'une ou l'autre de ses migrations. En ce moment, prise dans les bras étroitement serrés de Mrs. Wix, et dans l'odeur forte de ses cheveux, elle se rappelait aussi qu'à cette époque papa avait essayé de calmer Misse Overmore en la traitant de « pauvre petite poulette chérie », expression retenue à cause de sa bizarrerie, et qui d'ailleurs avait trouvé dans sa jeune mémoire une place bien préparée par tout ce qu'elle savait au sujet de cette jeune institutrice qu'elle n'appelait plus mentalement que « la plus jolie des deux ». Elle se demandait si les sentiments de papa n'avaient pas changé ; tel était du moins le cas pour le charmant visage que Maisie pouvait voir resplendir à la portière du coupé.

Le coupé était un gage de paix, un emblème des agréables conditions de vie que papa allait cette fois lui offrir ; il venait d'habitude la chercher dans un fiacre, avec une charrette qui suivait pour les bagages. La charrette était bien là, mais maman avait été jusqu'ici la seule dame au côté de qui Maisie eût pris place dans un coupé. La voiture particulière de papa semblait être, en un sens, encore plus particulière que celle de maman, et quand Maisie se trouva perchée pour ainsi dire sur les genoux de ses occupants, et glorieusement entraînée au loin, elle posa à miss Overmore, après de nouvelles étreintes passionnées et babillardes, une question qui trahissait son désir de savoir à quoi s'en tenir quant à la durée de certain sentiment :

— Est-ce que papa vous aimait juste autant quand je n'étais pas là ? demanda-t-elle, pleine du souvenir de la faveur si marquée qu'il lui avait accordée en sa présence.

Elle pensait que peut-être cette même faveur, tout comme sa présence dont elle dépendait, pouvait n'être qu'intermittente et saisonnière. Papa, sur les genoux de qui elle était assise, eut un de ce bruyants éclats de rire qui, si préparée qu'elle y fût, semblaient toujours jaillir comme un diable d'une boîte à la faire sursauter. Avant que Miss Overmore ait eu le temps de parler, il répliqua :

— Mais bien sûr, petite sotte, quand vous êtes absente, je n'ai plus qu'elle à aimer !

Immédiatement, Miss Overmore lui enleva l'enfant, et ils eurent à son sujet une aimable petite lutte dont Maisie surprit le reflet dans le regard soudain fixe et plein d'étonnement d'une vieille dame qui passait dans une victoria. Sa belle amie lui dit alors d'un ton grave :

— Je dois lui faire comprendre que s'il répète encore de pareilles horreurs en votre présence, je vous enlève, et nous allons vivre ensemble toutes seules comme de sages petites filles.

L'enfant ne se rendait pas bien compte de ce que la réponse de son père avait eu d'horrible, d'autant plus qu'elle n'exprimait en somme qu'une sympathie pour Miss Overmore que celle-ci avait elle-même autrefois qualifiée « d'immense ». Dans l'espoir de mieux comprendre, elle s'adressa directement à son papa, et demanda si pendant tous ces derniers mois Miss Overmore avait été près de lui comme avant et comme elle allait l'être maintenant.

— Bien sûr, ma vieille, où la pauvre chérie aurait-elle pu être ? s'écria Beale Farange, au scandale toujours croissant de leur compagne, qui protesta que s'il ne retirait pas aussitôt son affreux mensonge, ce n'est pas lui seulement qu'elle quitterait cette fois, mais aussi son enfant, sa maison, et tous ces odieux tracas, — toutes les difficultés incroyables où il avait réussi à la mettre.

Beale ne retira rien, en dépit de cette prétendue menace ; il s'apprêtait au contraire à renouveler ses extravagances, quand Miss Overmore apprit à sa petite élève qu'elle n'avait pas à écouter ces mauvaises plaisanteries : elle devait comprendre qu'une dame ne pouvait habiter ainsi avec un monsieur sans un prétexte vraiment convenable.

Les yeux de Maisie interrogèrent tour à tour ses deux compagnons ; ce départ était bien le plus gai dont elle se souvînt, mais elle se sentait gênée et un peu inquiète de ne pas pouvoir les prendre au sérieux.

— Eh bien, qu'est-ce que c'est qu'un prétexte convenable ? demanda-t-elle d'un ton méditatif.

— Oh ! un garçon manqué aux mollets maigres ! Pas de meilleur prétexte que celui-là ! Son père jouissait à la fois de la drôlerie de Maisie et de la sienne propre. De nouveau, il essaya de s'emparer de l'enfant, et leur compagne s'opposant à cet effort, il en résulta une nouvelle petite rixe publique. Miss Overmore assura à l'enfant qu'elle avait passé tout ce temps avec de bons amis, sur quoi Beale Farange intervint pour dire :

— Elle veut parler de bons amis à moi, vous savez, d'excellents amis. C'était une vraie procession, je dois le dire à son honneur.

Maisie se sentait complètement ahurie, et demeura pendant quelque temps légèrement embarrassée de son ignorance quant au sujet de tant de bonnes plaisanteries, et à l'endroit où sa gouvernante avait vraiment séjourné. Elle n'avait pas l'impression d'avoir été sérieusement renseignée sur ce point, et rien de ce qui se passa par la suite ne vint suppléer à cette lacune. Dans sa gêne, d'espèce précoce et instinctive, elle s'accrocha à l'idée que c'était là une de ces choses dont elle n'avait pas à se mêler, comme disait sa mère. Donc, durant le temps qu'elle passa chez son père, elle ne fit rien pour éclaircir ses doutes, grâce à des confidences de femmes de chambre, et il est étrange, mais vrai, qu'une telle incertitude n'enleva rien au plaisir toujours frais que lui procurait cette nouvelle intimité avec Miss Overmore. La confiance que cette jeune personne exigeait d'elle était de cette admirable qualité qui se passe de toute explication, et, certes, elle planait elle-même au-dessus de toute ambiguïté. De plus, secret n'avait jamais semblé à Maisie synonyme de tromperie : elle avait grandi au milieu de situations au sujet desquelles ce qu'elle savait de plus clair était qu'elle n'avait pas à poser de questions. Elle n'ignorait pas que les interrogations des petits sont le plaisir des grands ; sauf les aventures de sa poupée Lisette, il ne se passait presque rien chez sa mère dont on pût donner l'explication sans l'accompagner d'un sourire. Rien ne lui était plus facile que de jeter les visiteuses dans des accès d'hilarité ; si l'enfant avait eu l'esprit plus calculateur, elle y eût réussi à chaque coup. Toute chose cachait quelque chose ; la vie était un corridor interminable avec des rangées de portes fermées. On lui avait enseigné qu'il n'était pas prudent de frapper à ces portes ; et ce geste n'obtenait d'ailleurs d'autre réponse que des rires moqueurs à l'intérieur des chambres. Peu à peu, pourtant, elle comprit davantage, on eût dit que les questions que lui posait Lisette la renseignaient à leur tour. Leur effet semblait tout pareil à celui des questions qu'elle avait elle-même posées à de grandes personnes aux yeux de qui sa sombre ignorance égalait celle de la poupée. N'éclatait-elle pas de rire à son tour en présence de tant d'innocence ? En pareil cas, elle imitait souvent les fols accès de gaieté des dames. Du reste, il y avait des choses qui ne souffraient pas d'être expliquées, même à une poupée française. Maisie ne pouvait que répéter sa leçon, et s'efforcer de produire sur Lisette l'impression d'avoir elle aussi une vie pleine de mystères, en se demandant tout le temps si elle réussissait à donner comme sa mère l'impression de se dissoudre dans une ombre impénétrable. Quand le règne de Miss Overmore succéda à celui de Mrs. Wix, Maisie adopta un nouveau stratagème, et, luttant d'habileté avec sa gouvernante, fit appel à la confiance pour combler les vides. Bien entendu, il y avait des sujets qu'on ne pouvait pas « discuter » avec une élève. Par exemple, ces jours où Lisette la regardait se déshabiller après une absence prolongée, en se demandant d'où elle pouvait bien venir. Pour sûr, Lisette devinait un peu, mais jamais tout. Une fois, la poupée se montrant tout à fait indiscrète, Maisie lui répondit, et précisément au sujet d'une de ces absences, tout comme Mrs. Farange lui avait répliqué à elle-même autrefois : « Cherchez vous-même ! » Elle tâcha de calquer le ton aigre de sa mère, mais elle eut honte ensuite, sans bien se rendre compte si c'était de l'aigreur du ton, ou du calque.

## VI

TOUT de suite, elle s'était rendu compte que cette phase n'aurait rien de bien studieux, le soin de son éducation n'étant plus maintenant que l'un des nombreux devoirs imcombant à Miss Overmore, et à propos desquels elle avait assisté à de fréquentes passes d'armes entre cette demoiselle et son père. Ces passes d'armes attestant chaque fois un état de désaccord, et même de mécontentement, l'enfant comprit alors qu'il y avait dans la situation quelque chose qui permettait à sa mère « de leur tomber dessus », bien que cette idée, toujours énoncée par son père, fût aussitôt contredite ouvertement par sa compagne. De telles scènes atteignaient presque toujours leur paroxysme au moment où Miss Overmore demandait, avec plus d'âpreté que jamais, de quel droit, au nom du ciel, Mrs. Farange leur tomberait dessus. Avec le temps, les réflexions de la petite fille se firent plus nombreuses, et d'autant plus adéquates que c'était bien la période de sa vie la plus longue qu'elle eût connue sans cassure. Elle s'habitua à l'idée que sa mère, pour une raison ou pour une autre, n'était nullement pressée de la réinstaller chez elle : son père exprimait énergiquement cette idée chaque fois que Miss Overmore, résolue et désapprobatrice, lui tenait tête au sujet de la nécessité, fréquemment mentionnée par lui, de mettre enfin Maisie dans un pensionnat. Pour une gouvernante, Miss Overmore tenait tête de façon surprenante, bien plus que n'eût jamais osé le faire le front penché de Mrs. Wix. Miss Overmore fit bien des fois remarquer à Maisie qu'elle était incapable de s'occuper d'elle comme il convenait, et que Mr. Farange reconnaissait cette impossibilité et la déplorait lui aussi. Il fallait (car c'était là le sens de toutes ces allusions) en chercher la raison dans les mystérieuses responsabilités de Miss Overmore envers Mr. Farange lui-même, envers leur chère et bruyante petite maison, et envers leurs hôtes. A toutes ces difficultés, Mr. Farange proposait comme remède de mettre Maisie au pensionnat — il y avait toute une quantité d'excellents pensionnats à Brighton, et comme chacun savait, dans beaucoup d'autres endroits. Toutefois, Maisie entendit bientôt dire qu'une telle décision permettrait justement à sa mère de leur tomber dessus : du moment qu'il déléguait à des tiers le soin de sa fille, il ne lui restait plus un prétexte valable devant la loi. Ne retenait-il pas Maisie loin de sa mère précisément parce que Mrs. Farange pouvait être considérée comme l'une de ces tierces personnes ?

Une autre solution eût été l'engagement d'une seconde gouvernante, d'une jeune fille qui viendrait le matin, partirait le soir, et ferait vraiment tout l'ouvrage, mais Miss Overmore se refusait à prêter l'oreille à une telle suggestion, semblait prendre plaisir à la combattre en public, et demandait à chacun — et parfois à Maisie elle-même — si l'on ne voyait pas à quel point cet arrangement la laisserait à découvert.

— Qu'est-ce que je suis censée faire ici, dites, si ce n'est m'occuper d'elle ?

Sa position était fausse, et elle le faisait remarquer si librement et à voix si haute qu'elle semblait en tirer vanité. La seule issue était évidemment de remplir les obligations de son emploi, mais c'est là malheureusement ce qui devenait impossible, à cause des excessives, des exorbitantes exigences de sa part « à lui ». Beale Farange n'était plus jamais désigné par Miss Overmore autrement que par ce « lui », et la maison continuait à regorger de joyeux messieurs avec lesquels elle le discutait âprement en le désignant ainsi. Maisie, pourtant, pendant tout ce bavardage au sujet de ce qu'il convenait de faire d'elle, était laissée si complètement à elle-même que ses longues heures mélancoliques s'employaient à se remémorer le gouvernement facile et généreux de Mrs. Wix. Toutefois l'absence de visiteurs féminins continuait à attester pour elle la supériorité de la maison de son père. Elle se sentit surtout rassurée à ce sujet, en entendant un monsieur dire à ce dernier, sur le ton d'une bonne plaisanterie, et en faisant évidemment allusion à Miss Overmore :

— Le diable m'emporte, si elle permet jamais à une femme de s'approcher de vous ! Elle prendrait plutôt un balai pour les chasser comme des chats de gouttière.

Maisie préférait de beaucoup les visites des messieurs à celles des dames, en dépit de leurs plaisanteries plus bruyantes, mais plus courtes, à son sujet. Ils la tiraient et la pinçaient ; ils l'agaçaient et la chatouillaient ; certains même versaient un pleur sur elle, comme ils disaient, et d'autres trouvaient très drôle de lui donner des noms qui n'étaient pas le sien. Les dames, en revanche, l'appelaient « pauvre petite chérie ! » et l'effleuraient à peine d'un baiser. Mais elle craignait davantage les dames.

Elle était maintenant d'âge à comprendre que son séjour chez son père s'était prolongé au-delà de ses limites, et à voir un peu plus clair dans la situation ambiguë qui expliquait cette prolongation ; elle s'en inquiétait surtout lorsque ce sujet servait de thème à une conversation avec sa gouvernante.

— Oh ! ne vous faites pas de souci. Ça lui est bien égal.

C'est ce que lui répétait souvent Miss Overmore, pour l'empêcher de craindre que sa mère pût s'offenser de cette longue absence.

— Elle a autre chose en tête qu'une pauvre petite fille comme vous, et c'est avec cette autre chose qu'elle voyage. Ne craignez donc pas qu'elle fasse valoir ses droits cette fois-ci !

Maisie savait que Mrs. Farange était à l'étranger, car bien des semaines plus tôt, elle avait reçu une lettre qui commençait par « Mon trésor chéri » et finissait par des adieux pour un temps indéterminé. Mais elle n'y avait pas vu la preuve que sa mère renonçait à son parti pris et à sa rancune ; si elle était sûre de quelque chose, c'était qu'aucun plaisir ne vaudrait jamais pour Mrs. Farange celui de tourmenter son ancien mari. Mais ce qu'il y avait de surprenant et d'un peu terrible, c'était le vague soupçon que Mrs. Farange avait trouvé pour tourmenter son mari un moyen bien meilleur que de le débarrasser de son fardeau. Ce point surtout inquiétait notre jeune personne, et les confidences de Miss Overmore, comme les fréquentes réflexions du patron de celle-ci, ne faisaient qu'ajouter à tout ce mystère. C'était bizarre qu'Ida renonçât à des droits si âprement défendus autrefois, sans que le père bondît pour se saisir de ce privilège jadis si disputé, mais quand Maisie essaya de sonder ce nouveau terrain avec une habileté au-dessus de son âge, elle n'eut d'autre succès que de faire une fois de plus injurier sa mère. Miss Overmore s'était jusque-là rarement départie d'une décente réserve, mais le jour vint où elle s'exprima avec une vivacité nullement inférieure à celle de Beale, au sujet de cette dame qui voyageait sur le continent pour échapper à une corvée. Ce serait bien fait pour elle — entendait dire Maisie —si l'objet du contrat lui était expédié par un prochain paquebot sous la forme d'une fillette mal habillée et grandie trop vite qui lui tomberait dessus au milieu de ses scandaleux déportements.

Miss Overmore se réfugiait dans des vues de ce genre quand l'enfant tentait timidement de savoir si son père en avait assez d'elle. Evitant de répondre, elle se contentait de traîner dans la boue le manque de cœur et la folie d'Ida, dont la meilleure preuve, semblait-il, était que Mrs. Farange se faisait accompagner dans ses voyages par un monsieur qu'elle avait, pour parler net, enfin oui, qu'elle avait « ramassé ». Les seules circonstances permettant à un monsieur et à une dame non mariés de traîner comme ça ensemble, selon l'expression de Miss Overmore, étaient justement celles qui l'avaient pourtant exposée, ainsi que Mr. Farange, à de possibles malentendus. On s'en souvient, elle avait souvent déjà expliqué la chose à Maisie :

— Je ne sais vraiment pas, chérie, ce que votre père et moi ferions sans vous. Ça fait toute la différence du monde, vous savez, et vous rendez la chose parfaitement correcte.

L'enfant acceptait l'emploi qui lui était si tendrement dévolu, et en éprouvait un sentiment de sécurité en dépit du possible abandon de sa mère. Si habituée qu'elle fût devenue à des choses qui étaient le contraire de correctes, elle sentait chez sa gouvernante et chez son père de bonnes raisons pour ne pas partager cette indifférence. En même temps, elle avait parfois entendu parler de petites filles (d'un rang très élevé, c'est vrai) dont l'éducation était confiée à des instructeurs de l'autre sexe, et elle savait que si on la mettait en pension à Brighton, on considérait comme un avantage pour elle d'être plus ou moins entre les mains de professeurs masculins. Elle tourna toutes ces choses dans sa tête, et fit remarquer à Miss Overmore que si elle rentrait chez sa mère, le monsieur deviendrait peut-être son précepteur.

Le monsieur ? Le projet était assez bizarre pour déconcerter Miss Overmore.

— Le monsieur qui est avec maman. Est-ce que ça n'arrangerait pas les choses, comme ça les arrange que vous soyez ma gouvernante chez papa ?

Miss Overmore réfléchit, rougit un peu, et embrassa sa naïve amie.

— Vous êtes trop gentille ! Je suis une vraie gouvernante.

— Et il ne pourrait pas être un vrai précepteur ?

— Bien sûr que non. Il est ignorant et mauvais.

— Mauvais ? Maisie répéta le mot avec étonnement. Son expression eut pour effet de produire un singulier petite rire chez sa compagne.

— Il est plus jeune... Mais elle n'acheva pas.

— Plus jeune que vous ?

Miss Overmore rit encore. Maisie ne lui avait jamais connu pareil accès de gaieté.

— Plus jeune que... Peu importe qui. Je ne sais rien de lui, et je n'en veux rien savoir, ajouta-t-elle avec un assez visible manque de logique. Il n'est pas mon genre, et je suis sûre, ma chérie, qu'il n'est pas non plus le vôtre.

Et elle renouvela les tendres caresses qui terminaient presque toujours ses entretiens avec Maisie, et donnaient à croire à l'enfant que cette affection au moins était un gage de sécurité.

Les parents ne représentaient plus qu'une notion assez vague, mais on pouvait évidemment se fier aux gouvernantes. La foi de Maisie en Mrs. Wix, par exemple, n'avait en rien diminué du fait que toutes communications avec elle se trouvaient momentanément interrompues. Durant les premières semaines de leur séparation, la maman de Clara Matilda lui avait adressé de fréquentes et tendres lettres, et Maisie y avait répondu avec un enthousiasme contrarié seulement par son incertitude de l'orthographe, mais la correspondance avait été comme de juste soumise à Miss Overmore, qui ne l'avait pas approuvée. Son opinion était que Mr. Farange n'aimerait pas du tout cet échange de lettres, et, poussée à bout par son élève, elle finit par avouer qu'elle ne l'aimait pas non plus. Elle était terriblement jalouse, disait-elle, et ce défaut n'était qu'une preuve de plus de ses affections désintéressées. D'ailleurs, les effusions épistolaires de Mrs. Wix lui semblaient mal écrites et inutiles, et elle n'hésita pas à déclarer qu'il était vraiment monstrueux qu'une femme douée de tout son bon sens eût placé sa fille dans des mains si ridicules. Maisie se rendait bien compte que la propriétaire de la vieille robe brune et du curieux vieux chignon avait de moins « bonnes manières » que Miss Overmore ; elle s'aperçut aussi, et non sans tristesse, que ses talents d'éducatrice ne supportaient pas non plus l'examen. Mrs Wix fut momentanément enterrée sous une remarque finale de son adversaire :

— Une personne comme elle, ça passe vraiment la plaisanterie !

La charmante femme émit ce jugement en parcourant la dernière lettre que Maisie devait recevoir de Mrs. Wix ; il fut confirmé par un décret interdisant de si scandaleux rapports.

— Dois-je lui écrire, et lui dire tout cela ? demanda

l'enfant bouleversée, elle pâlissait d'avoir à faire cette redoutable déclaration.

— N'y pensez pas, ma chérie ! J'écrirai moi-même, vous pouvez y compter, s'écria Miss Overmore.

Et en effet, elle écrivit, et si bien qu'un silence dans lequel on aurait entendu croître l'herbe recouvrit la pauvre Mrs. Wix. Pendant bien des semaines, elle ne donna pas signe de vie ; on eût dit que la lettre de Miss Overmore avait eu sur elle le même effet que le terrible fiacre sur Clara Matilda dans Harrow Road. Puis, ce silence lui-même devint l'un des éléments les plus positifs de la vie de Maisie ; on eût dit une chaude et respirable atmosphère où l'enfant pénétrait plus avant qu'elle n'eût osé l'avouer à ses compagnons. Parfois, du fond de cette atmosphère, de troubles verres de lunettes semblaient la regarder fixement, Mrs Wix attendait avec une ardeur obstinée, quelque part, loin du petit courant agité des jours.

## VII

QUAND Maisie, rentrant un beau jour de promenade avec la femme de chambre, trouva Mrs Wix dans le vestibule, assise sur le tabouret réservé d'ordinaire aux petits télégraphistes qui fréquentaient la maison de Beale Farange, et balançaient distraitement les jambes pendant que la réponse à leur message s'élaborait, à l'aide de grognements et de bouffées de cigares, un tel événement lui parut le résultat tout naturel de l'ardeur de sentiments mentionnée plus haut. Elle avait cru que les baisers de Mrs. Wix avaient atteint, lors de leur séparation, les limites de l'exubérance, mais ces limites furent reculées, et la durée de l'étreinte dont l'enveloppa la visiteuse était une réponse directe aux interdictions de Miss Overmore. Elle comprit dans un éclair ce qui avait rendu la visite possible : Mrs Wix, cherchant une occasion de s'introduire dans la maison, avait profité de l'absence de papa, car celui-ci, toujours préoccupé du projet de pensionnat, avait décidé d'aller passer trois jours à Brighton, et avait insisté pour emmener Miss Overmore avec lui. Il faut pourtant dire que lorsque Maisie mit Mrs Wix au courant de leur absence, et de son motif, le visage de la visiteuse prit une expression des plus particulières, qui ne pouvait provenir que de la surprise. Cette expression ne fit d'ailleurs qu'apparaître et disparaître, car au moment où elle allait recommencer à embrasser Maisie sur de nouveaux frais, un fiacre chargé de belles valises s'arrêta bruyamment sur le seuil, et Miss Overmore en jaillit. Le choc de sa rencontre avec Mrs Wix fut moins violent que Maisie ne l'avait craint en la voyant apparaître, et n'empêcha pas Miss Overmore d'expliquer à l'enfant sur le ton le plus aimable, en présence de sa rivale, qu'elle se trouvait rentrer un jour plus tôt qu'elle ne l'avait prévu, pour des raisons personnelles. Elle avait laissé papa confortablement installé à Brighton, mais il rentrait dès demain dans son gentil petit chez-lui. Quant à Mrs. Wix, la dame de compagnie de papa trouva par la suite le seul mot décrivant l'attitude de ce personnage : Mrs Wix avait « tenu bon » en sa présence, d'une manière qui même sur le moment parut surprenante à l'enfant. Tout ceci ne se produisit d'ailleurs qu'après que Miss Overmore, levant en partie son interdiction, eut proposé la salle à manger, où dans l'absence de toute invitation à s'asseoir, il était assez naturel que la pauvre Mrs. Wix tînt « bon », et même se tînt debout. Maisie s'informa sans désemparer si le voyage à Brighton avait eu des suites en ce qui concernait son entrée au pensionnat, et ne fut pas peu surprise d'entendre Miss Overmore, qui jusque-là s'était toujours noblement opposée à ce projet, répondre au bout d'un instant, et en ignorant complètement la présence de Mrs. Wix :

— Il se pourrait, ma chérie, que cela se fasse un jour ou l'autre. Je dois vous dire qu'il n'y a plus d'inconvénients.

Maisie fut plus surprise encore d'entendre Mrs. Wix élever ici la voix avec beaucoup de fermeté :

— Je ne crois pas, permettez-moi de vous le dire, qu'aucun arrangement puisse supprimer les inconvénients dont vous parlez. C'est un message de cette chère Mrs. Farange pour Maisie qui m'amène ici aujourd'hui.

Le cœur de l'enfant ne fit qu'un bond :

— Maman est de retour ?

— Pas encore, mon bijou, mais elle va bientôt l'être, dit Mrs. Wix, et elle m'a, avec beaucoup de considération, envoyée ici pour vous préparer.

— Et la préparer à quoi, s'il vous plaît ? demanda Miss Overmore, dont la bonne grâce baissait sensiblement à l'énoncé de ces nouvelles.

Mrs. Wix tourna tranquillement ses lunettes vers le beau visage irrité de Miss Overmore.

— Eh bien, mademoiselle, à une importante communication.

— Est-ce que cette chère Mrs. Farange, comme vous l'appelez si drôlement, ne peut pas se charger elle-même de ses communications ? Ne peut-elle pas se donner la peine d'écrire elle-même à sa fille unique ? ajouta la jeune gouvernante. Maisie elle-même vous dira qu'il y a des mois et des mois qu'elle n'a pas eu un mot de sa mère.

— Oh, mais moi, j'ai écrit à maman ! protesta l'enfant comme si cela revenait au même.

— Cela rend sa conduite envers vous d'autant plus scandaleuse, riposta promptement sa gouvernante en charge.

— Mrs. Farange se rend trop bien compte, répliqua Mrs. Wix avec énergie, de ce que deviennent ses lettres dans cette maison.

Le sens de la justice chez Maisie l'obligea à prendre le parti de la visiteuse :

— Vous savez, Miss Overmore, que papa n'aime pas tout ce qui vient de maman.

— Personne, ma chérie, n'aime à être en butte au langage que votre mère emploie dans ses lettres. Elles n'étaient pas faites pour être mises sous les yeux d'une innocente enfant, ajouta-t-elle à l'adresse de Mrs. Wix.

— De quoi vous plaignez-vous donc si elle n'en reçoit pas ? Il est heureux que Mrs. Farange m'ait tout confié.

Miss Overmore eut un rire moqueur :

— Eh bien, vous devez être mêlée à d'assez vilaines choses !

— Pas plus vilaines, répliqua Mrs Wix, devenue très pâle, que de traiter ainsi une mère en présence d'une enfant qui ne peut la défendre.

— Je ne crois pas, madame, rétorqua Miss Overmore,

que vous étiez venue ici dans l'intention de lui parler plus favorablement de son père.

Mrs. Wix jeta sur Maisie un long regard pénétrant, puis se tournant de nouveau vers son adversaire, dit d'une voix tremblante :

— Je n'avais nulle intention de lui parler de son père, et vous nous excuserez, Mrs. Farange et moi, si nous ne sommes pas aussi correctes que la compagne de voyage de celui-ci.

Il fallut un instant à la jeune femme ainsi désignée pour se remettre de cette description. Maisie pourtant, considérant solennellement tour à tour les deux adversaires, s'aperçut que la réponse, quand elle vint, fut accompagnée d'un sourire.

— Il vous suffit, je pense, d'être en parfait accord avec le compagnon de voyage de Mrs. Farange.

Mrs. Wix eut un curieux éclat de rire, qui fit penser Maisie à une mauvaise imitation de hennissement :

— C'est justement pourquoi je venais : pour lui apprendre à quel point cette pauvre Mrs. Farange et son compagnon de voyage sont en parfait accord.

Elle prit la tête de l'enfant dans ses mains.

— Ecoutez ce que votre maman vous fait dire, Maisie, et comprenez bien qu'elle vous donne une grande preuve de sollicitude et d'affection en m'envoyant ici. Elle me charge de vous dire qu'elle vous aime de tout son cœur, et de vous annoncer qu'elle est fiancée à Sir Claude.

— Sir Claude !

Maisie répéta le nom avec surprise. Mais pendant que Mrs. Wix lui expliquait que ce monsieur était un ami très cher de Mrs. Farange, et qu'il lui avait rendu mille services durant son séjour à Florence, l'aidant à s'installer là-bas confortablement pour l'hiver, Maisie gardait assez de liberté d'esprit pour se rendre compte à quel point sa vieille amie jouissait de l'effet produit par ces nouvelles sur Miss Overmore. La jeune femme ouvrit de très grands yeux : elle fit tout de suite remarquer que le mariage de Mrs. Farange allait sûrement mettre fin à ses prétentions sur sa fille. Mrs. Wix demanda avec surprise pourquoi il en irait ainsi, et Miss Overmore donna comme raison suffisante que tout ceci n'était évidemment qu'une manigance de plus dans un système de manigances. Mrs. Farange voulait échapper au marché qu'elle avait conclu ; pourquoi eût-elle autrement laissé Maisie sur les bras de son père, bien des semaines après l'expiration du terme jadis si âprement contesté ? C'est en vain que Mrs. Wix représenta, comme elle le fit spécieusement aussitôt, que Mrs. Farange offrirait dès son retour ample compensation pour ce fait ; Miss Overmore, elle, ignorait tout du nouvel associé de cette dame, mais ne doutait pas qu'un individu capable d'entretenir avec Mrs Farange les scandaleux rapports de Florence s'arrangerait pour protester contre la présence chez lui du produit d'une union qu'il était de sa dignité d'ignorer. C'était un jeu comme un autre, et la visite de Mrs. Wix était bien clairement le premier pion avancé sur l'échiquier. Maisie trouva dans cet échange de mauvais propos une raison de plus d'adhérer à ce vague fatalisme dans lequel le spectacle de sa propre vie l'obligeait depuis longtemps à chercher refuge. Dès lors, elle sentit s'ancrer en elle le lointain pressentiment qu'en dépit des brillantes qualités de Miss Overmore et de l'ardeur de Mrs. Wix, elle finirait par assister à un complet changement dans la nature de cette lutte qu'elle semblait n'avoir été mise au monde que pour provoquer. Ce serait toujours une lutte, mais où l'on se battrait désormais à qui ne la recevrait *pas*.

Après la dernière déclaration de Miss Overmore, Mrs. Wix ne s'adressa plus qu'à la petite fille, et, sortant de la poche de sa vieille pelisse râpée un petit paquet plat, elle retira celui-ci de son enveloppe, et demanda si *ça* ressemblait à un monsieur qui ne serait pas gentil pour tout le monde, sans parler de quelqu'une en particulier qu'il était sûr de trouver charmante. Mrs. Farange, dans l'ingénuité de son bonheur nouveau-né, avait remis à Mrs. Wix une photographie « format salon », de Sir Claude, et Maisie se perdit en admiration devant ce beau visage lisse, ces traits réguliers, ces yeux tendres, cette aimable expression, et cet air élégant comme lustré de son futur beau-père, un peu troublée seulement à l'idée d'avoir maintenant deux papas. Ses recherches antérieures avaient tendu à prouver que pour se procurer un second parent du même sexe il fallait généralement avoir perdu le premier.

— Comme il est sympathique, n'est-ce pas ? demanda Mrs. Wix, à qui ce charmant portrait faisait évidemment espérer qu'elle trouverait un protecteur en Sir Claude. Vous vous rendez compte, j'espère, ajouta-t-elle avec beaucoup de sensibilité, que c'est un monsieur très bien !

Maisie n'avait jamais entendu auparavant le mot sympathique pris dans ce sens ; elle l'accueillit avec plaisir, et à partir de ce moment, il se fixa agréablement dans sa mémoire. Elle témoigna de la force de l'impression reçue par un léger soupir amical à l'adresse de l'agréable regard qui semblait s'efforcer d'entrer directement en contact avec elle.

— Il est ravissant, déclara-t-elle à Mrs Wix.

Et elle ne put s'empêcher de lui demander avidement, sans lâcher la photographie où Sir Claude continuait à se rendre aimable :

— Oh ! puis-je la garder ? Et elle regarda aussitôt du côté de Miss Overmore, par un soudain appel à cette même autorité qui l'avait pénétrée de tout temps de l'idée qu'un enfant ne doit rien demander.

A sa grande surprise, Miss Overmore se montra distante, indécise, et un peu étrange, et lui laissa le temps de se retourner vers Mrs. Wix.

Maisie vit alors s'allonger la figure déjà naturellement longue de cette dame ; Mrs. Wix avait l'air peinée, et presque effrayée, comme si sa jeune amie lui avait vraiment demandé plus qu'elle ne pouvait donner. Dénuée comme elle l'était, cette photographie devenait un trésor auquel elle tenait désespérément, et il y eut une brève lutte entre son attachement à cet objet et sa capacité à tout sacrifier pour son incertaine élève. Avec la finesse de son âge, Maisie vit pourtant que sa propre avidité allait triompher, et elle présenta l'image à Miss Overmore, comme si elle était très fière du choix de sa mère.

— N'est-ce pas qu'il est ravissant ? demanda-t-elle, tandis que la pauvre Mrs. Wix chancelait d'un air affamé, fixant sur l'image l'orbite de ses larges lunettes, et rassemblant sa pelisse autour d'elle d'un geste violent qui fit craquer les vieilles coutures.

— C'est à moi que votre maman l'avait généreusement envoyée, ma chérie, dit la visiteuse, mais, bien entendu, si cela vous fait tellement plaisir, et elle s'interrompit, et renonça dans un soupir.

Miss Overmore demeurait extrêmement distante :

— Si la photographie est à vous, ma chère petite, je

serai heureuse de vous être agréable en la regardant un peu plus tard. Mais excusez-moi si je refuse de toucher un objet appartenant à Mrs. Wix.

Cette dame était devenue fort rouge.

— Vous feriez aussi bien de regarder sa photographie, mademoiselle, car je crois bien que vous ne verrez jamais l'original. Bien sûr, mon trésor, continua-t-elle, gardez ce joli portrait, et je suis certaine que Sir Claude sera heureux de m'en donner lui-même un autre avec une gentille dédicace.

Tout le pathétique de cette courageuse vantardise ne fut pas perdu pour Maisie, elle se jeta au cou de la visiteuse avec tant de reconnaissance que, lorsqu'elle se dégagea enfin d'une étreinte dont la tendresse publique compensait, lui semblait-il, le sacrifice qu'elle avait imposé à la pauvre femme, Miss Overmore avait eu le temps de mettre la main sur Sir Claude, et de le faire habilement disparaître, sans que Maisie pût savoir si elle y avait ou non jeté les yeux. Libérée des baisers de l'enfant, Mrs. Wix chercha le portrait autour d'elle, jeta un dur regard sur la petite fille, réussit à produire le plus sombre des sourires.

— Au fond, peu importe. Maisie, car votre mère m'a aussi écrit à propos d'autre chose. Elle m'a engagée.

Même après son loyal baiser, Maisie se sentit un peu perfide en jetant un coup d'œil du côté de Miss Overmore, comme pour lui demander la permission de comprendre ceci. Mais Mrs. Wix tenait à ne pas les laisser dans le doute.

— Elle m'a définitivement engagée, pour l'époque de son retour et du vôtre. Vous verrez par vous-même, alors.

Maisie admit d'emblée qu'elle verrait par elle-même,

mais cette perspective fut tout à coup brouillée par une extraordinaire déclaration de Miss Overmore.

— Mrs. Wix, dit la jeune femme, a de mystérieuses raisons pour croire que l'autorité de votre mère sur vous se trouve raffermie par son prochain mariage. Je me demande si madame compte adopter le même point de vue en ce qui concerne l'autorité de votre père...

Miss Overmore s'adressait à son élève, mais son visage, éclairé par une ironie qui l'embellissait encore, se tournait vers la triste silhouette qui se raidissait dans une attitude de départ. Le dressage de l'enfant avait été riche en contradictions stupéfiantes : elle flottait entre le devoir de répondre quand on lui adressait la parole, et l'expérience d'avoir été punie pour n'y avoir pas contrevenu. Cette fois pourtant, elle se sentit capable de courir des risques, d'autant plus que son sens des causes et des effets semblait effectuer un bond en avant considérable. Elle adressa presque à Miss Overmore le regard qu'elle réservait aux gens qui la régalaient de leurs plaisanteries « pour grandes personnes ».

— Vous voulez dire l'autorité de papa sur moi, vous voulez dire qu'il va se marier ?

— Papa ne va pas se marier, papa *est* marié, ma chère. Papa s'est marié avant-hier à Brighton.

Miss Overmore resplendissait plus gaiement que jamais, et tout à coup, dans un éclair éblouissant, Maisie comprit que son élégante gouvernante était la mariée.

— Il est mon mari, s'il vous plaît, et je suis sa petite femme. Et nous verrons bien *maintenant* qui sera votre petite mère. Elle attira son élève sur son sein avec une tendresse qui ne laissait à nulle précédente protectrice la possibilité de faire mieux, et peu d'instants plus tard, dès que le monde autour d'elle eut retrouvé quelque peu de sa stabilité, la malheureuse visiteuse disparut sans bruit, complètement privée du dernier mot.

## VIII

APRÈS la retraite de Mrs. Wix, Miss Overmore parut se rendre compte que sa propre situation ne lui permettait guère de protester contre le second mariage d'Ida Farange ; mais elle sortit d'un tiroir la photographie de Sir Claude, et, se plaçant devant l'enfant, l'examina avec quelque attention.

— N'est-ce pas qu'il est beau ? demanda ingénument Maisie.

Sa compagne hésita :

— Non, il est horrible, répondit-elle âprement, pour la plus grande surprise de Maisie. Mais elle l'examina un instant encore, après quoi elle rendit l'image à la petite fille.

Ce portrait parut à Maisie plus séduisant que jamais, et elle fut troublée, car c'était la première fois qu'elle différait d'opinion avec sa belle amie. Elle ne put que demander ce qu'il fallait, en ce cas, faire du portrait ; valait-il mieux le mettre de côté dans un endroit où personne n'aurait le déplaisir de le voir ?

Miss Overmore y jeta alors un nouveau coup d'œil, et dit enfin, de façon bien inattendue :

— Mettez-le sur la cheminée de la salle d'études.

Maisie eut peut :

— Est-ce que papa ne sera pas fâché de le voir là ?

— Très fâché, bien sûr, mais c'est sans importance, *maintenant*. Miss Overmore mit dans ce propos une intention particulière qui demeura mystérieuse à son élève.

— A cause du mariage ? se risqua-t-elle enfin.

Miss Overmore se mit à rire, et Maisie put voir qu'en dépit de l'agacement produit par Mrs. Wix, elle était de la plus belle humeur du monde :

— De quel mariage parlez-vous ?

L'enfant s'aperçut aussitôt qu'en réalité elle l'ignorait elle-même, et elle se jugea ridicule. Elle se réfugia dans une nouvelle question :

— Est-ce qu'il y aura quelque chose de changé, pour vous ?

Ce qui impliquait qu'il y aurait quelque chose de changé pour la nouvelle épouse de Sir Claude.

— En tant que femme légitime de votre père ? Bien sûr ! répliqua Miss Overmore. Et, tout naturellement, le premier changement fut que la jeune femme se fit doréavant appeler Mrs. Beale, même par Maisie, qu'elle avait expressément priée de lui donner ce nom. Ce fut à peu près la seule modification visible pour l'instant, car, sauf les réflexions de l'enfant concernant les quatre pères et mères dont elle serait bientôt dotée, sauf aussi le bruissement nouveau de robes de soie en visite, devinées au bout de quelque trois mois par la petite fille penchée sur la rampe d'escalier, les choses restèrent à peu près dans leur ancien état.

Mrs. Beale avait de très jolies toilettes, mais celles de Miss Overmore avaient été très jolies aussi, et si papa était beaucoup plus tendre envers sa seconde femme qu'envers la première, Maisie avait assisté au développement de cette tendresse quasi d'aussi près que l'intéressée. Il y avait peu d'incidents de la vie de ses compagnons que sa précoce expérience ne pût expliquer, car s'ils ne semblaient guère donner cette impression de lune de miel, dont elle avait tant entendu parler (en grand détail, surtout, par Mrs. Wix) cette circonstance pouvait tenir à l'hostilité bien connue de papa pour tous les usages matrimoniaux. Sa lune de miel, quand il rentra de Brighton, non pas le lendemain de la visite de Mrs. Wix, mais chose bien curieuse, seulement quelques jours plus tard, semblait présenter l'aspect d'une phase déjà plus avancée du mariage. Des choses qui n'étaient pas toutes *maintenant* dénuées d'importance pour Mrs. Beale se multiplièrent au point qu'un simple rien tel que son antipathie pour la photographie de Sir Claude passa tout à fait au second plan. Cet agréable objet trouva une place bien en vue dans la salle d'études, où il est vrai que Mr. Farange pénétrait rarement, et ce culte silencieux fut pendant toute cette période à peu près le seul exercice scolaire de l'élève de Mrs. Beale.

Maisie comprit bientôt ce que sa belle-mère avait voulu dire en parlant du changement que le mariage produirait pour elle. Puisqu'elle était la femme du père de Maisie, elle n'était plus la gouvernante de l'enfant. Certes, cette humble fonction avait justifié jadis sa présence, mais elle se trouvait maintenant sur un pied qui la dispensait des prétextes, et éloignait d'elle toute idée de domesticité. C'était ce qu'elle avait voulu signifier en déclarant qu'elle n'avait plus d'objections contre le pensionnat ; comme elle le disait drôlement, sa petite compagne ne lui était plus nécessaire en qualité de duègne. L'argument contre l'installation d'une nouvelle gouvernante n'avait rien perdu de sa force : il consistait surtout dans un fait dont Mrs. Beale reconnaissait franchement toute l'absurdité, et qui n'était autre que son excessive affection pour sa belle-fille, qu'elle aimait trop pour l'abandonner en des mains vulgaires et intéressées. Ces allusions à cette forme de danger donnèrent à Maisie le courage de glisser un mot en faveur de Mrs. Wix, dont elle connaissait depuis toujours l'humble absence d'avidité. Mais Mrs. Beale repoussa de nouveau, et définitivement, une candidate qui ne manquerait pas de défendre les intérêts d'Ida par des procédés aussi sournois qu'horribles ; de plus, Mrs. Wix était répugnante à voir, et aussi bête qu'une carpe. Mrs. Beale ne cachait pas non plus qu'un bon pensionnat coûterait, hélas, affreusement cher, ni (et cet argument semblait clore la discussion) que papa, en dépit de ses bruyantes affirmations d'autrefois, était vraiment scandaleusement serré en matière d'argent.

— Croyez-vous, disait confidentiellement Mrs. Beale à sa petite élève, qu'il prétend que je lui coûte plus cher que jamais, et que l'entretien d'une femme et d'une fille dépasse vraiment ses moyens ?

C'est ainsi que le splendide pensionnat de Brighton se perdit dans une brume croissante d'incertitudes, d'autant plus que l'absence prolongée et vraiment scandaleuse d'Ida écartait peu à peu la crainte de la voir bondir à la rescousse. Sa fille et sa remplaçante n'avaient donc rien d'autre à faire qu'à considérer ensemble, avec une stupeur impuissante, toute l'étendue des études que Maisie ne faisait pas.

Cette étendue était telle que les journées de l'enfant finirent par lui faire l'effet de longs congés que Lisette elle-même, la poupée française, ne parvenait pas à remplir : avec leurs jeux abandonnés à force de satiété, leurs questions laissées sans réponse, et leurs questionnaires pénibles ; avec l'habitude, surtout, née d'un besoin de distraction, de se pencher au-dessus de la rampe d'escalier chaque fois que la sonnette retentissait. C'était le grand refuge de son impatience, mais ce qu'elle entendait dans ces moments-là était un caquettement de gaieté dans le vestibule, et cette impression contribuait depuis sa petite enfance à lui faire considérer l'âge adulte comme celui des vrais plaisirs, et surtout de la véritable intimité amicale. Ni Lisette, ni même Mrs. Wix, en dépit de ses baisers et de ses larmes, n'avaient jamais été pour elle l'amie intime que tant de personnes semblaient être à présent pour Mrs. Beale, ou avaient été jadis pour Mrs. Farange. La gaieté rapprochait les gens les uns des autres plus que la mélancolie, et cette dernière était la seule corde que sût faire vibrer Mrs. Wix. Ces jours-là, Maisie préférait pourtant assister d'un peu loin aux réjouissances : elle se sentait tristement privée d'appui quand il s'agissait de faire face aux regards inquisiteurs du salon. C'était une raison de plus pour apprécier Suzanne Ash, qui en sa qualité de seconde femme de chambre se mouvait à un niveau beaucoup plus bas, et ne se rendait pas moins très précieuse durant leurs promenades. Elle servait de guide à Maisie dans des pérégrinations qui n'avaient presque rien de commun avec les sorties bien définies qui avaient laissé dans la mémoire de l'enfant un souvenir très net de l'esprit méthodique de Moddle. Le système de Moddle n'avait pas comporté d'arrêt devant les vitrines, ni de petites exclamations dans Oxford Street :

— Dites-donc, visez-moi cette dame !

Les traversées de la chaussée s'étaient effectuées dans un ordre parfait, sereinement exemptes des craintes d'être « abordée » qui hantaient la seconde femme de chambre, surtout au coin des rues, pour lesquelles elle montrait pourtant une préférence. Les dangers et les distractions de la ville collaboraient pour donner à Maisie le sentiment d'être privée de protection et de soutien.

Mais la situation prit un autre tour lorsqu'en rentrant d'une de ces promenades avec Suzanne, fatiguée au possible par une heure d'exercice qui avait consisté surtout en longues flâneries, elle se trouva en face d'une émotion toute nouvelle. On lui apprit dès le pas de la porte que sa présence était instamment réclamée au salon. Debout sur le seuil, et tout enveloppée d'un nuage de timidité, elle aperçut à travers ce halo Mrs. Beale assise auprès d'un monsieur qui la rassura aussitôt par sa complète identité avec l'original de la photographie de Sir Claude. A peine eut-elle jeté les yeux sur lui, qu'elle dut reconnaître que c'était là de beaucoup l'être le plus merveilleux qui lui eût encore été donné d'adorer, et le plaisir qu'elle eut à le voir, à se sentir prise dans ses bras et embrassée, créa bientôt en elle un étrange et palpitant sentiment d'orgueil, comme si la timide fierté qu'il lui faisait éprouver la dédommageait de sa triste vie, des bruyantes exclamations de Suzanne, ressenties en public comme un affront, et des leçons qu'elle s'ennuyait de ne pas recevoir, dans la salle d'études déserte dont la solitude lui faisait presque peur. Ce fut comme s'il lui avait dit d'emblée qu'il lui appartenait, de sorte qu'elle pouvait déjà en tirer gloire et jouir de l'effet produit par sa présence. Non, rien de ce qu'elle avait possédé de plus beau n'avait jamais éveillé en elle cette même joie, ni Mrs. Beale en ce moment, ni papa quand il était de bonne humeur, ni maman quand elle était habillée pour sortir, ni Lisette au temps où elle était neuve. L'excès de cette joie la fit presque pleurer quand il la prit par la main et l'attira à lui, en lui disant, avec un sourire plein de promesses plus rayonnantes que celles d'un arbre de Noël, qu'il avait beaucoup entendu parler d'elle par sa mère, mais qu'il était venu afin de la voir et de faire connaissance par lui-même. Elle vit bien que son idée sur la façon de faire connaissance impliquait qu'il l'emmènerait avec lui, et même qu'il n'était venu que pour cela, et se trouvait dans le salon depuis quelque temps déjà, arrangeant toutes choses avec Mrs. Beale, et causant amicalement avec cette dame en dépit de l'impression fâcheuse produite sur elle par son portrait. Cet entretien avait presque fait d'eux de vrais amis — du moins, ils en avaient l'air. Maisie s'aperçut que Mrs. Beale ne cachait pas, et même cachait moins que jamais, son regret de la laisser partir :

— Vous paraissez en avoir tellement envie, dit-elle à l'enfant, que j'espère au moins que vous vous rendez bien compte de la situation de Sir Claude à votre égard. Il n'a pas l'air de trouver nécessaire de vous rassurer à ce sujet.

Maisie, un peu inquiète, se tourna aussitôt vers son nouvel ami :

— Mais vous êtes *marié* avec elle, n'est-ce pas ?

La façon dont elle appuya sur ce mot les fit sursauter, effet qu'elle se résignait maintenant à toujours produire.

Le rire de Sir Claude faisait indissolublement partie de la douceur de sa présence :

— Nous sommes mariés depuis trois mois, ma chère enfant, et l'intérêt que je vous porte est une conséquence de ma grande affection pour votre mère. Et bien entendu, c'est au nom de votre mère que je viens ici.

— Oui, je comprends, répondit Maisie avec tout son savoir candide. Elle ne peut pas venir elle-même : pas plus loin que le seuil.

Et brusquement, elle ajouta :

— Peut-elle même venir jusque-là maintenant ?

— Je vous le disais bien ! s'écria Mrs. Beale à l'adresse de Sir Claude. Elle parlait comme si la question avait été absurde.

L'agréable visage de Sir Claude hésita un instant, et parut lui donner raison. Mais il répondit à l'enfant avec un franc sourire :

— Non, ça ne serait pas très facile.

— Parce qu'elle s'est mariée avec vous ?

Il se hâta d'accepter cette explication.

— Evidemment, ce n'est pas sans rapports.

Maisie trouvait si délicieux de parler avec lui qu'elle ne put s'empêcher de poursuivre :

— Mais papa s'est marié avec Miss Overmore.

— Et vous pouvez bien croire qu'il n'ira pas vous chercher chez votre mère, interrompit la jeune femme.

— Oh ! mais ça ne sera pas avant longtemps ! se hâta de répondre l'enfant.

— N'en parlons pas : nous avons des mois et des mois avant que la question ne se pose. Et Sir Claude l'attira plus près.

— C'est ce qui rend si pénible d'avoir à la laisser

partir ! et pour mieux le prouver, Mrs. Beale ouvrit ses bras à sa belle-fille. Maisie s'y jeta, abandonnant Sir Claude, et, enveloppée d'une étreinte plus tendre encore, sentit avec délices se dilater davantage son bonheur.

— Je viendrai vous chercher, dit sa belle-mère, si Sir Claude vous garde trop longtemps : je tiens à le prévenir ! Ne me parlez pas de Madame votre femme, continua-t-elle en s'adressant au visiteur avec autant d'aisance que si elle ne le voyait pas pour la première fois. Je connais votre femme comme ma poche, moi. Ah ! ils sont jolis, ces parents ! conclut Mrs Beale.

Maisie avait si souvent entendu ses parents traités de la sorte qu'elle n'en fut pas distraite un instant du plaisir que venait de lui causer cette cérémonieuse allusion à sa mère ; ceci l'amena bien vite à songer que les relations de Mrs. Beale et de Sir Claude seraient peut-être beaucoup meilleures à son sujet que celles de papa et de maman. Mais son intérêt dans ce problème lui mit de nouveau une question sur les lèvres :

— Vous avez vu papa ? demanda-t-elle à Sir Claude.

Ce fut le signal d'un nouvel accès de rire, et son stoïcisme enfantin l'avait parfaitement prévu. Pourtant, Mrs. Beale crut bon de répéter d'un ton vaguement sarcastique :

— Oh ! papa...

— On vient de me dire qu'il n'est pas chez lui, répondit Sir Claude. S'il l'avait été, j'eusse sans doute sollicité le plaisir de faire sa connaissance.

— Il ne sera pas fâché de votre visite ? demanda Maisie avec une certaine anxiété.

— Oh ! la vilaine petite fille ! protesta gaiement Mrs. Beale.

L'enfant remarqua que Sir Claude n'avait pu s'empêcher ici de rougir légèrement, en dépit de ses continuels accès de gaieté, mais il lui parla avec beaucoup de gentillesse.

— C'est justement ce dont je viens m'informer, comprenez-vous, si votre père sera fâché ou non. Mais Mrs. Beale semble persuadée qu'il ne sera pas fâché.

La jeune femme se hâta de défendre elle-même ce point de vue devant sa belle-fille :

— Il serait intéressant, ma chère, d'apprendre une bonne fois pour quels motifs votre père se fâche ou non. Quant à moi, je les ignore, et elle parut répéter son exclamation plaintive de tout à l'heure : Votre père, ma chérie, est vraiment un drôle de corps.

Puis, toute souriante, elle se tourna vers Sir Claude.

— Mais je commets presque une impolitesse en assurant qu'il ne serait pas fâché de vous voir. Si vous saviez les gens qu'il voit !

Maisie les connaissait tous, et aucun certes n'était comparable à Sir Claude. Son rire répondit à Mrs. Beale : à de tels moments, il ressemblait tout à fait aux amoureux héros des histoires de Mrs. Wix, sauveteurs de jeunes personnes en détresse, à ces messieurs « irréprochablement corrects et parfaitement beaux ». Il se leva, pour le plus grand regret de l'enfant, comme s'il allait prendre congé.

— Oh ! je suppose que tout s'arrangera, dit-il.

Mrs. Beale étreignit une fois de plus sa petite élève, la serrant longuement dans ses bras, et regardant pensivement le visiteur par-dessus la tête de l'enfant.

— C'est si charmant, pour un homme de votre type, d'avoir tant désiré cette petite fille !

— Que savez-vous de mon type ? répondit en riant Sir Claude. Quel qu'il soit, je suis sûr que vous vous trompez sur mon compte. La vérité est que je suis tout simplement le moins apprécié des « pères de famille ». Comment appelez-vous ces gens-là ? Mais oui, je suis un père de famille, ma parole d'honneur !

— Et pourquoi, au nom du Ciel, n'avez-vous pas épousé une mère de famille ? s'écria Mrs. Beale.

Sir Claude la regarda fixement.

— Vous savez comment les mariages se font, je pense. De plus, ça n'existe pas, les mères de famille. Le diable m'emporte s'il y a au monde une seule femme qui veuille un enfant !

L'avis de Sir Claude sur ce sujet intéressa beaucoup Maisie et la fit tristement rêver, comme d'assez mauvais augure pour elle. L'enfant sentit hésiter à ce moment l'étreinte de sa protectrice :

— Vous en dites, des choses ! Est-ce que vous prétendez que Madame votre femme ne veut vraiment pas...

— Elle ne veut pas en entendre parler, tout simplement. Mais il faut bien qu'elle s'arrange de celui qu'elle a déjà. Et tout en parlant, Sir Claude fixait les yeux sur la petite fille, avec, parut-il à Maisie, l'air de cacher le point de vue de sa mère derrière l'affirmation du sien. Il faut qu'elle fasse contre mauvaise fortune bon cœur, comprenez-vous ? Si ce n'était que par respect des apparences, un homme tient à ce que sa femme se conduise correctement avec son enfant à elle.

— Ah ! je sais bien ce qu'on veut ! s'écria Mrs. Beale, avec une compétence qui impressionna évidemment son interlocuteur.

— Eh bien, si vous le faites marcher droit (et j'ose

dire que ça ne doit pas être facile) pourquoi n'en irait-il pas de même de moi et d'Ida ? Ce qui convient à la flûte convient au tambour, ou qu'est-ce donc que ce proverbe ? Enfin, j'ai l'intention d'aller jusqu'au bout dans cette direction.

Mrs. Beale parut réfléchir un instant, sans quitter des yeux le visiteur appuyé à la cheminée :

— Vous êtes tout simplement un modèle de bonté, voilà tout, dit-elle enfin. On s'attend qu'une femme fasse preuve de quelques sentiments naturels. Mais l'affreux sexe fort ! N'est-ce pas que les hommes sont tous affreux, mon cher petit loup ? demanda-t-elle en effleurant de sa joue celle de sa belle-fille.

— Oh ! moi, j'aime mieux les messieurs, dit Maisie d'un ton convaincu.

La réponse fut prise en plaisanterie.

— Ça vous en bouche un coin ? dit Sir Claude à Mrs. Beale.

— Non, fit celle-ci. Je n'ai qu'à me souvenir des femmes qu'elle voit chez sa mère.

— Elles sont maintenant très bien, répliqua Sir Claude.

— Qu'appelez-vous très bien ?

— Enfin, elles sont comme il faut.

— Ce n'est pas une réponse, fit Mrs. Beale, mais j'espère que vous les tenez à la hauteur. Et c'est d'autant plus adorable à vous d'assumer cette corvée en plus. Et elle donna une petite tape amicale à sa jeune compagne.

— Je n'ai rien d'adorable : je ne suis qu'une vieille grand-mère, déclara Sir Claude. J'aime les bébés ; je les ai toujours aimés. Le jour où je serai complètement fauché, je chercherai une place de bonne d'enfants.

Le charme qui opérait sur Maisie était assez fort pour

lui faire accueillir sans déplaisir ce mot de bébé, qui autrement lui eût semblé une offense. Mais l'enchantement fut quelque peu rompu par la brusque façon dont Mrs. Beale lui fit faire volte-face et la regarda tendrement dans les yeux :

— Vous voulez me quitter, vilaine petite fille ?

L'enfant réfléchissait : même ce lien consacré devenait une corde qu'il lui fallait subitement couper. Mais elle la coupa très doucement.

— N'est-ce pas le tour de maman ?

— Affreuse petite hypocrite ! Moins vous parlerez de *tour*, et mieux ça vaudra, répliqua Mrs. Beale. Je sais de quel *tour* il s'agit. Vous n'êtes pas si folle que ça de votre mère !

— Dites donc, faites attention, protesta machinalement Sir Claude.

— Il n'y a rien dont elle ne soit au courant. Mais peu importe, ça ne l'a pas gâtée ! Si vous saviez quel chagrin j'ai de vous quitter, dit-elle ensuite à Maisie.

Sir Claude la regardait embrasser tendrement l'enfant.

— Je suis heureux que vous ayez une vraie affection pour elle. C'est déjà autant de gagné.

Mrs. Beale se leva lentement sans abandonner Maisie, mais avec un long soupir.

— Eh bien, le fait que vous en soyez content peut nous servir, car je vous assure que je ne renoncerai jamais aux droits que je crois avoir acquis sur elle grâce à certains sacrifices. Je compte m'agripper le plus fort possible à cette affection. Mais il me semble qu'elle nous a déjà rapprochés l'un de l'autre.

— Elle nous a rapprochés l'un de l'autre, dit Sir Claude.

L'heureuse vérité se trouvait confirmée par cette espèce de souriant écho, et Maisie aussitôt s'écria avec enthousiasme :

— Je vous ai rapprochés l'un de l'autre.

Bien entendu, ses compagnons eurent un nouvel accès de rire, et Mrs. Beale lui donna une petite bourrade affectueuse.

— Petit monstre, dit-elle, attention à ce que vous faites ! Mais c'est bien là ce qu'elle fait, continua-t-elle en s'adressant à Sir Claude. C'est ce qu'elle a fait pour Beale et pour moi.

— Eh bien, dit-il à Maisie, je vous conseille le même coup en ce qui *nous* concerne. Et, lui tendant de nouveau la main :

— Vous ne venez pas ?

— Maintenant ? Comme je suis ?

Elle se tourna d'un air suppliant vers sa belle-mère, essayant de franchir à pieds joints la montagne de « raccommodages », l'abîme de malles à faire qui se creusait ou se dressait devant elle.

Mrs. Beale fit un signe d'assentiment à Sir Claude.

— Autant ainsi qu'autrement. Je vous enverrai ses affaires demain. Et elle rectifia un pli du manteau de l'enfant, non sans contempler l'ensemble d'un œil mécontent. Elle n'est pas arrangée comme je le voudrais ; sa mère va la démonter pièce par pièce. Mais qu'y puis-je, manquant de tout comme je le fais ? Elle est en tout cas bien mieux que le jour de son arrivée ici. Je regrette d'avoir à vous le dire, mais la pauvre enfant était tristement fagotée.

— Oh ! j'y veillerai moi-même, répondit affablement le visiteur.

— J'aimerais vous y voir !

Mrs. Beale semblait s'amuser beaucoup.

— Amenez-la-moi de temps en temps ; nous réussirons bien à arranger cela. Au revoir, petite horreur !

Et son dernier mot à l'adresse de Sir Claude fut qu'elle le ferait marcher droit.

## IX

L'ENVIE de regagner le temps perdu, et la notion de l'énorme somme de temps perdu qu'elle avait à regagner, habitèrent sans cesse Maisie pendant son séjour chez sa mère. Ce fut aussi le constant souci de Mrs. Wix, qui arriva par l'escalier de service, pleurant des larmes de joie, le lendemain du retour de l'enfant. Ce procédé de récupération, dont l'excellente dame ne cessait de parler, se développa en phases successives qui s'annonçaient comme devant occuper un laps de temps au moins égal au précédent séjour de Maisie chez son père. Mais ce fut une période mieux remplie et plus riche, rythmée par l'incessant refrain de Mrs. Wix au sujet du courage dont elles devaient toutes deux faire preuve. L'enfant admettait avec une violence passionnée qu'elle n'avait rien appris sous la férule de Mrs. Beale et de Suzanne Ash, et l'ardeur même de cet aveu semblait promettre à cette petite créature proscrite et réfugiée une future carrière de conquêtes. L'année s'arrondissait pour elle comme un vase débordant de ce savoir si longtemps refusé, une coupe trop remplie où elle buvait enfin la certitude de s'instruire. Mrs. Wix enrichissait cette certitude des trésors de sa conversation, et de ses perpétuelles exhortations fébriles à bien employer chaque fugitive minute du temps. Elles vivaient au milieu de sujets qu'il s'agissait de prendre d'assaut, et leur attitude était sans cesse celle de l'attaque victorieuse. Elles ne flânaient pas, certes, et l'enfant se couchait chaque soir aussi fatiguée qu'après une longue journée de jeux. Ce genre de vie commença dès leur réunion, et lorsque Mrs. Wix eut à expliquer à sa jeune amie les raisons de l'attitude de Madame envers elle.

Cette attitude de Madame assuma la forme d'un refus de voir son enfant, durant trois longs jours pendant lesquels Sir Claude fit de fréquentes et joviales apparitions dans la salle d'études, dans l'espoir de pallier un peu la pénible bizarrerie de la situation, (« elle y viendra bien, disait-il, je vous assure qu'elle finira par y venir »), et aussi afin d'offrir à Maisie quelques compensations pour l'insulte à laquelle il l'avait exposée. Dans toute sa vie d'enfant, elle ne s'était encore jamais trouvée dans l'agréable situation d'avoir à accepter des excuses. Sir Claude laissa vite échapper que Madame n'avait rien su de sa visite chez le premier mari de celle-ci, et l'accusait d'avoir fait de l'enfant de Mr. Farange un simple prétexte pour entrer en contact avec l'affreuse créature installée chez lui. Dieu sait qu'elle avait souhaité le retour de sa fille et fait bien des plans pour le réaliser, ce retour, mais elle ne pardonnerait pas si promptement la façon sournoise dont il s'était effectué. Ce ressentiment accablait Maisie en dépit des confidences ingénues de Mrs. Wix et bien que Sir Claude, d'autre part, ne fût nullement ingénu, ni nullement écrasé. Dans les moments les plus tendus, il gardait son air amusé, versatile ; il insistait pour faire comprendre à sa jeune amie, avec une franchise bien plus bouleversante pour l'enfant qu'il ne l'imaginait qu'il comptait sur elle pour ne pas laisser sa mère, le jour où Maisie la verrait enfin, lui tirer les vers du nez au sujet de sa visite chez Mrs. Beale. Il allait et venait ; il faisait semblant, par plaisanterie, de prendre d'extraordinaires précautions ; il montrait un vrai talent pour faire l'enfant. Il plaisantait Mrs. Wix qui en rougissait de plaisir, et rappelait à Maisie la discrétion qu'il attendait d'elle, jusqu'à lui faire serrer les dents comme un Indien mis au poteau. Durant ces premiers jours, et longtemps encore par la suite, les leçons parurent uniquement rouler sur Sir Claude, et pourtant Maisie n'avoua jamais à Mrs. Wix sa ferme intention de se laisser mettre à la torture sans desserrer les lèvres pour obéir aux ordres bien-aimés. Mrs. Wix, du reste, résumait la situation avec une netteté qui prouvait à quel point il était inutile de l'instruire davantage. Son explication de tout incident peu agréable (comme aussi de la position dangereuse où elle se trouvait) consistait à déclarer que Madame était folle d'amour. Maisie accepta ce point de vue avec un émerveillement stupéfait, et elle devait beaucoup s'en souvenir lorsqu'elle fut enfin appelée devant sa mère.

Maisie se trouva face à face avec une réalité dont cette explication semblait vraiment offrir la seule clef : une espèce d'étrangeté terrible, où l'on reconnaissait pourtant quelques reflets des anciens et sauvages transports de tendresse qui marquaient jadis chez sa mère les moments de rentrée en possession de l'enfant. Mais elles avaient vécu plusieurs jours l'une près de l'autre sous le même toit, et ces démonstrations venaient un peu tard. Préoccupée comme Maisie l'était par la promesse faite à Sir Claude, et d'ailleurs familiarisée, grâce aux anecdotes de Mrs. Wix, avec les ravages qu'une telle passion peut produire, elle était prête à trouver tout simple l'étrange aspect de Madame, sa splendeur violente, l'admirable coloration de ses lèvres, et même ce dur regard pareil à celui de quelque éclatante idole décrite dans un roman d'aventures, que donnait à ses yeux l'alourdissement de leurs déjà pesantes paupières. Ses démonstrations de tendresse et ses explications alternaient avec d'ardents défis et de soudains silences, durant lesquels Maisie retrouvait comme autant de souvenirs d'autrefois le tintement de ses bijoux et le coup d'ongle de ses caresses, l'odeur de ses vêtements et les soubresauts de sa conversation. Elle avait toujours sa manière habile (et que Mrs. Wix qualifiait d'aristocratique) de détourner le sujet de l'entretien si brusquement qu'elle avait l'air de vous fermer une porte au nez. Le principal changement en elle était la teinte de ses cheveux, passés de l'or au rouge cuivre, et sa tête profusément chargée semblait plus haute et plus distante que jamais. Cette mère faite pour tenter un peintre offrait véritablement à l'œil une taille plus altière et des attitudes plus majestueuses, et toutes ces choses, avec quelques autres également faites pour stupéfier Maisie se trouvaient abondamment expliquées par l'état romanesque du cœur de Madame. C'était ce cœur, Maisie le voyait bien, qui poussait Ida à l'accabler de questions au sujet de ce qui s'était passé dans l'autre maison entre cette affreuse femme et Sir Claude ; et ce fut à ce moment que la petite fille se rappela les bons effets obtenus autrefois par l'art paisible de la bêtise. Cet art lui fut utile une fois de plus : sa mère, en la renvoyant après une entrevue à laquelle Maisie avait réussi à donner une insipidité au-dessus de son âge, lui laissa bien entendre qu'elle n'était certes pas devenue plus amusante.

Elle pouvait le supporter ; elle pouvait supporter presque tout ce qui lui permettait de croire qu'elle rendait service à Sir Claude. Et si elle n'avait pas avoué à Mrs. Wix combien Mrs. Beale semblait apprécier ce dernier, elle pouvait encore moins l'avouer à Madame. Il y avait quelque chose de confus dans la façon dont le passé revivait pour elle. C'est parce que maman avait détesté papa qu'elle tenait à apprendre de vilaines choses à son sujet, mais c'était maintenant pour un motif tout contraire qu'elle avait le même désir en ce qui concernait Sir Claude. Foudroyée d'étonnement par l'état où la passion décrite par Mrs. Wix pouvait mettre une dame comme maman, elle retenait son souffle avec l'impression de se faufiler au milieu des grandes réalités de la vie. Après l'entrevue avec sa mère, elle avoua pourtant à Mrs. Wix que bien qu'elle eût produit sur sa mère une « bonne impression », comme elle disait, l'impression soigneusement étudiée d'être une petite fille inoffensive par sa nullité, les derniers mots de Madame avaient été que Madame verrait à remplir tout son devoir à l'égard de son enfant. A la suite de ce propos, la gouvernante et l'élève s'entre-regardèrent dans un silence pensif, mais les semaines passèrent sans que rien fût mis à exécution qui pût gêner sérieusement leur galopante tentative de course au temps perdu. Les devoirs de Madame envers son enfant prirent la forme d'une totale disparition pendant de longs jours, et Maisie vécut heureuse entre

Mrs. Wix et l'excellent Sir Claude. Mrs. Wix avait une robe neuve, et comme elle proclamait elle-même, une meilleure position ; de sorte que tout cela donnait à Maisie l'impression d'une existence brillante et bien remplie d'où Mrs. Beale et Suzanne Ash se trouvaient momentanément exclues, comme des enfants qu'on n'a pas invités à une soirée de Noël. Mrs. Wix n'était pas sans une crainte secrète, et, comme la plupart de ses sentiments secrets, elle discutait gravement celui-ci avec son élève, à longueur de journée : c'était le risque de voir Madame leur tomber dessus, à sa façon très brusque et si aristocratique, avec le projet d'un pensionnat. Mais l'idée que Sir Claude serait à la hauteur de la situation faisait sur cette crainte l'effet d'un calmant. Il était trop satisfait (ne le répétait-il pas sans cesse ?) de la bonne impression que produisaient sur tout le monde les sacrifices d'Ida ; et il apparaissait souvent dans la salle d'études pour leur faire savoir qu'à son avis tout avait parfaitement marché, et continuerait de même.

Il disparaissait quelquefois pendant plusieurs jours d'affilée, et sa patiente amie comprenait à ces moments-là qu'il était comme de juste absorbé par Madame ; mais il revenait toujours avec les récits les plus drôles sur les endroits où il était allé, d'admirables descriptions du beau monde, et même de jolis cadeaux qui montraient que pendant son absence il avait pensé à elles. Outre que sa conversation donnait presque à Mrs. Wix l'idée qu'elle aussi « allait dans le monde », il lui fit présent d'un billet de cinq livres, d'une histoire de France, et d'un parapluie à la poignée de malachite. Quant à Maisie, elle reçut des boîtes de chocolat et des livres d'images, et puis, un ravissant manteau, qu'il l'emmena toute seule choisir avec lui, et d'innombrables boîtes de jeux avec une petite brochure expliquant les règles, et enfin un éclatant cadre rouge destiné à protéger sa fameuse photographie. Les jeux, comme il le disait, étaient destinés à tuer le temps dans la soirée, et la soirée en effet se passait le plus souvent en vains efforts de Mrs. Wix pour se pénétrer des règles. Quand Sir Claude demandait à cette paire d'amies si cette espèce de jeux leur plaisait, elles répondaient : « Oh ! oui, beaucoup », mais elles débattaient gravement entre elles deux s'il serait sage ou non de l'appeler pour se les faire expliquer. Elles hésitaient par délicatesse ; elles n'auraient pu dire exactement pourquoi ; mais leur tendresse pour Sir Claude les obligerait à lui dissimuler l'embarras où elles se trouvaient. Le plus surprenant était la bonté de Sir Claude envers Mrs. Wix, pas seulement le billet de cinq livres et le fait « de ne pas l'avoir oubliée » mais encore « la parfaite considération » qu'il lui témoignait, comme elle aimait à le dire, et l'énoncé de ces simples mots donnait à l'institutrice le seul air de fierté que Maisie devait jamais lui voir, sauf en une occasion dont il sera parlé plus tard, et où la pauvre femme montra plus de fierté qu'eux tous réunis. Il lui serrait la main, et, comme elle le disait, il n'hésitait pas à la reconnaître ; surtout, il l'emmenait avec sa belle-fille assister à des matinées enfantines, et lui donna plus d'une fois publiquement le bras à la sortie du théâtre. S'il les rencontrait sous le plein soleil de Picadilly, il s'approchait, plaisantait, et les accompagnait dans leur promenade, héroïquement indifférent au genre que lui donnait cette compagnie, et c'était là un héroïsme dont Madame (et Mrs Wix n'avait pas même besoin d'insister là-dessus) en dépit de sa qualité de mère, était bien à jamais incapable de faire preuve. Malgré la dureté de cœur de l'enfance, il y avait quelque chose de pathétique, même pour Maisie, dans la joie que procuraient à Mrs. Wix ces simples politesses ; cela lui faisait comprendre à quel point son humble compagne avait courbé le front toute la vie. Mais cela permettait aussi de définir le degré de bonne éducation de Sir Claude ; personne n'était mieux élevé que lui (« et vous ne trouverez jamais mieux dans le grand monde, ni même chez l'homme que vous épouserez », répétait sans cesse Mrs. Wix). Maisie ne posait jamais certaines questions : ce qui épargnait à l'institutrice l'embarras d'avoir à trancher devant elle si papa était ou ou non moins bien élevé que Sir Claude. Ce n'était certes point par manque d'occasions, car il n'y avait pas d'instant où ce thème eût pu leur sembler déplacé, pas de sujets d'études, fût-ce la chronologie ou les verbes auxiliaires, dont Sir Claude fût plus éloigné que d'un revers de page. Durant les soirs d'hiver, le meilleur moyen d'échapper au casse-tête des jetons, des cartes, et des mystérieuses règles de jeu, était tout simplement de se rapprocher du feu et de parler de Sir Claude : et il faut bien dire que cet édifiant sujet de conversation constituait à cette époque la principale étude de la petite fille.

Il faut avouer aussi que ce sujet les entraînait fort loin, plus loin peut-être que ne l'eussent autorisé la conscience vieux jeu, le sens démodé des convenances de la simple institutrice de Maisie. Parfois, Mrs. Wix parlait en soupirant des scrupules par elle surmontés, paraissant se demander quelle autre ligne de conduite demeurait *possible* avec une jeune personne dont l'expérience de la vie avait été, pour ainsi dire, si particulière.

— Ce n'est pas comme s'il vous restait quelque chose à apprendre, n'est-ce pas, mon petit amour ? et je ne peux pas vous rendre pire que vous êtes, dites, ma chérie ?

Grâce à ces quelques réflexions, la bonne dame justifiait aux yeux de son élève et aux siens propres l'agréable liberté de leurs propos. Ce que Maisie savait était plutôt implicitement admis qu'ouvertement exprimé, mais permettait de transcender tous les livres d'école et supplantait toutes les études. Si rien ne pouvait rendre Maisie pire qu'elle n'était déjà, c'était une consolation, même à son propre point de vue, d'être aussi mal que possible : consolation offrant une large et ferme base à la réalité fondamentale de la crise présente, à savoir la folle jalousie de maman. C'était là un nouvel aspect de l'état passionné où maman se trouvait plongée, et la subtile paire installée dans la salle d'études ne fut pas longue à le constater. Elle se trouvait ainsi face à face avec l'idée des désagréments auxquels une dame s'exposait en épousant un monsieur capable de produire sur d'autres dames d'aussi charmants effets que Sir Claude. Que ces autres dames ne pussent s'empêcher d'en tomber amoureuses devait naturellement irriter sa femme. Un jour où quelque incident, le claquement d'une porte violemment refermée, ou la fuite éperdue d'une femme de chambre grondée, avait rendu cette vérité plus évidente que jamais, Maisie, réceptive et profonde, demanda tout à coup à sa compagne :

— Et vous, est-ce que vous l'aimez ?

L'enfantin sérieux de Maisie prévoyait une marge pour le rire, aussi fut-elle stupéfaite toute la première par la promptitude solennelle avec laquelle Mrs. Wix sortit sa réponse :

— Comme une folle, vous m'entendez bien ? Et je vous prie de croire que je ne m'étais encore jamais mise dans de tels états.

Le souvenir de cette audacieuse déclaration ne l'intimida pas, quelques jours plus tard, lorsque sa gouvernante joua cartes sur table après une assez longue absence de Sir Claude.

— Et vous-même, mademoiselle, si j'ose vous le demander ?

Elle vit bien que Mrs. Wix parlait comme malgré soi, mais sur le ton de la plaisanterie.

— Mais bien sûr ! répondit l'enfant, surprise semblait-il de ne pas s'être déjà suffisamment compromise depuis longtemps. Mrs. Wix eut alors un soupir de visible satisfaction. C'était peut-être bien un vrai soupir de soulagement. Les choses étaient comme elles devaient être.

Pourtant, si Madame était furieuse, Maisie et Mrs. Wix voyaient bien que ce n'était pas contre elles, et ce n'était pas non plus sur son interdiction qu'un long intervalle de temps se passa sans que Sir Claude vînt les voir. (Il y avait alors à peu près six mois que Maisie vivait chez sa mère.) Il était toujours « sorti », et Ida était toujours « sortie », et parfois ils sortaient ensemble, et parfois séparément. Il y eut des périodes où les simples écolières eurent la maison à elles toutes seules ; où tout le monde, jusqu'aux domestiques, semblait « sorti », et où le dîner se transformait en audacieuses explorations à l'intérieur du buffet ou dans l'office. Mrs. Wix rappelait alors à son élève (et dans ces périodes affamées de telles consolations se révélaient consolatrices) que « la grande vie » de leurs compagnons, le beau monde où il était inévitable qu'ils vécussent et les plaisirs compliqués qu'il y avait presque de l'impudence à essayer d'imaginer, devaient présenter un aspect dont rien ne pouvait donner une idée à qui leur était étranger. A ces moments-là, elle avouait à Maisie que de toutes les difficultés, Mrs. Beale était maintenant somme toute la plus grande. Ainsi, l'enfant finit par apprendre que sa belle-mère avait fait une tentative pour la revoir, que sa mère en avait été profondément irritée, que son beau-père avait pris le parti de sa belle-mère, que cette dernière prétendait agir en tant que représentant du père, et que sa mère, en deux mots, prenait tout cela très mal. Comme le disait Mrs. Wix, la situation était devenue un incroyable méli-mélo. Ses réflexions à ce sujet rappelèrent à Maisie la vision paradisiaque qu'avait été la première rencontre de Mrs. Beale et de Sir Claude, incident dont elle n'avait guère parlé à Mrs. Wix, mais qu'elle avait trouvé de nombreuses occasions d'évoquer dans les premiers temps avec son beau-père. Elle savait vaguement gré à Mrs. Wix de n'avoir pas essayé, comme sa mère l'avait fait, d'apprendre d'elle ce qui s'était passé ce jour-là. C'était contre de telles tentatives que Sir Claude l'avait mise en garde, et c'était à elles encore qu'il faisait allusion, quand il déclarait que Maisie était un « chic type », puisqu'elle avait su les déjouer toutes. Bien sûre alors que Mrs. Beale n'avait pas renoncé à elle pour de bon, elle demanda à Sir Claude s'il était resté en communication avec sa belle-mère, et si pour l'instant tout lien devait être considéré comme rompu entre elle et Mrs. Beale. Cette conversation eu lieu un jour où Sir Claude fit dans la salle d'études une apparition soudaine, et y trouva Maisie toute seule.

# X

Debout devant la cheminée, il fumait une cigarette, et considérait le maigre mobilier de la chambre de manière à faire rougir Maisie pour celui-ci. Avant de la laisser « pousser sa pointe » (c'était là une de ces expressions nouvelles qu'elle cueillait par douzaines dans sa conversation), il fit remarquer que maman se montrait réellement très chiche en ce qui concernait l'ameublement et la décoration de la salle d'études. Mrs. Wix avait cloué au mur un éventail japonais et deux textes bibliques plutôt sinistres ; elle les eût souhaités plus gais, mais elle n'en avait pas d'autres sous la main. En somme, sans la photographie de Sir Claude, la chambre eût été, ainsi qu'il le disait lui-même, triste comme un bonnet de nuit. Il constata que la gouvernante et l'élève manquaient de mille choses, mais il faut avouer que cette paire d'amies ne s'entendaient pas sur l'endroit où placer ces mille choses, à supposer qu'elles les eussent jamais obtenues ; et toutes deux tombaient d'accord que l'instable existence de l'enfant était certes défavorable à toute accumulation de richesses. Maisie demeurait au même endroit assez longtemps pour manquer de bien des choses, mais non pour mériter de les recevoir. Le coup d'œil jeté par Sir Claude sur la salle d'études éveilla en elle l'humiliante idée que cette pièce ne différait au fond pas beaucoup de la misérable mansarde où elle était allée un jour rendre visite à Suzanne Ash. Mais Sir Claude demanda brusquement :

— Est-ce que vous croyez qu'elle vous aime pour de vrai ?

— Oh ! énormément, répondit Maisie.

— J'entends, est-ce qu'elle vous aime pour vous-même, comme on dit ? Est-ce qu'elle tient à vous autant que Mrs. Wix ?

L'enfant réfléchissait :

— Oh ! Mrs. Wix n'a que moi au monde.

— Et ce n'est pas le cas de Mrs. Beale ? déclara Sir Claude, l'air très amusé.

Et il se mit à rire, ce dont Maisie avait l'habitude, et qui ne la déconcerta pas au point de l'empêcher de continuer :

— Mais Mrs. Beale ne renoncera jamais à moi.

— Ni moi non plus, vieux camarade ; ça n'a donc rien de si merveilleux, et elle n'est pas la seule. Mais si Mrs. Beale tient autant que cela à vous, pourquoi ne vous écrit-elle pas ?

— Oh ! à cause de maman.

Tout cela était rudimentaire, et Maisie était presque surprise d'entendre Sir Claude poser une question aussi simpliste.

— Oui, vous avez raison, répondit-il. Mais Mrs Beale pourrait arriver jusqu'à vous ; il y a mille moyens. Mais bien entendu, il y a aussi Mrs. Wix.

— Il y a aussi Mrs. Wix, répéta nettement Maisie. Mrs. Wix la déteste.

Sir Claude eut l'air intéressé :

— Ah ! elle la déteste ? Elle le dit ?

— Non, parce qu'elle sait que cela ne me ferait pas plaisir. C'est gentil de sa part, n'est-ce pas ? demanda l'enfant.

— Mais oui, assez gentil. Mrs. Beale ne pourrait jamais tenir sa langue, même pour ne pas vous faire de la peine, je crois bien ?

Maisie se rappelait combien peu Mrs. Beale avait tenu sa langue, mais elle tenait à défendre aussi sa belle-mère. Le seul moyen de le faire fut pourtant d'invoquer cette circonstance atténuante :

— Oh ! chez papa, ça leur est égal, vous savez !

Cette fois, Sir Claude se contenta de sourire :

— Oui, je suppose que ça leur est égal. Mais ça ne nous est pas égal à nous, n'est-ce pas ? Ce n'est guère un sujet sur lequel je devrais essayer de vous influencer, continua-t-il, mais il me semble vraiment que nous sommes plus gentils ici que chez votre père. Je n'insiste pas, du reste, car c'est une des questions que je trouve très embarrassant d'avoir à discuter avec vous. Mais soyez sans inquiétude : je vous assure que je vous défendrai.

Puis, et tout en tirant sur sa cigarette, il en revint à Mrs. Beale et à la première question de l'enfant :

— Je crains que nous ne puissions rien pour elle en ce moment. Je ne l'ai pas revue depuis ce jour-là. Enfin, non, je ne l'ai pas revue, parole d'honneur !

Et soudain le jeune homme rougit légèrement, et se mit à rire avec quelque embarras : il devait trouver que cette protestation d'innocence adressée à Maisie était un peu excessive. Il avoua d'ailleurs que maman comme de juste détestait cette autre dame. Il ne pouvait retourner là-bas avec l'agrément de sa femme, et il n'était pas homme, elle pouvait le croire, disait-il, cédant de nouveau au souci de paraître irréprochable à l'enfant, à se passer ainsi de cette permission. Ce n'était pas la première fois qu'il parlait à Maisie comme à quelqu'un qui connaît la vie. Certes, il était allé chez Mrs. Beale pour chercher l'enfant, mais la situation était maintenant tout autre. Puisque Maisie vivait chez sa mère, quel prétexte pourrait-il donner à cette mère pour rendre visite à la seconde femme de Mr. Farange ? Et, bien entendu, Mrs. Beale ne pouvait pas mettre les pieds chez Ida, qui l'eût mise en pièces. Tant de prétextes rappelèrent à Maisie que Mrs. Beale la considérait autrefois comme le meilleur de tous, et il semblait évident qu'elle était destinée à demeurer dans cet emploi indispensable ou irremplaçable. Du reste, Sir Claude penchait à croire que la situation prendrait plus tard un meilleur tour, et il finit même pas insinuer :

— Je suis sûr qu'elle vous aime vraiment, comment pourrait-elle s'en empêcher ? Elle est très jeune, très intelligente, et très jolie : je la trouve charmante. Mais nous devons marcher droit. Eh bien, si vous y aidez, je vous aiderai moi aussi, conclut-il sur un agréable ton de camaraderie et d'égalité, qui n'avait rien de protecteur, qui eût décidé Maisie à se jeter au feu pour lui, et dont tout le charme, l'enfant le sentait bien, consistait moins à condescendre à ces jeunes années qu'à n'y pas penser.

Tout cela lui procura des moments de secrète extase, où elle se figura qu'elle pourrait lui être utile. Ce qu'il y avait dans tout cela de plus bizarre était bien l'imposante idée que ses aînés semblaient se faire de la jeunesse. Par exemple, Mrs. Beale était jeune aux yeux de Sir Claude, de même que Sir Claude était jeune aux yeux de Mrs. Wix, c'était même une de ses vertus qu'elle prisait le plus. Mais qu'était donc Maisie, et, autre face du même problème, qu'était donc maman ? Il lui fallut du temps, et deux ou trois expériences désagréables, pour se rendre compte qu'il valait mieux ne pas faire allusion à la jeunesse de maman. Elle en vint même à se demander un jour, en présence de cette dame aux traits marqués et aux colorations violentes, si personne d'autre qu'une petite fille eût jamais pensé à la traiter de jeune femme. Mais si maman n'était pas jeune, elle était donc vieille ; et cette lumière nouvelle éclairait bizarrement le mariage de maman avec un jeune homme. Mr. Farange, lui, était plus âgé encore, Maisie le savait bien, et elle finit par comprendre que si Mrs. Beale était plus jeune que Sir Claude, papa était de beaucoup plus âgé que Mrs. Beale. Ces découvertes déconcertantes ajoutaient à la confusion d'idées chez l'enfant : aucun de ces gens, semblait-il, n'avait l'âge qu'il aurait dû avoir. C'était surtout vrai de maman, et elle se réjouit davantage de n'avoir pas discuté avec Mrs. Wix le degré d'affection que Sir Claude portait à sa femme. Elle sentait bien qu'en se contentant d'étudier le jeu des passions dans le cœur de Madame, elles avaient toutes deux été guidées (et surtout Mrs. Wix) par une espèce de délicatesse, et peut-être de honte. Sa conversation avec son beau-père dans la salle d'études s'acheva sur ces mots :

— Mais si nous ne voyons pas du tout Mrs. Beale, elle se trompait donc quand vous êtes venu me chercher ?

Il parut plutôt vague à ce sujet :

— Et que pensait-elle ?

— Que je vous avais rapprochés l'un de l'autre.

— Elle le pensait ? demanda Sir Claude.

Maisie fut surprise qu'il l'eût déjà oublié :

— Oui, comme je l'ai rapprochée de papa. Vous ne vous rappelez pas qu'elle l'a dit ?

Sir Claude s'en souvint dans un éclat de rire :

— Oh ! oui, elle a dit cela.

— Et vous aussi, vous l'avez dit, poursuivit Maisie avec précision.

Tout l'incident revécut pour lui dans un nouvel accès de gaieté :

— Et vous aussi, riposta-t-il, comme s'il s'agissait d'un jeu.

— Et nous nous sommes tous trompés ?

Il réfléchit un instant :

— Non, au fond pas. J'ose dire que c'est bien ce que vous avez fait. Vous nous avez rapprochés ; c'est curieux vraiment. Elle pense à nous — à vous et à moi — bien que nous ne nous rencontrions pas. Et je suis sûr que quand vous retournerez chez elle, vous verrez que tout ira bien.

— Je vais retourner chez elle ? demanda Maisie avec un petit sursaut qui était comme une soudaine prise de possession de son bonheur présent.

Sir Claude redevint sérieux, comme si cette question lui faisait sentir le poids de l'engagement qu'il avait pris :

— Oh ! un jour ou l'autre, je suppose. Nous avons bien le temps.

— J'ai beaucoup de temps à regagner, déclara Maisie, croyant faire preuve d'une extrême audace.

— Bien sûr, et je vous engage à en bien remplir chaque minute. Oh ! je vous y obligerai bien.

C'était là un encouragement, et pour se montrer gaiement rassurée, elle répliqua :

— Mrs. Wix m'y oblige aussi.

— Naturellement, répondit Sir Claude. Mrs. Wix et moi, nous sommes coude à coude.

Cette forte image fit rêver Maisie, qui s'écria enfin :

— C'est grâce à moi, alors ! Mrs. Wix et vous, je vous ai aussi rapprochés l'un de l'autre !

— Mais oui, le diable m'emporte ! rit Sir Claude. Et Mrs. Wix plus que tout le reste, peut-être. Oh ! vous avez bien travaillé, en ce qui nous concerne ! Si seulement (comme je vous l'avais suggéré ce jour-là, vous en rappelez-vous ?) vous réussissiez aussi bien en ce qui concerne votre mère !

— Quoi ? A vous rapprocher ? dit l'enfant surprise.

— Vous voyez bien que nous ne le sommes pas, mais pas du tout. Mais je ne devrais pas vous dire toutes ces choses. D'autant plus que vous n'en viendrez pas à bout, croyez-m'en. Non, vieux camarade, continua le jeune homme, votre pouvoir s'arrête là. Mais peu importe, nous nous tirerons bien d'affaire. L'important, c'est que vous et moi nous soyons d'accord.

— Nous sommes d'accord, répéta dévotement Maisie. Mais aussitôt, le souvenir de ce qu'il venait de dire lui fit ajouter : Et comment ferais-je pour vous quitter ?

On eût dit que c'était à elle de prendre soin de lui. Son sourire rendit justice à cette anxiété :

— Eh bien, vous n'y êtes pas obligée. Nous n'en viendrons pas là !

— Ça veut dire que vous viendrez avec moi ?

— Pas exactement avec vous, répondit vaguement Sir Claude, mais je ne serai jamais bien loin.

— Mais savez-vous où maman peut vous emmener ?

Il rit encore :

— Je n'en sais rien, il faut l'avouer. Il ajouta, bien que la plaisanterie parût un peu forte : C'est à vous de veiller à ce qu'elle ne m'emmène pas trop loin.

— Comment faire ? demanda Maisie, toute surprise. Maman ne m'aime pas, dit-elle ensuite très simplement. Non, elle ne m'aime pas.

En dépit de son âge, sa longue petite histoire tenait dans ces mots, et il était aussi impossible de la contredire que si elle avait été une vénérable aïeule.

Le silence de Sir Claude fut un acquiescement, et plus encore le ton des paroles qui suivirent :

— Ça ne l'empêchera pas de me laisser avec vous, un jour.

— Et nous vivrons ensemble ? demanda-t-elle, pleine d'espérance.

— Je crains, dit Sir Claude en souriant, que ce ne soit là l'occasion ou jamais pour Mrs. Beale.

Ses espoirs en furent légèrement refroidis ; elle se souvint que Mrs. Wix avait déclaré que tout cela était un méli-mélo extraordinaire :

— L'occasion de m'emmener ? Eh bien, pourrez-vous venir me voir chez elle ?

— Oh ! je le suppose.

Bien qu'à certains points de vue, Maisie n'eût plus rien d'enfantin, elle avait gardé le goût de l'enfance pour les promesses précises.

— Vous viendrez alors, vous viendrez souvent, n'est-ce pas ? insistait-elle, lorsque la porte s'entrouvrit pour laisser passage à Mrs. Wix. Au lieu de répondre, Sir Claude lui lança un regard qui la laissa muette et embarrassée.

Quand il se trouva de nouveau en tête-à-tête avec elle,

et cette circonstance favorable ne se présenta pas tout de suite, il reprit la conversation au point où il l'avait laissée tomber.

— Vous comprenez, chère enfant, que si je puis aller vous voir chez votre père, le cas est un peu différent en ce qui concerne les visites de Mrs. Beale ici.

Maisie approuva d'un air pensif bien qu'elle eût été en peine d'expliquer où était la différence. Elle sentit combien son beau-père lui en épargnait le souci, lorsqu'il déclara, de l'air amusé qui lui était habituel :

— Je pourrais probablement aller chez Mrs. Beale à l'insu de votre mère.

Cet élément de romanesque procura à Maisie un agréable petit frisson :

— Et elle ne pourrait pas venir sans que maman le...

Elle dut s'interrompre sans prononcer le mot.

— Ma chère enfant, Mrs. Wix le lui dirait.

— Mais je croyais, objecta Maisie, que Mrs. Wix et vous...

— Etions de tels compagnons d'armes ? interrompit Sir Claude. Oh ! oui, à tous points de vue, sauf quand il est question de Mrs. Beale. Et si vous pensez que nous pourrions cacher ses visites à Mrs. Wix...

— Oh ! non je ne pense rien de pareil, interrompit Maisie à son tour.

Sir Claude la regarda de l'air de quelqu'un qui comprend à demi-mot.

— Non, certes, ce serait impossible.

Cette réflexion au sujet du secret qu'ils pourraient peut-être arriver à garder fut pour Maisie le premier indice d'une découverte qu'elle ne s'attendait pas à faire en Sir Claude. A de certains moments, elle avait dû se résigner à l'idée qu'elle était elle-même un peu sournoise, et pourtant, elle n'avait jamais rien caché de plus gros qu'une pensée. Elle comprit alors combien il serait intéressant de le voir lui aussi dissimuler quelque chose, et tandis qu'elle réfléchissait profondément, il ajouta :

— De plus, vous savez, je n'ai pas peur de votre père.

— Et vous avez peur de ma mère ?

— Je vous crois, mon petit vieux, répondit Sir Claude.

## XI

Il ne faudrait pas croire que les absences de Madame n'étaient pas compensées par des démonstrations d'un autre ordre, entrées triomphales, arrêts haletants durant lesquels son coup d'œil riche en intentions semblait tout enregistrer autour d'elle, depuis l'état du plafond jusqu'à celui des chaussures de sa fille. Tantôt elle s'asseyait et tantôt elle errait gracieusement dans la chambre, mais ses attitudes affectaient toujours l'air du sérieux et de l'utilitaire. Tant de choses lui paraissaient hors d'usage qu'elle ne partait jamais sans leur en faire espérer beaucoup d'autres ; et, tout hérissée de calculs, elle semblait éparpiller autour d'elle les remèdes et les promesses. Ses visites étaient quasi l'équivalent d'un trousseau, et ses manières, comme le disait Mrs. Wix, valaient une paire de rideaux neufs ; mais c'était avec cela une personne portée aux solutions extrêmes, et tantôt elle adressait à peine la parole à son enfant, et tantôt elle pressait cette tendre jeune plante contre un décolleté que Mrs. Wix trouvait remarquablement généreux. Elle était toujours follement talonnée par l'heure, et plus le décolleté était bas, plus il fallait supposer qu'elle était impatiemment attendue quelque part. Elle effectuait le plus souvent seule ces brèves entrées et sorties, mais parfois Sir Claude l'accompagnait, et, dans les premiers temps, ces visites attestaient délicieusement la façon dont Madame, comme le disait Mrs. Wix, était sous le charme.

— Ah ! oui, elle y est bien ! répétait Maisie d'un ton familier, mais pensif, après que Sir Claude avait emmené maman au milieu d'heureux éclats de rire.

Jamais, même à l'époque des dames aux fréquents accès de gaieté, elle n'avait entendu maman rire d'aussi bon cœur que dans ces moments d'abandon conjugal ; la petite fille pouvait se rendre compte qu'elle avait enfin des droits sur cette belle humeur, et les méditations heureuses et égoïstes de cette pensive enfant tournaient désormais autour de ces présages de bon temps futur.

Puis, Ida vint seule, de l'air de quelqu'un qui a changé par suite d'une modification des circonstances environnantes ; elle prit un ton superficiellement brusque et déconcertant, celui d'une femme qui s'était abandonnée en tout à Sir Claude, non sans grands sacrifices de sa part, et qui tenait à faire savoir à tous que si les choses ne marchaient pas comme on l'espérait, il fallait s'en prendre au manque de suite dans les idées de son mari.

— Il a fait d'emblée tant de bruit à votre sujet, disait-elle un jour à Maisie, que je lui ai conseillé de s'occuper de vous, et de voir si cette occupation l'amusait, vous comprenez ? Je me suis lavé les mains de tout ce qui vous concernait, je vous ai cédée à lui, et si vous n'êtes pas contente, c'est à lui, je vous prie, qu'il faut vous en prendre. Et ne me harcelez pas, pauvre malheureuse que je suis : je vous assure que j'ai assez d'ennuis comme ça.

Et, certes, un de ces ennuis était la rupture possible du charme qui avait à tel point suscité l'enthousiasme de l'ardente salle d'études, l'autre consistait dans l'aveu franchement étalé du manque de sens des responsabilités chez Sir Claude. Le jour vint où ses auditrices, retenant leur souffle, apprirent que le malheur avec Sir Claude était tout simplement, hélas ! son absence de sérieux.

Maisie pleura contre l'épaule de Mrs. Wix après avoir entendu dire par sa mère que Sir Claude n'était qu'un papillon. De plus, sa gouvernante ne raccommoda les choses qu'à moitié en déclarant plusieurs fois durant les jours qui suivirent qu'à son avis il était juste qu'un homme « ayant une position dans le monde », fût léger et insoucieux. La légèreté et l'insouciance avaient été naturelles, étant donné leur position dans le monde, à toutes les personnes que Mrs. Wix avait rencontrées dans la vie, elle-même exceptée ; pourtant, le principal mérite de Sir Claude semblait avoir consisté jusque-là à différer des autres. Cependant, plus le temps coulait, plus Maisie parlait de sa mère avec lui, sans la moindre réticence ; elle se sentait complètement libérée avec Sir Claude de cette crainte de répandre des commérages et d'empirer ainsi les choses, qui lui avait jadis fermé la bouche devant son père. Sir Claude semblait reconnaître qu'il avait adopté l'enfant, et fait d'elle, comme il disait, sa petite favorite ; il avouait aussi qu'il était un affreux imposteur, un bon à rien, un sombre idiot. Et jamais il ne prononça devant elle le moindre mot contre sa mère, il se contentait de subir, muet et découragé, la franchise brutale de Madame. Il lui arrivait même de parler comme s'il avait arraché sa petite protégée des bras d'une mère qui aurait eu bec et ongles pour la retenir.

Tel fut d'ailleurs le sens d'une scène qui éclata un beau jour où ces quatre personnages se trouvèrent seuls dans le salon, et où Maisie se vit serrée avec violence contre la poitrine de sa mère, tandis que des larmes et des lamentations aiguës pleuvaient sur elle, faisant ainsi de l'enfant l'objet d'une démonstration rendue sans doute nécessaire par quelque querelle récente. Cet état de choses impliquait pour Ida l'obligation de bercer sa fille dans ses bras tout en parlant d'elle comme d'une petite créature hideusement détournée de sa mère par une fatalité sinistre, et tout en couvrant Sir Claude d'injures, en tant que responsable de ce crime.

— Il vous a éloignée de moi, criait-elle, il vous a dressée contre moi, il vous a séduite, et votre affreuse petite âme a été empoisonnée ! Vous avez passé de son côté, vous avez pris son parti, et vous me détestez ! Vous n'ouvrez jamais la bouche quand je suis là, vous le savez bien ; et avec lui vous bavardez comme une douzaine de pies. Ne mentez pas ; je vous entends tout le temps. Vous vous jetez à sa tête d'une manière à peine convenable ; il peut faire de vous ce qu'il veut. Eh bien, qu'il le fasse, qu'il s'en donne à cœur joie : il a été si pressé de vous prendre ; nous verrons bien si ça l'arrange de vous garder ! Je suis bien bonne de me désoler à votre sujet, quand vous vous souciez de moi comme un poisson d'une pomme !

En lâchant soudain l'enfant de l'air dégoûté de quelqu'un qui accepte sa propre défaite, elle la repoussa brusquement à travers la chambre dans la direction de Mrs. Wix, que Maisie, en dépit de l'élan vertigineux que lui avait imprimé sa mère, vit pourtant échanger avec Sir Claude un rapide et bizarre coup d'œil.

Le souvenir de ce coup d'œil lui resta, et développa son sens critique quant à l'explosion de sa mère, tant et si bien qu'elle cessa presque de rougir d'avoir mérité le reproche que lui faisait si violemment celle-ci. Son père l'avait traitée jadis de petite brute sans cœur, et en ce moment, bien que fort effrayée, elle demeurait aussi dure et aussi froide que si le qualificatif venait sur-le-champ de lui être appliqué. Elle n'était même pas assez terrifiée pour pleurer, ce qui eût été un tribut aux torts faits à sa mère ; elle était uniquement et par-dessus tout, curieuse de l'opinion silencieusement exprimée par ses compagnons. Elle profita de la première occasion pour s'en informer auprès de Mrs. Wix, et obtint cette remarquable réponse :

— Eh bien, ma chérie, tout ça fait partie du manège de Madame, et nous, nous ne pouvons que « faire le mort ».

Maisie eut le temps d'interpréter à loisir ces paroles grosses de menaces ; ses pensées se multiplièrent rapidement à ce sujet, tandis qu'elle se rendait compte jusqu'à l'évidence que sa gouvernante avait maintenant des conversations animées, privées, et nullement infréquentes, avec ce beau-père inculpé.

Un second incident confirma chez elle le soupçon que quelque chose dont elle ne savait rien venait de se produire. Ces choses dont elle ne savait rien (et elles étaient fort nombreuses) ne l'avaient pas jusqu'ici, croyait-elle, concernée de bien près ; elle avait même eu dans le passé la confortable conviction, dans ce labyrinthe familial, de n'être jamais privée de fil. Cette fois encore, elle le trouva à la fin, et grâce, il faut l'avouer, à l'aide discrète de Mrs. Wix. L'assistance de Sir Claude lui avait brusquement fait défaut, car sa réponse au manège de Madame avait été de partir immédiatement pour Paris, tout seul, et évidemment parce qu'il était décidé à tenir tête quand on l'accusait de se mal conduire. Maisie comprenait que Sir Claude pouvait aimer beaucoup sa belle-fille, sans avoir envie qu'on la lui jetât en plein visage de cette façon, et que son départ était une claire protestation contre ce procédé. Ce fut pendant cette absence que notre jeune personne découvrit que l'événement qui venait de se produire, c'est que sa mère n'était plus amoureuse de Sir Claude.

Au jugé de Maisie, cette passion pour Sir Claude avait trouvé ses limites peu de temps avant le jour où Madame apparut brusquement dans la salle d'études pour présenter Mr. Perriam, qui, comme elle l'annonça à Maisie dès le pas de la porte, se refusait à admettre qu'elle eût un grand brin de fille comme ça. Mr. Perriam était court et épais ; Mrs. Wix remarqua ensuite qu'il était trop gros « pour emboîter le pas à cette allure-là », et il eût été difficile de dire si ce qu'il y avait de plus frappant en lui était sa calvitie ou sa broussailleuse moustache noire. On eût dit que ses yeux aussi étaient surmontés par des moustaches, ce qui, d'ailleurs, n'empêchait pas ces petits globes luisants de rouler autour de la chambre comme s'ils avaient été des boules de billard propulsées par un des fameux coups d'Ida. La main dont Mr. Perriam se servait pour tirer sur sa moustache était ornée d'un étincelant diamant, lequel, ainsi que la corpulence et l'air mytérieux de son propriétaire, poussèrent la jeune personne à déclarer sitôt après son départ qu'il ne lui manquait qu'un turban pour ressembler tout à fait à l'idée qu'elle s'était formée d'un païen de Turc.

— Il ressemble tout à fait à l'idée que je me suis formée d'un païen de Juif, répondit Mrs. Wix.

— Je veux dire qu'il a l'air de venir de l'Orient, fit Maisie.

— Et il en vient, soyez-en sûr, opina sa gouvernante, il vient de la Cité, à l'est de Londres.

Et elle ajouta d'un ton renseigné :

— C'est l'un de ces individus qui ont récemment grimpé à la surface. Il est immensément riche.

— A cause de la mort de son papa ? demanda l'enfant avec intérêt.

— Mon Dieu, non. Il n'y a pas d'héritage dans son cas. Je veux dire qu'il a gagné des masses d'argent.

— Combien, croyez-vous ? demanda Maisie.

Mrs. Wix réfléchit et dit vaguement :

— Oh ! plusieurs millions.

— Cent millions ?

Mrs. Wix n'était pas sûre du chiffre, mais ces millions de Mr. Perriam semblaient suffire à réchauffer pour un temps l'indigence de la salle d'études, s'y attardaient, reflet crépusculaire de la lourde et tropicale lumière que Mr. Perriam répandait indubitablement autour de lui. Certes, il portait sur son visage les visibles indices de ce plaisir de vivre que Maisie avait discerné chez les grandes personnes depuis sa petite enfance, le signe d'une maturité satisfaite, le vieil accent familier d'une débordante bonhomie.

— Charmé de faire votre connaissance, madame ! Charmé de faire votre connaissance, petite mademoiselle ! Il saluait gaiement leurs figures stupéfaites.

« Elle m'a amené ici pour jeter un coup d'œil, c'est vrai que je ne voulais pas la croire sur parole. Elle parle toujours de vous, mais elle ne vous montre jamais ; de sorte qu'aujourd'hui, je l'avais défiée de le faire. Eh bien, chère madame, vous n'êtes pas un mythe, je me rétracte à votre sujet. Ni vous non plus, mademoiselle, continua le visiteur en s'adressant à Maisie, bien que ça n'aurait rien eu d'impossible, pour sûr !

— Je l'ai ennuyé à force de parler de vous, ma chérie, j'ennuie tout le monde avec ce sujet. Et pour lui prouver que vous êtes une gentille petite fille (terriblement grande, hélas !) je lui ai dit de venir juger par lui-même. Et il voit maintenant quelle trépidante jeunesse vous êtes, et il se rend compte que votre pauvre maman a au moins soixante ans.

Et Madame sourit à Mr. Perriam avec ce charme que sa fille lui avait souvent entendu reconnaître chez papa par des joyeux messieurs qui espéraient obtenir de lui ce qu'ils appelaient « de l'avancement ». Ses manières à ce moment permirent à Maisie d'apprécier mieux que jamais ce charme que papa, dans un langage remarquablement expressif, déniait sans cesse qu'elle pût exercer.

Mr. Perriam reconnut le pouvoir de ce même charme par la façon dont il répondit :

— Je n'ai jamais dit que vous n'étiez pas épatante,

hein ? et il fit appel avec une agréable confiance au témoignage de la salle d'études, au sujet de laquelle il paraissait croire qu'on attendait de lui un mot aimable. « Ainsi, c'est là le petit nid, hé, hé ? Charmant, charmant, charmant, répéta-t-il en regardant autour de lui d'un air vague. Les écolières interrompues se serraient l'une contre l'autre, comme exposées à un examen personnel, mais Ida dissipa leur gêne par un haussement de ses belles épaules. Cette fois, le sourire qu'elle adressa à Mr. Perriam s'imprégna d'une mélancolie soudaine et charmante :

— Et que voulez-vous, Ciel ! que puisse faire une pauvre femme ?

La grimace du visiteur se dessina davantage tandis qu'il continuait à tout examiner autour de lui, et la petite salle d'études intimidée se sentit plus que jamais pareille à une cage dans une ménagerie.

— Charmant, charmant, charmant ! insista Mr. Perriam, mais la parenthèse se ferma avec un bruit assez semblable à un claquement.

— En voilà assez, dit Madame. Bonsoir ! ajouta-t-elle d'un ton un peu sec.

L'instant d'après, les visiteurs se trouvaient sur l'escalier, et Mrs. Wix et sa petite compagne, debout sur le seuil, se jetaient silencieusement un long coup d'œil, entendant monter jusqu'à elles le bruit du grand flot mondain qui ramenait ces deux-là vers la vie.

Il peut sembler étrange qu'à la suite de cette visite Maisie ne posât jamais de questions à propos de Mr. Perriam, et plus étrange encore qu'au bout d'une semaine, elle eût obtenu une réponse à toutes ces questions qu'elle n'avait pas posées. La principale réponse, et ce renseignement lui vint tout droit de Mrs. Wix, était que Sir Claude n'apprécierait pas du tout les visites de ce millionnaire allant et venant ainsi aux étages supérieurs. Combien il les apprécierait peu, elle pouvait en juger par le fait que la fidélité de Mrs. Wix à Madame s'effondrait sous le poids de ces visites ; cette vassale devint capable de changer de maître, elle fut prête à sacrifier Madame sur l'autel des convenances. Elle disait elle-même qu'elle l'avait secondée de son mieux contre Mrs. Beale, mais contre Sir Claude, elle ne pouvait la servir en rien. Toujours sans poser de questions, Maisie avait ainsi recueilli un nombre remarquable de réponses, à l'époque où son beau-père revint de Paris, d'où il lui rapportait cette fois une magnifique boîte de couleurs, et à Mrs. Wix, par un manque de mémoire qui aurait été comique s'il n'avait été quelque peu déconcertant, un second parapluie, encore plus élégant que le premier. Il avait dû l'oublier, ce premier parapluie qui gisait enveloppé d'autant de gaines qu'une momie de Pharaon, et dont pour rien au monde elle n'eût commis le sacrilège de se servir.

Maisie savait de source sûre que, bien que Mrs. Wix se considérât maintenant, grâce à ce qu'elle appelait une « entente tacite », comme se trouvant placé « du côté » de Sir Claude, elle ne lui avait encore rien dit au sujet de Mr. Perriam. Ce monsieur devint donc une sorte de splendide secret de Polichinelle, du fond duquel élève et gouvernante s'entre-regardèrent solennellement à partir du retour de leur ami. Cet ami leur avait été généreusement rendu, et il fut tout de suite évident que, bien qu'il se crût obligé de se protéger contre le risque de se voir trop brutalement attribuer les enfants des autres, il s'exposait plus que jamais au risque de faire naître en elles des illusions pour l'avenir.

Tout n'étant plus qu'une question de parti à prendre, les positions réciproques commençaient du moins à se dessiner. Maisie, comme de juste, étant donné la délicate situation où elle se trouvait, n'était du parti de personne ; mais Sir Claude avait tout l'air d'être du parti de Maisie. Si, de plus, Mrs. Wix était du parti de Sir Claude, Madame du parti de Mr. Perriam, et Mr. Perriam probablement du parti de Madame, il ne restait donc d'incertitudes qu'au sujet de Mrs. Beale et de Mr. Farange. Il était clair que Mrs. Beale, comme Sir Claude, était du parti de Maisie, et il fallait supposer que papa était du parti de Mrs. Beale. Là pourtant, on se trouvait en face d'une légère ambiguïté, car le fait que papa fût du parti de Mrs. Beale ne semblait pas le mettre complètement de celui de sa fille. Tout cela, dans l'esprit de la jeune personne, finit par ressembler beaucoup à une partie de quatre coins, et elle se demandait si cette distribution des rôles pourrait finir par produire une mêlée générale et un échange de places. Elle sentait qu'il fallait s'apprêter à envisager des bouleversements incessants ; n'y avait-il pas déjà quelque chose de stupéfiant à trouver sa mère et son beau-père dans deux partis opposés ? C'était bien là le grand événement qui venait de se produire dans cette maison. De plus, Mrs. Wix avait changé de visage : elle n'avait jamais été ce qu'on appelle gaie, mais sa gravité était devenue aussi publique qu'une affiche. Revêtue de sa nouvelle robe, elle semblait méditer dans un coin sur ces scrupules perdus dont la mémoire lui était devenue presque aussi chère que celle de Clara Matilda. « C'est dur, pour *lui* », répétait-elle souvent à son élève, et surprenant était le nombre de raisons que Maisie se trouvait posséder pour tomber d'accord avec elle. Si dur que ce fût pour lui, Sir Claude ne s'était jamais montré sous un meilleur jour que grâce à l'aimable, généreuse, et courageuse attitude qu'il adopta pour supporter ses infortunes ; son refus de consentir à se laisser aigrir arrachait à Mrs. Wix des soupirs de soulagement. Mais tout cela l'obligeait de plus en plus à se replier sur la salle d'études ; il semblait croire que s'il devait encourir l'accusation de pervertir une innocente enfant, mieux valait du moins s'en donner aussi le plaisir. Il n'entrait jamais dans cette chambre sans déclarer à ses habitantes qu'elles étaient ce qu'il y avait de mieux dans la maison, et cette remarque leur faisait chuchoter l'une à l'une : « Mr. Perriam », aussi fort que leurs lèvres étroitement serrées et leurs yeux écarquillés pouvaient le permettre. L'attitude de Sir Claude rappelait à Maisie sa déclaration à Mrs. Beale au sujet de sa vocation de bonne d'enfant, et elle y fit allusion, plus clairement qu'elle ne l'eût souhaité en présence de Mrs. Wix, en lui faisant remarquer que jusqu'ici ses meilleures bonnes s'étaient abstenues de tabac en sa présence. Ce mot n'était pas destiné à avoir un effet sur ses cigarettes, et il n'en eut aucun ; Sir Claude persistait à fumer, mais continuait à déclarer que l'absence de vie de famille était sa mort.

Somme toute, il avait retrouvé une vie de famille dans la salle d'études, et, aux heures où Maisie était depuis longtemps couchée, elle savait qu'il continuait à discuter avec Mrs. Wix des problèmes de sa situation. Même au milieu de tels soucis, sa considération pour cette femme infortunée faisait toujours de lui le parangon du gentleman, elle ravissait l'objet de sa courtoisie au septième ciel de la béatitude, et son orgueil s'exprimait par d'anxieux murmures : « Il se repose sur moi ! Il se repose sur moi ! » s'exclamait-elle elliptiquement, et elle fut plus surprise qu'amusée quand elle découvrit par hasard qu'elle avait donné à son élève l'impression qu'il s'agissait d'un support littéral fourni par sa personne physique.

La découverte d'un tel malentendu l'amena à s'expliquer davantage, à mettre sous les yeux de l'enfant, avec un air de regretter cette concession au vulgaire, que le problème discuté par eux jusqu'à l'aube, de son propre aveu, n'était autre que les chances qu'avait Sir Claude de se tailler une place dans la vie. C'était dans la vie publique que l'égérie de Sir Claude voulait le voir se tailler une place, cette égérie, hâtons-nous de le dire, n'était autre que Mrs. Wix et non sa femme légitime, Mrs. Wix employait à ce propos des expressions à la fois claires et sentencieuses :

— C'est une nature admirable, mais il ne peut pas vivre comme les lis des champs. C'est un homme très bien, vous me comprenez, mais il faut qu'il se cherche un véritable intérêt dans la vie.

Elle remarquait souvent que les affaires de Sir Claude étaient dans un triste état, mais qu'il importait qu'*on* (Maisie et elle, probablement) le fît entrer au Parlement. L'enfant apprit de sa bouche, non sans un petit frisson d'orgueil, que le Parlement était la véritable sphère de Sir Claude, et le triste état de ses affaires lui sembla d'autant plus négligeable qu'elle n'avait jamais connu d'affaires qui ne fussent pas en triste état.

Mrs. Beale lui avait fait autrefois la même déclaration en ce qui la concernait, et, tout à la joie enfantine d'avoir elle aussi « des affaires », Maisie ne s'en était nullement sentie accablée. Mais il est vrai (et quelque peu inquiétant) que personne n'y avait plus fait allusion depuis lors. En tout cas, la perspective de faire entrer Sir Claude au Parlement était pleine de charmes, surtout lorsque Mrs. Wix, à la suite de nouveaux colloques nocturnes, s'aventura jusqu'à déclarer que c'était à son avis la seule chose qui pût le sauver. Cette idée ainsi exprimée fit à l'élève l'effet d'un de ces brusques soubresauts à l'aide desquels maman effectuait ses changements de conversation. L'enfant ouvrit de grands yeux comme devant le bond d'un kangourou.

— Le sauver de quoi ?

Mrs. Wix hésita, puis s'aventura encore plus loin :

— Eh bien, d'un affreux malheur.

## XII

Elle n'expliqua point sur-le-champ sa phrase menaçante, mais sa petite compagne put bientôt déchiffrer celle-ci à la lumière d'événements remarquables. On peut dire que cette époque accéléra chez Maisie les perceptions directes, accrut son pouvoir de débrouiller d'elle-même les énigmes. Elle fut secondée en cela par un sentiment lui-même assez privé d'agrément : l'inquiétude qui avait presque toujours hanté ses méditations avait elle aussi proportionnellement grandi. Maisie n'avait nul besoin qu'on lui apprît, comme le fit Mrs. Wix le lendemain de ses révélations au sujet du danger menaçant Sir Claude, que sa mère se demandait avec de plus en plus d'instance « pourquoi diable son père ne la faisait pas chercher » ; elle s'attendait depuis trop longtemps à voir la curiosité de maman sur ce point s'exprimer avec âpreté. Maisie n'aurait pu satisfaire cette curiosité, si, pour la satisfaire, il eût suffi de répondre, en termes directement inspirés, que papa préférerait être pendu que l'avoir sur le dos. Elle reconnaissait donc l'approche de l'heure que ses coups d'œil troublés avaient depuis longtemps pressentie, l'heure où, — elle se souvint pour la définir d'un mot de Mrs. Beale, — avec deux pères, deux mères, et deux maisons, six protections en tout, elle ne saurait littéralement « où aller ». De telles appréhensions étaient loin d'être diminuées par le spectacle de la terreur qui, à son tour, faisait pâlir Mrs. Wix ; et ces circonstances firent comprendre à Maisie que la bonne dame tremblait plus encore pour soi-même que pour son élève. Une gouvernante qui ne possédait qu'une seule robe n'avait guère de chances d'avoir deux pères ou deux mères ; et si Maisie allait se trouver dans la rue avec de telles ressources, où donc, au nom-de-tout-ce qu'il-y-a-d'épouvantable, se trouverait la pauvre Mrs. Wix ?

Le bruit se répandait qu'elle avait eu une terrible prise de bec avec Ida, dont le premier et le dernier mot avait été pour lui intimer l'ordre d'avoir immédiatement « à débarrasser le plancher ». Ce signal tant redouté avait été donné subitement, mais de façon péremptoire. Les deux amies s'avouèrent enfin leur crainte dont chacune avait essayé de dissimuler à l'autre les pires aspects, mais Mrs. Wix se trouvait dans une position plus forte que celle de Maisie, car elle avait un plan de défense. Elle refusa d'ailleurs de le communiquer avant qu'il ne fût tout à fait au point ; mais en attendant, elle se hâtait de le dire, ses pieds demeuraient rivés au plancher de la salle d'études. Ils n'en seraient arrachés que par la force. Elle pourrait peut-être « quitter » sur l'ordre de la police ; mais elle ne quitterait pas pour une simple insulte. Ce serait faire le jeu de Madame, et il faudrait d'autres coups que ceux-là pour lui faire abandonner sa chérie. Madame lui était tombée dessus avec une violence extraordinaire ; c'était un des nombreux indices d'une situation tendue « entre eux tous », disait Mrs. Wix, mais surtout « entre eux deux », et Dieu seul savait à quel point elle était tendue.

Sa description de cette crise fit hésiter l'enfant :

— Entre eux deux ? Papa et maman ?

— Mon Dieu non, je veux dire entre votre mère et lui.

Maisie vit là une occasion de se montrer vraiment maligne :

— Lui ? Mr. Perriam ?

Elle réussit à amener une rougeur sur ce visage effaré :

— Eh bien, ma chérie, ce que vous ignorez ne vaut pas la peine qu'on s'y arrête. Evidemment (puisqu'il faut que je vous donne raison) ça ne marchera pas toujours entre Mr. Perriam et Madame ! Qui peut le supposer ? Mais je voulais parler de ce cher Sir Claude.

Maisie accepta la correction sans y voir un blâme.

— Je comprends. Mais c'est à cause de Mr. Perriam qu'il est fâché ?

Mrs. Wix réfléchit :

— Il dit que non.

— Il dit que non ? Il vous l'a dit ?

Mrs. Wix lui lança un regard attentif :

— Ce n'est pas à cause de Mr. Perriam.

— A cause de quelqu'un d'autre, alors ?

Mrs. Wix la regarda plus attentivement encore :

— A cause de quelqu'un d'autre.

— Lord Eric ? demanda promptement l'enfant.

La gouvernante s'agita plus que jamais :

— Ma pauvre petite, pourquoi mentionner leurs horribles noms ? Et, pour la millième fois, elle se jeta au cou de Maisie.

Son élève, s'apercevant tout de suite qu'elle tremblait, fut gagnée par cette terreur, et les deux amies un instant plus tard sanglotaient dans les bras l'une de l'autre. Puis, complètement détendue, plus démoralisée qu'elle ne l'avait jamais été, Mrs. Wix laissa saigner sa blessure et ruisseler son ressentiment. Le plus amer pour elle était qu'Ida l'eût traitée de perfide, eût dénoncé son hypocrisie et sa duplicité, couvert d'injures ses méthodes d'espionnage et ses cancans, ses protestations et ses bassesses à l'égard de Sir Claude.

— Moi, gémissait la pauvre femme, moi qui ai vu ce que j'ai vu, moi qui ai fait de mon mieux pour l'aider à couvrir ses traces, et laisser tout aller en douceur ! Oui, j'ai été une hypocrite, mais dans l'autre sens : par égard pour lui et pour elle, pour moi et pour vous, et pour tout le monde, j'ai fait celle qui ne voyait rien. Ça m'apprendra à tenir ma langue en présence de pareilles horreurs !

Sa petite compagne s'abstint de s'informer trop exactement de ce qu'étaient ces horreurs, et montra même une remarquable habileté à les considérer comme sous-entendues. Une fois de plus, elles se trouvaient donc embarquées sur le même radeau au milieu de cette mer agitée, et Maisie n'eut qu'à attendre sans prendre part à la manœuvre, sûre du moins que sa compagne avait une idée à elle. Le lendemain, Sir Claude parut à l'heure du thé, et l'idée se dévoila. On peut à peine croire à quel point la présence de l'enfant lui donna des forces. Elle était stupéfiante, cette idée, mais Maisie admira le courage avec lequel sa gouvernante la présenta. Elle demandait tout simplement à Sir Claude de partager leur retraite, où et quand qu'elles se décidassent ensuite à chercher celle-ci. Et, en l'entendant protester avec toute sa chaleur habituelle contre ce projet de sécession, Mrs. Wix demanda ce qui leur restait d'autre à faire, au nom du Ciel, au cas où Madame leur couperait les vivres.

— Au diable les vivres, chère amie, s'écria leur délicieux compagnon. Les vivres me regardent ; j'en fais mon affaire.

Mrs. Wix s'éleva à la hauteur de la situation :

— Eh bien, c'est justement parce que je sais combien vous seriez heureux de vous en charger que je vous pose la question. Le meilleur moyen de nous tirer d'affaire, c'est de venir avec nous, tout simplement.

Le meilleur moyen, comme disait Mrs. Wix, resplendissait aux yeux de Maisie comme un tableau paradisiaque et elle joignit les mains, extasiée :

— Venez, venez, venez !

Le regard de Sir Claude alla de sa belle-fille à la gouvernante :

— Vous me proposez de quitter la maison et de m'installer avec vous ?

— C'est la seule chose à faire, si vous êtes bien dans l'état d'esprit que vous m'avez décrit.

La voix de Mrs. Wix, soutenue et amplifiée, était maintenant aussi sonore qu'une cloche.

Sir Claude eut l'air d'essayer de se rappeler quel état d'esprit il avait bien pu lui décrire ; puis son visage s'éclaira de ce sourire qui l'embellissait encore :

— Vous croyez que je devrais prendre une maison pour vous ?

— Pour cette pauvre enfant sans foyer. N'importe quel toit sur nos têtes nous suffira, mais pour vous il faudra naturellement quelque chose de vraiment bien.

Les yeux de Sir Claude se tournèrent vers Maisie, avec quelque dureté, lui sembla-t-il, et une nuance de son sourire parut indiquer (mais Maisie sentit que Mrs. Wix ne s'en apercevait pas) que l'installation projetée devait lui apparaître sous un jour plutôt imposant.

— Chère amie, dit-il gaiement ensuite, vous exagérez monstrueusement mes pauvres petits besoins personnels.

Mrs. Wix avait un jour avoué à sa jeune élève que, quand Sir Claude l'appelait sa chère amie, il pouvait en faire tout ce qu'il voulait, et Maisie attendait avec quelque impatience ce qu'il allait vouloir. Il se contenta de lui faire une observation dont l'enfant elle-même sentit toute la force.

— Votre plan me tente beaucoup, mais bien entendu (et je ne doute pas que vous ne compreniez) j'ai à penser à la position dans laquelle je me mettrais en abandonnant ma femme.

— Souvenez-vous aussi, répliqua Mrs. Wix, que si vous n'y veillez pas, votre femme ne vous laissera même pas le temps d'y penser. Madame vous abandonnera la première.

— Ah ! j'y veille, mon excellente amie, répondit le

jeune homme, tandis que Maisie se servait une nouvelle tartine.

« En ce cas, il faudra, certes, que je trouve à me débrouiller, mais j'aime à croire qu'il n'en sera rien. Je vous demande pardon, dit-il en se tournant vers sa belle-fille, de paraître discuter une possibilité pareille sous votre subtil petit nez. Mais il faut avouer que j'oublie les trois quarts du temps qu'Ida est votre sainte mère.

— Moi aussi, répondit Maisie, la bouche pleine, et pour le mettre davantage à son aise.

Sa protectrice l'embrassa de nouveau :

— Pauvre petit bijou !

Durant tout le reste de la conversation, elle se trouva prise dans les bras de Mrs. Wix, tandis que Sir Claude, sa tasse à la main, regardait pensivement les deux amies tendrement enlacées. Si près qu'elles fussent l'une de l'autre, Maïsie songeait pourtant qu'elles n'en présentaient pas moins à leur élégant protecteur le spectacle d'un bloc assez encombrant. De plus, elle sentit que la bonne dame n'améliorait rien en ajoutant une minute plus tard :

— Bien sûr que nous ne pensions même pas à avoir une maison à nous. N'importe quel petit logement, si humble qu'il soit, serait considéré comme une bénédiction.

— Il faudrait pourtant que ce fût assez grand pour nous trois, dit Sir Claude.

— Oh ! oui, se hâta de répondre Mrs. Wix, l'important est que nous soyons réunis. Pendant que vous hésitez en attendant que Madame ait pris une décision, notre situation ici va devenir intenable. Vous ne savez pas ce que j'ai eu à supporter pour vous hier, et pour elle, notre pauvre chérie, — mais ce ne sont pas de ces choses auxquelles je puisse vous promettre de faire face une seconde fois. Elle m'a mise dehors avec les pires injures, et elle a donné l'ordre aux domestiques de ne plus me servir.

— Oh ! les pauvres domestiques sont très gentils, s'écria Sir Claude du fond du cœur.

— Ils valent sûrement mieux que leur maîtresse. Il est affreux, Sir Claude, que j'en sois arrivée à vous dire que votre femme et la propre mère de Maisie est pire qu'une domestique ; mais la nécessité de vous avouer de telles choses est une raison de plus pour partir. Je resterai ici jusqu'à ce qu'on me mette la main au collet, mais cela peut arriver d'un moment à l'autre. Ce qui peut aussi parfaitement se produire, si vous me permettez de me répéter, est qu'elle s'en aille pour se débarrasser de nous.

— Si seulement elle s'y décidait, dit Sir Claude en riant. C'est cela qui ferait notre affaire.

— Non, non, ne parlez pas ainsi, supplia Mrs. Wix. Qu'il ne soit pas question d'une si fatale éventualité. Nous devons rester irréprochables. Ne soyez pas cynique.

Sir Claude posa sa tasse à thé. Il était devenu plus grave, et il essuyait pensivement sa moustache.

— Tout le monde ne sera-t-il pas contre moi si je quitte la maison avant... qu'elle décampe ? Et on dira que c'est mon départ qui l'a fait décamper.

Maisie sentait la force de ce raisonnement, mais il n'arrêta pas Mrs. Wix :

— Que vous importe, si vous l'avez fait pour d'aussi nobles raisons ? Pensez à la beauté d'un tel geste, insista la bonne dame.

— De décamper avec vous ? s'écria Sir Claude.

Elle sourit faiblement, et faiblement aussi ses joues se colorèrent.

— Loin de vous nuire, cela vous ferait le plus grand bien. Croyez-moi, Sir Claude, cela vous sauverait.

— De quoi ?

Maisie attendait anxieusement une réponse qui éluciderait enfin ce sujet laissé jusqu'ici dans l'ombre par leur compagne. Mais Mrs. Wix répondit, épaississant le mystère :

— Vous savez bien de quoi !

— Vous voulez dire : d'une autre femme ?

— Oui, et d'une femme vraiment très mal.

Maisie vit bien que le mystère, en tout cas, n'existait pas pour Sir Claude ; si peu qu'il adressa à Mrs. Wix un souriant regard d'intelligence. Il se tourna ensuite vers Maisie, et la façon dont l'enfant répondit à ce coup d'œil sembla l'obliger à caresser gentiment le menton de la petite fille. Il répondit ensuite à Mrs. Wix avec bonne humeur :

— Vous me croyez bien pis que je ne suis.

— Si c'était vrai, répliqua-t-elle, je n'implorerais pas votre aide. Et c'est ce que je fais, Sir Claude, au nom de tout ce qu'il y a de meilleur en vous, et du fond de mon cœur. Nous pouvons nous entraider. Je n'ai pas besoin de vous dire que vous pouvez beaucoup pour notre jeune amie. Ce n'est pas de cela que je veux parler en ce moment. Je veux vous montrer combien il est dans votre intérêt (ne le voyez-vous pas ?) de ne pas laisser échapper une occasion comme celle-ci. Ne nous laissez pas échapper ; ne la laissez pas échapper ! Faites de cette enfant le but de votre vie, votre vie elle-même : elle vous le rendra au centuple !

Pendant ce plaidoyer, le regard contemplatif de Maisie se reporta sur Mrs. Wix en partie parce que le cœur lui battait dans la gorge, et qu'un sentiment de délicatesse l'empêchait de paraître exercer le moindre chantage sur Sir Claude, et en partie pour ne pas manquer le spectacle d'une Mrs. Wix comme on n'en avait jamais vu, pas même le jour où elle était venue chez Mrs. Beale avec la nouvelle du mariage de maman. Ce jour-là, Mrs. Beale l'avait dépassée en dignité, mais personne n'aurait pu la surpasser aujourd'hui. Il y avait quelque chose de fascinant, pour son élève, à ce moment, dans cette espèce de promesse tacite, de surprises encore plus grandes en réserve pour l'avenir. L'enfant était maintenant soutenue par cet intérêt de plus en plus vif pour le spectacle, cette longue et vieille habitude de voir en soi l'enjeu disputé, et de trouver dans la furie du combat (elle avait entrevu un jour un match de football) une espèce de compensation pour l'attitude si particulièrement passive à quoi elle se sentait condamnée. Souvent, ce sentiment lui donnait l'impression curieuse d'assister du dehors à sa propre histoire, et elle n'avait pour cette situation d'autre point de comparaison dans sa mémoire que l'aplatissement de son nez contre une vitre. Telle lui parut la position de son nez pendant qu'elle attendait l'effet de l'éloquence de Mrs. Wix. Sir Claude, du reste, ne l'obligea pas longtemps à une attitude si peu seyante : il s'assit, lui ouvrit les bras comme il les lui avait ouverts le jour où il était venu la chercher chez son père, et la regarda tendrement. Mais le discours de leur compagne semblait lui avoir amené le rouge au visage :

— Cette chère Mrs Wix a été magnifique, dit-il, mais elle se passionne trop dans tout ceci. Je veux dire que la situation n'est après tout ni si désespérée ni si simple. Mais je vous donne ma parole en sa présence, et je la lui donne devant vous, que jamais, au grand jamais je ne vous abandonnerai. Avez-vous entendu, petit vieux, et me comprenez-vous bien ? Quoi qu'il arrive, je ne vous lâche pas.

Maisie comprenait, comprenait avec un frémissement de tout son petit être, et lorsque, comme pour souligner ses paroles, il l'attira tout près de lui, elle cacha la tête contre son épaule, et pleura sans bruit de douces larmes. Ainsi occupée, elle s'aperçut que sa poitrine à lui haletait aussi, et comprit avec ravissement qu'il pleurait à son tour, et dans le même silence. Puis, elle entendit un bruyant sanglot venant de Mrs. Wix. Mrs. Wix était la seule à faire du bruit en pleurant.

Ce fut même le seul bruit qu'elle fit pendant quelque temps, bien que peu de jours plus tard, causant avec son élève, elle lui décrivît ses rapports avec Ida sous l'aspect d'un véritable supplice. Il n'y avait pourtant pas eu de tentative pour la mettre dehors par la force, et elle devait reconnaître que Sir Claude, tenant tête comme jamais jusque-là, était intervenu avec zèle et avec succès. Et comme Maisie se rappelait (et elle se le rappelait sans ombre de dédain) que Sir Claude lui avait confié qu'il avait peur de Madame, la petite fille vit dans cet acte de courage une preuve de ce qu'il était vraiment résolu à faire, fidèle à leur engagement arrosé de tant de larmes. Mrs. Wix parla à Maisie du sacrifice d'ordre pécuniaire grâce à quoi elle avait obtenu le peu de sécurité qui lui restait, et qui, s'il la défendait contre de réelles violences, la laissait pourtant exposée à d'incroyables grossièretés. Madame ne trouvait-elle pas, à chaque heure du jour, quelque subtil moyen de l'humilier et de la fouler aux pieds ? On lui devait un trimestre ; et Maisie elle-même soupçonnait que cette importante appellation ne couvrait qu'une fort petite somme ; elle ne verrait de sa vie la couleur de cet argent, mais tant qu'elle se tenait coite à ce sujet, Madame, grâce à Dieu, se trouvait un peu à sa merci. Après tout ce que Sir Claude faisait déjà pour elles, jamais elle n'aurait le manque de goût de lui en toucher un mot. Il avait fait livrer à domicile pour l'usage exclusif de la salle d'études un énorme gâteau recouvert d'un glacis blanc, une magnifique et délectable montagne avec diverses stratifications de confiture, qui pourrait, avec quelques ménagements, subvenir à leurs besoins pendant presque toute la durée de ce siège ; mais Mrs. Wix n'en savait pas moins que les affaires de Sir Claude étaient dans un état de plus en plus triste, et sa petite compagne de martyre, à la lumière de ces révélations, repensait tendrement à l'expression qu'il avait eue, accueillant l'idée d'une maison pour elles. Maisie sentait que si leurs moyens de subsistance ne tenaient qu'à un fil, elles n'en devaient se conduire que davantage avec une délicatesse extraordinaire. Obéissant aux conseils de leur amie plus âgée, Sir Claude agissait sans retard, pour autant que ses ennuis le lui permettaient. Il y eut à cette époque un merveilleux mois de mai (aussi doux qu'une pause dans la tempête qui vous a tenu éveillé toute la nuit) pendant lequel Sir Claude se remit à promener sa belle-fille avec un enthousiasme renouvelé ; ils rôdaient ensemble à travers la grande ville, à la recherche, comme le disait Mrs. Wix, d'un heureux mélange d'instruction et de plaisirs.

Ils voyagèrent sur l'impériale des omnibus ; ils visitèrent des parcs de banlieue ; ils assistèrent à des matches de cricket pendant lesquels Maisie s'endormit ; ils essayèrent une bonne centaine d'endroits à la recherche du meilleur salon de thé. C'est ainsi que Sir Claude se conforma aux nobles conseils de Mrs. Wix, et fit de sa petite enfant adoptive le but de sa vie. Obéissant à d'irrésistibles impulsions, ils s'aventuraient dans des boutiques (qu'ils déclaraient d'une même voix trop grandes) pour se faire montrer des objets (qu'ils déclaraient d'une même voix trop petits), et c'était pendant ce temps que Mrs. Wix, seule à la maison, mais mentionnée avec regret au moment où ils se dégantaient pour goûter, finit enfin par se considérer à l'abri des coups que Madame avait jusque-là su si habilement lui porter. Bien des fois, elle avait répété qu'elle se souciait peu de voir mépriser ses talents de société et ses connaissances en tout genre, si un stigmate de vulgarité n'avait été apposé sur sa personne et sa réputation. A cette époque, nul ne dissimulait plus à quel point il était heureux que Madame quittât habituellement Londres tous les samedis, et se montrât de plus en plus disposée à rentrer fort avant dans la semaine suivante. Personne non plus n'ignorait qu'elle considérait comme une scandaleuse « pose » et comme une insulte directe à son adresse l'attitude d'un mari qui restait à la maison afin de s'occuper d'une enfant en faveur de qui les arrangements légaux les plus compliqués avaient été pris. Sir Claude expliquait à Maisie que si Ida méprisait quelque chose, c'était bien ce type d'hommes qui traînent en ville le dimanche ; il reconnut aussi lui avoir entendu déclarer bien des fois que s'il avait possédé le moindre atome de fierté, il aurait rougi de devenir ainsi le domestique de la fille de Mr. Farange. Madame se plaisait à affirmer qu'il avait de son prédécesseur la peur la plus abjecte, sans quoi il eût considéré comme un strict devoir des convenances de protéger sa femme contre les honteuses tentatives d'escroquerie du personnage. L'escroquerie de Mr. Farange consistait à laisser l'enfant à la charge de sa mère, « et même lorsque je paie pour vous de ma poche, disait-il à sa jeune amie, elle m'accuse encore de malhonnêteté ou de bassesse ».

Tous deux savaient qu'à l'avis de Mrs. Wix les excursions d'Ida n'étaient que les ballons d'essai d'une plus considérable absence. Si elle rentrait plus tard chaque semaine, il finirait bien par y avoir une semaine où elle ne rentrerait plus du tout. Cette perspective n'était pas sans rapport avec l'actuelle bravoure de Mrs. Wix. Qu'ils continuassent à tenir bon un peu plus longtemps, et la confortable petite vie à trois finirait par se trouver officieusement instaurée.

## XIII

C'EST en ce sens que Maisie aurait pu interpréter une remarque faite par son beau-père, par un jour de pluie où les rues se trouvant boueuses et les parapluies encombrants, les deux vagabonds s'étaient réfugiés dans la « National Gallery ». Maisie, assise près de Sir Claude, regardait quasiment sans les voir une pleine salle de tableaux que Sir Claude, avec un soupir d'ennui, avait traités de « superstition ridicule », ce qui donna beaucoup à penser à l'enfant. Ces tableaux représentaient, avec des taches d'or et des cataractes de pourpre, avec de roides saints et des anges anguleux, avec de laides Madones et des nouveau-nés plus laids encore, d'étranges scènes de prières et de prosternations ; de sorte que Maisie prit d'abord ces paroles pour une protestation contre le culte des images, d'autant plus que Sir Claude l'avait dans ces derniers temps accompagné plus d'une fois le matin à l'église, et que dans ce lieu de prières choisi par Mrs. Wix on ne trouvait rien de pareil : pas de halos sur les têtes, mais seulement, durant les longs sermons, de séduisants chapeaux aperçus par-derrière. Sir Claude y avait fait preuve, selon la gouvernante, du plus édifiant recueillement. Toutefois, Maisie finit par comprendre que sa remarque ne s'appliquait qu'aux prétendus sentiments d'admiration inspirés par ces ridicules peintures, et elle reçut ce jugement, venant de lui, avec la même docilité que tout le reste. Inutile de dire comment la conversation s'engagea là-dessus, mais la transition qui les amena à la grise salle d'études et à l'esseulée Mrs. Wix fut sans doute l'effet du médiocre intérêt qu'ils prenaient aux tableaux placés devant eux. Maisie expliqua qu'elle ne rentrait jamais à la maison depuis quelque temps sans s'attendre à trouver désert ce temple de ses études, et sa pauvre prêtresse jetée à la rue. C'était se montrer pleinement consciente du danger couru, et ce fut pour lui répondre que Sir Claude, faisant allusion à la personne d'où provenait ce danger, eut les réconfortantes paroles auxquelles je viens de faire allusion :

— Ne craignez rien, ma chère, je l'ai matée.

Et comme l'air stupéfait de l'enfant paraissait réclamer un supplément d'explication :

— Je veux dire que votre mère me laisse faire à mon idée, pour autant que je la laisse faire à la sienne.

— Et vous faites à votre idée ? demanda Maisie.

— Un peu, Miss Farange.

Miss Farange réfléchissait :

— Et elle fait à son idée ?

— Jusqu'à la garde !

De nouveau, l'enfant médita :

— S'il vous plaît, en quoi ça consiste-t-il ?

— Je ne puis vous le dire pour tout l'or du monde.

Elle posa un instant les yeux sur une roide Madone, puis son visage s'éclaira d'un lent sourire :

— Eh bien, ça m'est égal, pourvu que vous la laissiez faire !

— Oh ! la vilaine petite diablesse ! Et sur cette exclamation pleine de gaieté, Sir Claude se leva.

Un autre jour, à un autre endroit — une pâtisserie de Baker Street, où ils s'étaient assis dans un moment de fringale devant des brioches et des tasses de thé —, il jeta brusquement la question suivante :

— Dites, que pensez-vous que ferait votre père ?

Maisie n'eut pas besoin d'hésiter longtemps, ni d'interroger ses agréables yeux :

— Si vous partiez vraiment avec nous ? Oh ! il se plaindrait beaucoup.

L'expression parut amuser Sir Claude :

— Peu m'importe qu'il se plaigne !

— Et il en parlerait à tout le monde !

— Peu m'importe également.

— Bien sûr, se hâta de répondre l'enfant. Vous m'avez dit que vous n'en aviez pas peur.

— Toute la question est de savoir s'il en va de même pour vous, dit Sir Claude.

Maisie réfléchit consciencieusement, puis, résolument :

— Non, pas de papa.

— Mais de quelqu'un d'autre ?

— Pour sûr, d'un tas de gens.

— Et de votre mère avant tout, je suppose.

— Mon Dieu oui, j'ai plus peur de maman que de... que d'un...

— D'un quoi ? demanda Sir Claude, comme elle hésitait, cherchant un point de comparaison.

Elle tâcha de se rappeler divers objets effrayants :

— J'ai plus peur d'elle que d'un éléphant sauvage ! déclara-t-elle enfin. Et vous aussi, ajouta-t-elle, comme Sir Claude se mettait à rire.

— Oh ! oui, moi aussi !

De nouveau, elle méditait :

— Alors, pourquoi l'avez-vous épousée ?

— Précisément, parce que j'avais peur.

— Mais elle vous aimait ?

— C'était d'autant plus terrible.

Cette réponse, que son compagnon semblait trouver comique, ouvrit pour Maisie des abîmes de sérieux.

— Plus terrible que ce qui arrive maintenant ?

— Mon Dieu, autrement. La peur est malheureusement un domaine très vaste, et comporte beaucoup de variétés différentes.

Elle le comprenait très bien.

— Alors, je crois que je les connais toutes.

— Vous ? s'écria son ami. Jamais de la vie ! Vous êtes un vrai luron !

— J'ai terriblement peur de Mrs. Beale, objecta Maisie.

Il souleva les arcs égaux de ses sourcils :

— Cette femme charmante ?

— Bien sûr, répondit-elle, vous ne pouvez pas le comprendre parce que vous n'êtes pas dans la même position que moi.

Elle allait continuer par un « mais... » bien senti, quand il étendit le bras par-dessus la table, et posa la main sur sa main.

— Je comprends, confessa-t-il. Je suis dans la même position que vous.

— Oh ! mais elle vous aime tant, protesta tout de suite Maisie.

Sir Claude rougit beaucoup :

— Justement, il y a un rapport.

— Entre être aimé et avoir peur ? demanda pensivement Maisie.

— Oui, quand l'amour tourne à l'adoration.

— Alors, pourquoi n'avez-vous pas peur de *moi* ? Car vous m'adorez, n'est-ce pas ?

La main de Sir Claude reposait toujours sur son bras.

— Eh bien, ce qui m'empêche d'avoir peur, c'est tout simplement que vous êtes la plus douce créature du monde. De plus, continua-t-il, mais il s'interrompit aussitôt.

— De plus ?

— J'aurais peur si vous êtiez plus grande, voilà ! Mais vous me faites dire des bêtises, ajouta le jeune homme. Il s'agissait de votre père. Croyez-vous que lui aussi ait peur de Mrs. Beale ?

— Je ne pense pas. Et pourtant, il l'aime, dit Maisie, pensant tout haut.

— Oh ! non, il ne l'aime pas du tout !

Et comme sa compagne le regardait d'un air surpris, Sir Claude sentit qu'il fallait concilier cette bizarre nouveauté avec les souvenirs de l'enfant :

— Il n'y a plus rien de pareil entre eux, maintenant.

Mais Maisie paraissait de plus en plus surprise

— Ils ont changé ?

— Comme votre mère et moi.

Elle se demanda comment il le savait :

— Alors, vous avez revu Mrs. Beale ?

— Oh ! non, dit-il avec hésitation. Elle m'a écrit. Elle non plus n'a pas peur de votre père. Personne n'en a peur, au fond.

Et il ajouta, tandis que le petit cerveau de Maisie, dont les ressorts filiaux se trouvaient depuis trop longtemps détendus pour souffrir de ce manque de prestige paternel, spéculait sur les rapports qui pouvaient exister entre le courage de Mrs. Beale et la possibilité, pour Mrs. Wix et pour elle-même, d'une gentille maison où vivre avec leur ami :

— Ça lui serait égal si Mr. Farange se fâchait.

— Vous voulez dire, à propos de vous, et de moi, et de Mrs. Wix ? Pourquoi ça ne lui serait-il pas égal ? Ça ne la gêne en rien.

Sir Claude, ses jambes étendues, sa main plongée dans sa poche, rejeta la tête en arrière avec un rire imperceptiblement tempéré, semblait-il, par un soupir :

— Ma chère enfant, vous êtes délicieuse. Mais tenez, c'est le moment de payer. Vous avez eu cinq brioches ?

— Comment pouvez-vous penser une chose pareille ? demanda Maisie, écarlate sous le regard de la serveuse qui s'était approchée de leur table. J'en ai eu trois.

Quelques jours plus tard, Mrs. Wix semblait si mal en

point qu'on pouvait craindre que Madame ne l'eût traitée avec une sévérité sans exemple. Maisie demanda si quelque chose d'exceptionnellement affreux s'était produit, sur quoi la pauvre femme lui dit d'un air de détresse infinie :

— Il a vu Mrs. Beale.

— Sir Claude ? L'enfant se rappela ses paroles. Oh ! non, il ne l'a pas *vue*.

— Je vous demande pardon. J'en suis sûre.

Mrs. Wix était aussi péremptoire que désolée.

Maisie se permit un doute :

— Et comment le savez-vous, s'il vous plaît ?

Elle hésita un instant :

— Je le tiens d'elle-même. J'ai été la voir.

Et, comme pour répondre à la visible surprise de Maisie :

— J'y suis allée hier, pendant que vous étiez sortie. Il l'a vue plus d'une fois.

Maisie ne comprenait pas très bien pourquoi cette découverte accablait Mrs. Wix. Mais, habituée à la façon dont les choses se trouvaient à la fois perpétrées et prises en mauvaise part, elle évita de s'appesantir sur ce coin de mystère.

— Il y a peut-être erreur. Il dit qu'il ne l'a pas vue.

Mrs. Wix pâlit davantage, comme si le danger s'aggravait :

— Il l'a dit ? Il prétend ne pas l'avoir vue ?

— Il me l'a dit il y a trois jours. Elle se trompe peut-être, suggéra Maisie.

— Vous voulez dire qu'elle ment ? Elle ment quand cela lui convient, j'en suis sûre. Mais je vois vite quand les gens se mettent à mentir. Et c'est ce que j'ai aimé en vous, votre sincérité totale. Mais elle ne m'a pas menti, hier. Il *l'a vue.*

Maisie resta un moment silencieuse.

— Il dit que non, répéta-t-elle enfin. Peut-être... Peut-être... Elle se tut de nouveau.

— Vous voulez dire qu'il ment peut-être ?

— Bon Dieu, non ! hurla Maisie.

De nouveau l'amertume déborda du cœur de Mrs. Wix.

— Il ment, il ment, s'écria-t-elle, et c'est bien là le pis ! Ils vous prendront, ils vous prendront, et qu'est-ce que je vais devenir, moi, au nom du Ciel ?

Une fois de plus, elle embrassa son élève en versant des larmes, avec l'inévitable résultat de faire sangloter l'enfant. Mais Maisie n'aurait pu vous dire si elle pleurait à l'idée de leur séparation, ou à cause de la fausseté de Sir Claude.

Quant à ce mensonge, elles tombaient d'accord qu'il valait mieux ne pas le lui reprocher. Mrs. Wix avait grand-peur de faire quoi que ce fût qui pût le rendre « pire qu'il n'était déjà » (c'était là son mot), et Maisie était suffisamment initiée pour sentir qu'en parlant comme il l'avait fait, son seul but avait été de protéger Mrs. Beale. Cette explication lui convenait, car elle avait besoin de le croire tendre, et elle se garda de dire à Sir Claude que ces deux femmes avaient fait ce qu'elle ne ferait jamais : qu'elles l'avaient trahi.

Elle n'eut pas longtemps à garder son secret, car le jour suivant, ils sortirent ensemble, et lorsqu'elle fit allusion à un but de promenade précédemment proposé par lui, il répondit brusquement :

— Non, nous n'irons pas là. Nous ferons autre chose.

Sur quoi, il arrêta un fiacre à quelques pas de la porte,

et l'aida à y grimper. Il l'y suivit après avoir donné au cocher une adresse qu'elle n'entendit pas. Lorsqu'il se fut assis près d'elle, Maisie lui demanda où ils allaient, il répliqua :

— Vous verrez bien, ma chère enfant.

Etonnée et attentive, elle vit qu'ils s'engageaient dans la direction de Regent's Park, mais elle ne comprit pas pourquoi il en faisait mystère, et ce ne fut pas avant que la voiture eût passé sous une belle voûte, et se fût arrêtée devant une maison blanche, dont la terrasse lui sembla devoir commander une vue charmante, que, stupéfaite, elle le saisit par le bras et demanda :

— Je vais voir papa ?

Il la regarda avec un bon sourire.

— Non, sans doute pas. Je ne vous ai pas conduite ici pour cela.

— Alors, qu'est-ce que c'est que cette maison ?

— Celle de votre père. Ils ont déménagé.

Maisie jeta un coup d'œil autour d'elle. Elle avait connu Mr. Farange dans quatre ou cinq maisons différentes, et ne fut surprise que parce que celle-ci était mieux que les autres.

— Mais je verrai Mrs. Beale ?

— C'est pour la voir que je vous ai amenée ici.

Toute pâle, elle le regarda fixement, et, posant la main sur le bras de Sir Claude, l'obligea à demeurer assis, bien que le fiacre fût depuis longtemps arrêté.

— Pour m'y laisser, vous voulez dire ?

Il put à peine répondre :

— Ce n'est pas à moi de décider si vous *pouvez* rester. Nous étudierons la question.

— Mais si je reste, je verrai papa ?

— Oh ! un jour ou l'autre, sans aucun doute. Et Sir Claude ajouta :

— En avez-vous vraiment si peur ?

Le regard de Maisie passa par-dessus la portière de la voiture, se perdit un instant dans la verte étendue de Regent's Park, et soudain, rougissant jusqu'à la racine des cheveux, elle sentit monter en elle le flot brûlant d'une émotion plus proche de l'âge adulte que tout ce qu'elle avait ressenti jusque-là. C'était un sentiment de honte inattendu et bizarre d'avoir dû montrer son père sous un triste jour à un monsieur aussi bien élevé et aussi charmant que Sir Claude. Mais elle se souvint que son ami lui avait assuré que personne n'avait vraiment peur de son père, et elle ajouta avec un petit hochement de tête :

— Oh ! je crois bien que je me tirerai d'affaire avec lui.

Sir Claude sourit, mais elle remarqua que sa propre rougeur s'était réverbérée sur les joues de Sir Claude en un léger rose embarrassé. On eût dit qu'il venait pour la première fois de jeter un coup d'œil sur le fond de son cœur. Aucun d'eux ne fit le moindre mouvement pour descendre, et au bout d'un moment il déclara :

— Ecoutez, nous n'entrerons tout de même pas si vous n'en avez pas envie.

— Ah ! mais j'aimerais voir Mrs. Beale, gémit doucement l'enfant.

— Mais supposons qu'elle décide de vous garder ? En ce cas, vous savez que vous serez obligée de rester.

Maisie y réfléchissait :

— Tout de suite ? Et je devrais renoncer à vous ?

— Mon Dieu, renoncer à moi, je n'en sais trop rien.

— Je veux dire, comme j'ai renoncé à Mrs. Beale quand je suis venue chez maman. Mais je ne pourrai pas me passer de vous aussi longtemps.

Elle avait le sentiment de ne pas l'avoir vue depuis un siècle, cette Mrs. Beale qui se trouvait maintenant de l'autre côté de cette porte toute voisine, et vers laquelle elle ne se décidait pas encore à bondir pour l'embrasser.

— Oh ! je crois pouvoir vous assurer que vous me verrez plus souvent que vous n'avez vu Mrs. Beale. Je n'ai pas son admirable discrétion, dit Sir Claude. Mais tout de même, continua-t-il, maintenant que nous sommes ici, je vous laisse l'entière responsabilité de la chose. C'est à vous de décider. Nous n'entrerons que si vous le voulez. Sinon, la voiture fera demi-tour, et nous emmènera loin d'ici.

— Et Mrs. Beale ne m'aura pas ?

— Pas de votre propre gré, en tout cas.

— Et je pourrai continuer à vivre avec maman ? demanda Maisie.

— Oh ! je n'affirme rien de pareil.

— Mais je croyais que vous disiez l'avoir matée, fit-elle après quelque réflexion.

Sir Claude tapotait le garde-boue de la voiture du bout de sa canne :

— Non, chère enfant, pas autant qu'il serait nécessaire en ce moment.

— Et supposons qu'elle me mette dehors, et que je ne vienne pas ici ?

Sir Claude acheva promptement sa phrase commencée :

— Qu'ai-je d'autre à vous offrir ? C'est là votre question, bien naturelle. Ma pauvre poulette, c'est précisément ce que je me demande moi-même. Il faut l'avouer, je ne vois pas la solution aussi clairement que Mrs. Wix.

Sa petite compagne rêva un instant à la solution de Mrs. Wix.

— Vous pensez que nous ne pouvons pas former une petite famille ?

— C'est affreux de ma part, évidemment, mais je ne peux pas complètement plaquer votre mère.

Maisie émit un long et lent soupir, un léger son d'involontaire acquiescement qui eût certes amusé un auditeur.

— Il n'y a donc rien d'autre ?

— J'avoue ne pas bien voir ce qu'il y a.

Maisie attendait ; son silence semblait reconnaître qu'elle non plus n'avait pas d'autre solution à proposer. Mais elle fit un dernier appel.

— Si j'entre ici, vous viendrez me voir ?

— Je ne vous perdrai pas de vue.

— Mais vous viendrez souvent ?

Et comme il tardait à répondre, elle insista davantage :

— Souvent, très souvent ?

Il hésitait encore :

— Ma pauvre vieille, commença-t-il. Il s'interrompit, changeant aussitôt de ton.

— Vous êtes trop drôle. Oui, fit-il, souvent, très souvent, soit.

— A la bonne heure !

Maisie s'élança hors de la voiture. Mrs. Beale était chez elle, mais pas au salon, et l'enfant demanda soudain, pendant que le valet de chambre partait à sa recherche :

— Mais pendant que je serai ici, qu'est-ce que Mrs. Wix va devenir ?

— Ah ! vous auriez dû y penser plus tôt ! répondit son compagnon, avec la première note de sévérité qu'elle eût jamais entendue dans sa voix.

## XIV

Mrs. Beale faillit s'évanouir de joie, et le plus clair résultat de cet épisode fut de prouver à l'enfant combien passionnément, combien formidablement elle était aimée. C'était d'autant plus frappant que sa belle-mère, qui avait tant changé qu'on aurait presque dit une véritable inconnue (et ce changement ressemblait fort à celui que venait de subir Madame), manifesta à Maisie une tendresse encore plus vive que la fillette n'en ressentait pour elle. Bref, une généreuse, violente, et démonstrative amie s'empara de Maisie sous la forme d'une Mrs. Beale plus âgée, plus grasse, et plus belle que jamais. C'était comme faire connaissance avec une agréable étrangère, et elles n'avaient pas été ensemble deux minutes que Maisie se réjouissait déjà du choix qui lui avait été imposé dans le fiacre. Les baisers de Mrs. Beale et la beauté de Mrs. Beale s'unissaient pour offrir d'admirables promesses d'avenir. Maisie trouvait sa belle-mère ravissante, et aussi différente que possible de la personne qui jadis avait raccommodé le linge et pris ses repas dans la chambre d'enfant. La fillette savait que la première femme de son père était considérée comme une dame fort élégante, mais elle n'avait jamais appliqué sans réserves cette épithète à la seconde. Durant leur séparation, Mrs. Beale avait acquis d'incontestables droits à porter ce titre, et le premier élan de gratitude de l'enfant au milieu des délices présentes enrichissait encore toute cette splendeur de mille arrière-pensées, qui cette fois étaient douces. Elle avait dit à Sir Claude que la dame de Regent's Park lui faisait peur, mais elle fut tout de suite assez en confiance pour clamer son émerveillement :

— Mon Dieu, comme vous êtes belle ! N'est-ce pas qu'elle est belle, Sir Claude ?

— La plus belle femme de Londres, tout simplement, répondit galamment Sir Claude. Juste comme vous êtes la meilleure petite fille de Londres.

La plus belle femme de Londres s'abandonna donc à cette félicité enfin reconquise, avec des regards luisants de tendresse, et tous les signes de l'affection la plus sincère. Le velouté de sa maturité était presque aussi chaud que celui de maman, et il lui fallut peu de temps pour donner à sa petite amie une positive idée de puissance, pareille au commencement d'une longue journée sans nuages. C'était là une impression que ni maman, ni Sir Claude, ni Mrs. Wix, en dépit de leurs immenses et respectives attractions, n'avaient jamais produite sur elle, et le point de vue de Maisie en fut tout changé lorsque la conversation tomba sur son père, ce qui eut lieu presque immédiatement. Certes, Mr. Farange pouvait être considéré comme une difficulté, mais Maisie comprit tout de suite qu'il n'en serait pas une pour sa fille. Pour

Mrs. Beale, il représentait sans doute une difficulté colossale ; c'est bien ce qu'elle se hâta de leur faire savoir, mais Maisie découvrait justement dans sa belle-mère une personne douée par le Ciel pour résoudre toutes les difficultés. Maisie eut bientôt une preuve de la désinvolture de Mrs. Beale : en effet, sa belle-mère ayant fait allusion à l'une de ses précédentes rencontres avec Sir Claude, celui-ci avoua aussitôt d'un air consterné, et soulagé pourtant, avoir caché à leur petite amie qu'ils se fussent revus depuis l'époque où il était venu lui redemander l'enfant.

Mrs. Beale ne put que lui octroyer une vague pitié :

— Et pourquoi cette cachotterie stupide ?

— Pour sauvegarder votre réputation.

— Devant Maisie ? Mrs. Beale semblait trouver cette idée très drôle. L'opinion que Maisie a de moi est trop bonne pour courir le risque d'être endommagée.

— Mais vous m'avez cru, n'est-ce pas, petite peste ? demanda Sir Claude à l'enfant.

Elle le regarda, souriante :

— Sa réputation a été endommagée. J'ai découvert que vous vous étiez vus.

Sir Claude se mit à rire malgré son mécontentement :

— La façon, ma chère enfant, dont vous parlez de ces choses-là !

— Et comment voulez-vous qu'elle en parle, fit observer Mrs. Beale, après ce lamentable séjour chez sa mère ?

— Ce n'est pas maman qui me l'a dit, expliqua Maisie, c'est seulement Mrs. Wix.

Elle hésitait à remonter devant Sir Claude jusqu'à la source des informations de Mrs. Wix, mais Mrs. Beale, s'adressant elle-même au jeune homme, prouva à l'enfant la vanité de tels scrupules.

— Savez-vous que cette femme incroyable est venue me voir il y a un jour ou deux ? Et je lui ai dit que je vous avais vu très souvent.

Pour le coup, Sir Claude fut déconcerté :

— La vieille rosse. Elle ne m'en a rien dit. Et vous avez cru que je mentais ? demanda-t-il à l'enfant.

Maisie était choquée par le terme dont il venait de se servir à propos de cette vieille amie si tendre, mais les circonstances, elle le sentait bien, allaient l'obliger à nombre de concessions :

— Oh ! ça m'est égal. Mais ça n'était pas égal à Mrs. Wix ! ajouta-t-elle avec l'intention de défendre sa gouvernante.

Elle rata son effet en ce qui concernait Mrs. Beale.

— Mrs. Wix est par trop idiote, déclara la dame.

— Mais, au nom du Ciel, demanda Sir Claude, qu'avait-elle à vous dire ?

— Eh bien, que, comme Mrs. Micawber [1] (à laquelle elle ressemble, je crois), jamais, jamais, au grand jamais, elle n'abandonnerait Miss Farange.

— Oh ! j'arrangerai cela, répondit gaiement Sir Claude.

— Je l'espère, cher ami, dit Mrs. Beale, tandis que Maisie s'apprêtait à demander comment il allait s'y prendre. Avant qu'elle ait eu le temps de poser cette question, Mrs. Beale continua :

— Ce n'est pas tout, je vous prie de le croire. Mais vous ne devinerez jamais le reste !

— Est-ce que je peux essayer ? demanda Maisie, très excitée.

Mrs. Beale en fut de nouveau tout égayée :

---

1. Personnage d'un roman de Dickens. (N.d.T.)

— Vous le pouvez, j'en suis sûre ! Ce doit être le genre de scènes auxquelles vous avez assisté chez votre affreuse mère. N'avez-vous jamais entendu les femmes la supplier en pleurant d' « épargner » l'homme qu'elles aimaient ?

Maisie cherchait vaguement dans ses souvenirs, mais Sir Claude se remit à rire :

— Oh ! elles se moquent bien d'Ida ! Et Mrs. Wix vous a demandé de m'épargner ?

— Elle me l'a demandé à genoux.

— La pauvre chère vieille ! s'écria le jeune homme.

Ces mots furent une joie pour Maisie : ils réparaient un peu l'effet de la précédente allusion à Mrs. Wix :

— Et vous l'épargnerez ? demanda-t-elle.

Sa belle-mère la prit dans ses bras et l'embrassa de nouveau. Elle semblait charmée par le ton de cette question.

— N'en croyez rien ! Je le rongerai jusqu'à l'os !

— Vous voulez dire qu'il viendra souvent ? insista Maisie.

Mrs. Beale tourna ses beaux yeux vers Sir Claude :

— Ce n'est pas à moi de le dire, mais à lui.

Mais, pour l'instant du moins, Sir Claude se tut. Les mains dans les poches, et fredonnant un vague refrain (Maisie elle-même se rendait compte qu'il était quelque peu énervé), il se contenta de s'approcher de la fenêtre et de regarder du côté de Regent's Park.

— En tout cas, il a promis, dit Maisie. Mais est-ce que ça plaira à papa ?

— Quoi, les fréquentes visites de Sir Claude ? A vrai dire, ma chère enfant, c'est une question à peu près dénuée d'intérêt. D'ailleurs, Beale a été ravi d'apprendre que Sir Claude lui aussi, le pauvre homme, avait fini par se disputer avec votre mère.

Sir Claude se tourna vers l'enfant et dit avec une grave douceur :

— Ne craignez rien. Maisie, vous ne me perdrez pas de vue.

— Merci bien ! L'enfant rayonnait. Mais je voulais dire... Enfin, qu'est-ce que papa va penser de *moi* ?

— Oh ! j'ai tiré l'affaire au clair avec lui, dit Mrs. Beale. Il s'est assez bien conduit dans tout cela. Vous voyez (toute la difficulté est là), bien qu'il change d'avis tous les trois jours sur tous les sujets, il n'en a jamais changé en ce qui concerne votre mère. Sa haine pour elle, c'est la seule garantie sur l'avenir.

Sir Claude eut un bref éclat de rire :

— Oh ! ce n'est rien comparée à la haine qu'elle a pour lui !

— Certainement, accorda Mrs. Beale, rien ne peut prendre pour ces gens-là la place d'un tel sentiment, et leur meilleure manière de le manifester consiste à vous laisser le plus longtemps possible sur les bras de la partie adverse. Il n'y a rien, comme vous l'avez vu par vous-même, qui puisse les faire enrager davantage. Ce n'est pas que vous soyez pour eux une dépense ou un souci, vous, si peu exigeante, non, mais votre présence atteste pour tous deux la mauvaise volonté de l'adversaire. Donc, Beale continue à détester votre mère au point de n'avoir plus guère de haine en réserve pour le reste du monde. De plus, vous savez, je l'ai maté.

— Bonté du Ciel ! s'écria Sir Claude avec un plus sonore éclat de rire, et il se tourna de nouveau du côté de la fenêtre.

— Je sais comment, se hâta de proclamer Maisie. En le laissant faire tout ce qu'il veut, à condition qu'il fasse de même pour vous.

— Vous êtes adorable, mon petit trésor ! Et Maisie reçut un nouveau baiser. Comment ai-je pu me passer de vous si longtemps ? Chérie, je n'ai pas été heureuse, dit Mrs. Beale, frôlant de sa joue celle de l'enfant.

— Il faut être heureuse maintenant, murmura la petite fille avec une timide et tremblante tendresse.

— Je crois que je vais l'être. Vous me sauverez.

— Juste comme je sauverai Sir Claude ? s'enquit passionnément l'enfant.

Mrs. Beale, un peu surprise, fit appel au visiteur :

— Comment ? Elle vous sauve aussi ?

La question de Maisie égaya Sir Claude.

— C'est une idée de cette chère Mrs. Wix. Il y a peut-être du vrai là-dedans.

— Il a fait de moi le but de sa vie, déclara Maisie à sa belle-mère.

— Mais c'est précisément ce que je veux faire, moi ! dit Mrs. Beale, rose d'étonnement.

— Eh bien, vous le ferez ensemble. Alors, il sera obligé de venir !

Mrs. Beale, tenant Maisie sur ses genoux, sourit à Sir Claude :

— Nous le ferons ensemble ?

Il ne riait plus, et son sérieux visage se tourna un instant, non vers la maîtresse de maison, mais vers sa belle-fille :

— C'est encore ce que nous pourrions faire de mieux. Sur mon âme, du train dont vont les choses, c'est presque la seule attitude décente qui nous reste à prendre !

Il semblait plaider ainsi devant Maisie, s'efforçant de lui présenter la situation, par un scrupule de conscience, comme le seul arrangement auquel elle pût honorablement participer ; mais ces arguments en faveur de la décence étaient certes hors de portée d'une vue enfantine.

— Si nous ne sommes bons à rien envers vous, s'écria-t-il, je veux être pendu si je sais à quoi nous sommes bons !

Mrs. Beale fixa sur l'enfant des yeux plus lumineux que jamais :

— Je crois que vous nous sauverez de bien des choses.

— Oh ! je sais ce dont elle me sauvera, moi, dit carrément Sir Claude. Naturellement, il y aura des scènes, ajouta-t-il.

Mrs. Beale se hâta de relever l'allusion.

— Oh ! mais ce ne sera rien, pour vous du moins, comparé aux scènes que votre femme vous fait déjà. Je puis supporter ce que je souffre ; je ne puis supporter ce que vous avez à endurer.

— Nous faisons un grand effort en votre faveur, vous m'entendez bien, ma petite ? dit Sir Claude à Maisie avec la même gravité.

— Oh ! je le sais bien !

— Aidez-nous donc à marcher droit !

Il plaisantait cette fois.

— Vous en avez une façon de lui parler ! s'écria Mrs. Beale.

— Pas pire que la vôtre ! répondit-il gaiement.

— Tout est pur aux purs, répliqua-t-elle sur le même ton.

— Enlevez donc votre manteau, dit-elle à Maisie en la laissant glisser de ses genoux.

— Je reste donc ici, comme ça, tout simplement ? demanda l'enfant avec émotion.

— Oui, aussi bien comme ça qu'autrement. Sir Claude fera porter votre bagage dès demain.

— Je l'apporterai moi-même. Ma parole, je surveillerai la façon dont on fera la malle ! promit Sir Claude. Venez ici que je vous déboutonne.

Il attira à lui sa jeune amie et l'aida à se débarrasser de ses affaires, tandis que de loin Mrs. Beale souriait à l'habileté dont il faisait preuve.

— On peut dire que vous en avez un, de beau-père ! Vous savez, je dois reconnaître qu'il remplace avantageusement tout ce qui vous manque !

— Il remplace avantageusement une bonne, rit Sir Claude. Vous rappelez-vous que je l'ai dit à notre première rencontre ?

— Si je me rappelle ? C'est ce qui m'a donné si bonne opinion de vous.

— Et moi, je ne vous avouerai jamais ce qui m'a donné si bonne opinion d'*elle*, confia le jeune homme à Maisie.

Le manteau enlevé, il embrassa l'enfant et l'écarta d'une petite tape amicale. Il accompagna son geste d'un vague soupir, où toute sa précédente gravité s'exhalait de nouveau.

— Et pourtant, ajouta-t-il, si vous n'aviez pas ce don suprême, la beauté...

— Quoi ? demanda Maisie, surprise de le voir s'interrompre ainsi. C'était la première fois qu'elle entendait parler de sa beauté.

— Eh bien, conclut-il, nous n'aurions pas si bonne opinion l'un de l'autre !

— Il ne parle pas de l'élégance personnelle, vous n'avez pas du tout ce vulgaire genre de beauté, expliqua Mrs. Beale. Il ne parle que du charme de la personnalité morale, tout simplement.

— Sa personnalité est ce que je connais de plus extraordinaire, déclara Sir Claude à Mrs. Beale.

— Oh ! je le sais bien, répondit-elle, avide de lui donner raison.

Maisie commençait à se sentir chargée de responsabilités auxquelles elle aurait voulu échapper.

— Eh bien, vous l'avez aussi, ce genre de beauté, ce don suprême. Vous l'avez tous les deux, pour sûr !

— La beauté de l'âme ? Mon garçon, pas pour un sou ! protesta Sir Claude.

— Parlez pour vous, monsieur, fit nettement Mrs. Beale. Je suis bonne, et je suis intelligente. Que voulez-vous de plus ? Quant à vous, je ne veux pas vous faire rougir, et je tiens à ne pas faire de remarques personnelles, mais je dois dire que vous êtes aussi beau que faire se peut.

— Vous êtes très jolis tous les deux, vous ne pouvez pas dire le contraire, insista Maisie. Et c'est bien bon de vous voir ensemble !

Sir Claude, qui s'était emparé de sa canne et de son chapeau, s'arrêta un instant pour la regarder :

— Vous êtes une consolation au milieu de nos ennuis ! Mais je dois rentrer et emballer vos affaires.

— Et quand reviendrez-vous ? Demain matin ?

— Vous voyez où nous en sommes, dit-il à Mrs. Beale.

— Soit, j'aurai du courage si vous en avez aussi, dit-elle.

Leur petite amie les regarda tour à tour, en se disant

que si elle avait été heureuse entre Mrs. Wix et Sir Claude, elle le serait certes bien davantage entre Sir Claude et Mrs. Beale. Mais c'était comme se sentir juchée sur un cheval fougueux, et elle essaya de se retenir à quelque chose.

— Mais est-ce que je ne ferai pas mes adieux à Mrs. Wix ?

— Oh ! je m'en charge, dit Sir Claude.

— Et à maman ? réfléchit Maisie.

— Ah ! maman, répéta-t-il avec un rire triste.

Tout cela était clair, même pour l'enfant, mais Mrs. Beale contribua encore à dissiper l'obscurité :

— Votre mère va hululer...

— Comme un oiseau de malheur, acheva Sir Claude.

— Elle se consolera avec l'idée d'avoir fait vomir à votre père d'affreux blasphèmes, dit Mrs. Beale.

Maisie la regarda avec stupeur :

— Il va vomir d'affreux blasphèmes ? La phrase l'impressionnait fort ; elle semblait tirée de la Bible ; mais sa question lui valut de nouveaux baisers, dont Sir Caude fournit sa quote-part. Maisie se demandait pourtant, si Mrs. Wix se trouvait hors de jeu, qui représenterait dans sa vie l'élément de géographie et d'histoire. Est-ce que quelqu'un me donnera des leçons ? finit-elle par demander, non sans vaincre un scrupule de délicatesse.

Mrs. Beale tenait une superbe réponse toute prête :

— Vous aurez des leçons comme vous n'en avez encore jamais eu. Vous irez à des cours.

— Des cours ? Maisie n'avait jamais entendu parler de rien de pareil.

— Dans des institutions, sur des sujets spécialement choisis.

— Spécialement choisis ? dit Maisie de plus en plus stupéfaite.

Mrs. Beale faisait preuve d'une vraie munificence :

— Tous les plus importants, oui. La littérature française et l'histoire sainte. Vous suivrez des cours fréquentés par des enfants très bien.

— J'étudierai la question dans les moindres détails, vous savez.

Et Sir Claude, avec son habituelle bonté, lui fit un petit signe de tête amical accompagné d'un encourageant clin d'œil.

Mais Mrs. Beale alla même plus loin :

— Ma chère enfant, vous assisterez à des conférences.

Maisie se sentit toute petite au milieu de ces horizons subitement élargis :

— Toute seule ?

— Oh ! non, j'y assisterai avec vous, dit Sir Claude. J'y apprendrai beaucoup de choses.

— Et moi aussi, dit Mrs. Beale, très grave. Nous irons avec elle : ce sera charmant. Il y a des siècles, avoua-t-elle à Maisie, que je ne me suis occupée de choses sérieuses. Là aussi, vous serez pour nous un délicieux prétexte. Oh ! n'est-ce pas qu'elle va nous faire un bien énorme ? s'écria-t-elle passionnément à l'adresse de Sir Claude.

Il réfléchit avant de répondre :

— C'est certainement notre opinion à tous deux.

Cette opinion offrit naturellement moins d'évidence pour Maisie elle-même, mais l'enfant l'accueillait pourtant avec enthousiasme. Si ce bel avenir ne laissait plus rien à désirer, il s'ensuivait aussi qu'elle ne désirait pas revoir Mrs. Wix, mais en consentant ainsi à voir disparaître cette chère figure, deux mots qu'elle avait souvent entendu prononcer lui résonnèrent de nouveau aux oreilles. Elle comprenait enfin ce que son père avait voulu dire quand il avait appelé sa mère une « sans-cœur », et quand sa mère lui avait retourné l'injure. Etait-elle à son tour une sans-cœur en envisageant tant de bonheur sans Mrs. Wix ? Que ferait Mrs. Wix ? Où irait Mrs. Wix ? Au moment du départ de Sir Claude, ces inquiétudes se formulèrent d'elles-mêmes sur les lèvres de Maisie, et Sir Claude s'attarda sur le seuil juste assez pour y répondre :

— Oh ! je la materai, s'écria-t-il, et sur ce, il s'éloigna.

Restée seule avec Mrs. Beale, Maisie eut un soupir de soulagement, et regarda autour d'elle, comme si elle voyait poindre l'aube d'un jour meilleur.

— Alors, *tout le monde* sera maté, dit-elle enfin d'un d'un ton tranquille.

Sur quoi sa belle-mère l'embrassa plus affectueusement que jamais.

## XV

Ce fut Suzanne Ash qui lui annonça :

— Il est en bas, et il est superbe.

Dans la salle d'études aux jolis rideaux bleus de la maison de son père, Maisie, assise au piano, déchiffrait une adorable petite chose, comme l'appelait Mrs. Beale, une certaine *Berceuse au clair de lune*, que Sir Claude lui avait envoyée directement par la poste. En effet, son beau-père estimait que l'éducation musicale de Maisie avait été déplorablement négligée, et durant ces derniers mois passés chez sa mère, il s'était sans cesse trouvé sur le point de lui faire prendre régulièrement des leçons. Elle lui avait souvent entendu dire qu'en cette matière, quelque chose de vraiment bien, comme il le disait, coûtait un prix fou, et que le reste n'était que de l'argent jeté, aussi appréciait-elle d'autant plus l'effort que représentait ce cahier de musique dont le prix, cinq shillings, était marqué sur la couverture, et qui était sans conteste quelque chose de vraiment bien. Elle se leva immédiatement :

— Mrs. Beale m'envoie chercher ?

— Oh ! non, ça n'est pas ça, dit Suzanne Ash. Mrs. Beale est sortie depuis une heure.

— Papa, alors ?

— Mon Dieu non, ça n'est pas votre papa. Vous êtes assez présentable comme cela, mademoiselle, mais vos cheveux sont en désordre. Votre papa n'est pas rentré du tout, cette nuit, ajouta-t-elle.

— Rentré d'où ? demanda Maisie, un peu distraite et fort excitée. Elle lissait avec agitation ses longues boucles.

— Oh ! quant à ça, mademoiselle, je serais fâchée de vous le dire. J'aime mieux arranger votre col blanc par-derrière, bien que ça ne soit pas mon ouvrage, au fond.

— Faites-le, s'il vous plaît. Je sais où il était, papa, continua Maisie avec impatience.

— Eh bien, à votre place, je ne le dirais pas.

— Il était à son club, le *Chrysanthème*. Voilà.

— Toute la nuit ? Mais les fleurs ferment la nuit, vous savez, s'écria Suzanne Ash.

— Eh bien, ça m'est égal. L'enfant était déjà sur le seuil. Sir Claude a demandé à me voir, moi, toute seule ?

— Aussi vrai que si vous étiez une reine.

Maisie se sentait aussi heureuse qu'une reine en descendant l'escalier. Et, l'instant d'après, suspendue au cou de son grand ami, il lui sembla qu'une reine elle-même ne pourrait exprimer ses sentiments avec plus d'élégance. Il y avait on ne sait quoi de royal, lui sembla-t-il, dans le point d'interrogation qu'elle mit à la fin de sa phrase :

— Et c'est ce que vous appelez venir souvent ?

Sir Claude lui répondit avec une grâce parfaite, et sur le même ton :

— Mon vieux, ne me faites pas de scène ; je vous jure que c'est ce que font toutes les femmes sur lesquelles il m'arrive de jeter les yeux. Amusons-nous : il fait un temps splendide. Mettez-vous sur la tête quelque chose de vraiment chic, et venez avec moi ; nous pourrons causer tranquillement de tout cela dans la rue.

Cinq minutes plus tard, ils étaient en route vers Hyde Park, et aucune de leurs conversations dans le bon temps, chez sa mère, n'avait été aussi douce que ses présentes et promptes explications. Sir Claude se montrait ainsi sous son meilleur jour, et personne, Mrs. Wix exceptée, n'avait jamais pris la peine d'expliquer comme lui les choses à Maisie. Mais cet acte revêtait chez Sir Claude une autorité passant de beaucoup la simple sagesse féminine. Tout remontait à la surface, les plans jamais réalisés, les pourboires, et les tentatives de corruption inutiles et coûteuses, toutes ces pressions énormes qui sans cesse l'obligeaient à reconsidérer la grande question de l'argent. De son côté, Maisie sentait bien que la meilleure preuve de l'empire que Sir Claude avait pris sur elle, était qu'un simple souffle de ses lèvres ombragées d'une élégante moustache suffisait pour chasser loin de son esprit ce genre d'inquiétudes. Mais la réalisation de tous leurs projets semblait entraîner de fortes dépenses et les fortes dépenses semblaient non moins obligatoirement au-dessus de leurs moyens. Chacun se trouvait sans cesse terriblement « gêné », et à ce moment tout le monde était encore plus gêné que jamais. Tel était le cas de Sir Claude, de maman, de papa, de Mrs. Beale, et de Maisie elle-même, et ce moment durait déjà depuis des semaines, c'est-à-dire depuis le retour de la jeune personne chez son père. Personne n'avait « un rouge liard » pour rien, et c'est ce qui avait interdit à Maisie les cours de littérature française fréquentés par d'élégantes petites filles. C'était diablement difficile, elle devait bien le comprendre, d'essayer, avec leurs modestes moyens, de lui faire prendre place au milieu de la troupe imprécise et brillante qui de ce jour se dénomma pour elle « les enfants des gens riches ». Elle allait éprouver désormais la sensation de quelqu'un qui s'aplatit le bout du nez contre la vitre de la pâtisserie du savoir. Mais si les cours vraiment élégants (et les autres ne méritaient pas même une pensée) se révélaient impossiblement chers, certaines conférences publiques au contraire s'adressaient directement aux gens intelligents et impécunieux, et il était plus difficile d'expliquer pourquoi on ne l'y avait pas conduite. La raison, aux dires de Sir Claude, était que Maisie se trouvait précisément à la veille de cet état d'impécuniosité, qui ne se manifestait encore en rien au cours de leur présente promenade sur les bords de la Serpentine. Le parc où

Maisie se promenait d'habitude, situé au nord, eût été un but de promenade moins éloigné, mais ils roulaient dans un coupé du côté de l'ouest, parce qu'à la fin de ces beaux jours de juin, c'était la direction adoptée par tous les gens vraiment bien. Une heure durant, ils profitèrent de cette occasion de se distraire le long des avenues du Parc, et l'un d'eux y trouva également l'occasion de mystifier gaiement son partenaire. Au bout de ce temps, Maisie avait réussi à obtenir, à la suite de subtiles manœuvres, une plus complète explication de la longue absence de Sir Claude.

— Pourquoi je vous ai si vilainement menti, en vous promettant de venir vous voir, et en ne tenant jamais cette promesse? Eh bien, ma chère, c'est une question que vous avez dû poser souvent à Mrs. Beale durant ces longs jours où je suis resté absent ?

— Oh ! oui, répliqua l'enfant, souvent, très souvent.

— Et que vous a-t-elle dit ?

— Que vous étiez aussi méchant que beau.

— C'est ce qu'elle vous a dit ?

— Ses propres paroles !

— Pauvre vieille chérie ! Tout cela paraissait mettre Sir Claude de très bonne humeur, et son rire haut et clair fut somme toute la seule explication qu'il donna.

Maisie lui avait entendu parler de Mrs. Wix dans les mêmes termes. Elle serrait la main de son beau-père enfermée dans un gant gris perle ornementé d'épaisses lignes noires, qu'elle associait toujours à la façon dont les dames qui fréquentaient chez sa mère marchaient les coudes en dehors en balançant leurs ombrelles au bout de leurs mains bien gantées. Le simple contact de cette main était à la fois un gain et une perte. La présence de son grand ami était comme un objet placé si près de ses yeux qu'elle n'en voyait plus la forme. Mais Sir Claude demeura le régisseur du spectacle bien après qu'ils furent sortis du Parc, et qu'ils eurent commencé, gagnés par le charme du lieu et de la maison, à se promener dans les jardins de Kensington. Comme il le disait, ce qu'ils venaient de laisser derrière eux n'était guère plus qu'un cirque de second ordre, et maintenant, après avoir traversé un pont et franchi des grilles solennelles, ils se trouvaient en moins d'un quart d'heure à cent lieues de Londres. Les grands ombrages verts des arbres s'étendaient devant eux, et dans cette ombre, sur l'herbe fraîche du sol, les courbes sinueuses d'un sentier agreste.

— C'est la forêt des Ardennes, dit Sir Claude avec sa fantaisie délicieuse, et je suis le duc banni, et vous, comment s'appelait-elle donc, la petite paysanne au cœur simple ? Et là-bas, continua-t-il, regardez l'autre jeune femme : elle s'appelait Rosalinde, n'est-ce pas, et près d'elle son amoureux, vous savez bien ? Parole d'honneur, c'est un vrai amoureux !

Il faisait allusion à un couple qui marchait devant eux à l'autre bout de la clairière. Ces lointaines silhouettes avançaient lentement, si proches l'une de l'autre que leurs têtes un peu inclinées se touchaient presque ; la femme était grande et gracieuse, et l'homme, qui la tenait par le bras, marchait la main droite derrière le dos, en balançant distraitement sa canne. Maisie s'abandonna un instant aux imaginations idylliques de son grand ami, puis s'arrêtant net, elle s'écria avec toute la lucidité possible :

— Bonté du Ciel, on dirait que c'est maman !

La stupeur cloua Sir Claude sur place :

— Maman ? Mais maman est à Bruxelles.

Maisie réfléchissait, sans quitter des yeux la dame :

— A Bruxelles ?

— Elle est allée à un match.

— De billard ? Vous ne me l'avez pas dit.

— Pour sûr que non ! s'écria Sir Claude. Il y a bien d'autres choses que je ne vous dis pas. Elle est partie mercredi.

L'homme et la femme s'étaient un peu éloignés, et Maisie les suivait du regard plus attentivement que jamais.

— Alors, elle est revenue.

Sir Claude étudiait la dame :

— Je crois plutôt qu'elle n'y est jamais allée.

— C'est maman ! déclara l'enfant d'un ton décidé. Tous deux s'arrêtèrent, mais Sir Claude était arrivé à former des conclusions, et juste à cette minute les deux autres, s'arrêtant aussi, continuèrent à causer, le dos tourné.

— Vous avez raison, mon trésor ! s'écria-t-il enfin, C'est ma tendre épouse !

Il plaisantait, mais il avait pâli, et Maisie détourna aussitôt les yeux.

— Qui est-ce qui est avec elle ?

— Du diable si je le sais ! répondit Sir Claude.

— C'est Mr. Perriam ?

— Oh ! non, Mr. Perriam est par terre.

— Par terre ?

— Vendu, dans la Cité. Mais il y en a des tas d'autres, dit Sir Claude avec un sourire.

Maisie parut s'efforcer de les compter, tout en examinant le dos du monsieur.

— Alors, c'est Lord Eric ?

Son compagnon ne répondit pas tout de suite, et quand elle leva de nouveau les yeux sur lui, il lui sembla qu'il la considérait d'un air bizarre :

— Qu'est-ce que vous savez au sujet de Lord Eric ?

Elle tenta bien innocemment de faire des mystères à son tour :

— Oh ! j'en sais plus que vous ne pensez ! C'est Lord Eric ? demanda-t-elle de nouveau.

— Peut-être bien. Je m'en moque pas mal, au fond.

L'homme et la femme s'étaient légèrement éloignés l'un de l'autre ; soudain, ils se retournèrent, manifestant enfin aussi complètement que possible la splendeur de Madame et le mystère de son compagnon. Maisie retenait son souffle :

— Ils viennent !

— Laissez-les venir. Et Sir Claude tirant son étui de sa poche, se mit en devoir d'allumer une cigarette.

— Nous allons les rencontrer !

— Non, c'est eux qui viennent à notre rencontre.

— Ils nous ont vus, déclara Maisie avec fermeté. Regardez !

Sir Claude jeta son allumette.

— Continuons à marcher.

En revanche, les deux autres, évidemment pris au dépourvu, ralentissaient de nouveau le pas. Ils se tenaient maintenant très éloignés l'un de l'autre.

— Elle est horriblement gênée et voudrait ficher le camp, continua-t-il. Mais il est trop tard.

Maisie avançait à son côté, et même à cette distance, il lui était facile de constater que Madame était fort peu à son aise.

— Mais alors, qu'est-ce qu'elle va faire ?

Sir Claude tirait sur sa cigarette :

— Elle se dépêche de prendre une décision. Il avait l'air gai.

Ida n'hésita qu'un instant ; la présence de son compagnon lui prêtait évidemment du courage. Maisie trouva que ce monsieur avait l'air brave, et qu'il n'avait rien de commun avec Mr. Perriam. Son visage maigre et plutôt pointu était singulièrement lisse, et ce fut seulement en se rapprochant encore de quelques pas qu'elle s'aperçut qu'il avait une intéressante petite moustache très blonde. Elle pouvait déjà remarquer ses yeux, du bleu le plus clair. Il était beaucoup mieux que Mr. Perriam. Maman avait l'air terrible de loin, mais la curiosité de l'enfant persista même sous le feu de son regard, et elle demanda de nouveau à Sir Claude :

— C'est... Est-ce Lord Eric ?

Sir Claude continuait à fumer avec le plus grand calme :

— Je crois plutôt que c'est le comte.

Cette solution lui plut ; ce personnage ressemblait à l'idée qu'elle se faisait d'un comte. Mais à quoi ressemblait maman, à cette minute où elle s'avançait majestueusement vers eux ? Peut-être à une actrice, au cours de quelque scène tragique, marchant résolument vers la rampe comme si elle s'apprêtait à la franchir d'un bond. Maisie se sentait si fort effrayée qu'instinctivement elle prit le bras de Sir Claude. Il s'arrêta net à cette pression de sa main, et Madame et son compagnon, comme obéissant à ce signal, s'arrêtèrent aussi à une distance de quelques pas, et échangèrent quelques paroles. Tout cela fut l'affaire d'un instant. Ordonnant sans doute au comte de s'approcher de flanc — mouvement que Maisie eût pu qualifier de stratégique, si ce terme lui avait été connu —, Madame reprit sa marche en ligne droite.

— Que va-t-elle faire ? demanda sa fille.

Sir Claude pouvait maintenant répondre sans hésiter à cette question.

— Prétendre que c'est ma faute.

— Votre faute ?

— Oui, enfin un truc de ma part.

Une minute plus tard, justifiant cette prédiction, Ida se dressait devant eux comme une figure de la Justice chargée de tous ses attributs. Certaines parties de son visage pâlirent sous les yeux de Maisie, tandis qu'en d'autres ce changement parut faire régner des couleurs avec plus d'intensité que jamais.

— Qu'est-ce que vous faites ici avec ma fille ? demanda-t-elle à son mari ; et en dépit de cette question indignée, Maisie sentit plus que jamais combien sa propre personne passait inaperçue. Cette même question répétée d'une voix agressive et criarde fit aussitôt blêmir Sir Claude : au lieu de répondre, il interrogea à son tour :

— Qui diable avez-vous empaumé maintenant ?

Sur quoi Madame se tourna vers Maisie d'un air terrible, comme si elle voyait en elle la complice d'un crime. Maisie pétrifiée reçut en plein visage le regard des larges yeux peints de sa mère : on aurait dit des lanternes japonaises suspendues sous des arceaux pavoisés. Mais quelques paroles prononcées sur un ton soudainement et bizarrement radouci la ranimèrent :

— Allez tout de suite vous asseoir avec ce monsieur, ma chérie. Je lui ai demandé de s'occuper de vous pendant quelques instants. Il est charmant, allez. J'ai à parler à cet individu.

Maisie sentit la pression de la main de Sir Claude.

— Non, merci bien. Cela ne se passera pas de la sorte. Cette enfant m'appartient.

— Elle vous appartient ?

Maisie stupéfaite entendait sa mère parler à sir Claude comme à un étranger rencontré pour la première fois de sa vie.

— Elle m'appartient. Vous l'avez abandonnée. Vous n'avez plus l'ombre d'un droit sur elle. Son père me l'a confiée, ajouta Sir Claude, et cette affirmation fit sursauter sa petite compagne, qui pouvait mesurer l'effet que ces mots avaient produit sur sa mère.

Ida subissait sans doute une influence qui l'obligeait à faire une part à la réflexion ; elle jeta un coup d'œil du côté du monsieur qu'elle venait de quitter, et qui s'était écarté de quelques pas, les mains dans les poches, et se tenait là-bas d'un air vague, mais nullement embarrassé. Elle tourna vers lui son visage qui ressemblait à un jardin illuminé, avec ses guichets et ses tourniquets d'entrée, et pour lequel il aurait possédé une carte d'abonnement à la saison ; puis, regardant de nouveau Sir Claude :

— Je l'ai donnée à son père pour qu'il la *garde*, et non pour qu'il la laisse traîner en ville avec vous ou avec le premier venu. Si elle ne m'appartient plus, qu'il vienne lui-même m'en prévenir. Je me refuse à accepter la nouvelle d'une autre bouche que la sienne, et j'aime beaucoup de votre part toutes ces fariboles de prétentions à des « droits ». Je connais votre manège, et j'ai à vous parler à ce sujet.

Sir Claude serra le bras de l'enfant :

— Je vous avais bien dit que cela se passerait ainsi, Miss Farange.

— Vous avez singulièrement peur de m'entendre, reprit Ida, mais vous vous trompez si vous croyez que la présence de Maisie vous protégera contre ce que j'ai à vous dire. Elle lui laissa un instant pour répondre. Puis :

« Je vous laisse le choix, s'il le faut. Préférez-vous qu'elle sache ce dont il s'agit, mon cher ?

Maisie vit que cette proposition lancée de la sorte ne restait pas sans effet ; elle espérait pourtant que Sir Claude répondrait par l'affirmative. Nous savons déjà que Maisie préférait que les gens aimaissent à l'instruire de tout. Mais avant qu'il ait eu le temps de répondre, sa mère ouvrit à la petite fille des bras ravissants, et Maisie sentit l'étreinte de la main de Sir Claude se desserrer.

— Mon enfant, murmura Ida, d'une voix tout à coup confusément tendre, que Maisie avait l'impression d'entendre pour la première fois.

Elle n'hésita qu'un instant, fascinée par ce premier appel direct à l'amour filial, si différent de la simple pression des lèvres maternelles dont elle avait toujours constaté la sécheresse, même à l'époque lointaine des démonstrations plaintives et passionnées d'autrefois. L'instant d'après, Maisie se trouva serrée sur le sein de sa mère, au milieu d'un fouillis de bijoux, avec l'impression d'avoir été lancée, avec un fracas de vitres cassées, dans un étalage de bijoutier. Mais elle n'y demeura que juste assez longtemps pour se voir repoussée d'un geste brusque et avec la brève injonction suivante :

— Allez maintenant avec le capitaine !

Maisie jeta un coup d'œil résigné du côté de ce monsieur, mais sentit le besoin d'une présentation plus complète :

— Le capitaine ?

Sir Claude se mit à rire :

— Je lui ai dit que c'était le comte.

Ida le regardait fixement. Son air de supériorité ajoutait à son aspect presque colossal.

— Vous êtes trop dégoûtant, déclara-t-elle, enfin. Allez-vous-en ! répéta-t-elle à sa fille.

Maisie, effrayée, fit un pas en arrière, et dit en regardant Sir Claude :

— Rien qu'une minute ! Et elle poussa un soupir empreint de stupéfaction.

Mais il était trop furieux pour s'occuper d'elle, trop furieux envers sa femme, et en s'éloignant, Maisie entendit l'explosion de cette fureur :

— Sacrée vieille p... !

Elle ne put en entendre davantage ; c'en était assez ; c'en était trop ; elle s'enfuit, acceptant même de chercher refuge auprès d'un étranger, loin d'un si brusque changement de ton.

## XVI

MAIS un miracle plus grand encore se produisit au moment où elle rencontra le regard des yeux bleu clair du capitaine, et ce ne fut pas sans un brusque soulagement qu'elle les vit répondre par de l'anxiété à l'horreur peinte sur son visage.

— Que diable a-t-il fait ?

Il n'accusait que Sir Claude.

— Il l'a appelée sacré vieux poteau. Elle ne pouvait s'empêcher de répéter le mot.

Le visage du capitaine, aussi haut placé au-dessus de Maisie que celui de Madame, exprima la plus complète surprise ; puis, bien entendu, il se convulsa de rire, comme il arrivait toujours. Mais l'instant d'après il se prenait à redire les mêmes vilains mots :

— Un sacré vieux poteau, votre mère ?

Ce second mouvement n'échappa point à Maisie :

— Je crois qu'elle a essayé de le mettre en colère.

Le capitaine fit preuve d'un noble étonnement :

— En colère, elle ? Mais, voyons, c'est un ange que cette femme !

Et, d'emblée, comme il proférait ces mots, elle fut conquise par son visage si gai et si bon, par ses yeux bleus pleins du reflet d'on ne sait quel privilège mystérieux qu'à lui du moins Madame avait octroyé. La précoce expérience de Maisie lui permit de le situer dès le premier regard : un soldat simple et candide, très sérieux, elle s'en rendait mieux compte que jamais, et pourtant nullement effrayant. En tout cas, il produisit sur elle une impression encore inéprouvée, et qui lui fit demander au bout d'un instant :

— Vous l'aimez vraiment tant que ça ?

Il lui sourit de très haut, hésitait, et de plus en plus agréable à voir :

— Laissez-moi vous parler de votre mère.

Il lui tendit sa grande main de soldat qu'elle prit aussitôt, et ils se dirigèrent ensemble vers une couple de chaises placées sous les arbres.

— Elle m'a dit d'aller avec vous, lui expliqua Maisie tout en marchant.

Un instant plus tard, elle se trouvait assise tout près de lui, avec sous les yeux le gracieux spectacle du lac miroitant à travers les arbres, le bruit des oiseaux, le clapotis des rames, et la rumeur des jeux d'enfants. Le capitaine, inclinant sa silhouette toute militaire, s'assit par gentillesse tout de côté, pour être encore plus près d'elle, et posa sa main sur celle de Maisie placée sur le dossier de la chaise, comme s'il voulait donner plus de poids à ce qu'il avait à lui dire pour son bien. Il lui avait déjà raconté comment sa mère, en la voyant apparaître à l'improviste au côté d'un homme qui, enfin, n'était pas du tout ce qu'il aurait fallu, lui avait tout de suite demandé de s'occuper de Maisie pendant qu'elle se chargerait, selon sa propre expression, de faire l'affaire du vrai coupable. L'enfant se sentit d'emblée complètement sous le charme ; dix minutes plus tôt, elle ne connaissait pas le capitaine et maintenant, elle pouvait se trouver assise, le touchant presque, touchée par lui, émue par sa présence, en train de se dire que rien n'était plus beau pour un monsieur que d'être ainsi mince et brun de visage, avec ce hâle à la fois profond et clair qui rendait presque blanche par constraste sa moustache couleur de paille, et faisait de ses yeux deux pâles fleurs. Le plus étrange était qu'au fond, elle se souciait peu de savoir que sa mère se chargeait en ce moment de faire son affaire à Sir Claude. Le capitaine ne ressemblait nullement à ce dernier ; c'était un des charmes bizarres de cet ami de sa mère d'avoir un visage aux traits si naïvement irréguliers que le comble de la bienveillance était de le trouver comique, tout simplement. Mais chose plus bizarre encore, notre héroïne, s'efforçant de classifier ce nouveau venu, finissait par se dire que c'était de tous les gens de sa connaissance celui qui lui rappelait le plus insidieusement Mrs. Wix. Il n'avait ni lunettes, ni diadème, ni rosette, ou du moins pas au même endroit ; il était brûlé du soleil, il avait une profonde voix de basse, et il sentait le cigare, et pourtant il ressemblait mystérieusement bien plus à sa vieille gouvernante qu'à son jeune beau-père. Ce qu'il avait à lui dire pour son bien était que sa pauvre mère (l'ignorait-elle vraiment ?) était la meilleure amie qu'il eût jamais eue. Et il ajouta :

— Elle m'a énormément parlé de vous. Je suis bien content de vous connaître.

Jamais, crut-elle, personne ne l'avait traitée ainsi, en vraie jeune fille, pas même Sir Claude le fameux jour où elle l'avait trouvé chez Mrs. Beale. C'était comme cela, sans doute, que les jeunes demoiselles causaient au bal avec leur cavalier, entre deux danses, et elles essaya de trouver à son tour la phrase qui convenait. Mais cet effort fut vain, et elle ne réussit qu'à produire les paroles suivantes :

— Vous savez que je vous ai pris d'abord pour Lord Eric ?

Le capitaine la regarda d'un air vague :

— Lord Eric ?

— Et puis, Sir Claude a pensé que vous étiez le comte,

Cela le fit rire :

— Comment, il n'a pas plus de cinq pieds de haut, et il est rouge comme une écrevisse !

Maisie répondit par un élégant petit rire (la jeune

demoiselle du bal aurait certainement ri de la sorte), et se proposa d'alimenter consciencieusement l'entretien à l'aide d'une autre question. Mais son compagnon ne lui en laissa pas le temps :

— Qui diable est Lord Eric ?

— Vous ne le connaissez pas ? Elle se disait que la jeune demoiselle du bal eût manifesté quelque surprise.

— Vous voulez parler de ce gros homme qui a toujours la bouche ouverte ?

Elle dut avouer connaître si peu Lord Eric qu'elle ne savait du possesseur de ce nom qu'une seule chose, et c'est qu'il était l'ami de maman ; mais la lumière se fit dans l'esprit du capitaine, qui aussitôt parla comme s'il connaissait son homme :

— Le frère de Machin, ce type qui faisait courir Bobolink ? Et en dépit de toute sa gentillesse, il la contredit sans ménagement : Bon Dieu, non, votre mère ne connaît pas *ça*.

— Mais Mrs. Wix me l'a dit, risqua l'enfant.

— Mrs. Wix ?

— Ma vieille gouvernante.

Cette phrase eut de nouveau le don d'égayer le capitaine.

— Elle confond, votre vieille gouvernante. C'est un salaud. Votre mère ne l'a même jamais regardé.

Son ton n'était pas moins péremptoire qu'amical. Et tout de suite, il se tut, donnant ainsi à l'enfant confuse, mais maligne, l'occasion de se faire pardonner ses prétentions erronées au savoir, en faisant cette fois preuve d'une humilité prête à se laisser guider en tout.

— Et elle ne connaît pas le comte ?

— Oh ! je suppose que si. Mais c'est un autre idiot.

Et brusquement, changeant l'expression de son regard, il posa de nouveau sa main sur celle de l'enfant. Maisie crut même le voir rougir.

— Je tenais beaucoup à vous parler. Ne croyez jamais le mal qu'on vous dira de votre mère.

— Oh ! je vous assure que je n'y crois pas ! s'écria l'enfant rougissant à son tour jusqu'au blanc des yeux, et saisie d'un brusque sursaut d'horreur à cette idée.

Le capitaine, inclinant la tête, porta la main de la fillette à ses lèvres, avec une gentillesse qui fit regretter à Maisie que son gant ne fût pas plus neuf.

— Bien entendu, vous ne le croirez pas, surtout si vous comprenez à quel point elle vous aime.

— Elle m'aime ? demanda Maisie toute tremblante.

— Enormément. Mais elle pense que vous ne l'aimez pas. Vous *devez* l'aimer. Elle a déjà tant de chagrins !

— Oh ! oui, je sais. Maisie se réjouissait de n'avoir jamais contesté ce point.

— Certes, mon amitié pour elle me donne seule le droit de vous parler de la sorte, reprit le capitaine. Mais c'est une femme splendide. Et personne ne lui a rendu pleinement justice.

— Personne ? demanda la petite fille, avec un émoi tout nouveau.

— Je ne devrais peut-être pas vous le dire, mais enfin, c'est toujours sur son dos que tout est retombé.

— Oh ! vous pouvez me le dire, à moi, se hâta de protester Maisie.

Le capitaine en fut ravi.

— Mon Dieu, vous n'avez pas besoin d'aller le répéter à droite et à gauche. C'est pour vous toute seule, vous comprenez ?

Sérieuse et souriante, elle s'efforçait de le rassurer :

— C'est pour moi toute seule. Oh ! il y a des tas de chose que je n'ai jamais répétées !

— Eh bien, gardez celles-ci avec le reste ! Je vous assure que la vie de cette femme a été un enfer, et si on vous dit le contraire, ne le croyez pas. C'est la créature la plus intelligente que j'aie rencontrée de ma vie. C'est un prodige de charme.

D'abord, le son de cette voix l'avait touchée, mais maintenant, renversée sur le dossier de sa chaise, elle se sentait prise d'une sorte de tremblement intérieur.

— Elle est délicieusement gaie ; tout ce qu'elle fait, elle le fait avec une perfection que je n'ai vue qu'à elle. Elle a un courage infernal ; et je m'y connais, je vous prie de le croire. Pardieu, elle a assez de sang-froid pour la chasse au tigre, et je l'y emmènerai volontiers. Et elle est incroyablement franche et généreuse, comparée à ces vipères que sont tant de femmes. Elle se jetterait au feu pour ceux qu'elle aime. On eût dit qu'il étudiait l'effet produit sur sa petite compagne par ces hyperboles ; puis, d'un soupir, il parut déplorer la pauvreté du langage humain. Mais il conclut quasiment sur un ton de défi :

— Enfin, elle est loyale !

Maisie n'avait nullement envie de le contredire, et la joie de se trouver si bien d'accord avec lui atteignait chez l'enfant à un degré de ferveur extasiée guère moins difficile à décrire que l'enthousiasme de son compagnon. Elle se sentait tout émue à l'idée d'avoir entendu parler de sa mère comme personne encore ne lui en avait parlé jusqu'ici. Assise en silence auprès du capitaine, elle en vint à penser que ces mots d'admiration et de respect étaient tout neufs, revêtus d'un prestige unique par leur singularité même, puisque rien de pareil n'était jamais tombé des lèvres de son père, de Mrs. Beale, de Sir Claude, ni même de Mrs. Wix. C'était probablement les premières paroles empreintes de bonté qu'il lui avait été donné d'entendre au sujet de sa mère, et cela lui révéla soudain que, pour autant qu'elle pouvait s'en rendre compte, sa mère jusque-là n'avait pas été aimée. Les lointains récits de Mrs. Wix au sujet de l'amour dont Sir Claude avait fait preuve envers sa femme étaient maintenant aussi vides que le refrain d'une chanson d'enfant ; à ce même moment, et presque à portée de la main, ce mari et cette femme se faisaient face dans la haine, et l'écho du nom odieux qu'il lui avait donné flottait encore autour d'eux. Mais de quels termes au contraire le capitaine s'était-il servi pour la définir ? Maisie eut envie d'en entendre davantage. De brûlantes larmes débordèrent de ses yeux, sur ses joues, lorsqu'elle se souvint que cinq minutes plus tôt, ce vivant chef-d'œuvre dont elle venait de redouter l'approche n'avait été pour elle aussi qu'un simple objet d'épouvante. Cessant aussitôt de rougir de ce qui pour les enfants est le comble de la honte, elle présenta sans vergogne à son compagnon un visage mouillé, déformé par des sanglots silencieux, mais grimaçant. Elle pleurait *pour* lui, comme de sa vie elle n'avait jamais pleuré pour personne, avec la même émotion poignante :

— Oh ! vous l'aimez ? dit-elle enfin, avec un gémissement produit par ces mêmes efforts pour pleurer sans bruit.

Sans doute, l'épais brouillard des larmes était-il responsable de l'air étrange et gêné que prit le capitaine en répondant à sa question. Il bégayait, et pourtant sa voix appuyait sur chaque mot avec une impatience maladroite :

— Bien entendu, j'ai beaucoup d'affection pour elle, je la préfère à toutes les femmes que je connais. Je ne vous cache pas, continua-t-il, que je me considérerais comme une brute si j'agissais autrement. Alors, et pour souligner davantage de tels aveux, il la fit plus que jamais palpiter d'émotion aux accents d'une tendresse que Sir Claude lui-même n'avait jamais surpassée. Il appela l'enfant par son nom, ce qui lui alla droit au cœur : « Ma chère Maisie, votre mère est un ange ! » C'était un baume d'une douceur presque incroyable, tout sentiment de danger et d'inquiétude s'en trouvait adouci. Elle retomba dans son fauteuil, sanglotante, et se couvrit le visage de ses mains :

— Oh ! maman, maman, maman !

Mais il lui sembla que le capitaine, assis près d'elle, et de plus en plus amical, était pourtant très mal à son aise. Un instant après, quand ses yeux eurent retrouvé un peu de leur regard, elle le vit debout en face d'elle, très rouge, regardant autour de lui avec anxiété, et se fouettant la jambe du bout de sa badine.

— Dites, que vous l'aimez, monsieur le capitaine ! Dites, dites ! implora-t-elle.

Les yeux bleus de M. le capitaine eurent un dur regard.

— Bien entendu, je l'aime, le diable m'emporte !

A son tour, elle se leva d'un bond, et sortit de sa poche un mouchoir.

— Moi aussi, moi aussi, moi aussi, alors ! répéta-t-elle, passionnément.

— Alors, vous allez retourner vivre chez elle ?

Maisie s'arrêta stupéfaite, le petit mouchoir roulé en boule au bord de ses yeux.

— Elle ne veut pas de moi.
— Mais si, elle vous veut.
— Rentrer à la maison, avec Sir Claude ?
Il hésita de nouveau.
— Non, pas avez lui. Dans une autre maison.
Ils échangèrent un regard d'une intensité assez rare entre un capitaine et une petite fille.
— Elle ne me veut nulle part.
— Elle vous voudra, si je lui demande.
Le regard de Maisie se fit plus expressif que jamais :
— Vous serez là ?
Le capitaine même jeu :
— Oh ! oui, un de ces jours.
— Alors, ça ne veut pas dire : maintenant ?
Il se laissa vite aller à sourire :
— Vous voulez venir avec nous maintenant, pour une heure ?
Maisie réfléchissait :
— Elle ne voudra pas de moi, même maintenant. Elle voyait bien que le capitaine avait son idée, mais que le ton décidé sur lequel elle parlait n'était pas sans faire impression sur lui. Elle en fut quelque peu déçue, bien qu'il déclarât la minute suivante, avec une opiniâtreté nouvelle :
— Elle le fera si je le lui demande. Je vais le lui demander tout de suite, ajouta-t-il.
Ces mots obligèrent Maisie à regarder du côté où son beau-père et sa mère se trouvaient. D'abord, elle ne vit personne sous les arbres, mais elle s'écria bientôt avec émotion :
— C'est fini : il vient !
Le capitaine regardait s'approcher le mari de Madame,

qui s'avançait sur la pelouse avec une nonchalance affectée, non sans faire de loin de petites signes à Maisie :

— Je n'ai nullement envie de l'éviter.

— Vous n'êtes pas obligé de le voir, dit Maisie.

— Oh ! il n'est pas pressé, lui non plus !

Sir Claude s'était arrêtée pour allumer une cigarette. Elle ne savait trop quels sentiments le capitaine se devait d'éprouver à cette occasion, mais il lui sembla que cette réflexion frisait l'impertinence.

— Oh ! ça lui est égal, répondit-elle.

— Qu'est-ce qui lui est égal ?

— Ce que vous êtes. Il me l'a dit. Allez plutôt le demander à maman, ajouta-t-elle.

— Si vous pouvez venir avec nous ? Très bien ! Vous me conseillez vraiment de ne pas attendre Sir Claude ?

— *Je vous en prie !* Mais Sir Claude était encore assez loin, et la main gauche du capitaine s'était emparée de la main droite de Maisie, qu'il balançait avec une familiarité charmante. Dites-moi d'abord quelque chose, continua-t-elle. Est-ce que vous allez *vivre* avec maman ?

L'éternel effet comique vint narguer le sérieux de Maisie :

— Un de ces jours.

Elle méditait, nullement troublée par ce rire :

— Alors, où ira Sir Claude ?

— Il l'aura quittée, naturellement.

— Est-ce qu'il en a l'intention ?

— L'occasion de le lui demander ne vous manque pas.

Maisie secoua la tête avec décision :

— Il ne le fera pas. Pas le premier.

De nouveau, cela fit rire le capitaine :

— Oh ! il va se rendre insupportable, c'est certain. Mais je vous en ai trop dit.

— Mais vous savez que je ne répète jamais rien, répliqua Maisie.

— Non, gardez cela pour vous. Au revoir !

— Au revoir ! Maisie retint la main du capitaine assez longtemps pour ajouter : Moi aussi, je vous aime bien ! Et enfin : Vous l'aimez ?

— Ma chère enfant !

Le capitaine ne trouvait pas de mots.

— Alors, ne l'aimez pas seulement pour un petit moment.

— Un petit moment ?

— Oui, comme tous les autres.

— Tous les autres ?

Il demeurait stupéfait. Elle retira sa main d'une secousse.

— Aimez-la toujours ! Elle bondit dans la direction de Sir Claude, et en s'éloignant elle entendit le capitaine s'écrier avec une apparente gaieté :

— Oh ! je suis pris tout de bon !

Elle n'avait jamais vu à Sir Claude pareille expression : il était rouge sans être en colère, il était plutôt pétrifié dans une expérience de définitif dégoût, et tout ensemble très dur et tout à fait bouleversé. Sa conversation avec la mère de Maisie avait dû consister en un échange de propos sanglants, et l'enfant se sentit envahie de nouveau par le vieux sentiment d'effroi, éprouva soudain la même crispation intérieure qu'à l'époque où ses parents se servaient d'elle pour alimenter leur besoin de haïr. Mais pour l'instant, elle craignait surtout que Sir Claude remarquât qu'elle venait de pleurer. Puis, elle s'aperçut qu'il lui avait à peine octroyé un coup d'œil, et elle sentit en même temps qu'il préférait éviter son regard. Elle détourna donc promptement les yeux, pendant qu'il demandait d'un ton plutôt sec :

— Eh bien, qu'est-ce que c'est que cet individu ?

Tout de suite, elle regorgea de prudence :

— Oh ! *moi,* je n'ai pas réussi à le découvrir ! C'était impliquer qu'il aurait bien pu le faire par lui-même, mais elle ne pouvait que subir courageusement la pénible nécessité d'avoir à déplaire, comme elle l'avait fait au temps où son père la traitait de sacrée petite idiote à cause de ses réponses imbéciles, et où sa mère la poussait hors de la chambre pour la punir de sa fausseté :

— Et qu'avez-vous fait pendant tout ce temps ?

— Oh ! je ne sais pas. La fin de la méthode consistait à aller jusqu'au bout de la bêtise.

— Et cette brute ne vous a rien dit ? Ils se trouvaient maintenant sur le bord du lac, et marchaient d'un bon pas.

— Mon Dieu, pas grand-chose.

— Il n'a pas parlé de votre mère ?

— Oh ! oui, un peu.

— Et comment en a-t-il parlé ? C'est là tout ce que je vous demande. Elle garda si longtemps le silence qu'il fut obligé d'ajouter : Dites-donc ? Est-ce que vous ne m'entendez pas, par hasard ?

Elle dut répondre :

— Mon Dieu, j'ai peur de n'avoir pas fait très attention à ce qu'il disait.

Sir Claude, tirant bouffée après bouffée de sa cigarette, ne répondit pas tout de suite. Il s'écria enfin :

— Eh bien, ma chère enfant, il faut que vous soyez complètement imbécile pour n'avoir pas profité d'une pareille chance ! Il était si furieux (elle le crut du moins), qu'il n'ouvrit plus la bouche durant le reste de leur promenade dans le Parc, et elle était trop fine pour essayer de le calmer, ce qui n'aurait amené que de nouvelles questions de sa part. A la grille du Parc, il héla un fiacre : sans lui parler, sans la regarder, il l'aida à y prendre place. Il dit ensuite :

— Donnez-lui *ça*, en déposant à côté d'elle une piécette d'argent. Même après avoir refermé la portière et donné l'adresse au cocher, il évita de rencontrer son regard d'adieu.

Rien de pareil ne s'était encore produit, mais ces choses n'avaient pas le pouvoir de diminuer l'amour qu'elle éprouvait pour Sir Claude, et non seulement il lui était facile de supporter ce traitement, mais encore elle avait lieu de s'en réjouir du fond de la voiture qui l'emportait. Car tout cela lui rappelait le sentiment de triomphe éprouvé jadis, dans les moments de crises, quand, en rentrant de chez son père, elle rencontrait sa mère sur l'escalier et répondait à ses questions avec une stupidité tout aussi grande, en conséquence de quoi Mrs. Farange l'envoyait rouler presque au bas des marches.

## XVII

SANS ces raisons personnelles qui lui permettraient de se résigner au mécontentement de Sir Claude, sa jeune endurance eût été sérieusement mise à l'épreuve. Les jours s'écoulaient sans qu'elle l'entendît frapper à la porte de son père, et le temps aurait passé en pure perte si un nouvel élément ne s'était très visiblement introduit dans sa vie. Maisie constatait chez Mrs. Beale un changement d'attitude très net, et ce changement paraissait, en dépit de l'absence, rendre de nouveau Sir Claude singulièrement présent. On peut dire que ce nouvel état de choses commença dès la conversation que Maisie eut avec sa belle-mère, le jour où le fiacre la ramena toute seule à la maison. Mrs. Beale était rentrée de promenade, et elle réussit mieux que Sir Claude à arracher à notre héroïne le récit de son extraordinaire entretien avec le capitaine. Elle revint souvent sur ce sujet, et dès le lendemain, l'enfant s'aperçut fort bien que Mrs. Beale savait également tout ce qui s'était passé entre Madame et Sir Claude. Elle finit donc par comprendre que, bien que ce dernier ne vînt plus à la maison, sa belle-mère avait trouvé quelque moyen magique pour ne pas se passer complètement de lui. Il en résulta de curieuses scènes avec Mrs. Beale, qui commencèrent par des torrents de larmes, et ces larmes, ce ne fut pas Maisie qui les versa. Mrs. Beale, comme elle aimait à le dire elle-même, n'était pas une pleurnicheuse : Maisie ne se souvenait pas de l'avoir vue pleurer depuis l'époque de ses tristes fonctions de gouvernante, cette aube grise de leur amitié. Mais elle pleurait maintenant avec une violence passionnée, protestant tout haut que cela lui faisait du bien, et confiant à sa protégée nombre de choses remarquables qui venaient s'ajouter aux précieuses réserves de sagesse amassées de tout temps par l'enfant. Maisie sentait n'avoir manqué en rien à cette profonde sagesse en racontant à Mrs. Beale ce dont elle n'avait pas fait part à Sir Claude, puisque à son avis le nœud de la difficulté se trouvait maintenant entre Sir Claude et sa femme, et que Mrs. Beale ne portait malheureusement pas ce titre. Trois jours après l'incident dans les jardins de Kensington, Sir Claude fit parvenir à sa belle-fille un message plein de la plus franche tendresse, et ce fut ainsi que Mrs. Beale fut obligée d'avouer sur un ton où il y avait de la supplication et du défi :

— Eh bien oui, après tout, nous nous voyons !

Où, comment, et quand, était précisément ce que Maisie n'avait pas à savoir, et elle ne souffrit jamais d'être exclue de ce secret, puisqu'elle participait assez complètement déjà à la situation pour partager le vide immense de l'existence de Mrs. Beale qui donnait aux yeux avides de l'enfant l'impression d'une chambre trop vaste et trop sombre où la lumière ne pénétrait que par une seule fenêtre. L'irruption brusque de son père ne venait jamais interrompre ces longues heures où chacune pensait à l'absent, et savait l'autre occupée aussi à y penser, de sorte qu'en toute occasion elles pouvaient toujours faire allusion subitement à Sir Claude sans s'étonner l'une l'autre. Mrs. Beale dut enfin avouer tristement qu'elle avait espéré contre toute espérance et qu'il était impossible que Sir Claude pût aller et venir ainsi dans la maison de Regent's Park. Ne valait-il pas mieux regarder désormais la réalité en face ? Eh bien, l'amère vérité était qu'au fond personne n'avait été maté, et cela parce que tout le monde, en somme, s'était comporté de façon dégoûtante. Bien entendu, personne et tout le monde n'étaient autres que Beale et Ida, dont le pouvoir pour le mal faisait partie de ces choses que Mrs. Beale ne pouvait vraiment pas expliquer depuis A jusqu'à Z à une petite fille. Aussi, le seul moyen de se maintenir à la surface, comme elle le disait, était de s'arranger autrement, et dans ce nouvel arrangement Maisie se trouvait incluse seulement parce qu'elle n'ignorait pas qu'il existait, tout en se demandant mélancoliquement en quoi il pouvait bien consister. Quel qu'il fût, il avait pour visible résultat de provoquer chez Mrs. Beale des accès d'émotion et un soudain besoin de confidences, démonstrations larmoyantes qui n'empêchaient pas notre héroïne de se dire qu'elle serait bien heureuse, si elle pouvait arriver à un pareil arrangement en ce qui la concernait. Celui de Mrs. Beale semblait combiner la régularité et la fréquence, car Maisie recevait par elle un message au moins tous les deux jours, et pouvait y faire réponse par la même voie. C'était l'idée de ce que son grand ami faisait pour Mrs. Beale qui empêchait l'enfant de se décourager complètement, et cette idée était continuellement maintenue présente à l'esprit de Maisie non seulement par la gaieté accrue de sa belle-mère, mais aussi par un visible accroissement du prestige de Sir Claude. Mrs. Beale était la première à le proclamer ; il l'avait énormément aidée ; il l'avait aidée à sortir d'un mauvais pas. Elle usait à son égard d'expressions moqueuses et charmantes : il était son « bon ange », « son secret appui », tout comme il était aussi sa « bonne conscience ». C'était là ce dont témoignaient surtout ces étonnantes larmes ; il avait, le cher homme, remis les idées de Mrs. Beale sur le droit chemin en bien des sujets. Il était assez suprenant de constater qu'elle avait donc été jusque-là en danger de se perdre, et Maisie fut heureuse d'apprendre que le remède avait eu son plein effet au moment même où elle était informée de la maladie.

Elle finit par croire (et même par espérer, en dépit de sa jalousie) que Sir Claude jouissait de la compagnie de Mrs. Beale à tous les moments où celle-ci se trouvait hors de la maison. Les sorties de Mrs. Beale étaient plus fréquentes que naguère, et Maisie aurait pu reconnaître à sa belle-mère la plus incroyable capacité pour l'absence, si son père ne lui avait déjà donné lieu d'observer un phénomène encore plus parfait du même ordre. Mrs. Beale remarquait même souvent (et ç'avait été aussi l'un des principaux griefs de la première épouse devant les tribunaux du pays) qu'il arrivait assez rarement à Beale de rentrer coucher chez lui. De plus, Mrs. Beale, quand par hasard elle se trouvait présente, semblait tâcher d'offrir pour ses fréquentes absences les plus touchantes compensations. La seule ombre à ces moments lumineux était, pour parler comme Maisie, l'impossibilité de poser des questions. Ces choses-là n'étaient certes pas de celles dont peut s'enquérir une petite fille, même lorsque cette petite-fille se trouve n'éprouver depuis longtemps que la crainte d'une trop complète initiation. L'expérience de Maisie lui enseignait que cet état de choses faisait naturellement de toute question une indécence, mais d'autre part elle s'était vite rendu compte que de patients petits silences et d'intelligents coups d'œil se voient parfois récompensés par les plus délicieux aperçus. Pendant des années, chez Beale Farange, le monosyllabe « Lui » avait désigné presque passionnément le maître de maison, mais tout changea à l'époque où les mérites de Sir Claude devinrent si visibles qu'il n'était plus besoin que de ces trois lettres pour désigner celui-ci.

— Si vous saviez quel appui *Il* est pour moi, mon trésor ! disait Mrs. Beale à sa petite camarade, ou bien elle déclarait que la situation dans l'autre maison en était arrivée à un point presque incroyable, et que, si monstrueux que ce fût, *Il* n'avait pas eu l'occasion de jeter les yeux sur *Elle* depuis douze jours.

Bien entendu, chez Beale Farange, *Elle* avait toujours désigné Ida, et le seul changement était dans la violence renouvelée avec laquelle ce pronom la désignait aujourd'hui. Il était clair que Mrs. Beale se trouvait en position de vitupérer plus âprement que jamais l'odieuse conduite d'Ida, dont le plus bref résumé semblait être qu'elle vivait scandaleusement à part de son mari, et qu'il était infiniment heureux qu'il en fût ainsi. Si Mrs. Beale partageait avec sa petite amie ce trésor d'informations, c'était sans doute qu'elle ne savait trop qu'en faire, mais Maisie pouvait se permettre cette réflexion sans rompre le charme de leur intimité présente. Quelle ne fut pas l'étendue d'un tel charme, quand l'influence de Sir Claude produisit à distance un renouveau des études de sa belle-fille. Mrs. Beale s'enflamma une fois de plus à ce sujet, et Maisie sentit clairement que c'était là une de ces choses pour lesquelles Sir Claude lui prêtait son appui moral.

Et ce fut la seconde raison — j'ai mentionné plus haut la première — qu'eut l'enfant de croire à ce qu'elle appelait elle-même, et non sans grandes espérances, une nouvelle phase dans sa vie, répandant ainsi le jour le plus brillant sur les réapparitions attendues de Mrs. Beale, et savourant pleinement l'heureuse impression d'être au moins tendrement aimée de deux personnes. Qu'elle se souvînt fort peu d'être aimée d'une troisième, prouve chez elle, j'en ai peur, une amnésie temporaire en ce qui concernait Mrs. Wix, accident que l'excitation anormale dans laquelle elle vivait peut seule expliquer. Car l'enthousiasme de Mrs. Beale et son nouveau zèle de mère de famille se manifestaient précisément sous la forme délicieuse de « lectures » avec sa petite protégée, selon des méthodes et à l'aide de livres généreusement fournis par Sir Claude. Il s'était procuré une liste de bons ouvrages « surtout des essais, vous savez ? » disait Mrs. Beale, et ce mot paraissait toujours auguste à Maisie, bien qu'il fût destiné à être adouci, embelli désormais par une sorte de vague ravissant. Il y eut surtout une semaine où elle ne reçut pas moins de neuf volumes, et elle crut comprendre d'après les dires de Mrs. Beale que non seulement les mystérieuses relations de celle-ci avec Sir Claude permettaient un échange d'opinions et de points de vue critiques au sujet de ces études, mais encore qu'elles étaient justement organisées dans cette intention. C'était pour se consacrer à l'éducation de Maisie, en somme (Mrs. Beale le répétait souvent) qu'elle avait fermé sa porte aux messieurs qui venaient y frapper en si grand nombre, et dont l'évident abandon où la laissait son mari lui eût rendu la fréquentation d'une haute indécence. Maisie avait de tout temps été familiarisée avec l'idée des précautions qu'une femme aimable, comme le disait Mrs. Beale, et exposée à de tels dangers, devait prendre de sa « réputation », et elle était frappée par la rigueur avec laquelle sa belle-mère obéissait à ces scrupules. Il n'y avait plus aucune personne du sexe opposé dont la simple visite lui semblât permise. Quand l'enfant osa s'informer des dames qui jadis avaient été reçues si chaleureusement dans la maison, Mrs. Beale se hâta de lui répondre que toutes ces misérables avaient enfin découvert leurs vraies intentions, qui étaient infâmes. Si l'enfant désirait en savoir davantage à ce sujet, elle lui recommandait de s'adresser à son père.

Mais Maisie avait en ce moment bien d'autres et de plus vives curiosités, car le rêve d'assister à des conférences s'était enfin réalisé, grâce à l'énergie de Sir Claude, et à ses recherches infatigables. C'était la preuve qu'il suffisait d'une vraie bonne volonté pour obtenir d'énormes résultats au seul et modique prix d'un billet de métro. L'Institut dont il s'agissait (c'était un magnifique bâtiment situé dans un quartier de la ville peu connu de l'enfant) resplendissait de tous les feux de son enthousiasme, et le trajet de la station de métro jusqu'à sa porte devenait une voie triomphale littéralement jalonnée de « sujets ». Maisie avait l'impression de les cueillir tout le long du chemin, bien qu'ils foisonnassent surtout dans les grandes pièces grises où la fontaine du savoir (le plus souvent sous la forme d'une voix aiguë qui tout d'abord lui parut en colère) se déversait sur une série de visages immobiles comme dans une rangée de pichets vides. « Ce doit être très utile, puisque c'est si laid », avait immédiatement déclaré Mrs. Beale, manifestant toutefois une bonne volonté qui fit de ces séances le moment le plus uni de leur vie commune. Jamais, au cours de cette amitié, Maisie ne s'était sentie aussi vraie, aussi pleine d'une joie qui la laissait presque hors d'haleine, qu'à ces minutes où Mrs. Beale rentrant à la maison lui criait d'en bas pour lui demander si elles arriveraient à temps pour la conférence. Sa belle-fille, prête depuis la première heure, bondissait presque par-dessus la rampe pour lui répondre, et elles se précipitaient au-dehors à la recherche du Savoir du même cœur qu'elles avaient mis jadis à regagner précipitamment la maison pour épargner à Mrs. Beale d'autres soucis. En deux mots, pareilles crises d'activité ne s'étaient pas produites pour Maisie depuis l'époque où Mrs. Wix, avec l'énergie d'un palefrenier brossant un poulain, avait essayé de regagner le temps perdu par l'enfant chez son père.

Les semaines se révélaient trop courtes pour de tels travaux, toutes regorgeantes aussi d'une émotion nouvelle, née en partie de l'espoir de voir un jour ou l'autre apparaître Sir Claude le long des perspectives télescopiques de Glower Street, ou peut-être entre les piliers de l'Institut, ces piliers imposants qui semblaient presque aux yeux de Maisie constituer l'édifice tout entier. Mrs. Beale avait fini par s'en laisser arracher l'aveu, non peut-être sans quelque impatience. « Oh ! oui, un jour ou l'autre, bien sûr ! » Qu'il ne pût se joindre à elles l'un de ces jours était bien moins évident qu'on ne l'aurait cru jadis, à l'entendre proclamer qu'il comptait compléter son éducation en leur compagnie ; et notre héroïne en fut confirmée dans l'idée qu'entre-temps quelque désastre avait dû se produire, ou peut-être qu'un événement désiré n'avait pas eu lieu. Mrs. Beale n'éclairait qu'à demi cette situation en lui expliquant qu'après tout personne n'avait été maté. Maisie espérait au moins que quelqu'un finirait par l'être. Quoi qu'il en fût, et bien qu'à chacune de ses visites au temple du savoir elle cherchât en vain Sir Claude, elle ne pouvait douter que ce fantôme bien-aimé n'agît sur elles à la façon d'un encouragement et d'une récompense. Quand les imposants piliers de l'Institut paraissaient plus hauts que jamais (ou plutôt, comme le disait

Mrs. Beale, que ces gens-là se juchaient sur leurs grandes échasses), quand les sujets s'avéraient plus que jamais obscurs, les conférenciers verbeux, et les assistants affreusement laids, elles sentaient toutes deux que leur maître invisible était superlativement content d'elles.

Un jour, brusquement, et non sans jeter un coup d'œil derrière elle, Mrs. Beale dit à sa petite compagne : « Nous irons ce soir à ce Machin-Chose, à Earl's Court. » Nouvelle qui se révéla considérable quand Maisie eut compris qu'il s'agissait d'une grande Exposition récemment ouverte dans ce quartier, une collection de merveilles exotiques dans des jardins splendides, avec des illuminations, des orchestres, des éléphants, des manèges et des phénomènes, sans compter une foule immense dans laquelle il se pourrait bien qu'elles rencontrassent une figure de connaissance. Maisie sauta au cou de sa grande amie à la mention de Sir Claude, dès que Mrs. Beale eut avoué que, mon Dieu, oui, il n'était pas impossible qu'il pût peut-être les rejoindre là-bas. Dans sa terrible position, il ignorait toujours s'il pourrait ou non disposer de la demi-heure suivante, mais il espérait être libre, et en avait donné avis à Mrs. Beale : « Amenez discrètement l'enfant, et je tâcherai de me débrouiller pour être là. » Il se trouvait sans doute réduit à cette extrémité dans son désir de voir la fillette après tant de semaines de séparation ; et l'on pouvait y voir la preuve d'une obsession aussi constante que celle de Maisie l'avait été. Mais cet arrangement surprit la petite fille au point que celle-ci ne put cacher son étonnement. Elle ne comprenait pas, puisque au fond tous étaient si complètement d'accord, pourquoi les projets qui avaient motivé jadis son retour chez Mrs. Beale, les espoirs d'une vie commune à trois, s'étaient trouvés si tristement déçus. Mrs. Beale ne réussit qu'à lui donner davantage à penser en expliquant que ce désappointement n'était que le résultat d'une idée qu'il s'était mise en tête.

— Quelle idée ?

— Oh ! Dieu sait ! Elle parlait presque sévèrement.

— Délicat ?

L'expression semblait obscure.

— Au sujet de ses actions, vous comprenez, dit en hésitant Mrs. Beale. Enfin de nos actions.

— A vous et à moi ?

— A moi et à lui, petite sotte ! s'écria Mrs. Beale avec un vrai fou rire.

— Mais vous ne faites rien de mal, vous autres, dit Maisie, plus surprise que jamais, et faisant ainsi une allusion décemment voilée à la conduite moins correcte de son père et de sa mère.

— Bien sûr que nous ne faisons rien de mal, mon cher petit ange ! C'est justement mon avis à moi, répondit sa compagne avec exultation. Il dit qu'il ne veut pas vous compromettre.

— Me compromettre en quoi ?

— C'est exactement ce que je voudrais savoir. En quoi, je vous le demande, et comment pourriez-vous être plus compromise que...

Mrs. Beale n'alla pas jusqu'au bout de sa phrase. L'instant d'après, elle concluait de façon bien différente :

— Tout ce qu'on peut dire, c'est que c'est son idée.

Le ton, qui avait on ne sait quoi de final dans sa résignation, résultat sans doute de la fatigue, n'en révélait pas moins que Mrs. Beale ne partageait nullement cette idée, et cette simple évidence permit à notre héroïne d'arriver à une perception plus claire de ces réalités tenues secrètes. Les rapports entre ses beaux-parents l'amenaient à une conclusion mystérieuse : pour la première fois de sa vie, elle s'apercevait que, sauf en ce qui la concernait, ce n'étaient pas de vrais rapports. Ou plutôt, ils ne reposaient que sur la volonté des deux intéressés, et elle comprit que c'était là une des raisons pour lesquelles Sir Claude s'obligeait à cette séparation. Il craignait qu'elle ne fût compromise ? Un tel scrupule le lui rendait plus cher que jamais, et soudain l'idée lui vint qu'elle pouvait tout simplifier en lui montrant combien elle redoutait peu ce danger. N'avait-elle pas vécu au milieu de tels risques depuis l'âge de trois ans ? C'était un des sujets de discussion les plus fréquents entre les Farange, où le mot résonnait sans cesse dans la maison, et où elle avait été capable de le répéter avec verve, aux applaudissements de tous, dès l'âge de cinq ans. Elle était aussi familière avec l'idée d'être compromise qu'avec celle d'être fouettée ou laissée seule dans l'obscurité, et elle savait aussi que ces épreuves signifiaient au fond peu de chose. Mais il fallait d'abord s'assurer absolument de Mrs. Beale. Elle y parvint en disant :

— Eh bien, si ça vous est égal, et ça vous est vraiment égal, n'est-ce pas ?

Mrs. Beale la considérait avec un sourire amusé déjà :

— De vous compromettre ? Bien entendu. Car, qu'est-ce que cela signifie au fond ?

— Et à moi, ça m'est égal, et ça peut signifier ce que ça veut. Et puisque ça nous est égal à toutes les deux, conclut Maisie, est-ce que vous ne pensez pas que quand je le verrai, ce soir, il faudra le lui dire, et lui demander pourquoi ça ne lui est pas égal, à lui ?

## XVIII

De toute façon, l'enfant ne devait guère jouir de la présence de Sir Claude au « Machin-Chose », car la soirée prit pour eux tous une tournure inattendue. Sur le moment, Mrs. Beale lui avait conseillé en riant de faire à son idée, mais plus tard, à l'Exposition, elle lui retira cette permission, faisant valoir qu'en somme un aveu aussi téméraire aurait les pires effets sur un homme à ce point sensible. Mais rien ne parut à Maisie pouvoir être pire que les circonstances présentes, lorsque, le premier éblouissement passé, elle chercha en vain Sir Claude dans les jardins et dans la foule. La femme et l'enfant avaient tout leur temps pour effectuer cette mélancolique promenade : elles avaient fait avant de quitter la maison un léger repas, que Maisie appelait vaguement « un goûter », auquel elles se trouvaient le plus souvent réduites quand Mr. Farange s'amusait au-dehors. C'était toujours au-dehors que Mr. Farange s'amusait maintenant, et sa fille croyait comprendre, d'après les dires de sa belle-mère, qu'il était parti depuis trois jours rejoindre un ami pour une excursion en yacht à Cowes.

Les montreurs de phénomènes étaient nombreux, mais Mrs. Beale devait, hélas ! se contenter d'en faire admirer le boniment à la petite fille ; l'entrée dans chaque tente coûtait six pence, et le tendre vasselage auquel l'enfant s'était de tout temps soumise avait été obtenu en dépit de la permanente rareté des pièces de six pence. La petite monnaie tombait des mains de Mrs. Beale d'aussi mauvais gré qu'une réponse des lèvres de méchants enfants qui n'ont pas étudié leur leçon. Maisie traînait le pas en passant devant les grands poteaux bariolés ; le bras passé sous celui de sa grande amie, elle tâtait discrètement la poche de Mrs. Beale, dans l'espoir d'y entendre tinter des piécettes. Mais chaque déception ne faisait qu'accroître son plus profond désir : si Sir Claude paraissait enfin, les pièces d'argent allaient se mettre à tinter. Toutes deux s'arrêtèrent, gênées par ce manque essentiel, devant la tente des *Fleurs de la Forêt,* grande représentation de beautés mulâtres (elles étaient brunes de la tête aux pieds), dans un décor évoquant les luxuriances tropicales, et Maisie exprima douloureusement l'opinion que Sir Claude ne viendrait décidément pas. Mrs. Beale, bien que visiblement désappointée, rappela à l'enfant qu'il n'avait pas absolument promis, et les larmes que cette remarque amena dans les yeux de Maisie enveloppèrent les *Fleurs de la Forêt* d'un brouillard qui les rendait à la fois plus vagues et plus merveilleuses encore. Ce même brouillard voila les traits d'un monsieur qui sortait en ce moment de la belle tente en compagnie d'une dame. Le teint de la dame était si sombre que Maisie la prit d'abord pour une des Fleurs, mais durant le peu de secondes qu'il lui fallut pour élaborer cette pensée (et durant ce temps elle venait aussi de renoncer, la mort dans l'âme, à l'espoir de revoir Sir Claude), elle entendit la voix de Mrs. Beale, debout derrière elle, mêler l'étonnement et le mécontentement dans un seul petit cri aigu :

— Mon Dieu, c'est Beale !

Mais déjà, sans les reconnaître dans la foule des badauds, il s'était dirigé d'un autre côté, sur l'avis sans doute de la dame très brune. Leur passage se trouvait indiqué, par-dessus les têtes et les épaules de la foule, par le panache écarlate de la dame, et Maisie fut aussitôt curieuse du nom de la propriétaire de celui-ci :

— Qui est-ce ? Qui est-ce ?

Mais Mrs. Beale ne leur jeta qu'un rapide coup d'œil :

— Le menteur ! Le sale menteur !

— Parce qu'il n'est pas où on pensait ? Un mois plus tôt, dans les jardins de Kensington, sa mère non plus n'avait pas été où l'on pensait. Il est peut-être revenu, dit-elle.

— Il n'y est jamais allé, le monstre !

D'après Sir Claude, c'était aussi ce qu'avait fait sa mère, et Maisie connut le sentiment qu'un cerveau plus adulte éprouve quand il pense aux recommencements de l'histoire :

— Qui est-ce ? demanda-t-elle encore.

Mrs. Beale, immobile à la même place, semblait plongée dans la vision d'une possibilité perdue. « Si seulement il m'avait vue ! » murmura-t-elle entre ses dents. « C'est une nouvelle ! Mais il doit être avec elle depuis mardi. »

Maisie comprit :

— C'est presque une négresse, fit-elle observer.

— Elles sont toujours hideuses, dit Mrs. Beale.

L'enfant protesta aussitôt :

— Oh ! non, pas ses vraies femmes ! fit-elle avec indignation.

Ces mots eussent sans doute à d'autres moments provoqué le fou rire, mais l'état d'intense attention où se trouvait plongée Mrs. Beale la préservait de l'hilarité.

— Est-ce qu'on a jamais vu une plume pareille ? reprit bientôt Maisie.

Cet ornement semblait immobilisé à quelque distance, et elles pouvaient le voir malgré la foule interposée.

— Oh ! elles s'habillent toujours ainsi, avec la pire vulgarité.

— Ils reviennent ! Ils nous ont vues ! s'écria Maisie le moment d'après ; et tandis que sa compagne lui disait que c'était bien là ce qu'elle voulait, et que l'enfant répondait : « Les voilà ! Les voilà ! » les inconscients objets d'une telle attention, changeant d'avis au sujet de la direction à suivre, revinrent rapidement sur leurs pas, et se trouvèrent nez à nez avec leur accusatrices. Leur complète ignorance de ce qui se passait donna à Mrs. Beale le temps de jeter à voix basse une exclamation qui parvint à l'oreille de Maisie :

— Ce doit être Mrs. Cuddon !

Maisie regarda attentivement Mrs. Cuddon ; elle répéta même vaguement ce nom du bout des lèvres. Tout se passa ensuite avec une extraordinaire rapidité — une minute du combat le plus acharné qui se fût jamais livré, du moins en un laps de temps si court, autour de notre héroïne. Le choc de la rencontre (amorti, de peur du scandale) fut néanmoins violent, et ce fut seulement par la suite que les différents paliers de ces événements reprirent un semblant de succession logique dans la mémoire de Maisie, ces paliers le long desquels, dans un état de stupeur dû moins au bruit qu'au silence, elle avait fini par se trouver, trop rapidement pour rien comprendre et même pour rien craindre, devant la porte de l'Exposition avec son père. Il la poussa dans un fiacre et y monta après elle, et ce fut seulement durant ce trajet qu'elle comprit à peu près ce qui s'était passé. Mis face à face avec elles dans les jardins, il les avait aperçues ; il y avait eu un moment de violence contenue durant lequel, avec l'éclair d'un noir regard et la secousse d'un rouge plumage, Mrs. Cuddon les avait reconnues, avait poussé un cri, et s'était éclipsée. Puis Maisie avait brusquement découvert Sir Claude, immobilisé par la surprise dans un endroit où Beale ne pouvait le voir, comme s'il s'était douté de quelque chose au moment de s'approcher d'elles. La voix de Mrs. Beale parlant à Mr. Farange entrait aussi dans cette succession logique d'événements, mais ces paroles, qu'elles fussent murmurées ou criées à haute voix, ne parvinrent qu'imparfaitement à l'enfant ; Mrs. Beale faisait allusion au fait que son père en avait maintenant « une nouvelle » ; en réponse, ce père grommela quelque chose sur un ton que l'enfant associait depuis son âge le plus tendre avec ces moments où quelqu'un répliquait à quelqu'un que quelqu'un était « quelqu'un d'autre ». « Oh ! moi je m'en tiens à l'ancien ! » avait répliqué très haut Mrs. Beale, et ces paroles flottaient encore dans l'air bien après le départ du fiacre. A partir du moment de l'enlèvement, l'énergique compagnon de Maisie ne prononça pas une parole, sauf l'incompréhensible adresse qu'il jeta au cocher par-dessus le siège, en se tenant en équilibre instable sur le marchepied. Maisie sentait qu'elle eût volontiers questionné son père, si le silence qui lui était imposé (soit par la terreur, soit par une espèce d'enchantement ; elle pouvait à peine en décider) n'avait pas tenu justement à la façon dont Beale l'entourait de son bras, la serrait contre lui, et dont ce père se montrait bouleversé comme jamais encore il ne l'avait été jusque-là. Elle fut frappée de voir combien il tremblait ; ce tremblement l'empêchait de parler ; et ce trouble paternel eut pour effet d'obliger l'enfant à observer cette solennelle consigne de silence, tout pleine d'une émotion qui n'était pourtant pas de la peur. Le bras de Beale reprenait possession d'elle après la plus longue absence qui les eût encore séparés. Le fiacre continuait de rouler, interminablement ; et Beale la tenait tout près de lui ; elle regardait droit devant soi, retenant son souffle, laissant se succéder les rues sombres, et tout occupée de l'étrange idée qu'après tout papa n'était pas tout à fait aussi hors jeu qu'on avait pensé. Il ne lui fallut qu'un instant pour s'abandonner à cette découverte, sous la forme d'une étreinte indiquant en lui des projets d'avenir singulièrement plus fermes, et aussi on ne sait quelle vague confiance. Elle ne savait pas exactement ce qu'il avait fait, ni ce qu'il allait faire. Elle ne pouvait que frémir d'émotion et d'orgueil à l'idée qu'enfin il s'élançait, résolu à faire quelque chose, et qu'elle participait tout à coup à cette tentative. La maison devant laquelle ils s'arrêtèrent y participait aussi : elle était de dimensions moyennes, mais les réverbères éclairaient sa blanche façade élégamment garnie de caisses à fleurs. L'enfant avait vécu bien des romans, (tous ceux de Mrs. Wix et tous les siens, sans parler des plus beaux de tous, ceux de Lisette, la poupée française) mais c'était la première fois qu'elle se trouvait introduite de plain-pied dans un roman comme celui-là, et quand Beale l'eut aidée à descendre du fiacre qui bientôt s'éloigna, et qu'elle entendit dans la serrure le petit cliquetis de la clef de son père, elle se sentit enveloppée par l'atmosphère des Mille et Une Nuits.

A partir de ce moment, cet élément de féerie envahit toutes choses, surtout à l'instant du *Sésame ouvre-toi,* et du départ du fiacre qui s'en allait cahin-caha, vide, et plein du souvenir des beaux-parents abandonnés, et du jaillissement de la lumière à l'appel de papa pressant un bouton de cuivre sur le mur, au haut du petit escalier, dans une antichambre qui parut à Maisie le plus bel endroit qu'elle eût vu de sa vie. Puis, le spectacle qui s'offrit à ses yeux fut un salon, le salon d'une dame (elle s'en apercevait tout de suite), et non d'un monsieur, pas même d'un monsieur comme papa, ni même comme Sir Claude. L'ameublement de ce salon surpassait en élégance celui de maman, d'autant que ce dernier était supérieur à celui de Mrs. Beale. Au milieu de cette petite pièce si gaie, en présence de plus de coussins et de rideaux, de tableaux et de miroirs, de retombés de palmes dans des recoins dorés et tendus de brocart, de petites bonbonnières d'argent éparpillées sur des guéridons aux pieds tors et de petites miniatures ovales suspendues dans un cadre de velours que l'alliance contre nature de Mrs. Beale et de Madame aurait pu rêver d'en produire à la fois, l'enfant pressentit avec pitié quelque chose qui ressemblait beaucoup à une relégation au second plan de ces deux femmes à la mode. C'était plus étrange encore de voir son père tout de suite si noblement et si avantageusement à l'aise dans ce décor éblouissant, semblant ainsi devenu plus étranger que jamais à des intérieurs plus humbles. Elle passa avec lui vingt minutes, sans obtenir de sa bouche d'autre explication, et ce paisible interlude inattendu lui fit l'effet d'une partie de plaisir coûteuse et improvisée, mais sans brioches et sans limonades.

— Est-ce qu'elle est très riche ?

Il avait l'air presque timide, gêné de se trouver ainsi en présence d'une jeune personne avec qui il n'avait rien en commun. Elle se sentait littéralement obligée de montrer du tact et de la bonne volonté.

Debout, le dos à la somptueuse cheminée, Beale sourit à la jeune personne. Son léger pardessus (le plus léger de Londres) était grand ouvert, et sa superbe barbe luisante cachait complètement son devant de chemise. Elle se réjouissait surtout de constater combien papa était beau, et bien qu'il ne fût ni moins fier ni moins splendide que maman, dans la magnificence toute spéciale et un peu voyante de son habit de soirée, il était pourtant d'une splendeur moins agressive, moins terrible, que la beauté de celle-ci.

— La comtesse ? Pourquoi me faites-vous cette question ?

Les yeux de Maisie s'ouvrirent plus grands

— C'est une comtesse ?

Beale parut considérer cet étonnement comme un hommage :

— Oui, ma chérie, mais ce n'est pas un titre anglais.

Maisie laissa voir qu'elle comprenait la différence :

— Français, alors ?

— Non, pas français non plus. Américain.

L'enfant empêcha poliment la conversation de tomber :

— Et, bien entendu, elle est riche ?

Rang et nationalité se combinèrent pour amener Maisie à la conclusion suivante :

— Je n'ai jamais rien vu de plus beau.

— Vous l'avez donc aperçue ? demanda Beale.

— A l'Exposition, sourit Maisie. Mais elle est partie trop vite.

Son père se mit à rire :

— Elle s'est défilée, c'est le mot !

Maisie craignait qu'il n'ajoutât quelque chose au sujet de Mrs. Beale et de Sir Claude, mais le silence de son père à leur sujet la gênait aussi. Il s'aventura seulement jusqu'à déclarer au bout d'un instant.

— Elle a horreur des scènes

Cette déclaration n'exigeait pas de réponse ; l'enfant pouvait continuer tout doucement :

— Mais où croyez-vous qu'elle soit allée ?

— Oh ! j'ai pensé qu'elle prendrait une voiture, et serait ici à l'heure qu'il est. Mais elle rentrera bien, n'ayez crainte.

— Je l'espère bien, pour sûr, dit Maisie ; et ce souhait sincère naissait de la beauté du décor, auquel elle espérait que la personne de la comtesse pourrait encore contribuer.

— Nous sommes venus terriblement vite, ajouta-t-elle.

Son père eut un nouvel éclat de rire :

— Oui, ma chère, on peut dire que je vous ai fait trotter !

Il hésita un instant, puis poursuivit :

— Je tiens à ce qu'elle vous voie.

Maisie fut contente que Mrs. Beale ait accordé ce soir-là tant d'attention à sa toilette, au point même de rafraîchir de ses propres mains le vieux chapeau de l'enfant. En attendant, son père continuait :

— Vous l'aimerez beaucoup.

— Oh ! j'en suis sûre !

Après quoi, soit qu'elle en eût déjà assez dit, soit qu'elle s'aperçût soudain de l'impossibilité d'en dire davantage, elle se sentit embarrassée, et chercha refuge dans le petit côté de la question.

— J'ai cru que c'était Mrs. Cuddon.

La gaieté de Beale augmenta au lieu de diminuer :

— Vous voulez dire que ma femme l'a cru ? Ma chère enfant, ma femme n'est qu'une sacrée idiote !

Chose bizarre, il parlait de sa femme comme d'une personne qu'elle connaissait à peine, et le refuge cherché par les scrupules de l'enfant ne paraissait pas particulièrement bien choisi. Mais Beale lui-même sembla soudain pris d'un scrupule :

— Enfin, je veux dire, sérieusement, qu'elle ne comprend rien à rien.

Il s'arrêta, suivant du regard les yeux charmés de la fillette et ses pas hésitants, comme elle s'approchait d'une des tables chargées de jolis bibelots.

— Pensez donc, elle s'imagine qu'elle possède des objets de valeur chez elle !

Il ricanait, à l'idée de l'erreur où Mrs. Beale se trouvait plongée.

Maisie crut devoir admettre que c'était en effet une erreur : et cet étalage des objets de luxe de la comtesse consolait l'enfant d'avoir manqué les montreurs de phénomènes.

— Oui, admit-elle, il faut dire qu'elle se l'imagine.

Ce fut de nouveau sur un ton plutôt sec que Beale répliqua que ce que se figurait sa femme était sans importance ; mais il y avait pour l'enfant une toujours croissante douceur à rester si longtemps en tête-à-tête avec son père sans que rien de plus désagréable se produisît. D'ailleurs, tout ce moment allait s'imprimer dans sa mémoire, pour bien des jours, bien des semaines peut-être, sous l'aspect d'une longue heure lumineuse et rassurante ; Maisie finit par y découvrir d'innombrables détails qui n'avaient été d'abord que de simples miracles de joie. Ce qu'ils signifiaient, c'est que son compagnon s'efforçait de cacher combien il était encore ému, et que, au degré où il y réussissait, il pouvait l'encourager dans l'idée qu'elle se faisait de sa bonté. Il finit par aller et venir dans la chambre, lui montra les bibelots, lui parla comme à un connaisseur, lui dit le nom, déjà connu d'elle, de la belle dame française représentée sur une des miniatures, et remarqua, comme s'il l'avait vue regarder avec envie un de ces brimborions partout épars, que la comtesse lui ferait sans doute cadeau de quelque chose de vraiment bien. Il avisa une boîte de satin rose au couvercle orné d'un miroir, qu'il souleva, avec un salut facétieux, pour lui offrir le choix de six rangées de chocolats reléguant ainsi au second plan Sir Claude, qui n'avait jamais dépassé les quatre rangs.

— Je peux faire ce que je veux avec ceux-là, déclara-t-il, car j'aime autant vous dire que je les lui ai donnés moi-même.

La comtesse avait évidemment apprécié le cadeau : les rangées offraient de nombreuses brèches, et un aspect de désordre désormais irrémédiable. Même durant cette attente en commun, Maisie eut le sentiment d'être devenue une petite personne avec laquelle il fallait davantage compter, ne fût-ce que grâce à l'accroissement du nombre des années et des centimètres de taille, depuis l'époque où son père avait jeté pour la dernière fois les yeux sur elle, et ce fait témoignait de la longueur de leur séparation. Oui, tout cela expliquait l'embarras dont il essayait de sortir en se montrant presque ridiculement tendre. Il y eut un moment où il la prit sur ses genoux, sous un palmier, sur un sofa de soie jaune, caressa ses cheveux, joua à l'écarter de lui en exhibant ses dents pointues, et la laissa respirer le parfum de sa précieuse barbe, en répétant de vagues et d'inutiles : « Chérie, petite fille chérie ! » Elle comprit plus tard qu'il lui avait fait pitié à ce moment-là, tant il était facile de voir clair dans la difficulté qu'il avait à être autre chose que vaguement tendre envers elle. Il y avait en elle tant de possibilités d'émotion, de tendresse, qu'il ne lui fallait rien de plus pour lui faire pardonner les omissions paternelles. Les larmes lui montèrent aux yeux, comme naguère, dans le parc, le jour où le capitaine lui avait si noblement fait l'éloge de sa mère. Et quoi de plus noble que cette bonté plus directe encore que son père lui témoignait, que cet enivrant tête-à-tête, jusque-là sans exemple, et qui ne laissait subsister que le fait que papa était le plus magnifique des pères ? Sa joie ne fut même pas gâtée lorsqu'elle s'aperçut enfin, à l'air quelque peu impatient de Beale, qu'il devait avoir quelque idée de derrière la tête qu'il ne parvenait pas à exprimer, car dans la fraîcheur de leur amitié retrouvée, elle l'eût volontiers aidé à croire que leurs relations étaient faciles et douces. Il y avait en lui on ne sait quel touchant appel à l'aide, comme s'il dépendait de Maisie de le seconder pour qu'il pût du moins prétendre en savoir assez long au sujet de la vie de sa fille et de son éducation, de ses moyens de subsistance et de l'idée qu'elle se faisait de lui-même, et pour donner un accent naturel et familial aux questions qu'il ne savait comment poser. Elle eût joué ce jeu avec ravissement, si seulement il lui en eût indiqué les règles. C'est là ce qu'elle attendait, pendant que, desserrant légèrement ses belles dents, il poussait des soupirs dont elle ne devinait pas la sottise. Et comme si, en dépit de sa stupidité, il laissait les douces larmes de l'enfant lui prouver qu'elle était prête à tout, il hésitait gauchement, se demandant sur quoi diable il pourrait bien prendre appui.

## XIX

LORSQU'IL alluma une cigarette et se mit à fumer, lui soufflant la fumée au visage, on eût dit qu'il venait de mettre le feu du bout de son allumette au gauche et bizarre souvenir de vieilles promesses, de vieux scandales, de vieux devoirs, à la vague conscience de ce qu'il avait possédé en elle, et de ce que, si les circonstances avaient été totalement différentes (que diable !), elle aurait pu encore lui donner. Ce qu'elle pouvait lui donner, d'ailleurs, et les yeux clignotants de Beale le percevaient clairement au travers de la fumée, était certes égal à ce qu'il pouvait demander d'elle. Donner, donner tout de suite, était le seul désir de l'enfant. Le fragile instinct de Maisie pour maintenir la paix autour d'elle était au nombre des vieux sentiments réveillés, et elle se demandait plus que jamais quel geste il fallait faire, quelle parole dire, quelle attitude prendre pour venir en aide à tout le monde, et même à la comtesse, au cours de cette crise. Elle était prête à faire pour cela d'immenses concessions, pour autant que Sir Claude et Mrs. Beale fussent hors de jeu. Ces concessions ne devaient leur nuire en rien ; mais si Beale avait son idée de derrière la tête, Maisie avait également son idée dans un tréfonds tout aussi secret, et durant quelque temps, ils demeurèrent assis en face l'un de l'autre, tandis que s'échangeaient fantastiquement l'idée qu'il se faisait de son idée à elle, l'idée qu'elle se faisait de son idée à lui, et l'idée qu'elle se faisait de l'idée qu'il avait de son idée à elle. Inexprimable était l'étrangeté pathétique de la situation de l'enfant, et de son innocence si saturée de savoir et si rompue à toutes les diplomaties. Enfin, telles furent les paroles que Beale se décida à prononcer, tout en masquant de nouveau de son imposante carrure la moitié des moulures de la cheminée :

— Savez-vous, ma chère enfant, que je vais bientôt partir pour l'Amérique ?

L'enfant vit que cette phrase représentait pour son père un moyen de couper court à son embarras, et elle sentit qu'il eût annoncé tout autrement la nouvelle à sa femme. Mais la femme de son père figura dans la réponse de Maisie, toute pleine d'une apparente gaieté :

— Vous voulez dire, avec Mrs. Beale ?

Son père lui lança un dur regard :

— Ne faites pas l'idiote !

Le silence de l'enfant parut le produit d'un violent effort pour ne pas faire l'idiote.

— Avec la comtesse, alors ?

— Avec elle ou sans elle, ma chère enfant, ceci ne

regarde que votre pauvre papa. Elle a de grands intérêts là-bas, et elle m'a prié de m'en occuper.

Maisie s'intéressa tout de suite à ce projet :

— Cela prendra longtemps ?

— Oui, ses affaires sont tellement en désordre ; cela peut durer des mois. Maintenant, écoutez : je veux savoir si vous aimeriez venir avec moi ?

De nouveau, plantée devant lui au beau milieu de la chambre, elle se sentit pâlir.

— Moi ? murmura-t-elle d'une voix étouffée.

Mais elle s'aperçut bien vite qu'il était peu joli de prendre un air aussi consterné. Elle le sentit plus que jamais lorsque son père lui répliqua en secouant la cendre de sa cigarette, non sans un léger mouvement de la jambe et un de ces habituels coups d'œil nerveux à son gilet et à ses pantalons, qu'elle ne devait pas se montrer si dégoûtée. Elle réussit d'autant mieux au bout d'un instant à ressembler davantage à l'image qu'il voulait se faire d'elle, que sa réponse lui fut pour ainsi dire soufflée par les splendeurs au milieu desquelles vivait la comtesse :

— Cher papa, j'irai avec vous au bout du monde.

Il lui tourna le dos, et se colla le visage à la glace de la cheminée, tout en brossant la cendre de cigarette attachée à sa barbe. Et brusquement, il lui dit :

— Vous ne savez rien de nouveau au sujet de votre monstre de mère ?

Ce genre de questions rappelait précisément à Maisie son monstre de mère ; on y retrouvait tout l'impromptu d'Ida et ses associations d'idées hardies. Ce souvenir inspira aussitôt la réponse de Maisie :

— Oh ! oui, je sais tout ; et son visage était si rayonnant que son père, en l'apercevant dans le miroir, se tourna de nouveau vers elle, et bientôt s'assit sur le sofa, la reprit sur ses genoux, et recommença ses tendresses.

Dans l'état particulièrement lucide où elle se trouvait, Maisie se rendait compte que plus elle parlerait de sa mère, et moins on lui demanderait d'informations au sujet de ses beaux-parents. Elle continuait à espérer que la comtesse serait de retour avant que ce moyen de protection fût épuisé, et c'est ainsi, serrée dans les bras de son grand compagnon, qu'elle laissa l'idée de derrière la tête s'ouvrir un passage vers ses lèvres. Elle dit à Beale qu'elle avait rencontré sa mère dans un parc avec un monsieur, qui s'était assis près d'elle pendant que Sir Claude s'éloignait un peu avec Madame, et avait engagé gentiment la conversation. Elle raconta toute la scène, et le souvenir de la promesse de silence faite au capitaine se trouva complètement effacée par la joie de voir Beale écouter sans même l'interrompre d'un juron. C'était presque stupéfiant, mais c'était aussi bien agréable de constater que papa était enfin las de ses longues colères, tout au moins en ce qui concernait maman. Elle l'ennuyait maintenant, c'était tout. Il importait d'autant plus que cette colère éteinte ne fût pas ranimée. L'enfant était ravie de voir à quel point elle pouvait intéresser son père, et le ravissement persista, même lorsque, après lui avoir posé une douzaine de questions, il fit observer distraitement et de façon quelque peu obscure : « Je veux être pendu si elle ne le fait pas ! » Là aussi elle reconnaissait un détachement, une sagesse fatiguée qui la rassurait. Il avait été impossible de ne pas mentionner Sir Claude, d'ailleurs le plus brièvement possible, et Beale n'avait pas semblé s'arrêter à ce détail. Tout s'unissait donc pour prouver à Maisie que l'indifférence était à la base de tant de facilité, et l'avantage pour elle en était si grand qu'elle se sentait prête à se jeter littéralement au cou de la comtesse, si celle-ci était responsable de ce nouvel état de choses. Elle laissa voir cette espèce d'envie par une question inquiète au sujet de la dame. A quoi son père répliqua :

— Oh ! elle a la tête solide celle-là ! Je parie qu'elle se tirera toujours d'affaire !

Et il jeta à Maisie un regard qui semblait reconnaître le lien entre la question posée par la petite fille et l'impatience de sa gratitude :

— Vous prétendez vraiment que vous viendriez avec moi ?

Elle eut l'impression d'être examinée avec plus d'acuité que jamais et aussi d'avoir soudain vieilli :

— Je ferai tout ce que vous voudrez, papa.

Debout, jambes bien écartées, il eut un nouvel éclat de rire et jeta une fois de plus le coup d'œil du propriétaire sur son gilet et ses pantalons.

— Ma chère enfant, c'est là une manière de me répondre « non merci » ! Vous savez bien que vous n'avez pas la moindre envie de me suivre. On ne me roule pas si facilement, moi ! Beale Farange continua d'un ton péremptoire : Je ne tiens nullement à vous tyranniser, je ne vous ai jamais tyrannisée jusqu'ici, mais je vous fais cette offre, et c'est à prendre ou à laisser. Votre mère se désintéresse de vous, juste comme si vous n'étiez qu'une fille de cuisine renvoyée et qu'elle ne reprendra plus jamais à son service. Ceci dit, je suis votre protecteur naturel, et vous avez le droit de tâcher de me mettre à contribution. C'est le moment où jamais, sachez-le bien, et vous seriez idiote de n'en pas profiter. Vous ne pouvez pas dire que je ne vous explique pas la situation ; vous ne pouvez pas dire que je ne suis pas gentil, ou que je vous ai trompée. Ne le dites jamais, car vous auriez affaire à moi, comprenez-vous ? J'ai le sens de ce qui est correct. Je veux bien vous reprendre, exactement comme je vous ai déjà reprise, qui sait combien de fois. Et ne me faites pas cette tête, Dieu merci !

L'enfant sentait bien qu'en effet l'air de son visage ne pouvait que déplaire, s'il trahissait le moins du monde (mais Maisie espérait fort qu'il n'en était rien) combien elle comprenait les véritables intentions paternelles. N'essayait-il pas de l'obliger à se décider par elle-même, la forçant à reconnaître que ce qui lui aurait vraiment convenu, en dépit de toutes ses simagrées polies, c'était d'être laissée enfin tout à fait libre de se débrouiller à sa guise ? Elle s'inquiéta de nouveau, sentant que c'étaient là leurs adieux, leurs adieux définitifs, et qu'il ne l'avait amenée dans cette maison pour lui faire une telle démonstration de tendresse que parce qu'il tenait plus que jamais à garder le beau rôle en cette occasion. Il lui en voudrait de jeter au milieu de ce concert la moindre note discordante ; et l'enfant hésita, affolée par ce choix qui consistait à tomber d'accord avec Beale qu'il valait mieux pour elle se débarrasser d'un père, ou à l'irriter en faisait semblant de s'accrocher à lui. Sur le moment, elle ne put trouver de solution, mais murmura le cœur gros :

— Oh ! papa, papa.

— Je les connais, vos manigances, et n'allez pas prétendre... Et soudain, avec la pire inconséquence, il s'approcha d'elle, la prit un instant dans ses bras, et frotta de sa barbe la joue de la fillette. Alors, aussi clairement que s'il l'avait exprimé par des mots, elle comprit que ce qu'il voulait, parbleu, c'était sortir de cette situation avec les honneurs de la guerre, et garder les apparences de la vertu et du sacrifice. C'était exactement comme s'il lui avait expliqué :

« Ecoutez, petite sotte, aidez-moi à paraître irréprochable, sans aucun des sacrés embêtements de l'emploi. Puisqu'il n'y a pas assez de responsabilités pour retomber sur nos deux têtes, c'est donc à vous seule de vous en charger. Lâchez votre cher papa, en dépit, comprenez-vous, de ses tendres supplications. Il n'est pas capable de vous brutaliser ; ce n'est pas dans son caractère ; aussi vous a-t-il été facile de rembarrer un père trop affectueux pour se montrer aussi ferme que c'eût été son devoir... » Telle fut la vérité qu'il communiqua à Maisie par une série d'amicales bourrades ; le dos de l'enfant ne s'était jamais trouvé à pareille fête depuis l'époque où Moddle le lui tapotait quand elle avait avalé de travers. Au bout d'un instant. Beale parut assez rassuré à son sujet pour redevenir capable de continuer gentiment :

— Vous savez que votre mère vous déteste. Elle vous déteste, c'est le mot. Et quant à votre cher ami, enfin, à l'individu dont vous m'avez parlé...

— Quoi ? dit Maisie avec compétence. Je suis sûre de lui au moins.

Son père eut l'air vague :

— Vous voulez dire : sûre de son affection pour vous ?

— Oh ! non, sûre de son affection pour *elle* !

Beale eut un nouvel accès de gaieté :

— Les goûts et les couleurs ne se discutent pas ! C'est là ce qu'ils disent tous, vous savez !

— Ça m'est égal, je suis sûre de lui ! répéta Maisie.

— Vous voulez dire, sûre qu'elle va lever le pied ?

Maisie comprenait fort bien cette expression, mais décidément elle avait vieilli, et ce n'est pas sans un soubresaut de dégoût qu'elle entendit la voix de son père rendre plus plats et plus vulgaires encore ces mots qui ne l'étaient déjà que trop. Elle sentit qu'il convenait de rendre au sujet quelque dignité, et c'est ce qu'elle fit en disant :

— Je ne sais pas ce qu'elle va faire. Mais elle sera heureuse.

— Espérons-le, dit Beale d'un air presque édifiant. En tout cas, plus elle le sera, et moins elle aura envie de vous avoir dans ses jupes. Voilà pourquoi j'insiste, continua-t-il agréablement, pour que vous preniez en considération l'offre intéressante que vous fait (et je suis sérieux, je vous prie de le croire) le seul parent qui vous reste encore.

Leurs yeux se rencontrèrent dans un long et extraordinaire regard de mutuelle compréhension qui s'acheva par l'exclamation suivante de la part de Beale : « Ah ! petite canaille ! » Elle accepta ce qualificatif d'un air de bonne volonté qui encouragea son père à continuer : « Vous êtes un malin petit diable, pour sûr ! » Son silence, mesurant le temps comme un tic-tac de montre, vint confirmer ce jugement et fit conclure à Beale : « Vous vous êtes mise d'accord avec les deux autres ! »

— Et même si je l'avais fait ?

Elle se crut d'une témérité folle. Son père eut un de ses éclats de rire d'autrefois :

— Quoi ? vous ne vous rendez pas compte que ce sont des gens affreux ?

Elle devint plus téméraire encore :

— Je m'en moque bien !

— Il n'y a pas pire que ces gens-là, et ils sont chargés

de tous les crimes, continua-t-il plaisamment. Ma chère enfant, je ne suis pas homme à vous laisser dans le doute !

— Eh bien, ça ne les empêche pas de m'aimer. Ils m'aiment énormément !

Maisie rougit jusqu'aux oreilles en s'écoutant parler.

Son compagnon hésita ; n'importe qui — à plus forte raison sa propre fille — pouvait voir combien il s'efforçait de se montrer consciencieux :

— Je veux le croire. Mais savez-vous pourquoi ? Elle brava son regard tandis qu'il ajoutait : Vous êtes un prétexte épatant.

— Pourquoi ? demanda Maisie.

— Tiens donc, pour leur petit jeu. Je n'ai pas besoin de vous dire ce dont il s'agit.

L'enfant réfléchit :

— Eh bien, alors, raison de plus.

— Raison de plus pour quoi, s'il vous plaît ?

— Pour qu'ils soient gentils avec moi.

— Et pour que vous restiez de leur côté ? Beale eut un nouveau rugissement de gaieté. Vous rendez-vous compte, s'il vous plaît, que vous êtes un monstre de parler de la sorte ?

Elle pesa cette déclaration :

— Un monstre ?

— Oui, voilà ce qu'ils ont fait de vous. Parole d'honneur, c'est épouvantable, et ça prouve bien de quelles canailles il s'agit. Ne comprenez-vous pas, poursuivit Beale, que quand ils auront fait de vous quelqu'un d'aussi affreux qu'eux-mêmes, ils vous flanqueront dehors, tout simplement ?

— Ils ne me flanqueront pas dehors ! répondit l'enfant avec violence.

— Je vous demande bien pardon, insista courtoisement son père, mais c'est mon devoir de vous prévenir. Je m'en voudrais de ne pas vous avoir fait comprendre qu'un beau jour ils n'auront plus besoin de vous. Il paraissait faire à l'intelligence de Maisie un appel auquel il eût été choquant de ne pas répondre, et cela n'en donnait que plus de prix à sa délicatesse.

Mais l'allusion fut comprise comme il l'avait désiré :

— Ils cesseront d'avoir besoin de moi parce que ça leur deviendra bien égal ? Maisie s'en tenait aux grandes lignes de cette idée.

— Pour sûr, tout sera bien égal à Sir Claude du moment que sa femme lève le pied... C'est là son jeu. Ça lui conviendra à merveille.

Maisie comprenait parfaitement ce point de vue, mais il lui restait une échappatoire. Elle y réfléchit attentivement :

— Vous voulez dire, au cas où maman ne reviendrait plus jamais ? Le calme avec lequel elle acceptait cette alternative eût attesté pour un spectateur la longue route qu'elle avait déjà parcourue : Bon, mais ça n'empêchera pas que Mrs. Beale ?...

— Continuera de se trouver dans une situation inconfortable ? Beale lui coupa la parole avec délices. Il s'était levé de nouveau, rectifiant ses pantalons, et jetant un coup d'œil à ses souliers : Complètement d'accord, ma chère ! Il manquera encore un petit quelque chose au bonheur de Mrs. Beale. Il s'arrêta un instant avant d'ajouter : Mais peut-être qu'elle n'aura pas longtemps à attendre.

Maisie, elle aussi, contempla un bon moment les souliers de son père, bien que ce ne fussent pas ceux qu'elle admirait le plus : la paire en cuir jaune, à lacets, et à bouts vernis. Enfin, elle leva les yeux et posa une question :

— Vous ne reviendrez pas ?

Une fois de plus, il hésita ; ensuite, il eut un petit rire qui lui rappela bizarrement les sons extraordinaires qu'elle avait entendu émettre par Mrs. Wix.

— Vous serez peut-être étonnée que je vous fasse un tel aveu, et, somme toute, je vous prie de ne pas vous imaginer que je le fais. Mais admettons-le un instant, pour vous aider à prendre une décision. Ce qu'il y a d'ennuyeux, c'est que ma femme va croire que les choses se sont justement passées de la sorte. Vous l'entendrez crier sur les toits qu'elle est abandonnée, et elle pourra ajouter ce dernier grief à tant d'autres. Elle sera alors aussi libre qu'elle peut le désirer, aussi peu mariée que la vieille pantoufle de votre mère, vous comprenez ? Et n'ayant plus rien à ménager, ils vous mettront dehors, tout simplement. Si je comprends bien, vous préférez tout de même en courir le risque, en dépit de mes avertissements ?

C'était certes le plus émouvant appel qu'un homme bien né eût jamais adressé à sa fille. Cette conversation avait de nouveau planté Maisie en plein milieu du salon ; et tandis que son père allait et venait lentement autour d'elle, les mains dans les poches, montrant plus que jamais dans chacune de ses attitudes à quel point il était un habitué de l'endroit, l'enfant promenait ses regards agités sur toutes ces splendeurs appartenant à l'amie de Beale, comme si elle aussi elle cherchait du secours au milieu de ses incertitudes inouïes. Et, comme si Beale avait senti la pression de son regard, il s'arrêta soudain, et le conseil dissimulé qu'il lui jeta vint ajouter une dernière touche au prodige de son comportement et à son sentiment de s'être mis en règle avec sa conscience : « Vous avez l'œil américain, ma chérie ! Oui, il y a de l'argent, ici ! des masses d'argent. »

Ce fut pour Maisie comme un effet de lumière subit au cours d'une de ces pièces de théâtre enfantines où Sir Claude l'avait menée. Et, saisissant aussitôt la signification de cette phrase :

— Alors, je ne vous verrai plus, vraiment jamais plus ?...

— Si je vais en Amérique ? Beale était prêt à prendre courageusement position : Jamais, jamais, au grand jamais !

Alors, et bien absurdement, quelque chose en elle se brisa ; rien ne lui restait que l'horreur d'avoir à s'entendre elle-même accepter cette situation. De sorte qu'elle put tout au plus se raidir et répondre.

— Si c'est comme ça, je ne peux pas vous quitter.

Pendant quelques secondes, elle le maintint sous son regard, et elle pouvait lire dans la pénible grimace qui lui découvrait toutes les dents, ce mécontentement dégoûté qu'il aurait préféré ne pas exprimer par des mots, et qui provoquait en lui un tel manquement à toutes les vertus de facile résignation sur lesquelles elle lui avait presque permis de compter. Mais avant qu'elle pût adoucir en rien toute l'amertume de sa déception, il s'approcha de la fenêtre avec un impatient haussement d'épaules. Elle entendit stopper une voiture ; Beale regarda au dehors, puis tourna les yeux vers elle. Il se taisait toujours, mais elle comprit que la comtesse était revenue. De nouveau, il y eut entre eux un silence, mais avec une nuance d'embarras tout autre qu'au moment de leur arrivée, et ce fut toujours sans parler que, renouvelant soudain une de ces embrassades dont il avait été si prodigue, il la poussa de nouveau vers le sofa de soie jaune, juste à l'instant où la porte s'ouvrait toute grande. Ce fut dans cette tendre attitude qu'elle fut tout d'abord offerte aux regards d'une personne qu'elle reconnut aussitôt comme étant la dame très brune.

La dame très brune eut l'air presque aussi étonnée, quoique pas tout à fait aussi effrayée, qu'au moment où elle s'était trouvée plantée, bouche bée, presque en face de Mrs. Beale à l'Exposition. A vrai dire, Maisie se trouvait maintenant plantée bouche bée à peu près en face de la dame, et se rendait compte à quel point cette personne très brune était terriblement brune après tout. L'enfant s'étonna de lui trouver plus de ressemblance avec un animal qu'avec une « vraie dame » ; ç'aurait pu être un intelligent caniche tout frisé, ou une terrible guenon aux traits presque humains, revêtue d'une jupe à paillettes. Le nez de la dame était beaucoup trop grand, ses yeux étaient beaucoup trop petits, et la moustache qui ornait ses lèvres ne produisait pas un effet aussi heureux que celle de Sir Claude. Beale s'élança vers la dame ; et celle-ci, se ressaisissant promptement, s'avança sous les regards de l'enfant toute surprise, d'un air tout aussi gai que si nul incident pénible ne s'était produit depuis longtemps. Maisie, bien qu'habituée à ce genre de phénomène, n'avait jamais vu s'établir aussi rapidement une pareille consigne de silence à ce sujet. L'instant d'après, la comtesse l'avait embrassée, et s'était écriée à l'adresse de Beale avec un accent de tendre et joyeux reproche :

— Mon Dieu, mais vous ne m'en aviez pas dit la moitié assez de bien ! Ma chère enfant, s'exclama-t-elle, comme c'est gentil à vous de venir !

— Mais elle ne vient pas, elle ne veut pas venir ! répondit Beale. Je lui ai dit combien vous en aviez envie, mais elle ne veut rien avoir à faire avec nous.

La comtesse souriait toujours, et après le premier étonnement produit sur Maisie par son aspect bizarre, l'enfant se rappela un autre sourire, qui n'avait rien de déplaisant, bien qu'il fût aussi intéressé — l'affectueux sourire qui avait rayonné, le jour de la promenade au Parc, sur le clair et beau visage du capitaine. Oui, la comtesse était le capitaine de papa ; mais l'enfant ne la trouvait pas du tout aussi gentille que l'autre, ce qui tenait, probablement, au moindre goût de Maisie pour les dames.

— Et ne seriez-vous pas contente, dit tendrement celle-ci, si je vous emmenais avec moi à Spa ?

— A Spa ?

L'enfant répéta ce nom pour gagner du temps et ne pas laisser voir que la comtesse lui rappelait vaguement une femme inconnue et très laide, qui, bien des années plus tôt, assise sur la banquette opposée d'un omnibus, s'était penchée vers elle, avait soudain sorti de sa poche une orange, et avait murmuré :

— Ma petite chérie, en voulez-vous ?

Sur le moment, elle avait été sottement épouvantée, mais elle avait compris plus tard que le seul crime de son interlocutrice était d'avoir à la fois l'infortune d'être laide et l'envie d'être aimable. La comtesse en avait également envie ; mais il suffit de ce peu de mots et du sourire dont elle les accompagna pour amener immédiatement Maisie à une décision. Oh ! non, Maisie ne voulait aller nulle part avec *celle-là,* car il n'avait fallu à la dame que quelques minutes pour dissiper l'heureuse impression produite sur l'enfant par l'ameublement du salon et pour lui gâter tout le plaisir qu'elle avait à voir Beale en possession de tous ces élégants objets. Il n'y avait rien d'élégant dans le fait d'avoir été ainsi exposée par lui à subir le voisinage de cette grosse femme cajoleuse et moustachue, en qui Maisie se devait de reconnaître la seule personne complètement dépourvue de charme qui se fût jamais introduite dans son cercle intime. Elle eut un peu honte, pourtant, d'avoir paru peser aussi soigneusement les mérites de l'endroit où elle avait été invitée, et elle ajouta le plus vite possible :

— Ce n'est pas l'Amérique, alors ?

Sur quoi la comtesse jeta un coup d'œil interrogateur à Beale, et celui-ci, d'un ton plutôt léger, demanda où diable était l'importance de tout cela, puisque Maisie elle-même avait donné à entendre qu'elle ne voulait rien avoir à faire avec eux. Il s'ensuivit une discussion entre ces deux-là, couverte pour Maisie par le cri sans cesse plus aigu de son désir de s'en aller ; pourtant, elle devina par la suite que Beale avait dû expliquer à son amie qu'il ne valait pas la peine d'insister davantage, que Maisie n'était qu'une obstinée petite idiote, et, qui plus est, assez grande pour choisir par elle-même. Elle comprit même plus tard qu'elle avait dû se montrer abominablement impolie ; bien plus, elle sentait qu'elle avait donné involontairement l'impression que si on ne la renvoyait pas tout de suite à la maison, elle allait se mettre à pleurer. Il y avait vraiment de quoi pleurer à se sentir si visiblement maladroite, si inférieure aux magnifiques propositions qui lui avaient été faites. Le pis était de voir que la comtesse l'aimait déjà assez pour désirer être payée de retour, et d'avoir pourtant envie de fuir à l'idée d'être obligée de lui rendre le moindre témoignage d'affection. Ce fut cette crainte, à la suite d'une discussion bruyante et confuse entre les deux autres, qui amena même sur les lèvres de l'enfant la phrase suivante, accompagnée du tremblement qui précède les catastrophes :

— S'il vous plaît, est-ce qu'on peut me renvoyer chez moi dans un fiacre ?

Oui, la comtesse désirait la garder, et la comtesse était froissée, blessée, et Maisie n'y pouvait rien, et c'était surtout terrible parce que ça rendait la comtesse encore plus cajoleuse et plus impossible. Leur seule consolation jusqu'à l'arrivée du fiacre (Maisie voyait bien que le fiacre finirait par arriver) était la vague impression que Beale avait fait ce qu'il voulait. Il sortit à la recherche d'une voiture ; les domestiques, disait-il, étaient allés se coucher, mais elle ne serait pas retenue plus longtemps qu'elle ne le désirait. La comtesse quitta la chambre avec lui, et, seule en possession du salon, Maisie espéra que cette dame n'y reviendrait pas. Oui, tout cela était arrivé à cause de la figure de la comtesse et de son expression bizarre que Maisie ne pouvait pas supporter. Cette expression bizarre semblait être communiquée aux beaux objets qui l'entouraient ; et Maisie dut reconnaître enfin que son père aimait une personne qui, elle en était sûre, n'aurait jamais pu se faire aimer de sa mère, ni de Mrs. Wix, ni de Sir Claude, ni du capitaine, ni même de

Mr. Perriam. Trois minutes plus tard, en bas, tandis que la voiture attendait devant la porte, la façon dont Beale la pressa contre son cœur sans oser la regarder en face fut peut-être un aveu muet qu'il n'y avait pas pour lui de quoi se vanter. Quant à elle, elle était si pressée de partir que leurs adieux la laissèrent complètement froide ; elle ne donna même pas une pensée aux innombrables « jamais » dont son père l'avait menacée, comme si une séparation définitive était le châtiment qu'elle aurait à subir pour ne pas s'être accrochée à lui. La présence de la comtesse suffisait à tout falsifier, même les grands intérêts en Amérique, et davantage encore cette première assertion de supériorité sur maman et sur Mrs. Beale, attestée par tous ces services de Sèvres et ces bonbonnières d'argent. Les bibelots étaient toujours là, mais il se pouvait que les grands intérêts en Amérique n'existassent pas. Maman connaissait une Américaine qui ne ressemblait pas du tout à celle-là. Elle n'appartenait d'ailleurs pas à l'aristocratie ; elle s'appelait seulement Mrs. Tucker. Mais l'indifférence de Maisie eût été plus parfaite encore si elle n'avait pas dû s'écrier tout à coup :

— Oh ! mon Dieu, je n'ai pas d'argent !

Les dents de son père eurent une expression tellement affamée qu'elles eussent pu servir d'allégorie à l'appétit insatisfait.

— Faites payer votre belle-mère !

— Les belles-mères ne paient pas ! s'écria la comtesse. Depuis que le monde est monde, pas une belle-mère n'a payé !

L'instant d'après, ils se trouvaient ensemble dans la rue, et ensuite l'enfant prit place dans le fiacre, tandis que la comtesse, debout sur le trottoir, mais encore tout près d'elle, se hâtait d'extraire son argent d'une bourse issue d'une de ses poches. Son père avait disparu, mais il n'y avait rien là qui pût lui faire éprouver de nouveau l'angoisse d'une perte. « Voici l'argent, dit la dame brune. Allez ! » Elle avait parlé d'un ton de commandement ; le fiacre s'éloigna cahin-caha. Maisie, assise à l'intérieur, avait sa main pleine de monnaie. Tout ça pour un fiacre. En passant devant un réverbère, elle se pencha pour compter. Elle avait en main une poignée de pièces d'or. Il fallait donc qu'il y eût de grands intérêts en Amérique. En tout cas, c'était toujours les Mille et Une Nuits.

## XX

C'ÉTAIT trop, même pour la course d'un fiacre de contes de fées, et, en l'absence de Mrs. Beale, pas encore rentrée à cette heure tardive, Suzanne Ash descendit dans le vestibule, toute pleine d'une bruyante énergie qui contrastait avec l'abattement muet de Maisie, et produisit à la pâle lueur d'une lampe formant elle aussi un parfait contraste avec le décor lumineux que l'enfant venait de quitter, la pièce d'une demi-couronne que le naïf cocher déclarait être le prix le plus bas qu'il pût accepter. Il semblait qu'on ne pût s'attendre avant longtemps au retour de Mrs. Beale ; entre-temps, non seulement Maisie fut persuadée par la prompte Suzanne d'aller au lit comme une sage petite fille, mais encore de manifester cette même sagesse enfantine en consacrant au remboursement de dettes publiques et privées une des guinées de la pile soigneusement déposée sur la table de toilette, objet d'émerveillement bien naturel pour une petite bonne orpheline, tout autant que pour l'enfant chérie que se disputaient les quatre grandes personnes. L'enfant chérie s'endormit avec son trésor noué dans le plus grand mouchoir qu'elle put trouver et caché sous son oreiller, mais les explications, qui le lendemain se durent d'être plus détaillées avec Mrs. Beale qu'avec l'humble servante, culminèrent en un sacrifice qui fut aussi plus noblement volontaire. Car Mrs. Beale avait des explications à donner aussi bien qu'à recevoir, et la plus frappante de toutes tendait à démontrer qu'il était honteux pour une petite fille d'accepter de l'argent d'une femme qui constituait l'opprobre de son sexe. Les guinées furent examinées assez attentivement par Mrs. Beale, et qualifiées enfin de salaire de l'infamie, seule appellation, paraît-il, que quelqu'un de clairvoyant pût leur donner. L'enfant s'aventura à demander ce qu'il fallait en faire; sur quoi, Mrs. Beale, qui les avait mises dans sa poche, répondit avec dignité en posant la main à cet endroit :

— Nous allons les renvoyer sur-le-champ !

L'enfant apprit bientôt que Suzanne avait été invitée à contribuer à ce retour en restituant la guinée qu'elle s'était appropriée, mais l'air dont elle déclara à Maisie qu'il y avait des limites à l'aisance avec laquelle elle se laisserait rouler, prouvait à l'enfant qu'elle songeait moins que jamais à se dessaisir de son trésor. Maisie avait été tout à fait franche avec Mrs. Beale au sujet des événements de la nuit précédente, mais la bonne indignée laissa échapper devant elle un certain nombre de remarques sonores qui témoignaient contre les restrictions mentales de la maîtresse de maison. L'une tendait à mettre en évidence l'heure vraiment extraordinaire (trois heures du matin, si vous voulez le savoir), à laquelle Mrs. Beale était rentrée à la maison ; l'autre, en des termes que Maisie dut se contenter de blâmer tacitement, qualifia la proposition de Mrs. Beale de « tas de blagues » comme on n'en avait encore jamais entendu ; et la troisième mentionnait avec quelque vigueur les énormes sommes dues à l'office, et à toutes les catégories de domestiques, en paiement de leur travail zélé, bénévole, et en pure perte. Pendant plusieurs jours, notre héroïne fut pleine des appréhensions éveillées en elle par l'indignation lente à se calmer de sa bonne. Si une révolte dans la cuisine les avait vraiment suivies, ces journées n'eussent pas été moins terribles que celles des Révolutions qu'elle avait apprises par cœur dans ses livres d'Histoire ; et, pour compléter la ressemblance, Maisie apprenait à voir par les yeux de Suzanne comment les Révolutions se préparent. Ecouter les propos de Suzanne suffisait pour se persuader que le fait d'avoir été appelée une affreuse voleuse pour avoir refusé de renoncer à son bien n'était autre que la mèche allumée placée au milieu de matières inflammables, et qui déjà commençaient à prendre feu.

Pour Maisie, le seul avantage de cette crise fut, dès le cinquième jour, la nouvelle bouleversante que grâce aux efforts conjugués de Suzanne Ash et de Sir Claude, elle allait tout de suite après déjeuner être conduite à Folkestone et installée dans un bon hôtel. Ces deux-là combinèrent cette aventure sous ses yeux émerveillés, et parurent attribuer sa réussite au fait que, comme le disait Suzanne, Mrs. Beale venait justement de sortir. Lorsque Sir Claude, montre en main, répondit à cette déclaration en s'écriant : « Alors, emballez les affaires de Miss Farange et venez avec nous ! » le résultat fut une série d'acrobaties exécutées le long de l'escalier, et capables de décrocher une fois pour toutes le cœur de Miss Farange. Elle s'assit dans la voiture avec Sir Claude qui continuait à regarder sa montre, plus longtemps qu'aucun docteur ne l'avait jamais fait en lui prenant le pouls, et assez longuement somme toute pour lui donner une idée du bonheur qu'il pourrait y avoir pour elle à réprimer son impatience. Ce bonheur, elle avait commencé à le ressentir dans la salle d'études en travaillant à la *Berceuse* ; elle en avait eu un avant-goût le jour peu éloigné où Suzanne toute haletante était montée lui dire qu'il avait demandé à la voir comme si elle avait été une vraie reine, et où elle avait aussitôt majestueusement descendu l'escalier. Qu'importaient les périodes d'abattement et de déception, si elle pouvait encore goûter, ne fût-ce qu'un moment, l'émoi que ce seul nom de Sir Claude lui donnait ? Elle se souvenait bien que son père lui avait prédit qu'un jour ou l'autre elle se trouverait dans la rue ; en tout cas, ce ne serait pas aujourd'hui, et elle se sentit justifiée d'avoir préféré Sir Claude comme protecteur dès le moment où celui-ci, ayant ainsi mis Suzanne en mouvement, posa affectueusement la main sur la sienne pendant tout le temps qu'ils attendaient ensemble. C'est ce que le capitaine avait fait dans les jardins de Kensington, la situation présente lui rappelait un peu celle-là, et renouvelait l'étonnement obscur de Maisie en présence de ces caresses qui lui avaient toujours semblé le signe et le symptôme des préoccupations d'autrui, et aussi une espèce de soulagement à leurs peines. Les déceptions et les craintes de la nuit de l'Exposition s'effacèrent dans l'idée que les « surprises » que commençait dès maintenant à lui réserver Sir Claude étaient trop grandes pour éclater toutes sur-le-champ. L'effroi stupéfait qu'aurait pu lui inspirer l'abandon où Sir Claude semblait laisser Mrs. Beale était corrigé par la vieille règle toujours en vigueur, l'étrange système qui faisait que si Mrs. Beale ne pouvait plus entrer ou sortir sans lui faire penser à Sir Claude, le trait le plus remarquable de ce nouvel avatar de Sir Claude était au contraire de paraître complètement indépendant de Mrs. Beale. Etre avec Sir Claude c'était penser à Sir Claude, et cette loi s'imposa au cerveau de Maisie jusqu'au moment où un soudain cahot du fiacre dans lequel Suzanne et ses innombrables paquets avaient enfin pris place, et qui se trouvait déjà presque arrivé à la gare de Charing Cross, fit surgir dans sa tête prise de vertige l'image longtemps oubliée de Mrs. Wix.

C'était étrange, mais à partir de ce moment, elle comprit tout, et elle s'abandonna à tout, sentant soudain se remplir généreusement en elle le vide qu'avaient pu créer ces symptômes de dérobade et de fuite. Son bonheur ressemblait plutôt à un visage passionnément attentif qu'à un visage détourné ; il était fait d'une paire d'yeux qui demeuraient fixés sur Mrs. Wix même après la légère déception que Maisie ressentit en ne la trouvant, au cours du voyage, ni à la gare, à Londres, ni à Folkestone, à l'hôtel. Mais quelques heures suffirent à faire comprendre à l'enfant que si elle n'était ni dans l'un ni dans l'autre de ces deux endroits, elle était du moins partout ailleurs. De tout temps Maisie avait su bien des choses, mais jamais autant qu'elle était destinée à en apprendre durant cette couple de jours où elle eut l'impression de flotter quasiment en plein espace, au-dessus d'une mer bleue et légèrement agitée qui symbolisait pour elle avec toute la grâce d'un bel été une traversée encore plus vaste que celle de la Manche. En ce temps-là, il lui fut donné d'aller si loin dans le champ des découvertes que je n'aurai pas le loisir de l'y suivre étape par étape ; la plus complète description que nous pourrions donner de la conduite de Sir Claude à cette époque n'étant qu'une pauvre et pâle copie du tableau présent à l'esprit de sa jeune amie. Brusquement, ce matin-là, il s'était décidé à prendre le parti dont Mrs. Wix s'était efforcée, durant des semaines, de lui instiller le courage, à l'aide d'arguments péremptoires qu'elle avait habilement évité d'embrouiller dans le filet ténu des relations de Sir Claude avec Mrs. Beale. Ce continuel souffle de franchise le poussa, pour ainsi dire, vers une décision qui révolutionna Maisie au degré que j'ai mentionné plus haut. Il ne s'agissait de rien de moins que du parti héroïque de se séparer de Mrs. Beale aussi bien que de sa femme, de gagner avec l'enfant une terre étrangère où se réaliseraient enfin tous les rêves de Mrs. Wix, tout son espoir de voir un jour Sir Claude abjurer ses erreurs et racheter ses fautes. Ce serait un sacrifice (visible du moins aux yeux clairvoyants) fait à ce que les amis de Madame eux-mêmes appelaient jadis « le bien » de la petite infortunée. Maisie n'était pas sans se faire une vague idée de tout ce qui, durant ce long et dernier intervalle, s'était confusément, mais sincèrement aussi passé dans le cerveau de Sir Claude, une vue, presque bouleversée de gratitude, du miracle que sa vieille gouvernante avait accompli. Même contemplée de loin et par personne interposée, cette humble salariée lui inspirait autant de respect que si elle avait été une prophétesse, un rouleau de parchemin entre les doigts, ou une ardente abbesse parlant au nom de l'Eglise. Jour après jour, Mrs. Wix avait maintenu le contact avec leur malléable associé ; elle l'avait repétri selon ses vues étroites, profondes et passionnées, elle avait fait sincèrement son possible pour le convertir, et, après bien des efforts, elle l'avait enfin décidé à ne pas laisser échapper cette chance. Que cette chance ne fût qu'illusoire, il en avait la preuve dans sa certitude de voir Beale et Ida le laisser agir à sa guise, s'il s'y résolvait enfin, tant ce nouvel état de choses cadrerait alors avec leurs plans.

Si exagérée qu'une telle pénétration puisse paraître, Maisie n'eut pas besoin de confidences échappées à Sir Claude pour reconnaître dans toute sa beauté l'influence particulière qui avait agi sur lui de façon si longue et si continue, et affiné son sens des convenances au point de lui faire exclure autant que possible Maisie de ses affaires de cœur. Bien entendu, le vocabulaire de l'enfant était plus court que ses idées, mais c'était la seule infériorité dont elle eût à souffrir en s'expliquant à elle-même que les absences de son grand ami provenaient de ce que Sir Claude était l'amant de sa belle-mère, et que l'amant de sa belle-mère aurait eu mauvaise grâce à prétendre veiller sur elle. A cette époque, Maisie en était venue à se faire l'idée d'une espèce de divergence essentielle entre les amants et les petites filles. C'était sans doute ce qui lui permettait de deviner le contenu probable d'un petit mot au crayon déposé à Regent's Park sur la table du vestibule, et que Mrs. Beale trouverait à son retour. Maisie se l'imaginait prudemment écrit sur un ton de plaisanterie, bien que, à l'égard de l'enfant, le visage de Sir Claude se montrât empreint d'une gravité qu'on ne lui avait jamais vue dans ces moments de crise, sauf pourtant le jour où il avait mis Maisie dans un fiacre après qu'elle s'était si méchamment comportée envers lui au sujet de sa conversation avec le capitaine. Il devait s'être senti embarrassé, mais il avait sûrement, elle le sentait, dissimulé sous quelques plaisantes bravades sa gêne du dérangement qu'il causait à la maison de son père, en emmenant avec eux une aussi excellente domestique. Certes, bien d'autres choses n'avaient pas dû trouver place dans ce petit mot, bien des choses qui réussirent plus confortablement à se loger dans le petit cerveau léger de Maisie, où elles ne cessèrent de bourdonner de toute la journée, et lui donnèrent à son premier coup d'œil sur Folkestone l'impression de nager dans une molle atmosphère de couleurs et de sons. Dans cet état, elle sentait fort bien que la liaison de son beau-père avec Mrs. Beale était maintenant le seul lien que celui-ci eût à considérer. N'avait-il pas rompu tous les autres, qu'il s'agît de personnes ou de choses ? Le seul obstacle à cette suprême rupture que Mrs. Wix lui conseillait sans cesse dans l'intérêt de sa propre vertu, était tout simplement que Sir Claude était amoureux, ou plutôt, pour parler net, que Mrs. Beale ne lui laissait plus ignorer la façon dont elle répondait à cet amour. Elle l'aimait assez pour avoir réussi à lui faire accepter momentanément son amoureuse domination, et même, jusqu'à un certain point, l'idée qu'ils parviendraient à se tirer d'affaire avec quelque diplomatie et beaucoup de patience. Je n'ose même assurer que Maisie ne se rendait pas compte combien peu Mrs. Beale partageait le dégoût presque insurmontable de Sir Claude à l'idée de faire respirer à leur petite protégée cette atmosphère d'indécence grossière, son opinion qu'il leur fallait enfin ou cesser d'être incorrects, ou cesser de jouer aux parents. Quant à la petite protégée, elle avait adopté depuis longtemps un point de vue qui jadis n'avait pas choqué tant que cela Mrs. Wix, l'idée qu'après tout, *en tant que petite protégée,* elle pouvait se trouver moralement à sa place dans des atmosphères dont la simple analyse eût été révoltante. Si pourtant Mrs. Wix, tardivement indignée, s'était décidée à employer la manière forte, Maisie, comme je l'ai indiqué plus haut, n'était pas sans en deviner le pourquoi, comme aussi pour quelles autres raisons, totalement différentes, son institutrice restait provisoirement invisible dans toute cette affaire.

Mais je ne parviendrai jamais à vous persuader du nombre de choses dont Maisie s'aperçut, et du nombre de secrets qu'elle découvrit ! Pourquoi donc, par exemple Sir Claude n'avait-il pu lui cacher (à moins qu'il ne s'en souciât fort peu) qu'à y regarder de près, et en ne tenant compte que des intérêts en jeu, il avait tout autant de droits sur elle que sa belle-mère, pour ne pas dire plus, et que Mrs. Beale n'était pas en position de les lui contester ? En tout cas, il ne parvint pas à faire planer assez de doutes sur cet état de choses pour empêcher l'enfant, dès qu'ils jetèrent les yeux de loin sur la côte française, de considérer la situation, même dans ce qu'elle avait de plus inexpliqué, comme une suite aux joies aventureuses du bon temps, à leurs flâneries et à leurs excursions ensemble durant les jours plus heureux de leure première intimité. Jamais encore elle n'avait eu autant le sentiment d'avoir à lui donner le ton pour l'aider à parler sans fausse honte de leurs difficultés présentes, et jamais encore elle ne l'avait vu si reconnaissant de sa faculté pour comprendre les choses à demi-mot. Elle pressentait surtout la principale difficulté du côté de Mrs. Beale, à savoir, la jalousie de la dame, et la nécessité de cacher aussi longtemps que possible l'influence toujours puissante de Mrs. Wix. Elle entrevoyait même une vérité plus subtile encore, et c'était que sa belle-mère n'avait en réalité nulle raison d'être jalouse, et qu'elle se dédommageait d'une si pénible privation en prenant ombrage d'une influence purement morale. Sir Claude, d'un simple clin d'yeux, laissait clairement entendre qu'une influence morale capable de peser sur une décision est par là même exposée à des voies de faits, et qu'il y avait donc une personne qu'ils ne pouvaient guère laisser derrière eux sans défense tant qu'ils demeureraient dans l'incertitude quant aux réactions de Mrs. Beale. Maisie, il est vrai, n'alla pas jusqu'à dire ouvertement dans la salle à manger, à l'heure du déjeuner : « Que peut-elle faire d'autre que de venir vous rejoindre, si papa se décide à prendre un parti qui équivaut à la désertion légale ? » Et il n'eut pas non plus à formuler de réponse, et put se contenter de parler gaiement de la chance d'avoir trouvé une table près de la fenêtre. Tout en mangeant de la viande froide et en buvant de l'eau minérale (car il venait d'insister sur la nécessité des économies), tous deux laissaient leurs regards se reposer amoureusement sur les lointaines et blanches falaises qui si souvent apparurent aux yeux des Anglais dans l'embarras comme une promesse de sécurité. Maisie les contemplait fixement, comme si elle avait pu finir par discerner une petite figure juchée à leur sommet, et elle était déjà assez maligne pour se douter que ce serait sans doute la silhouette la plus bizarre qu'on eût encore aperçue en France. Mais il était au moins aussi amusant de deviner les endroits où Mrs. Wix n'était pas qu'il l'aurait été de connaître celui où elle se trouvait, et si elle n'était pas encore à Boulogne, l'intérêt dramatique ne faisait que croître.

S'il était écrit qu'elle ne devait pas se montrer ce jour-là, la soirée du moins fut marquée par une apparition passant de beaucoup les prévisions les plus audacieuses. Retenant son souffle, baissant les yeux, et s'efforçant de ne penser qu'à l'élégance de sa robe et de ses volants, pour la bonne apparence desquels elle n'avait pas compté en vain sur le zèle d'une Suzanne Ash lugubrement triomphante à l'idée des jolies choses laissées à la maison au cours de ce départ précipité, Maisie passa sur un banc dans le jardin de l'hôtel la demi-heure qui précéda le dîner, cette mystérieuse cérémonie de la table d'hôte, pour laquelle elle s'était préparée avec une si palpitante ponctualité. Sir Claude, assis à côté d'elle, était occupé par une cigarette et les journaux du soir, et, bien que l'hôtel fût plein, le jardin donnait cette impression de vide qui suit toujours le premier coup de la cloche du dîner. Déjà, Maisie avait eu presque le temps de se fatiguer de cette comédie humaine ; sa propre humanité, en tout cas, sous l'aspect d'une tache maculant sa jupe trop courte, retenait son regard depuis si longtemps que, lorsqu'elle releva les yeux, elle se trouva faire face à une grande et magnifique draperie qui faisait honte à sa jupe tachée et qui glissait vers elle sur la pelouse sans même qu'elle pût en entendre le froissement soyeux. Elle suivit du regard les plis raides de l'étoffe, de plus en plus haut, à partir du sol qu'ils frôlaient, et, à la fin d'un trajet considérable, aperçut enfin, non sans un choc violent, un visage immobile dominant de très haut toute cette étoffe, et où tous les artifices de la toilette semblaient pour ainsi dire se concentrer. « Bon Dieu ! Maman ! » s'écria-t-elle en se levant précipitamment, et son exclamation fit aussitôt bondir Sir Claude, donnant à Madame, à quelques mètres de distance, tout l'avantage de leur confusion momentanée. Celle de Maisie était immense ; l'arrivée soudaine de sa mère lui faisait l'effet de la chute d'un de ces rideaux de fer que, durant ses promenades du soir avec Suzanne Ash, elle avait vu subitement, au contact d'un ressort, descendre en grinçant sur les vitrines étincelantes. Le ciel lumineux du voyage s'obscurcit tout à coup ; elle eut l'affreux sentiment d'être prise au piège, et Sir Claude avec elle ; et, pour la première fois de sa vie en présence d'Ida, elle exprima son émotion par un geste, et saisit la main de son complice responsable. Elle ne fut en rien consolée de le voir éprouver tout d'abord une consternation égale à la sienne ; durant une minute, dans le jardin désert, avec ses longues ombres s'étendant sur la pelouse, sa mer bleue visible par-dessus la haie, et l'immobile paix de son atmosphère, l'homme et la femme demeurèrent aussi rigides que de hauts gobelets remplis jusqu'au bord, et qu'on tiendrait bien droits de peur d'en répandre le contenu. Enfin, sur un ton dont la douceur inattendue était une nouvelle surprise, Madame dit à Sir Claude :

— Ça ne vous ennuie pas que je lui parle ?

— Oh ! non, n'est-ce pas ?

Il avait été si lent à répondre, que Maisie fut la première à trouver le ton juste.

Il rit, en acceptant d'elle ces directives, et elle sentit

quelque condescendance dans la façon dont il s'adressa à la visiteuse :

— Comment diable avez-vous su que nous étions ici ?

Sa femme, alors, franchit la courte distance qui la séparait d'eux, et s'assit sur le banc, une main posée sur sa fille qu'elle attira gracieusement vers elle ; de nouveau, à ce simple contact, le cœur de l'enfant tressaillit d'une peur cette fois toute différente. Sir Claude, un peu à l'écart, se rassit et reprit ses journaux, de sorte qu'ils formaient à eux trois une espèce de groupe de famille ; leurs rapports conjugaux, le plus bizarrement du monde, se trouvaient presque cyniquement et soudain proclamés, et la mère caressant son enfant faisait tout retomber dans un conformisme indicible. Mais l'enfant sentait déjà que ce n'était pas Sir Claude et elle qui se trouvaient pris au piège. Elle avait positivement l'impression de prendre sa mère en flagrant délit en train de se débarrasser définitivement de son fardeau, et montrant de ce fait un calme et une satisfaction sans précédents. Oh non ! Maisie n'avait plus peur, et elle n'avait jamais été plus indemne de ce sentiment que durant la dernière étreinte de possesseur de ces bras long gantés et chargés de nombreux bracelets :

— Je suis allée à Regent's Park, dit enfin Madame à Sir Claude.

— Aujourd'hui ?

— Ce matin, immédiatement après votre départ. C'est là que j'ai tout découvert, et c'est ce qui m'a amenée ici.

Sir Claude réfléchissait, et Maisie attendait :

— Qui donc avez-vous vu ?

Ida eut un rire indulgent et moqueur :

— Votre inquiétude m'amuse. Je les connais, vos

manèges. Je n'ai pas rencontré la personne que je risquais de rencontrer, mais j'étais décidée à courir cette chance. Elle s'adressa à Maisie, en l'enveloppant plus étroitement encore de ses bras : C'est *vous* que j'ai demandée, ma chérie, mais je n'ai vu qu'une femme de chambre très sale. Elle était rouge d'émotion à cause des grands événements qui venaient de se produire dans la maison, en l'absence de sa maîtresse, comme elle disait. Heureusement, elle avait eu l'esprit de démêler à quel endroit Sir Claude vous avait emmenée. S'il n'avait pas mis les gens sur une fausse piste, je devais donc vous trouver ici, et c'est cette idée qui m'a décidée à partir.

C'était la première fois qu'Ida se montrait si explicite au sujet de ses idées et de ses déceptions, et Maisie, qui buvait ses paroles, nota que Sir Claude n'était pas moins impressionné qu'elle.

— Je voulais vous voir, reprit sa femme, et vous pouvez vous rendre compte de la peine que je me suis donnée pour le faire. J'avais mille choses qui me retenaient en ville, mais j'ai réussi à me dégager.

L'espace d'un instant, Maisie et son compagnon rendirent hommage à cette rare réussite, mais Maisie fut la première à l'exprimer.

— Je suis contente que vous ayez eu envie de me voir, maman. Puis, d'un ton plus concentré encore, et avec une témérité plus grande : Un peu plus, et ç'aurait été trop tard. Elle avait la gorge serrée, mais elle réussit à poursuivre : Nous allons en France.

Ida fut sublime ; Ida l'embrassa sur le front .

— C'est bien ce que je pensais, et cela m'a décidée à me précipiter sur vos traces. Je me suis dit que si pressés que vous puissiez être, vous n'alliez pas sans doute faire la traversée tout de suite, et c'était une raison de plus pour désirer vous voir.

Maisie se demandait anxieusement ce que les autres raisons pouvaient bien être, mais elle était trop fine pour poser des questions. Elle fut quelque peu surprise, pourtant, de voir que Sir Claude ne le savait pas non plus, et de l'entendre demander aussitôt :

— Et, au nom du Ciel, qu'avez-vous donc à lui dire ?

Son ton n'était pas vraiment impoli, mais assez impatient pourtant pour que la réponse de sa femme donnât un second exemple de sa toute nouvelle douceur :

— Ceci, mon cher, ne regarde que moi.

— Voulez-vous dire, demanda Sir Claude, que vous préféreriez que je vous laisse ?

— Oui, si vous consentez à avoir cette bonté ; c'est l'extraordinaire demande que je me permets de vous faire.

Madame parlait maintenant sur un ton de douce ironie par lequel Maisie fut un instant étonnée et charmée, mystifiée qu'elle était par ce nouvel aperçu d'un état de choses qui durant tant d'années n'avait été visible qu'à de rares intervalles. Ida souriait à Sir Claude avec cet air bizarre, qu'elle prenait toujours dans ces moments-là, de défier l'adversaire de tenir le coup aussi longtemps qu'elle ; ses yeux immenses, ses lèves rouges, ses traits marqués donnaient l'impression d'un éclairage aussi fort, aussi public que celui d'une lampe placée devant une fenêtre. L'enfant pouvait presque y reconnaître le vrai phare qui avait conduit ses pas ; elle se prit à penser que ce n'était pas étonnant que les messieurs le prissent pour guide. Ce devait être ainsi que maman avait regardé Sir Claude lors de leur première rencontre ; ces regards évoquaient l'éblouissement d'un temps auquel ils avaient survécu. C'était de la même façon, sans doute, qu'elle regardait Mr. Perriam et Lord Eric ; mais surtout, ce regard aida Maisie à mieux comprendre tout le bonheur du capitaine. Notre héroïne n'y pensait pas sans un battement de cœur ; et durant ce moment de silence parfait, sa mère lui fournit ainsi mille preuves nouvelles à l'appui de l'apologie passionnée que le capitaine avait fait d'elle. Ce silence dura assez longtemps pour faire croire à Maisie que Sir Claude lui aussi luttait vainement contre l'effet d'un charme de tout temps trop puissant pour lui, et Maisie espéra qu'il trouverait enfin des mots pour faire entendre à Ida combien elle pouvait être charmante.

— Resterez-vous cette nuit ? finit-il par demander.

— Pas ici, répondit sa femme avec dignité. Je viens de Douvres.

L'homme et la femme s'affrontèrent par-dessus la tête de l'enfant :

— Vous passerez la nuit là ?

— Oui, j'ai apporté tout ce qu'il faut. Je suis allée retenir une chambre à l'hôtel, et, en me dépêchant un peu, j'ai pu attraper le train qui m'a amenée jusqu'ici. Vous imaginez quelle journée ç'a été !

Qu'on le croie ou non, c'était là l'enfilade de mots la plus suivie, sinon la plus agréable, qu'Ida eût jamais pris la peine de débiter, tout au moins en présence de sa fille, et l'enfant souhaita soudain que ces mêmes mots, ne fût-ce que pendant un court instant, fussent acceptés à leur vraie valeur et comme terrain d'entente. Certes, le charme de maman, une fois mis en marche, pouvait servir d'explication à tout, et le seul défaut des applaudissements eût été de souligner à quel point ces moments de charme étaient rares. Maisie courut ce risque en admettant bien volontiers qu'en effet ç'avait été une dure journée pour Ida ; elle invita même Sir Claude à s'exposer à ce danger avec elle, en lui demandant s'il ne trouvait pas que la journée de maman avait été encore plus fatigante que la leur. Il se contenta de répondre avec une certaine indifférence :

— Vous rentrez ce soir à Douvres ?

— Oh ! oui, il y a beaucoup de trains.

De nouveau, Sir Claude hésita ; il eût été difficile de dire si la présence de l'enfant servait à les unir ou à les séparer davantage. Il dit enfin tranquillement :

— Pour vous, ce sera une heure un peu tardive pour courir les routes. Je vous reconduirai.

— Ne prenez pas cette peine, merci. Vous ne nierez pas, je crois, que je sois capable de me tirer d'affaire par moi-même, et que ce n'est pas la première fois que cela m'arrive au cours de ma triste vie.

A part cette allusion à sa triste vie, Maisie remarqua qu'ils parlaient comme s'il n'avaient été l'un pour l'autre que de vagues connaissances, phénomènes qui l'avait souvent surprise au milieu de ce qu'elle croyait être une vraie intimité. Cette impression s'augmenta du ton presque léger que Madame prit pour dire :

— Je crois bien que je vais aller à l'étranger.

— Directement, au départ de Douvres ?

— Directement ou non, je ne puis vous le dire. Je suis très souffrante.

D'abord, Maisie ne vit là qu'une phrase comme une autre, puis elle comprit qu'elle aurait dû prendre au sérieux cette déclaration, bien que ce ne fût évidemment pas l'idée de Sir Claude. Elle en profita pour se rapprocher davantage :

— Malade, maman ? Vraiment malade ?

Maisie regretta ce « vraiment » aussitôt qu'elle l'eut prononcé, mais Ida, donnant une preuve nouvelle de l'aménité momentanée de son caractère, laissa passer ce mot sans le relever. Elle avait protesté jadis à de bien moindres offenses. Elle se contenta de presser la tête de Maisie contre sa poitrine, et lui dit :

— Horriblement malade, ma chère enfant. Il faut que j'essaie cette nouvelle ville d'eaux.

— Quelle nouvelle ville d'eaux ? demanda Sir Claude.

Ida n'en put trouver le nom :

— Oh ! chose, vous savez, là où tout le monde va. J'ai besoin de faire une vraie cure. La santé, mon Dieu, je ne demande rien de plus. Mais ce n'est pas de cela que j'étais venue vous parler.

Sir Claude plia silencieusement ses journaux l'un après l'autre, se leva, et dit en s'en tapotant le plat de la main :

— Vous resterez dîner avec nous ?

— Mon Dieu non, je ne dîne pas à une heure pareille. J'ai commandé mon dîner à Douvres.

Le ton de Madame témoignait d'un certain mépris pour le genre de vie qu'on menait à Folkestone, et que sa fille croyait naïvement paradisiaque. Maisie n'en fut pas consternée au point de sentir se flétrir en elle les tendres pousses de la bonne volonté qui lui fit dire :

— Mais vous prendrez bien une tasse de thé ?

Ida l'embrassa de nouveau sur le front :

— Merci, ma chère, j'ai pris le thé avant de venir.

Et levant les yeux sur Sir Claude :

— Comme elle est gentille !

Il se tut, comme s'il la désapprouvait, mais Maisie

savait à quoi s'en tenir à ce propos, toute ravie qu'elle était par cette conversation si agréable qui donnait plus raison que jamais à l'enthousiasme du capitaine, et lui donna envie de croire que cet admirateur de Madame l'attendait peut-être pour dîner à Douvres. Etait-ce aussi l'idée de Sir Claude ? Si oui, il étonna quelque peu Maisie par l'espèce d'obstination avec laquelle il revint sur un sujet que sa femme semblait croire définitivement écarté.

— Je préférerais vraiment vous ramener, dit-il en se frappant de nouveau la main du bout de son journal.

— Et laisser Maisie toute seule ici ?

Madame répugnait si visiblement à être ramenée par Sir Claude que Maisie sentit battre son cœur à l'idée que le capitaine avait dû l'accompagner de Douvres à Folkestone, et attendait peut-être à quelques pas de là le moment de la reconduire dans cette dernière localité, tout juste comme il avait attendu avec Maisie dans les jardins de Kensington. Bien entendu, elle ne souffla mot au sujet de ces hypothèses et laissa d'autant plus volontiers la parole à Sir Claude que la réponse de celui-ci servait à accroître son enfantin prestige :

— Elle ne sera pas seule, puisqu'elle a une femme de chambre.

C'était la première fois que Maisie avait l'impression de traîner une suivante avec elle, et elle attendit avec une agréable impatience l'effet de cette déclaration sur Madame :

— Vous parlez de cette femme que vous avez amenée de Londres en même temps qu'elle ? demanda Ida. La personne que j'ai vue dans cette maison m'en a parlé comme de quelqu'un qui ne peut guère tenir décemment compagnie à ma fille.

Et, à l'entendre, on eût cru que l'enfant avait toujours joui chez elle de ce qu'il y avait de mieux comme dame de compagnie. Mais elle continuait à insister pour que Sir Claude s'en allât :

— Ne faites pas l'idiot, dit-elle gracieusement. Laissez-nous seules.

Debout devant elle sur la pelouse, il prit un air plus grave que l'occasion ne semblait le comporter au jugement de Maisie :

— Je ne comprends pas pourquoi vous ne pouvez pas le dire devant moi.

Sa femme rectifia une des boucles de l'enfant.

— Dire quoi, mon cher ?

— Ce que vous êtes venue dire.

Maisie, intervenant enfin, fit appel à Sir Claude :

— Laissez-la me le dire, à moi.

Il jeta à sa petite amie un regard scrutateur.

— Qui sait ce qu'elle va vous dire ?

— Laissez-lui prendre sa chance, fit Ida.

— Je ne veux que vous protéger, dit-il à l'enfant.

— Vous voulez vous protéger vous-même, répliqua sa femme. N'ayez crainte. Je ne vous toucherai pas.

— Elle ne touchera pas à vous, pour sûr ! déclara Maisie.

Il lui semblait qu'elle pouvait enfin s'en porter garante, et un peu de l'émotion avec laquelle elle avait écouté parler le capitaine se réveilla au fond d'elle-même. Elle se sentait si heureuse, si rassurée, qu'elle pouvait presque étendre sa protection sur sa mère. Elle le fit dans les mêmes termes que le capitaine :

— C'est quelqu'un de très bien ! proclama-t-elle.

— Dieu du ciel !

Et Sir Claude s'en alla, non sans un rire moqueur qui fut étouffé pour Maisie par les baisers de sa mère. Ida desserra son étreinte, et maintint l'enfant à bout de bras, en la regardant avec un expression bien étrange. Alors, Maisie vit que leur compagnon les avait quittées, et que la bouche de sa mère confirmait ses propres paroles :

— Je suis quelqu'un de très bien, ma petite chérie ! dit Madame.

## XXI

LE reste de la visite d'Ida fut presque exclusivement consacré à réprouver cette extraordinaire affirmation. Les explications qu'elle en donna étaient bien les plus longues qu'elle eût jamais pris la peine de faire, et, à mesure que tombait le crépuscule, et que son tête-à-tête avec l'enfant se prolongeait dans le jardin, elle se montra de plus en plus conciliante, ne laissant ainsi que trop deviner combien elle avait besoin d'arriver à un accord. Elle n'expliquait pas seulement ; elle causait presque ; si elle eût monologué un peu moins, c'eût été une véritable conversation, et c'était bien certes la première fois que la mère de Maisie avait tant de choses à dire à son enfant. Ces expansions suffiraient à donner l'impression de la générosité et du bon droit, et l'enfant n'eut pas à s'efforcer beaucoup pour comprendre que le plus simple était de tomber d'accord, et qu'on en aurait d'autant plus vite fini en paraissant lui donner raison. Elles étaient assises l'une à côté de l'autre, et tantôt la main gantée de la mère reposait tendrement sur l'enfant, et tantôt rectifiait une coque de ruban trop maigre ou une tresse trop lâche. Maisie s'efforçait de dissimuler une stupéfaction qui lui donnait envie d'écarquiller les yeux. Oh ! il y avait de quoi les écarquiller, et c'était une chance qu'elles fussent seules, et que ni Sir Claude, ni Mrs. Wix, ni même Mrs. Beale ne fussent là pour surprendre un imprudent clin d'œil. Si expansive et si bavarde qu'elle fût, Madame n'était pourtant pas des plus claires dans ses explications, et son compte rendu des faits, pour autant qu'il rendait compte de quelque chose, était un pêle-mêle d'inconséquences, triste résultat des risques auxquels elle s'était trop légèrement exposée. Rien de ce qu'elle disait n'était vraiment réfléchi, et certaines de ses affirmations n'étaient même pas complètement mensongères. Elle semblait demander naïvement quelle meilleure preuve donner de sa bonté et de sa grandeur d'âme que de consentir ainsi à perdre ce qu'elle chérissait le plus. C'était comme si elle avait dit un peu longuement : « Il s'est passé entre Sir Claude et moi des choses que je ne puis vous expliquer, insupportable petite créature que vous êtes, parce que vous ne les comprendriez pas. » Ça l'arrangeait de croire que Maisie avait été tenue, du moins par elle et autant qu'elle pouvait en juger, dans une bienheureuse ignorance de ces choses, et qu'elle pouvait donc compter sur la parfaite ingénuité de l'enfant. Elle cherchait gauchement une issue à la situation difficile où elle s'était mise, puisqu'il lui était également impossible d'en sortir avec grâce ou d'y demeurer avec avantage ; elle se drapait dans les guenilles de son impudence, et prenait des attitudes devant le dernier petit fragment de verre brisé du miroir qu'avait été le respect filial de Maisie pour elle. C'était peut-être dommage que ni Mrs. Wix ni Sir Claude ne fussent présents à cette scène ; l'épisode avait son style bien à lui et eût intéressé un public, surtout au moment où Ida laissa involontairement échapper qu'elle sentait bien que l'enfant se trouverait mieux avec Sir Claude qu'entre les mains quelque peu souillées de sa propre mère. Il n'y avait en tout cas rien de mesquin dans ces aveux et dans ces perversions, dans ce mélange de peur à l'idée de ce que Maisie pouvait au fond en penser, et d'impudence produite par la nécessité de l'égoïsme et l'habitude de la grossièreté. Cette habitude se trahissait dans la façon dont elle se vanta, en termes précis, de n'être pas venue à Folkestone dans l'intention de les engueuler. Elle n'était pas venue non plus pour flanquer des gifles, claquer des portes, ou employer des mots malsonnants ; elle était venue tout au plus pour s'embrouiller dans le fil de ses arguments en tâchant de remédier d'un geste dégoûté aux faux plis des frusques dont la bonne de Mrs. Beale avait eu l'audace d'affubler Miss Farange. Elle repoussait victorieusement toutes les accusations, et n'allait même pas jusqu'à reconnaître les inconvénients de la salle d'études contre laquelle avait si souvent protesté Mrs. Wix.

— Je suis quelqu'un de bien, d'absurdement, de criminellement bien ! Mais vous n'en profitez plus, et si j'ai cessé de lui tenir tête, à lui et à vous qui êtes la cause de presque toutes nos disputes, c'est pour des raisons que vous ne comprendrez que trop un de ces jours, quand vous vous rendrez compte, espérons-le, de ce que c'est d'avoir perdu sa mère. Je suis horriblement malade, mais je vous défends de me questionner. Si je ne vais pas à l'étranger, mon médecin ne répond pas des conséquences. Il n'en revient pas de tout ce que j'ai pu endurer ; il assure que tout cela ne m'a été imposé que parce que j'étais née pour souffrir. Je pense à l'Afrique du Sud, mais cela ne vous regarde pas. Je vous laisse le choix, mais vous ne pouvez pas me poser de questions, si vous êtes décidée à me planter là. Non, je ne vous dirai rien : cherchez vous-même : l'Afrique du Sud est un pays merveilleux, à ce qu'on dit, et, si j'y vais, je compte y rester assez longtemps pour juger par moi-même des avantages et des inconvénients. C'est tout l'un ou tout l'autre : s'il vous emmène, c'est pour de bon, vous comprenez ? J'ai fait ce dernier effort ; je ne peux pourtant pas vous suivre au diable vauvert. Je veux vivre enfin pour moi seule, pendant qu'il me reste encore un peu de forces. Je suis très, très malade ; je suis très lasse ; je suis très, très décidée. Voilà. Faites-en ce que vous voulez. Votre robe est dégoûtante, mais je ne suis pas venue ici pour me sacrifier.

Maisie considérait vaguement les points faibles de sa toilette ; à ces moments-là, c'était un soulagement pour elle de pouvoir fixer les yeux même sur quelque chose de si laid. Plus elle grandissait, et plus ses pénibles entrevues avec sa mère s'étaient signalées par leur cruelle capacité de durée, mais ces minutes qui lui étaient présentées comme un agréable et pacifique épilogue de leurs rapports, lui semblaient bien les plus longues de toutes. Son anxiété, sa crainte d'un accroc, d'un soudain obstacle au courant, d'une de ces sautes d'idées fameuses, les rendaient plus longues encore. Elle retenait son souffle ; son seul désir était de jouer le jeu de l'adversaire pour en finir plus vite avec la partie. Mais son impatience même lui donnait le vertige ; des choses qu'Ida avait dites lui échappaient peut-être ; et elle croyait en entendre d'autres, qu'Ida sans doute n'avait pas dites.

— Vous êtes tout ce que j'ai au monde, et pourtant je suis capable d'un tel sacrifice. Votre père ne souhaite que votre mort, oui, c'est là son seul souhait, ma chère enfant. Vous n'avez qu'à vous faire à cette idée comme je m'y suis faite moi-même — je veux dire, à le voir souhaiter ma mort, à moi ! De toute façon, vous sentez bien que je suis parfaite envers Sir Claude. Il veut ma mort tout comme l'autre, et je suis sûre que si les scènes qu'il m'a faites à votre sujet pouvaient tuer...

C'était un des traits distinctifs de l'éloquence d'Ida de courir plus de lièvres qu'elle n'en pouvait attraper ; après n'avoir donné qu'un simple coup d'œil dans la direction de ce gibier, elle fournit comme preuve de sa conduite angélique envers son mari la façon dont Sir Claude s'était prudemment retiré l'instant d'avant pour n'avoir pas à rougir en sa présence. Elle parlait comme s'il était éloigné sur la pointe des pieds, comme on fait d'une église où l'on n'avait pas le droit de s'introduire.

— Vous ne saurez jamais, au grand jamais, ce que j'ai enduré à cause de vous... Je vous épargne ces horreurs comme je l'ai toujours fait, bien que j'ose dire que vous devez savoir des choses qui, si je les apprenais aussi, moi, me feraient... mais peu importe ! En tout cas, vous êtes assez grande pour comprendre qu'il y a bien des choses que je pourrais vous dire, et que je ne dis pas ! Quoique cela me soulagerait, je vous assure, de dire la vérité une fois dans ma vie ! Je ne parle pas de l'ignoble femme de votre père ; et cela seul peut vous donner une idée de la réserve que je m'impose... Quand je dis « vous », je parle aussi de vos chers amis et complices. Si vous ne rendez pas justice à la délicatesse qui m'interdit de mentionner, pour en finir, deux ou trois petits faits concernant votre beau-père qui suffiraient pour m'innocenter complètement, et paraître pure comme un lis en comparaison de lui, eh bien, si vous ne me rendez pas cette justice, on peut dire que vous ne me rendez jamais justice en rien !

Maisie avait tellement envie de lui rendre justice, qu'elle se sentit prise d'une inspiration. Le seul fruit de leur rencontre avait été de confirmer chez l'enfant le sentiment de se trouver embarquée avec Sir Claude dans une aventure plus belle et plus surprenante que tout ce qu'elle avait rêvé jusque-là, et tout contribuait à lui faire croire qu'une simple et douce pression de sa petite main parachèverait tout l'ouvrage, et suffirait pour remettre Madame à flot de façon si majestueuse et si prompte, que la mer le lendemain s'en trouverait libre pour leur propre départ. C'était d'autant plus vrai que sa main se trouvait momentanément dégagée, à la suite d'un geste fort significatif, de celle de sa mère. L'un de ces appendices capricieux avait tâtonné non sans visible irritation dans quelque profond repli de son vêtement, et en était bientôt ressorti muni d'un petit objet. Ce geste n'était pas dépourvu de sens pour une petite fille dressée, dès son plus bas âge, à tenir compte des moindres mouvements, et les perspectives qu'il ouvrait ne se trouvaient nullement assombries par le souvenir de la fameuse poignée d'or dont Suzanne Ash se refusait à croire que Mrs. Beale (Jamais de la vie ! Elle est bien trop avare et trop menteuse pour ça !) eût jamais effectué la restitution à la magnifique comtesse. Maisie, cependant, détourna tout de suite prudemment le regard, après avoir deviné que l'objet ainsi extrait des froufroutantes draperies qui couvraient l'arrière-train de Madame pouvait être une bourse. Ce signe ne fit pourtant qu'augmenter l'élan de confiance qui priva un instant Maisie de ses rares habiletés diplomatiques, au point de lui faire oublier qu'elle n'avait jamais été en sûreté qu'en se faisant passer pour imbécile. Enfin, elle oublia ses précautions habituelles dans son désir d'adopter les intérêts de Madame, et de montrer à celle-ci combien parfaitement elle les comprenait. Elle vit, sans même regarder, que sa mère pressait un petit fermoir ; elle entendit sans le vouloir le bruit sec d'un porte-monnaie qui se refermait après qu'on en avait retiré quelque chose. Quoi au juste, elle n'en savait rien ; mais l'objet n'était pas si grand qu'il ne pût se dissimuler facilement dans le creux de la main de Madame. Maisie avait pratiqué de tout temps l'art de mener à bien plusieurs idées à la fois, de sorte qu'elle put en même temps prononcer les mots qu'elle avait au bout de la langue, et peser, en ce qui concernait l'objet tenu dans la main de sa mère, la chance d'une guinée contre la possibilité d'un shilling. A peine eut-elle ouvert la bouche qu'elle s'aperçut que la question aurait pu se voir résolue en moins d'une seconde ; en parlant, elle avait eu la sottise d'empêcher Ida de prononcer le petit discours accompagnant l'octroi d'un don, auquel l'orgueil d'Ida se trouvait obligé de condescendre dans les circonstances présentes. Maisie avait à jamais empêché cet événement d'avoir lieu ; elle s'en aperçut aussitôt, et les quelques mots qu'elle hasarda amenèrent dans les yeux de sa mère un regard qui lui sembla tout de suite incompatible avec un cadeau.

— C'est justement ce que le capitaine disait l'autre jour, maman. Je crois que vous auriez été contente d'entendre la façon dont il parlait de vous.

Ce contentement, Maisie le comprit bientôt avec consternation, eût été long à se produire, s'il s'était fait attendre aussi longtemps que la réponse de sa mère. Madame jeta à Maisie un de ces regards qui donnaient l'impression d'une porte claquée au nez. Jamais, dans une carrière faite d'échecs, Maisie n'avait eu encore à enregistrer un tel coup d'œil. Elle se souvint qu'une fois, durant une des conférences de Glower Street, le contenu d'une grande jarre, placée au milieu de tout un appareil de vaisseaux de verre aux formes étranges, et qui exhalaient une très mauvaise odeur, après avoir promis de devenir du plus beau jaune, devint subitement du plus beau noir. A ce moment-là, elle avait plaint le conférencier, mais la pitié qu'elle éprouvait maintenant pour elle-même était bien plus grande. Oh ! rien au monde ne pouvait vous infliger une torture comparable au ton que prit maman pour demander :

— Le capitaine ? Quel capitaine ?

— Eh bien, quand nous vous avons rencontrés dans le Parc, celui auprès de qui vous m'avez dit d'aller m'asseoir. C'est justement ce qu'il m'a dit.

Ida eut un instant l'air de tâcher de renouer un fil :

— Que diable vous a-t-il dit ?

Maisie finit par répondre en bégayant excessivement :

— Ce que vous avez dit vous-même, maman, que vous êtes quelqu'un de si bien.

— Ce que j'ai dit ?

Ida se leva lentement sans quitter l'enfant des yeux, et la main qui tenait la bourse se conforma dans les plis de la draperie au raidissement de tout le bras :

— Je dis que vous êtes la reine des idiotes, et je ne veux pas que vous me fassiez dire ce que je n'ai pas dit.

Le ton était beaucoup trop péremptoire pour une simple contradiction. Maisie sentit tout de suite que tout contact s'était rompu brusquement entre sa mère et elle, et la preuve lui en fut aussitôt donnée :

— De quel droit me parlez-vous de lui ?

Sa fille devint écarlate :

— Je croyais que vous l'aimiez.

— Lui ? Le pire goujat de tout Londres !

Madame se dressait majestueusement, comme une tour, et le blanc de ses yeux semblait dilaté dans le crépuscule hors de toute proportion.

Les yeux de Maisie s'écarquillaient d'ailleurs presque autant que ceux de sa mère, et, dans le premier accès de colère qui lui eût jamais enflammé le visage en présence d'un ennemi, elle senti qu'elle levait vers Madame un regard aussi dur que celui que celle-ci abaissait vers elle. « Eh bien, il était très gentil pour vous en ce temps-là, et c'est pourquoi il me plaisait tant. Il m'a dit de belles choses, oui, de belles, de très belles choses ! » Elle était capable de jeter presque violemment cette protestation à la tête de sa mère, car, au milieu de cet accès de fureur, dont d'ailleurs de telles visions faisaient partie, elle sentait grandir au fond d'elle-même l'épouvante, la douleur, l'image menaçante et précoce du danger couru par sa mère en trahissant un si loyal ami. Il y eut littéralement un instant où Maisie vit se dérouler en son entier un destin de folie et de désolation, un destin de ruines, de ténèbres, et de mort. « J'ai souvent pensé à lui depuis, et j'espérais que c'était avec lui, avec lui... »

Ici, bouleversée, le souffle lui manqua pour exprimer cet espoir filial.

Mais Ida lui arracha la suite :

— Vous espériez, monstre que vous êtes ?

— Que c'était lui qui était à Douvres, et qu'il allait vous emmener. Je veux dire : en Afrique du Sud, dit Maisie avec un autre sanglot.

La stupeur d'Ida fut telle qu'un silence prolongé au-delà de toutes possibilités s'ensuivit, de sorte que Maisie put non seulement se demander ce qui allait suivre, mais encore voir disparaître l'un après l'autre les précédents symptômes de générosité. Madame n'était plus devant elle qu'un grand mirage majestueux et sombre, mais sa colère demeurait comme toujours pleine de ressources et de variété. Ce à quoi Maisie s'attendait le moins fut donc ce qui arriva. Sa colère fondit peu à peu dans le crépuscule jusqu'à se changer en pitié, et la pitié trouva bientôt un ton accordé au bruit sec du porte-monnaie se refermant pour la seconde fois. Madame y avait remis ce qu'elle venait d'en sortir :

— Vous êtes une lamentable petite créature de rien du tout, murmura-t-elle. Et, tournant le dos, elle s'éloigna sur la pelouse avec un grand bruit de soie froissée.

Après son départ, Maisie se laissa tomber sur le banc, au milieu du jardin désert et du crépuscule de plus en plus dense, et elle y demeura quelque temps assise à contempler l'image que la fugitive avait laissée derrière elle. Chose étrange, ce n'était pas seulement l'image de sa mère, c'était aussi celle de son père, de ce père dont elle venait d'entendre dire qu'il souhaitait sa mort. C'était une présence aux vagues contours; elle continuait à affronter Maisie, à la recouvrir. Mais représentait-elle, cette image, une réalité avec laquelle il fallait compter, si Mr. Farange, de son côté, s'apprêtait aussi à partir pour l'Amérique, avec la comtesse, ou même seulement pour Spa ? La réponse à cette question lui vint gaiement de la maison sous la forme du rugissement d'un gong, et au même moment elle vit Sir Claude la chercher du regard, sur le seuil brillamment illuminé de la grande porte. Aussitôt, elle alla vers lui ; s'approchant de son côté, il la rencontra sur la pelouse. Pendant un instant, ils restèrent debout sur l'herbe, sans parler, juste comme à la fin de l'entrevue elle y était restée en face de sa mère.

— Elle est partie ?

— Elle est partie.

Sans un mot de plus, ils se dirigèrent ensemble du côté de la maison. Dans le vestibule, il se laissa aller à une des gaietés soudaines où sa bonne humeur naturelle se faisait jour sans cesse, pour la plus grande joie de sa belle-fille :

— Miss Farange me fera-t-elle l'honneur d'accepter mon bras ?

Il n'y avait rien que Miss Farange eût jamais accepté plus volontiers. Portés par ce courant de joie, ils arrivèrent à la salle du festin ; toutefois, avant d'en atteindre le seuil, elle crut devoir engager la conversation par politesse, en jeune personne conduite pour la première fois à table, et Sir Claude s'arrêta net dès ses premiers mots :

— Elle part pour l'Afrique du Sud.

— Pour l'Afrique du Sud ?

Il eut un instant l'air d'un homme qui hésite à prendre son élan ; le moment d'après, il plongeait résolument dans un accès d'hilarité :

— C'est ce qu'elle vous a dit ?

— Oh ! oui, je ne me suis pas trompée. Maisie se reconnaissait au moins ce mérite. A cause du climat.

Sir Claude regardait juste à ce moment-là une jeune femme brune, vêtue d'une robe rouge, et qui tenait sous le bras un très petit fox-terrier. Elle les frôla au passage en faisant son entrée dans la salle à manger, laissant derrière elle un fort sillage de parfum, qui se mêla, dans le brouhaha de la salle, à la chaude odeur des mets. Sir Claude ne bougeait pas ; il était devenu un peu plus grave.

— Je vois, je vois.

D'autres personnes les effleuraient au passage ; il n'était pas assez préoccupé pour ne pas les remarquer.

— Elle n'a rien dit de plus ?

— Oh ! si. Bien des choses.

Il la regarda fixement, mais se contenta de répéter :

— Je vois, je vois...

Maisie était poursuivie par un souvenir, auquel elle finit par faire allusion :

— J'ai cru qu'elle allait me faire un cadeau.

— Lequel ?

— De l'argent, qu'elle a sorti de sa bourse ; mais elle l'y a remis ensuite.

Sir Claude redevint gai :

— Elle y a pensé à deux fois, n'est-ce pas ? Chère vieille avare ! Et combien a-t-elle économisé grâce à cette manœuvre ?

Maisie réfléchissait.

— Je n'ai pas vu. C'était très petit.

Sir Claude rejeta la tête en arrière :

— Vous voulez dire très peu ? Six pence ?

Maisie eut presque le sentiment d'être déjà assise à table, occupée à échanger des plaisanteries avec un agréable voisin.

— Ça pouvait être aussi une guinée.

— Ou même un billet de dix livres, suggéra Sir Claude.

Elle rougit à cette soudaine évocation de ce qu'elle avait peut-être perdu, et il rendit l'image plus vivante encore en ajoutant :

— Roulé en un petit rouleau bien compact, vous savez ?... avec cette façon qu'elle a de traiter les billets de banque comme si c'étaient des bigoudis.

La rougeur de Maisie s'accentua devant la probabilité d'une telle hypothèse, et une fois de plus elle admira la pénétration de Sir Claude, et combien il était incomparablement plus renseigné qu'elle-même au sujet de sa mère. Elle avait vécu tant d'années avec Madame sans découvrir de quoi ses bigoudis étaient faits, ni la façon dont elle traitait ses billets de banque. Le petit rouleau bien dur avait en tout cas roulé à jamais loin d'elle, juste comme ces boules qu'Ida envoyait au loin d'un coup de queue de billard. Maisie reprit le bras de Sir Claude, et, au moment où elle s'assit à table, elle s'était déjà résignée à la perte possible d'une si grosse somme. Tout d'ailleurs autour d'elle, la pièce encombrée, les convives en grande toilette, la saveur des mets, la comédie des visages, ne lui parlait que de la joie de vivre. Après le dîner, Sir Claude et elle s'attardèrent pour fumer sous le porche (car fumer était bien ce qu'elle eut l'impression de faire) sur une espèce de terrasse où la cendre rouge des cigares et les toilettes claires des dames formaient à la douce lueur des étoiles une scène d'un romanesque presque enivrant. Ils n'échangèrent que peu de paroles, et elle fut légèrement surprise qu'il n'essayât pas de s'informer plus exactement de ce que sa mère avait dit, mais elle n'éprouvait nul besoin de parler — les paroles n'auraient rien ajouté à la plénitude de sens et de son renfermée dans chaque chose. Ils continuèrent à fumer ensemble, et le silence de son beau-père était plein d'une grande douceur. Enfin, il dit :

— Faisons encore un petit tour de jardin, mais il faut que vous alliez vous coucher bientôt. Oh ! nous allons en avoir des règles de vie !

Ils firent ce dernier tour de jardin le long de sombres sentiers d'où ils pouvaient apercevoir les noirs mâts et les rouges lumières des bateaux, entendre les cris et les appels évocateurs d'heureux et lointains voyages, et leur règle de vie consista une fois de plus à s'entendre à merveille et à flâner en silence. Mais il finit enfin par lui dire, en jetant au loin l'allumette à l'aide de laquelle il avait rallumé son cigare :

— J'ai envie de me promener encore un peu. Je me sens agité, et je voudrais me fatiguer davantage avant de dormir.

Elle lui donna raison en ceci comme en tout, et il continua :

— Vous devriez aller chez Miss Ash (ils s'étaient mis

à l'appeler ainsi) et voir si elle ne fait pas de sottises. Pouvez-vous trouver votre chemin toute seule ?

— Oh ! oui, je suis montée et descendue sept fois déjà.

Elle se réjouissait vraiment à l'idée d'avoir à le faire encore une huitième.

Ils ne se séparèrent pas tout de suite, cependant, mais continuèrent à fumer ensemble sous les étoiles. Enfin, Sir Claude laissa échapper ces mots :

— Je suis libre. Je suis libre.

Elle leva les yeux vers lui ; c'était à ce même endroit qu'une couple d'heures plus tôt elle avait regardé sa mère :

— Vous êtes libre, vous êtes libre.

— Demain, nous partons pour la France.

Il parlait comme s'il ne l'avait pas entendue lui répondre, mais cela ne l'empêcha pas de répéter de nouveau :

— Demain, nous partons pour la France.

Cette fois encore, il ne parut pas l'entendre, et au bout d'un instant (c'était certes le résultat de son agitation intérieure et des réflexions où il se trouvait plongé), il répéta lui aussi comme s'il ne l'avait pas déjà dit un moment plus tôt :

— Je suis libre, je suis libre.

Elle reprit à son tour sa même formule d'assentiment :

— Vous êtes libre, vous êtes libre !

Cette fois il l'entendit, il la contempla gravement dans l'obscurité. Mais il ne dit rien de plus ; il se pencha un peu, tout simplement, et l'attira à lui, l'étreignit un instant, et l'embrassa en lui disant bonsoir. Après quoi, il la poussa silencieusement vers l'escalier dans la direction de Miss Ash, et s'en retourna du côté des mâts noirs et des rouges lumières. Maisie monta l'escalier comme si la France se trouvait au haut des marches.

## XXII

Le jour suivant, elle eut plutôt l'impression que la France se trouvait en bas, tout en bas — dans les profondeurs agitées et glacées où chaque tangage du bateau semblait pénétrer, et qui lui permettaient à peine de distinguer les hauteurs morales où Sir Claude continuait à se tenir sur ce bateau traversant la Manche. Elle le trouva cependant plus noble que jamais, quand, mouillé jusqu'aux os en dépit d'un auvent de toile, il eut la gentillesse de rester assis avec la tête de Maisie sur ses genoux, et celle de la femme de chambre de Mrs. Beale appuyée à son épaule. Quand ils entrèrent dans le port, Maisie fut surprise d'entendre dire qu'ils avaient fait une excellente traversée, mais cet étonnement, à Boulogne, se trouva bientôt effacé par beaucoup d'autres, et surtout par le sentiment extasié d'une plus riche expérience du monde. Elle était « à l'étranger », et, dans la claire atmosphère, devant les maison roses, parmi les pêcheuses de crevettes aux jambes nues et les soldats aux pantalons rouges, elle s'abandonnait passionnément à cette nouveauté, avec la certitude soudaine d'une vocation. Sa vocation était de voir le monde et de s'enivrer de ce spectacle ; elle avait vieilli en cinq minutes, et, avant même d'être arrivée à l'hôtel, elle avait reconnu dans les coutumes et les manières françaises une multitude d'affinités et de messages. Littéralement, une heure suffit à son initiation, et elle n'en douta plus lorsque aussitôt après un déjeuner français auquel ils venaient tous trois de faire honneur (et qui certes tenait magistralement sa partie dans ce concert), elle s'entendit adopter envers Suzanne Ash un ton tout nouveau de supériorité. Sir Claude, qui venait déjà de se trouver nez à nez avec des gens de connaissance, et qui, à ce qu'il disait, avait à s'occuper d'affaires et à écrire des lettres, les envoya faire une promenade ensemble. Ce fut durant cette promenade que l'enfant se trouva vengée, tout autant que la justice l'exige à la fin d'une pièce, non seulement des rires bruyants et moqueurs que sa bonne se permettait durant leurs marches forcées de Londres, mais aussi de toutes ces années où elle tendait à produire dans le monde une impression étrange et excessive, oscillant largement entre la perversité et l'innocence. Tout de suite, à Boulogne, elle comprit que l'excès enfin ne s'accompagnait pas ici de mauvaise conscience ; elle reconnut, elle comprit, elle adora, elle prit possession, elle se sentit accordée à tout, et posa de droite à gauche les mains sur des choses qui semblaient l'attendre, tout simplement. Elle donna des explications à Suzanne, elle se moqua de Suzanne, elle affirma sa supériorité sur Suzanne, et c'était, Dieu sait pourquoi, la stupidité de Suzanne, dont elle n'avait jamais été si sûre jusque-là, l'étonnement, la stupéfaction, l'ignorance et l'hostilité de Suzanne, qui offraient le meilleur arrière-plan à ses découvertes et à ses prédilections soudaines. Ce pays et ces gens formaient un tableau qui lui parut surtout briller de mille couleurs lorsqu'elles descendirent ensemble sur la vaste plage, avec sa jolie organisation des bains, avec la gaieté de ses baigneurs et de ses badauds, de cette langue étrangère et du beau temps qu'il faisait, et par-dessus tout avec celle de la situation sans précédent où se trouvait notre héroïne, car il lui semblait que personne en aucun temps n'avait vécu une telle aventure, ni amassé en une heure tant d'expériences ; aussi lui suffit-il, pour se rendre compte avec émerveillement du changement survenu, d'entendre Suzanne, inexplicablement exaspérée, exprimer ses préférences pour Edgware Road. Le changement était tel, et le cercle clos par le passé se trouvait déjà si irrévocablement franchi que durant ce même après-midi, au cours d'une autre promenade, elle s'entendit demander à Sir Claude (et sans le moindre scrupule), s'il pouvait déjà lui dire quel jour ils partiraient pour Paris. Il faut avouer que sa réponse jeta un léger froid.

— Oh ! Paris, ma chère enfant. Je ne suis pas sûr que nous irons à Paris !

Il fallait trouver à ceci une réponse convenable, mais ce fut moins pour lui tenir tête que pour le seul plaisir de discuter pour la première fois de sa vie les détails d'un voyage, qu'après l'avoir considéré un instant, elle répliqua :

— Mais est-ce que Paris n'est pas la chose vraiment importante, celle pour laquelle on voyage à l'étranger ?

Il était redevenu grave, et elle se contenta de jeter vaguement ces mots à l'aventure ; c'était au fond une manière de rendre justice au sérieux de leur vie. Elle n'avait pas vieilli si vite du jour au lendemain sans faire réflexion que, s'il lui arrivait par hasard d'insister un peu trop, il devrait reconnaître qu'elle avait déjà donné assez de preuves de patience. Il y avait en effet dans le regard de Sir Claude une expression nouvelle qui lui fit considérer la discrétion comme une vertu périmée. Avant qu'elle ait pu remédier à cette faute, il avait répondu à sa dernière question, et de la manière certes la plus inattendue pour elle :

— Quelque chose qu'on aurait tort de ne pas voir ? Evidemment, Paris est un endroit charmant. Mais, vieux camarade, Paris vous ronge jusqu'à l'os. Je veux dire que tout y est dégoûtamment cher.

Cette phrase lui donna un coup au cœur ; elle vit soudain les choses sous une froide lumière. Etait-il vraiment pauvre, lui, plaisanterie à part au sujet de l'eau minérale et de la viande froide ? Ils étaient arrivés au bout de la longue jetée qui enfermait le port, et contemplaient de loin les périls auxquels ils avaient échappé, l'horizon gris qui était l'Angleterre, la surface agitée de la mer, et les petits bâtiments bruns qui rebondissaient à sa surface. Pourquoi avaient-ils choisi une période de gêne financière pour se lancer dans cette aventure à l'étranger ? A moins que ce fût justement la grande aventure économique dont elle avait souvent entendu parler, et dans laquelle, après un dernier regard jeté sur l'horizon gris et les bondissantes barques, elle était prête à se jeter avec joie. Elle lui répliqua sur le même ton :

— Je vois, je vois. Elle lui sourit : Nos affaires sont en triste état.

— Justement. Il lui rendit son sourire. Les miennes ne sont pas tout à fait en aussi triste état que les vôtres, car les vôtres, mon vieux, sont tellement embrouillées que je n'y comprends plus rien. Mais les miennes vont déjà suffisamment mal.

Elle réfléchissait à tout cela :

— Mais est-ce que la France n'est pas meilleur marché que l'Angleterre ?

L'Angleterre aperçue là-bas à cet horizon de plus en plus sombre avait en ce moment l'air d'un pays remarquablement cher.

— Oh ! je ne dis pas non, du moins certains endroits.

— Et nous ne pouvons pas vivre dans ces endroits-là ?

L'espace d'un instant, il eut l'air de s'apprêter à répondre sans pouvoir s'y résoudre. Il dit enfin :

— Nous sommes justement dans un de ces endroits.

— Alors, nous allons vivre ici ?

Sa réponse ne fut pas aussi nette qu'elle l'aurait voulu :

— Mon Dieu, puisque nous sommes ici pour économiser !

Elle n'insista que davantage :

— Combien de temps resterons-nous ici ?

— Oh ! trois ou quatre jours.

Elle n'en revenait pas :

— Vous pouvez économiser en si peu de temps !

Il éclata de rire, se remit en marche, et la prit par le bras en lui avouant qu'elle avait mis le doigt sur sa pire faiblesse, et qu'il savait parfaitement qu'il n'aurait peut-être jamais vécu au-dessus de ses moyens, s'il n'avait jamais essayé de faire des économies.

— Tout le mal vient des bonnes intentions, dit-il, il n'y a rien de si ruineux que de vivre par-ci par-là une semaine à bon marché.

Au milieu des doux murmures du crépuscule, Maisie crut entendre de nouveau le déclic métallique de l'instant où Ida s'était ravisée. Elle repensa au billet de dix livres qu'il eût été si agréable en cette conjoncture d'offrir à son grand ami en guise d'encouragement. Mais cette idée fut vite dissipée par la déclaration qu'il fit brusquement, tout en s'arrêtant devant quelque beau point de vue :

— Nous resterons ici jusqu'à ce qu'elle arrive.

Elle se tourna vers lui :

— Mrs. Beale ?

— Mrs. Wix. J'ai eu un télégramme, continua-t-il. Elle a vu votre mère.

— Elle a vu maman ? Maisie le regarda d'un air stupéfait : Où, mon Dieu ?

— A Londres, apparemment. Elles ont causé ensemble.

Cette phrase parut d'abord d'assez mauvais augure à Maisie et une expression d'effroi se fit jour dans ses yeux :

— Mais alors, elle n'est pas partie ?

— Votre mère ? Pour l'Afrique du Sud ? J'y renonce, mon garçon, dit Sir Claude, et elle eut littéralement l'impression qu'il renonçait en le voyant rester debout près d'elle avec une espèce de regard absent (absent, pour être exact, de ses préoccupations *à elle*), et suivant des yeux la noble démarche et les luisantes jambes nues d'une jeune pêcheuse de crevettes qui revenait en pataugeant, son panier plein. Son esprit recommença à s'occuper de Maisie plus tôt que ses yeux : Mais je crois au fond que tout va bien. Elle ne viendrait pas s'il en allait autrement, la pauvre vieille ! Elle sait trop bien ce qu'elle veut.

Cette affirmation était si rassurante que Maisie, après l'avoir sérieusement examinée, réussit à l'accorder à ses propres rêves :

— Eh bien, qu'est-ce qu'elle veut ?

Il quitta enfin des yeux la pêcheuse de crevettes, et reporta son regard sur le visage interrogateur de Maisie :

— Oh ! vous savez bien.

Le ton sur lequel il laissa échapper cette exclamation semblait les mettre plus que jamais sur un pied d'égalité, mais avec l'effet d'élever Maisie jusqu'à lui plutôt que d'obliger Sir Claude à descendre. L'impression produite sur elle se traduisait dans la manière dont elle lui donna raison :

— Oh ! oui, je sais !

Ce qu'elle savait, ce qu'elle *pouvait* savoir, nous ne l'ignorons certes plus ; en tout cas, ce savoir s'accrut encore, tout le reste du jour, grâce à la facilité avec laquelle Sir Claude l'acceptait déjà. Mieux valait l'accepter ainsi que tâcher d'éprouver jusqu'où il pouvait aller, ce savoir, mais, à tout mettre au pis, l'essentiel de la question était là. Il était enfin tacitement entendu entre eux que le grand changement, comme Maisie l'appelait, tout comme s'il durait déjà depuis des semaines, était de façon ou d'autre conditionné par Mrs. Wix. Avant d'aller au lit cette nuit-là, elle savait aussi que Sir Claude, depuis le début de leur équipée, comme il l'appelait, avait reçu plus plus d'un télégramme. Mais ils se séparèrent de nouveau, sans parler de Mrs. Beale.

Les lunettes et la vieille robe brune, prudemment ressortie de l'armoire en prévision des possibles désastres du voyage, firent une triste traversée. Le vent se leva dans la nuit, et dans sa petite chambre à l'hôtel, Maisie entendait le bruit de la mer. Il pleuvait le lendemain, et tout avait changé d'aspect, même l'humeur de Suzanne Ash, que le mauvais temps réjouissait positivement, en partie à cause de la mauvaise traversée qu'allait faire leur visiteuse, en partie parce qu'elle pouvait déclamer contre la folie des gens qui venaient s'installer dans de tels endroits. Sous la pluie, Maisie alla avec Sir Claude attendre l'arrivée du paquebot de Folkestone, fort endommagé par une mauvaise traversée. Dès que le bateau eut été amarré à quai, Sir Claude, ordonnant à Maisie de l'attendre sous un parapluie, se faufila (c'était le mot) parmi les malades massés sur le pont. Beaucoup de temps se passa avant qu'il reparût ; tous les autres passagers avaient déjà débarqué lorsque Sir Claude put enfin exhiber l'objet de tant de soins, dans un état dont Maisie ne put décider s'il constituait le dernier degré de la prostration ou le comble de l'ivresse triomphante. Il tenait par le bras la dame en question, chancelante encore à la suite des mauvais moments qu'elle venait de passer, et tout emmitouflée de draperies qui n'avaient jamais sans doute couvert aussi abondamment tant de détresse. A l'hôtel, une heure plus tard, l'incertitude se dissipa. En aidant Mrs. Wix à rafraîchir sa toilette, Maisie entendit cette dame énumérer dans le plus grand détail les maigres résultats auxquels elle serait arrivée, dans cet ordre de choses, si Sir Claude ne lui avait pas fourni les moyens. Elle répétait cette phrase à tout propos en changeant de costume : Sir Claude lui avait fourmi les moyens de se procurer « tout un jeu » de vêtements et de sous-vêtements appropriés à tous les climats et à toutes les circonstances qui peuvent se présenter au cours d'un long voyage. Des semaines d'économie seraient certes nécessaires, après que tant d'argent avait été dépensé pour une simple gouvernante ; l'élève trouvait d'ailleurs tout simple que de telles sommes lui eussent été consacrées, tout en s'apercevant que sa propre apparence provoquait l'attention légèrement étonnée des lunettes. Sir Claude, certes, avait eu moins de temps à lui consacrer qu'à Mrs. Wix, et, en tout cas, elle préférait se trouver dans ses souliers que dans les chaussures toutes neuves et craquelantes de Mrs. Wix, dans l'éventualité d'une rencontre avec Mrs. Beale. Maisie se perdait déjà trop dans l'idée du jugement que Mrs. Beale pourrait porter sur de tels changements pour se risquer à en porter un elle-même. D'ailleurs, la question changea d'aspect à la suite d'un copieux déjeuner animé par la plus agréable conversation, pour ne rien dire du plaisir de la fillette à la perspective de servir de guide à une visiteuse aux yeux plus ouverts que ceux de Suzanne Ash. Elle ne pouvait guère, hélas ! servir de guide sous la pluie, qui ne semblait pas près de cesser ce jour-là, mais ce contretemps eut pour résultat de laisser plus de place à la déclaration qu'allait faire Mrs. Wix. Elle eut lieu dans le petit salon blanc et or où ils se trouvaient tous trois réunis, et que Maisie considérait comme le plus bel endroit qu'elle eût jamais vu, excepté peut-être l'appartement de la comtesse ; elle eut lieu, cette déclaration, pendant que le vent d'orage fouettait les fenêtres, et qu'un courant d'air froid soufflait dans la pièce au point d'obliger Sir Claude qui allait et venait, les mains dans les poches, la cigarette aux lèvres fronçait le sourcil, regardait par la fenêtre, puis lui tournait le dos, à faire enfin allumer un fumeux petit feu de bois dans la prétentieuse petite cheminée. Elle eut lieu en dépit de Sir Claude, et de son air de vouloir remettre les affaires au lendemain, mais cet air lui avait du moins servi (ah ! comme tous ses airs lui servaient !) à maintenir durant une couple d'heures la conversation sur un terrain de plaisanteries banales et de généralités, au niveau des petites tasses à café et des petits verres (Mrs. Wix en avait eu deux de chaque !) qui confirmaient en Maisie, à travers les fumées du feu français et du tabac anglais, l'impression qu'ils étaient enfin lancés. Elle sentait en son tréfonds, et tout aussi clairement que si Mrs. Wix le lui avait expliqué, que cette dame n'était pas venue seulement pour servir avec son élève de but à d'aimables plaisanteries, ni même pour écouter Sir Claude, qui parlait le français à la perfection, imiter les sons bizarres émis à l'hôtel par les voyageurs anglais. C'était peut-être en partie l'effet de sa présente rénovation, et de ce que ses habits n'avaient pas l'air de lui appartenir : en tout cas, elle n'avait jamais produit une telle impression d'être haute en couleur, et d'un rouge évoquant à l'esprit de Maisie l'idée de la rougeole ou des habits de chasse. Mrs. Wix écouta tous ces potins au sujet de Boulogne, mais le cœur n'y était pas, et si son teint allumé était partiellement le résultat du déjeuner et des petits verres, c'était aussi le courageux signal de la déclaration qu'elle avait à faire. Quand elle s'y décida finalement, la plus jeune des trois comprit avec quelle anxiété elle venait d'attendre ces paroles.

— C'est Madame qui m'a envoyée ici ; on peut presque dire qu'elle m'a mise elle-même dans le fiacre.

Telle fut enfin la déclaration de Mrs. Wix.

## XXIII

Sir Claude restait debout devant la fenêtre : il ne se retourna même pas, et ce fut à la plus jeune des trois de faire remarquer :

— C'est-à-dire que vous êtes allée la voir ?

— Elle est venue me voir. Elle a frappé à la porte de mon pauvre logis. Elle a monté mon triste escalier. Elle m'a dit qu'elle vous avait vue à Folkestone.

— Elle est rentrée le soir même ? demanda Maisie avec étonnement.

— Non, hier matin. Elle m'a menée tout droit à la gare. C'était vraiment extraordinaire ! Si j'ai eu du mal à partir ainsi, au pied levé, ce n'est pas qu'elle ne m'ait pas facilité le départ, au contraire !

Mais l'éloquence de Mrs. Wix fit long feu, bien que la flamme de son regard brillât plus fort que jamais. Enfin, elle parvint à ajouter :

— Madame a un cœur d'or ! Je ne me serais pas attendue à ce qu'elle a fait pour moi !

Maisie regarda du côté de son beau-père qui lui tournait le dos, tout comme si ce dos de Sir Claude devenait maintenant pour elle un monument de la bonté de Madame. Mais le dos de Sir Claude demeurait monumentalement immobile, et le silence permit à l'enfant de demander à leur compagne :

— Est-ce qu'elle vous a vraiment aidée ?

— De la façon la plus efficace. Mrs. Wix s'arrêta de nouveau, avant de proclamer d'une voix sonore : Elle m'a donné un billet de dix livres.

Sir Claude toujours tourné vers la fenêtre, éclata d'un rire bruyant :

— Vous voyez, Maisie, nous n'y avons finalement rien perdu !

— Oh ! non, répondit Maisie. C'est gentil, n'est-ce pas ? Elle sourit à Mrs. Wix. Nous en savons long à ce sujet.

Et comme sa gouvernante montrait un visage aussi pâle d'étonnement que son teint enflammé pouvait le lui permettre, elle continua :

— Elle veut que je vous aie près de moi ?

Mrs. Wix témoigna d'une suprême hésitation, qu'elle surmonta pourtant tandis que Sir Claude tambourinait sur la vitre. Maisie eut l'impression qu'en dépit de ce tambourinage et de son apparente immobilité, son beau-père était singulièrement intéressé par ce qui se passait, et pour ainsi dire à la merci de Mrs. Wix. Et cela confirma on ne sait comment la fillette dans son idée, bien plus qu'une intervention directe de Sir Claude ne l'eût fait.

— Non, elle veut que je vous aie près de *moi,* déclara Mrs. Wix.

Maisie para ce coup droit porté à Sir Claude :

— Mais alors, tout le monde est content !

Tout le monde était content, sans nul doute, le silence persistant de Sir Claude le confirmait assez, tandis que Mrs. Wix se levait de son fauteuil, et, comme pour prendre une attitude plus imposante, se lançait majestueusement devant le feu. L'incongruité de son élégance, la circonférence et la raideur de ses jupes lui donnaient, bien plus qu'à ses deux compagnons, l'air de s'être apprêtée en vue d'un voyage à Paris. Elle aussi considérait fixement le dos de Sir Claude :

— Votre femme était bien différente du souvenir que j'avais d'elle. Elle faisait preuve d'un certain sens des convenances.

— Lesquelles ? En avez-vous gardé une idée bien nette ? demandait Sir Claude.

La repartie de Mrs. Wix fut prompte :

— L'importance pour Maisie d'avoir auprès d'elle une femme bien élevée, quelqu'un qui enfin ne serait pas (comment dire ?) trop mal ! Elle ne veut pas entendre parler d'une simple servante, et je n'hésite pas à vous dire ce qu'elle veut que je fasse. Une chose en tout cas sautait aux yeux : Mrs. Wix avait maintenant toutes les audaces. Elle veut que je vous persuade de renvoyer cette femme qui vient de chez Mrs. Beale.

Maisie attendait le verdict de Sir Claude à ce sujet, puis elle comprit que son beau-père lui aussi demeurait sur l'expectative, et elle apprécia plus que jamais son propre bon sens, en ce moment où elle allait d'elle-même au-devant des responsabilités :

— Oh ! je n'ai pas besoin de Suzanne et de vous à la fois, dit-elle à Mrs. Wix.

Sir Claude, toujours debout devant la fenêtre, approuva :

— C'est bien simple : je vais la ramener.

Mrs. Wix bondit, littéralement, et Maisie remarqua son air inquiet :

— La ramener ? Vous avez l'intention de rentrer rien que pour cela ?

Sir Claude ne répondit pas tout de suite, puis :

— Rien ne m'empêche de vous laisser ici, dit-il.

Maisie s'élança :

— Bien sûr ! Bien sûr !

L'instant d'après, elle se trouvait dans les bras de Mrs. Wix, et cette paire d'amies, debout devant le foyer, les yeux dans les yeux, réfléchissait sérieusement à ce plan. Maisie s'aperçut bientôt qu'elles ne l'envisageaient pas toutes deux de la même façon.

— Elle peut sûrement rentrer toute seule. Pourquoi vous déranger de la sorte ? demanda Mrs. Wix.

— Oh ! c'est une idiote, une incapable. S'il lui arrivait malheur, ce serait très désagréable pour moi ; c'est moi qui l'ai amenée ici, sans demander l'autorisation de sa maîtresse. Si je m'en débarrasse, je dois au moins la remettre exactement où je l'ai prise.

Du regard, Mrs. Wix fit appel à Maisie pour l'aider à combattre semblable folie ; et l'enfant s'étonna de la fermeté sans précédent dont la gouvernante faisait preuve envers Sir Claude :

— Vous êtes vraiment trop obstiné, mon cher Sir Claude ! Payez-lui son passage, et donnez-lui une guinée. Elle a fait un voyage qu'elle n'aurait jamais osé rêver, et cette expérience l'enrichira pour toute la vie. Si elle se détourne en chemin, c'est qu'elle l'aura bien voulu ! En la défrayant de ses dépenses et en lui octroyant une rémunération (oh ! ce que vous voudrez), vous l'aurez traitée avec cette largesse que vous montrez envers tout le monde.

Ce ton était nouveau, aussi nouveau que le chapeau de Mrs. Wix, et il devait frapper une jeune personne à l'ouïe particulièrement sensible aux sous-entendus, surtout en ce moment où des rapports anciens se rétablissaient sur une base toute nouvelle. Maisie commençait à comprendre qu'il devait y avoir entre Sir Claude et Mrs. Wix une fraternité d'armes plus grande encore qu'elle ne l'avait cru. D'autre part, de telles libertés semblaient si injustifiées que, lorsque Sir Claude se tourna enfin vers Mrs. Wix, Maisie crut d'abord au simple mécontentement produit par ces familiarités excessives. Elle n'en fut que plus surprise de voir que rien ne troublait la calme beauté de Sir Claude, non plus que le tranquille intérêt qu'il portait à un sujet bien différent, celui des libertés que Madame elle-même s'était permises.

— Ma femme était seule ?

Même cette question fut posée avec bonne humeur.

— Lorsqu'elle est venue me voir ? Cette fois, Mrs. Wix était vraiment rouge ; la bonne humeur de Sir Claude n'empêchait pas les joues de la dame de s'enflammer pendant un instant d'une rougeur qui semblait le reflet de sa probité sans grâce : Non, il y avait quelqu'un d'autre dans la voiture. La seule circonstance atténuante qu'elle put trouver fut énoncée aussitôt : Mais ils ne sont pas montés.

Sir Claude éclata de rire : Maisie elle-même devinait pourquoi. Il allait et venait, riant toujours, repoussant gaiement d'un coup de pied une bûche déplacée dans la cheminée, et Maisie comprit la drôlerie de ce pluriel mieux encore qu'elle n'avait compris tout le reste. Elle n'aurait guère pu dire si ce fut pour en renforcer ou pour en atténuer l'effet qu'elle opina :

— C'était peut-être sa femme de chambre.

Mrs. Wix lui lança un regard qui désapprouvait cette légèreté de ton.

— Ce n'était pas sa femme de chambre.

— Vous voulez dire qu'il y en avait deux ? demanda Sir Claude, comme s'il n'avait pas bien entendu.

— Deux femmes de chambre ? continua Maisie comme si de rien n'était.

Le reproche des lunettes se fit plus violent, mais Sir Claude l'interrompit par un soudain :

— Voyons ? Que voulez-vous dire ? Et que croyez-vous qu'elle prétende par là ?

Silencieusement, Mrs. Wix lui laissa juger par lui-même qu'une réponse à cette question risquait de le mener plus loin qu'il ne le souhaitait. Ce fut comme si, forte de ce scrupule, elle pesait et mesurait exactement les paroles par lesquelles elle lui répondit enfin :

— Ce qu'elle voulait, c'est me faire entendre que vous êtes définitivement libre. L'apprendre ainsi de sa bouche est une joie à laquelle je ne m'attendais pas ; et ma décision pouvait désormais prendre pour base les assurances très satisfaisantes qu'elle m'en a données. Vous savez certainement que je serais partie, même si elle ne m'avait pas suppliée de le faire ; vous savez ce que nous désirions depuis si longtemps ; et ce que j'ai eu le bonheur de comprendre que nous avions enfin obtenu, lorsqu'elle m'a parlé de sa démarche à Folkestone. C'est votre liberté reconquise qui me met dans mon droit.

Mrs. Wix était toute hérissée de logique.

— Mais je ne vous cache pas que je me réjouis de son attitude.

— Son attitude ? répéta Sir Claude. Mais, ma pauvre amie, son attitude est tout simplement dégoûtante. Par bonheur, nos sympathies réciproques font que rien ne peut nous convenir davantage, mais cela n'empêche qu'une telle attitude ne soit abominable. Elle a flanqué notre petite amie par-dessus bord, tout aussi efficacement que si elle l'avait laissée dégringoler, en dépit de ses pleurs et de ses supplications, par la fenêtre du deuxième étage, droit sur le pavé !

Maisie considérait cette discussion d'un œil calme :

— Oh ! mais votre petite amie ne pleure ni ne supplie, Sir Claude.

Il la regarda l'espace d'un instant :

— Elle ne le fait jamais, ce qui s'appelle jamais, et c'est une des raisons (une entre mille, mais l'une des plus charmantes), que nous avons de l'aimer. Et il continua, s'adressant à Mrs. Wix : Mais que je meure si je comprends ce que manigance Ida, ni quel jeu elle se mêle de jouer en revenant demander votre aide avec cette sacrée impudence, après vous avoir traitée d'une aussi fichue manière. Quel profit, — puisqu'il faut lui chercher une explication — croyez-vous qu'elle imagine pouvoir tirer de nous au moment où nous nous y attendons le moins ?

— Elle ne s'imagine rien, et elle ne veut tirer de nous aucun profit. Cette sacrée impudence, pour parler comme vous le faites, est encore ce que j'ai vu de mieux en elle. Je me moque pas mal de la fichue manière dont elle m'a traitée. Je lui pardonne, et de grand cœur !

Mrs. Wix élevait la voix comme elle ne l'avait jamais fait jusqu'ici, avec une logique presque triomphante.

— Je la comprends ! Je peux quasiment dire que je l'admire ! fit-elle d'un ton vibrant.

Elle parlait comme si cette simple affirmation eût dû suffire, mais par condescendance pour des entendements plus lents, elle daigna pourtant s'expliquer.

— Comme je vous l'ai dit, elle était différente ce

jour-là ; parole d'honneur, je l'aurais à peine reconnue ; elle avait des lueurs, un instinct qui la guidait. C'était une bonne inspiration, enfin, et si vous me dites que vous ne l'en auriez jamais crue capable, je ne puis que vous donner raison. Mais elle l'a eue, cette inspiration ! Voilà !

Maisie devait reconnaître que ce plaidoyer n'était pas sans quelque grossière, et d'autant plus exaspérante vérité, mais ce n'était pas la première fois qu'elle se trompait en s'attendant à voir Sir Claude manifester du mécontentement, et au lieu de s'écrier : « Allez tous au diable ! » comme son père l'eût fait, elle le vit chercher refuge dans une question au moins imprévue.

— Qui est-ce, maintenant, croyez-vous ?

Mrs. Wix s'efforça de faire preuve d'une digne ignorance :

— De qui parlez-vous, Sir Claude ?

— De l'homme qui lui paie ses fiacres. Qui est-ce qui l'attendait dans la voiture devant la porte ?

Elle fut si lente à répondre à cette question, posée sur un ton de défi, que sa jeune amie apitoyée crut devoir lui venir en aide :

— Ce n'était pas le capitaine, dit Maisie.

Mais cette bonne intention n'eut d'autres résultats que de troubler davantage encore l'excellente dame dont les scrupules se convertirent en stupeur ; et, comme de juste, Sir Claude éclata de rire. Mrs. Wix lui demanda d'un air presque suppliant :

— Dois-je vraiment le dire ?

Il persistait à s'amuser beaucoup :

— Vous a-t-elle fait promettre de n'en rien faire ?

Mrs. Wix le regarda plus fixement que jamais :

— J'entends, devant Maisie.

Sir Claude rit de nouveau :

— Pourquoi ? Elle ne peut pas lui faire de mal !

Maisie elle-même se sentit gagnée par cette douce gaieté :

— Mais non, je ne peux pas lui faire de mal !

De nouveau les lunettes la considérèrent de très haut ; puis, on les eût dites fêlées par l'explosion de la franchise de leur propriétaire ; au milieu des éclats de verre partout épars, Mrs Wix produisit un nom :

— Mr. Tischbein.

Il y eut une pause à laquelle l'influence de Sir Claude, et le regard réciproque que se jetèrent le beau-père et l'enfant prêtaient un air de gravité.

— Nous ne connaissons par Mr. Tischbein, n'est-ce pas, ma chérie ?

Maisie examina la question avec tout le sérieux requis :

— Non, je ne sais pas qui est Mr. Tischbein.

Cet incident irrita visiblement leur amie :

— Vous m'excuserez, Sir Claude, dit-elle avec une vraie sévérité, si je remercie Dieu en votre présence qu'Il m'ait permis dans sa bonté (je veux dire dans sa bonté envers notre petite protégée), de réussir dans mon entreprise.

Elle eut un long et douloureux soupir :

— Il n'était que temps !

Et, comme pour mieux souligner la morale de tout cela :

— Je viens de dire que je comprends votre femme... Je viens de dire que je la respecte. Je ne retire pas ce que j'ai dit : je l'ai comprise et respectée quand je me suis aperçue que Madame elle-même, la pauvre ! voyait ce qu'il en était. Si vous voulez que je mette les points sur les i, les voilà ! Si malgré tout elle a eu recours à moi, c'est que je suis enfin, enfin, quelqu'un de propre, conclut-elle en balbutiant. Elle voyait bien que sa fille devait avoir au moins *une* personne convenable auprès d'elle...

Maisie eut immédiatement un petit soubresaut, en comprenant que Mrs. Wix paraissait impliquer ainsi que Sir Claude n'était pas quelqu'un de propre. Toutefois, l'instant d'après, elle devina plus exactement contre qui cette accusation était secrètement dirigée. Elle n'en fut que plus surprise de voir Sir Claude accepter le pis avec la plus parfaite simplicité :

— Si elle tient tant que cela à confier Maisie à des gens convenables, pourquoi me l'a-t-elle donnée ? Vous me croyez quelqu'un de très mal, et je dois rendre à Ida cette justice qu'elle l'a toujours pensé. Je crois que je suis aussi mal que quiconque, et rien dans ma conduite ne justifie l'ignoble abandon où ma femme laisse son enfant !

— Ne parlez pas de votre conduite ! s'écria Mrs. Wix. Ne dites pas ces horribles choses ; c'est faux ; c'est mal, et je vous le défends. C'est pour que vous restiez quelqu'un de convenable que je suis ici, et que j'ai fait tout ce que j'ai fait... C'est pour vous sauver, je ne dis pas de vous-même, car vous êtes la noblesse et la vertu personnifiées ! C'est pour vous sauver d'une personne vraiment pire que tout ! Mais je ne suis pas venue ici pour craindre de parler d'elle ! C'est cette personne que Madame voudrait voir remplacée même par quelqu'un d'aussi médiocre que moi, et si elle se considère comme indigne de veiller sur Maisie, elle ne va pas, comme bien vous le pensez, se retirer pour laisser la place à Mrs. Beale !

Maisie observait l'effet produit sur Sir Claude par cette sortie, sans rien constater qu'un peu de pâleur. Cette pâleur lui donnait pourtant un drôle d'air, comme eût dit Suzanne Ash, et de ce drôle d'air un sourire très appuyé faisait peut-être partie.

— Vous êtres trop dure pour Mrs. Beale. Elle n'est pas sans grandes qualités.

Au lieu de répondre tout de suite, Mrs. Wix fit ce que venait de faire Sir Claude : elle s'approcha de la fenêtre et contempla pendant quelque temps le spectacle de l'orage. Pour Maisie ce fut un courte pause pleine du bruit de la pluie et du vent. En dépit de la tempête, Sir Claude parut chercher autour de lui son chapeau, que Maisie fut la première à découvrir ; elle bondit aussitôt, et le lui apporta. Il le prit, avec sur son visage une sorte de lueur de gratitude ; mais l'enfant continuait à tenir le chapeau par le bord, et, rapprochés ainsi l'un de l'autre, ils demeurèrent quelques instants à se regarder dans les yeux. Puis Mrs. Wix s'était retournée :

— Osez-vous dire, demanda-t-elle, que vous allez rentrer là-bas ?

— Chez Mrs. Beale ?

Maisie lâcha le bord du chapeau, et il y eut pour elle quelque chose de touchant dans la façon embarrassée, presque honteuse, avec laquelle son grand ami se mit machinalement à le faire tourner entre ses mains. Elle avait remarqué ce même geste chez des gens qui, elle en était sûre, n'avaient rien d'autre en commun avec Sir Claude.

— Je ne pourrais vous le dire, ma chère. Nous verrons ; nous en reparlerons demain. En attendant, je vais prendre l'air.

Mrs. Wix, le dos tourné à la fenêtre, rejeta la tête très en arrière, et ce geste parut retenir un instant Sir Claude :

— Tout l'air du monde, Sir Claude, ne vous donnera pas le courage de nier que vous avez tout simplement peur d'elle !

Cette fois, il faisait vraiment une drôle de figure ! Maisie n'avait pas besoin du vocabulaire de Suzanne pour la définir. Elle aurait bien trouvé cette épithète d'elle-même, en le voyant ainsi, la main sur le bouton de la porte, tourner alternativement ses regards de sa belle-fille à la gouvernante de celle-ci. Pendant l'instant si court où ils se reposèrent sur Maisie, ces yeux pourtant semblèrent lui confier quelque chose, et tenter une explication. Les lèvres en tout cas n'expliquaient rien ; elles se contentèrent de capituler devant Mrs. Wix :

— Oui, j'ai peur d'elle, tout simplement !

Il ouvrit la porte et sortit.

Alors, Maisie se souvint qu'il lui avait jadis avoué la peur que lui inspirait Madame. Mrs Beale était donc la seconde femme en présence de qui cette vertu qui semble si particulièrement l'apanage des messieurs avait fait défaut à Sir Claude. Elles étaient même trois, si l'on comptait aussi Mrs. Wix, en face de qui tout courage lui avait indubitablement manqué. Eh bien, cette faiblesse n'était pour Maisie qu'une nouvelle raison de l'aimer. Pour sympathiser avec lui, l'enfant n'avait qu'à se souvenir de toutes les dames dont, selon ses propres mots, elle avait eu la frousse.

## XXIV

Il continuait à pleuvoir si fort que notre héroïne, rêvant d'expliquer le continent à sa visiteuse, devait prévoir aussi une méthode pour rendre compte du mauvais temps. A la table d'hôte, ce soir-là, Maisie fut éblouissante ; c'était la seconde cérémonie de ce genre à laquelle elle assistait, et c'eût été faire fi de ce privilège et déshonorer son vocabulaire (qui consistait principalement en noms de mets) que de ne pas répandre autour d'elle ses lumineuses interprétations. Préoccupée et stupéfaite, Mrs. Wix n'avait pas à ce moment toute sa lucidité d'esprit : elle accepta la version que son élève lui offrait des mystères du menu, d'une manière qui eût pu frapper l'enfant comme témoignant d'une crédulité moins affamée qu'inépuisable. Il se passa peu de temps toutefois (bien que ceci n'eût lieu qu'à l'heure du coucher), avant que Maisie eût à faire face à des explications d'un autre genre, et pour lesquelles tout son discernement ne fut pas de trop. Maisie et Mrs. Wix remontèrent ensemble dans leur petit salon particulier, tandis que Sir Claude, qui avait annoncé qu'il les y rejoindrait plus tard, restait en bas à fumer et à causer avec ces vieux amis qu'il rencontrait partout où il allait. Il avait proposé à ses deux compagnes de prendre le café au salon de lecture, mais Mrs Wix avait répliqué promptement et non sans dignité que leurs propres appartements, à ce qui lui semblait, offraient tout le confort possible. Au jugé de Maisie, ils prouvaient surtout à Mrs. Wix l'agrément de pouvoir prononcer cette phrase assez imposante qu'elle énonça comme si elle s'efforçait déjà de rivaliser avec son élève, en donnant l'impression que sa vie tout entière s'était passée sous des lambris dorés ; ils lui offraient en outre le réconfort d'un raide canapé français sur lequel elle pouvait s'asseoir et contempler fixement la faible lumière de la lampe française, et s'en servir en quelque sorte pour mesurer le temps que Sir Claude laissait si délibérément passer avant de les rejoindre, à défaut d'une pendule française aussi qui se trouvait arrêtée. L'expression du visage de Mrs. Wix accusait si visiblement Sir Claude de traînasser en bas hors de sa portée, que Maisie essaya de divertir sa gouvernante par le récit de l'accueil bizarre que Suzanne avait fait au récit de leur conversation d'après déjeuner. Par gentillesse, Maisie avait raconté à sa bonne le plan élaboré pour son retour, mais l'hostilité de Suzanne pour le genre de vie qu'on menait à l'étranger ne fit, semblait-il, que lui inspirer à l'énoncé de cette nouvelle une désolation plus profonde encore ; de sorte qu'entre les efforts de Mrs. Wix pour renvoyer Suzanne, et la décision prise par Suzanne de se défendre de pied ferme, l'enfant avait plus que jamais le sentiment de jouer entre les deux parties un rôle d'intermédiaire pacifique.

Ces talents, du reste, ne réussirent cette fois qu'à maintenir présente à l'esprit de Mrs. Wix l'image du pervers entêtement de Sir Claude, latente durant chacune des pauses de la conversation ; et Sir Claude lui-même, après un retard dont il était impossible de ne pas s'apercevoir, renforça plus que jamais cette image lorsqu'il se précipita dans la chambre (il était près de dix heures) en brandissant quelque chose. Maisie sut ce que c'était avant même qu'il eût parlé ; elle devinait en tout cas, guidée par l'obscure perception que tout ce qui s'était passé depuis sa rencontre avec son père, le jour de l'Exposition, n'avait en rien relevé le prestige de celui-ci, que ce nouvel incident signifiait un triomphe pour Mrs. Beale. Le seul aspect de Sir Claude suffit pour lui permettre de laisser filer la sonde à travers les souvenirs qu'elle avait gardés de Mr. Farange, et d'atteindre ainsi à des profondeurs situés bien loin de la sécurité de ces jours d'exil. Ces souvenirs, elle les avait recouverts d'un voile de silence dont elle avait plus tard emprunté une partie pour recouvrir aussi, dès la réapparition de Sir Claude, l'image de la femme de Mr. Farange. Mais, puisque l'objet brandi de la sorte par la main de Sir Claude se trouvait être une lettre, il semblait suffire de ce geste pour déchirer de nouveau le voile cachant Mrs. Beale. « Nous y voilà ! » s'écria-t-il du seuil de la porte, en agitant son trophée, et en promenant ses regards de l'une à l'autre. Puis, il alla droit à Mrs. Wix ; il avait sorti deux feuilles de papier de l'enveloppe, et y jeta un nouveau coup d'œil afin de distinguer entre elles. Il jeta à Mrs. Wix une des deux lettres déployées : « Lisez-moi ça ! » Elle le regardait fixement ; il était impossible de ne pas se rendre compte qu'il était surexcité. Puis, Mrs Wix prit la lettre, mais ce ne fut pas son visage que Maisie observa pendant qu'elle lisait. Sir Claude, du reste, ne l'examinait pas non plus ; debout devant le feu, et plus calme maintenant qu'il venait d'agir, il demeurait près de sa belle-fille, en silencieux accord.

D'ailleurs, ce silence fut vite rompu ; Mrs Wix se leva, et ce mouvement fut aussi violent que l'exclamation qu'elle laissa échapper ; les lettres lui étaient tombées des mains, et reposaient éparses sur le sol ; elle était devenue affreusement pâle, et pouvait à peine parler :

— C'est abominable ! C'est une honte ! s'écria-t-elle.

— C'est charmant, n'est-ce pas ? fit Sir Claude. Elle vient de me l'adresser dans une de ses lettres à elle. Elle me l'envoie en me faisant remarquer que tout commentaire est superflu. Je crois qu'elle a raison. Et c'est tout ce qu'on peut en dire.

— Elle ne devrait pas laisser circuler une horreur pareille, dit Mrs. Wix. Elle aurait dû la jeter au feu.

— Ma pauvre amie, elle n'est pas si bête ! C'est un document trop précieux. Il ramassa la lettre, et lui jeta un complaisant coup d'œil. Son visage parut s'éclairer. Un document pareil, déclara-t-il, et il baissa légèrement la voix, c'est enfin une base !

— Une base pour quoi ?

— Eh bien, pour engager une action.

— Elle ? Mrs. Wix parlait d'un ton railleur : Et comment voulez-vous qu'elle l'engage ?

Sir Claude parut y réfléchir :

— Comment peut-elle se débarrasser de lui ? En somme, elle en *est* débarrassée.

— Pas légalement.

Maisie n'avait jamais eu à ce point l'impression que sa gouvernante savait ce dont elle parlait.

— Sans doute ! dit Sir Claude en riant. Mais pas plus que moi, elle n'est maintenant désarmée !

— Vous voulez dire qu'elle peut obtenir un divorce ? C'est justement parce que vous ne le pouvez pas que votre liaison avec elle est un scandale. Et c'est parce qu'elle ne le peut pas que sa liaison avec vous en est un autre ! C'est là tout ce que je prétends, et je n'en démordrai pas, conclut-elle avec un hennissement de bataille inouï jusqu'à ce jour. Oh ! oui, elle savait ce dont elle parlait !

Entre-temps, Maisie avait adressé à Sir Claude un appel muet, et celui-ci jugea plus facile de répondre à son silence qu'aux paroles de Mrs. Wix.

— C'est une lettre de votre père à Mrs. Beale, ma chérie, elle est écrite de Spa, et rend la rupture entre eux parfaitement inévitable. Cette lettre lui fait connaître, et dans des termes fort peu élégants, qu'il est décidé à déserter son foyer, comme on dit (c'est le terme légal), et met fin pour toujours à leurs rapports.

Il parcourut de nouveau ce document, et parut enfin prendre un parti.

— Après tout, cette lettre, Maisie, vous touche de si près, et fait si particulièrement allusion à vous, que je crois vraiment devoir vous la faire lire, pour que vous vous rendiez compte de la situation nouvelle qui vous est créée. Et il lui tendit la lettre.

Mais Mrs. Wix bondit et s'en empara, trop tôt pour que Maisie ait eu le temps de s'apercevoir qu'au fond elle avait plutôt peur de ce bout de papier. Mrs. Wix le cacha immédiatement derrière son dos, et fixa sur Sir Claude un ferme regard :

— Qu'elle la lise, malheureux que vous êtes ? Vous voulez faire lire une pareille horreur à cette enfant innocente ? Vous êtes fou, je pense, et je vous promets qu'elle n'y jettera pas les yeux tant que je serai là pour l'en empêcher.

La véhémence de ce geste fit rougir Sir Claude ; il avait même l'air un peu ridicule.

— Vous pensez que c'est par trop affreux, n'est-ce pas ? Mais c'est justement pour cela que je crois que cela pourrait lui servir de leçon.

Maisie rendait trop bien justice à l'excellence de cet argument pour ne pas intervenir tout de suite dans la discussion.

— Je vous assure que je me rends compte combien c'est affreux !

Elle eut une idée, la garda d'abord pour elle, puis se décida à dire :

— Je sais ce qu'il y a dans cette lettre !

Comme de juste, tandis que Mrs. Wix gémissait : « Bonté du Ciel ! » il éclata de rire et lui répliqua :

— Eh bien, mon garçon, vous ne diriez précisément rien de pareil si vous saviez vraiment ce qu'il y a dans cette lettre. Mais ce que j'affirme, continua-t-il en s'adressant à Mrs. Wix avec une aisance retrouvée, c'est tout simplement que cette lettre rend sa liberté à Mrs. Beale.

Elle n'hésita qu'un instant :

— La liberté de vivre avec vous ?

— La liberté de ne pas vivre, de ne pas faire semblant de vivre avec son mari.

— Ah ! ce sont deux choses bien différentes !

Et dans son zèle en faveur de cette vérité, elle ne put s'empêcher, avec un beau manque de logique, d'en appeler du regard au jugement de l'enfant.

Avant que Maisie ait pu se commettre à ce sujet, Sir Claude se substitua pour ainsi dire à elle, et se tint debout devant la visiteuse avec une expression à demi persuasive, à demi désolée, tout en se frottant la nuque de la main :

— Du diable alors si je comprends pourquoi vous prétendez (et, si j'ose le dire, avec joie) que je suis libre, moi, depuis que ma chère épouse m'a abandonné ?

Mrs. Wix ne répondit d'abord que par le silence à cette espèce de défi, et ensuite, par une attitude extraordinaire, inattendue. Maisie put à peine en croire ses yeux quand elle vit la bonne dame, qu'elle n'avait jamais soupçonnée d'aucune coquetterie, donner pour de bon à Sir Claude une tendre petite tape amicale, accompagnée d'une grimace et d'un léger rire :

— Petite canaille ! Vous savez pourquoi !

Et elle lui tourna le dos.

Maisie se souvint toujours du visage de Sir Claude à ce moment-là ; il était l'emblème de la stupéfaction ; mais l'enfant et son ami n'eurent pas le temps de se communiquer leur gaieté ou leurs alarmes, et déjà leur mentor s'était de nouveau rapproché d'eux. Elle montrait, désormais, une étonnante versatilité, et un nouveau changement de ton vint les suprendre :

— M'avez-vous apporté cette lettre comme un prétexte pour rentrer là-bas ?

Sir Claude prit son courage à deux mains :

— Après avoir reçu de telles nouvelles, il serait indécent de ma part de n'y pas retourner. Comprenez-moi bien ; j'entends par là que ce serait un grave manquement à la politesse et à la plus simple humanité. Chère amie, on ne lâche pas une femme de cette façon, surtout au moment où elle se trouve le plus exposée aux insultes et aux mauvais traitements. Il faut pourtant se conduire en honnête homme, que diable ! ma bonne Mrs. Wix...

Vous savez bien que nous ne sommes pas partis pour de bon, nous deux : nous avons tout au plus voulu essayer nos ailes, prendre un petit congé de quelques jours pour prouver à tous ceux qui s'intéressent à nos faits et gestes que nous sommes capables d'agir comme il nous plaît, vous comprenez ? Et c'est bien pour cela que nous n'avons pas à faire tant de simagrées... Je veux dire, enfin, que nous n'avons pas à avoir tellement peur...

Il argumentait avec vivacité, presque avec véhémence, et Maisie, qui n'avait pas laissé échapper la moindre de ses paroles, n'en fut que plus prête à boire littéralement les quelques mots qu'il lui adressa par la suite :

— N'est-ce pas, ma vieille, que nous ne sommes pas venus ici pour nous installer tout de bon et prendre une décision immédiate ? Et il s'arrêta, attendant une réponse.

Maisie s'était toujours crue capable d'actes héroïques, si c'était au profit de Sir Claude. « Oh ! bien sûr que non ! » On eût dit que cette seule idée suffisait à l'indigner. « Nous sommes venus ici comme par hasard. » Elle eut une soudaine inspiration, qu'elle confirma d'un sourire. « Nous sommes venus ici voir ce que nos moyens nous permettent de faire. » De sa vie, Maisie n'avait jamais rien demandé pour elle-même, mais franchement, cette fois, elle espérait que ce qu'elle faisait lui serait compté. D'ailleurs — et bien qu'elle eût peur de le regarder, peur de lui montrer des yeux pleins de larmes, — elle sentait que Sir Claude lui en savait gré. Elle regarda Mrs. Wix, et, allant jusqu'au bout du courage :

— Je crois que ce ne serait pas bien de ma part d'être méchante envers Mrs. Beale.

Elle entendit alors Sir Claude pousser un doux soupir, une espèce de parole profonde et inarticulée, mais Mrs. Wix ne se fit pas scrupule de laisser voir des larmes.

— Pensez-vous que ce soit bien de votre part d'être méchante envers moi ?

La question était d'autant plus déconcertante que l'émoi où se trouvait Mrs. Wix ne l'empêchait pas de rechercher le maximum d'effet.

— Si vous revoyez cette femme, vous êtes perdu ! déclara-t-elle à leur compagnon.

Sir Claude contemplait le globe lunaire de la lampe ; il avait l'air de réfléchir à cette entrevue avec Mrs. Beale, et ce furent sans doute les images évoquées qui lui donnèrent la force de répondre :

— Après ce qui vient de se produire, sa situation se trouve complètement modifiée, et il est inutile d'essayer de me prouver que je n'en dois pas tenir compte.

— Si vous voyez cette femme, vous êtes perdu ! répéta Mrs. Wix avec plus d'énergie que jamais.

— Vous croyez qu'elle ne me laissera pas vous rejoindre ? Chère madame, je vous laisse toutes deux ici comme des espèces d'otages, et je vous donne ma parole d'honneur que je serai de retour au plus tard samedi. Je vous laisse de l'argent ; je vous laisse installées dans ces chambres, qui sont des plus agréables ; je donne l'ordre aux gens d'ici de vous entourer de tous les soins, et d'obéir à tous vos caprices. Après cet orage, le soleil va reparaître ; il fera un temps délicieux, sans aucun doute. Vous serez toutes deux libres comme l'air ; rien ne vous empêche de flâner ici à votre aise et de vous amuser à cœur joie. Vous aurez une voiture à vos ordres ; la maison entière sera à votre disposition. C'est une situation magnifique.

Il s'arrêta, regardant tour à tour Maisie et Mrs. Wix pour juger de l'impression produite. Et, qu'elle fût ou non telle qu'il la souhaitait, il crut du moins prudent d'ajouter presque aussitôt :

— Et vous aurez surtout la bonté de ne pas faire d'histoires.

Certes, Maisie ne pouvait répondre que de ses réactions à elle, bien que la rigidité de Mrs. Wix parût elle aussi se changer en coupable faiblesse. Maisie avait ses expressions à elle pour qualifier, et l'effet d'un tel discours, et le charme qu'y répandait l'exquise sincérité de Sir Claude, mais toute ravie encore par ce charme, elle entendit le mot qu'elle tenait prêt sortir des lèvres de Mrs. Wix, comme si la bonne dame avait voulu s'en emparer avant elle, et le fouler aux pieds comme une fleur.

— Vous êtes affreux ! Vous êtes terrible ! Et vous savez trop bien ce que cela signifie pour moi, d'être traitée comme par un prince !

Et certes, il avait l'air d'un prince, et il s'exprimait en prince, et Maisie en ce moment ne pouvait que l'adorer d'être tel. Et pourtant, chose étrange, tandis que Mrs. Wix continuait de parler, Maisie sentit s'éveiller en elle un écho correspondant à celui qu'elle-même venait de produire chez la bonne dame :

— Vous devez avoir joliment envie de la rejoindre, pour parler comme vous le faites, et vous montrer prêt à combler de la sorte de pauvres créatures comme Maisie et moi ! Elle vous tient ! Et vous le savez, et vous voulez vous sentir une fois de plus en son pouvoir, et Dieu sait (ou du moins je sais), pourquoi vous le désirez ainsi, pourquoi vous voulez en jouir une fois de plus, et vous y abandonner. Peu vous importe qu'il ne s'agisse que d'un jour, ou de trois jours au plus : de tels instants peuvent valoir une éternité, et vous êtes résolu à payer ce qu'il faudra pour le bon temps que vous aurez près d'elle ! Je le vois bien : vous voulez me faire croire que vous paierez en la persuadant de renoncer à vous ; mais dans ce genre d'affaires, je vous conseille de ne pas payer d'avance ! Lâchez-la, d'abord ! Et puis, payez ensuite le prix qu'il vous plaira...

Sir Claude l'écouta jusqu'au bout sans l'interrompre, bien que certaines des paroles de Mrs. Wix le fissent rougir, lui donnant l'air plus scandalisé que Maisie n'avait encore eu l'occasion de le voir. Il lui sembla, chose assez bizarre, que c'était bien la première fois qu'elle voyait quelqu'un autre que Mrs. Wix choqué pour de bon, et ceci la persuada davantage que Mrs. Wix allait leur donner plus de fil à retordre qu'on n'aurait cru. Sans doute, depuis bien longtemps, Mrs. Wix « tenait » Sir Claude, comme elle l'aurait dit, bien que tout autrement que Mrs. Beale et que jadis Madame l'avaient fait. Mais Maisie se rendait compte que Sir Claude ne s'était pas attendu à la voir ainsi abuser de ses avantages. Et Mrs. Wix n'en avait sans doute pas encore assez abusé à son idée, car elle allait immédiatement continuer de plus belle. Ce fut même le seul effet de la déclaration suivante, que Sir Claude fit sur un ton un peu sec, bien qu'avec tant de bonté que ce fut sa patience surtout qui frappa Maisie sur le moment :

— Chère amie, c'est là une affaire où je dois tout simplement décider par moi-même. Vous avez souvent pris des décisions à ma place, je le sais, durant ces dernier temps, et je vous assure que je vous en garde une reconnaissance éternelle. Mais vous ne pouvez pas toujours le faire ; personne, comprenez-moi bien, ne peut sans cesse décider pour autrui, ni dans tous les cas. Il y a des exceptions, des circonstances particulières qui surviennent et qui sont parfois des plus délicates. Ce serait trop commode de vous charger ainsi du poids de toutes mes décisions ; ce serait faire peser sur vous des responsabilités que j'aurais honte de vous faire porter. Vous verrez, j'en suis sûr, que vous n'en aurez déjà que trop, si vous voulez bien accepter la situation telle qu'elle s'offre, et rester ici avec notre petite amie jusqu'à mon retour, en vous laissant environner de tout l'agrément et le confort possibles, et, s'il m'est permis de vous le dire à tous deux, en mettant en moi toute votre confiance.

Oh ! oui, il s'exprimait vraiment en prince, on s'en apercevait davantage à chacune de ses paroles, et à sa façon même de les prononcer. Maisie sentait sa gouvernante se raidir presque anxieusement contre ce charme sans cesse plus fort, et enfin, dans un dernier effort désespéré, s'abandonner au rabâchage violent et inutile d'une protestation toujours la même :

— Vous avez peur d'elle. Vous avez peur, vous avez peur ! Oh ! mon Dieu, mon Dieu !

Mrs. Wix eut un gémissement aigu, qui se brisa en un long sanglot de désespoir et de douleur. L'instant d'après, elle se jeta de nouveau sur le maigre sofa et fondit en larmes.

Sir Claude resta un instant à la regarder ; il secouait lentement, presque tendrement la tête :

— Je vous l'ai déjà avoué, j'ai mortellement peur. Mieux vaut ne pas revenir sur ce sujet. Je crois que vous feriez bien d'aller vous coucher, continua-t-il, vous avez eu une journée terriblement fatigante, et je suis sûr que vous êtes toutes deux à bout de forces. Je ne m'attends pas que vous vous dérangiez demain pour moi. Un bateau part de bonne heure, j'aurai plié bagage avant votre réveil, et j'aurai de plus négocié directement, et de façon satisfaisante, je puis vous l'assurer, avec l'altière Miss Ash, qui n'est tout de même pas complètement intraitable ! Il se tourna vers sa belle-fille comme pour lui dire au revoir, et lui prouver en même temps combien ils demeuraient unis, en dépit de toute cette atmosphère irritante et tendue dont il ne lui appartenait pas de s'inquiéter.

— Maisie, mon garçon ! Et il lui tendit les bras.

Elle s'y jeta avec sa coupable légèreté habituelle, et tout en acceptant ses baisers, choisit pour lui plaire la douce méthode du silence, ce silence, qui, après ces bataillles de mots, était le baume le plus doux qu'elle pût offrir à ses blessures. Leur étreinte fut assez longue pour leur permettre de se renouveler l'un à l'autre leurs promesses, jusqu'à ce qu'enfin Mrs. Wix, se dressant de nouveau, les eût séparés presque de force.

Son élan, soit par un suprême accès de courage, soit par un final aveu de faiblesse, devait s'achever par d'humiliantes supplications :

— Je vous implore de ne pas prendre un parti si fatal, si épouvantable ! Je ne la connais que trop, même si vous me riez au nez quand je l'affirme ! C'est vrai : je l'ai à peine aperçue, mais je la connais ! Je sais ce qu'elle va faire : je la vois d'ici. C'est le Ciel qui vous inspire la peur que vous avez d'elle ! Au nom de Dieu, ne craignez pas d'avouer cette peur, de la tourner à votre profit, de vous mettre ainsi en sûreté. Je n'ai pas peur d'elle, moi, je vous assure : vous avez déjà pu voir par vous-même que je n'ai plus peur de rien, maintenant ! Laissez-moi y retourner, et j'en finirai avec elle, et j'emmènerai Suzanne sans que personne touche un cheveu de sa tête ! Donnez-moi deux ou trois jours, et je vous réglerai tout ça ! Vous resterez ici avec Maisie, avec la voiture, et les amusements, et le luxe ; et puis je reviens auprès de vous, et nous partons ensemble, nous vivons ensemble, et sans un nuage au ciel. Prenez-moi, prenez-moi ! répéta-t-elle, emportée par le flot de son éloquence. Me voilà ! Je sais ce que je suis, et je sais ce que je ne suis pas ! Mais je vous le dis hardiment à tous deux, je vous serai plus utile, et de loin ! qu'elle n'essaiera jamais de l'être ! Je vous le dis en face, Sir Claude, bien que je vous doive la robe que j'ai sur le dos et les souliers que j'ai aux pieds ; je vous dois tout : c'est justement la raison — et vous payer au centuple, n'est-ce pas là mon plus cher désir ? Me voilà ! Me voilà ! Et elle étendit les bras dans un geste qui, combiné avec l'ardeur de son langage et les ornements de sa personne, semblait la désigner pour d'étranges offices et de bizarres dévouements, pour des compensations et des substitutions ridicules. Elle manipulait sa robe tout en parlant ; elle insistait sur chaque article de sa dette.

— Je n'ai rien à moi, je sais, ni argent, ni vêtements, ni élégance, non, rien, rien que mon petit grain de vérité, qui est la seule chose que je puisse vous offrir ; et c'est que vous êtes pour moi plus que le monde entier, et que si vous me permettez de vous aider, de vous sauver, de vous servir enfin comme vous le voulez, et de la seule façon possible, eh bien, je m'échinerai pour vous jusqu'à la mort !

Sir Claude hésitait, sans trouver de réponse à ce

magnifique plaidoyer ; cette réponse, il la cherchait visiblement, et non sans agitation et sans douleur. Mais ses yeux inquiets errèrent vainement à sa recherche, jusqu'à ce qu'ils finissent par rencontrer le regard plus que filial de son intelligente petite protégée, sans cesse et tendrement tourné vers lui. Ce regard lui ouvrait une issue, pauvre mâle docile et malléable qu'il était ! Certes, Maisie n'était qu'une enfant, mais elle appartenait au sexe qui pouvait lui venir en aide dans cette conjonture. C'est ce dont il fit l'aveu, en lui ouvrant une fois de plus ses bras tout grands. Elle s'y jeta de nouveau, et derechef ils causèrent à voix basse :

— Soyez gentille, pour elle, soyez gentille pour elle, dit-il enfin distinctement, soyez encore plus gentille pour elle que vous l'avez été pour moi...

Et, sans accorder un autre regard à Mrs. Wix, il réussit à quitter la chambre, laissant Maisie un peu oppressée par ces dernières paroles, comme aussi par l'idée qu'il venait une fois de plus de déserter le champ de bataille.

## XXV

TOUTES les promesses de Sir Claude se réalisèrent si parfaitement qu'il était en somme raisonnable d'en espérer autant quant aux assurances qu'il avait presque faites pour l'avenir. Maisie et Mrs. Wix eurent la preuve que tous ses engagements avaient été tenus, même celui de réduire Miss Ash à la raison. Réveillée à l'aube de ce jour d'été, et véhémentement embrassée par cette touchante exilée, Maisie retomba sur son lit, pleine d'une admiration plus grande que jamais pour les méthodes de Sir Claude. Un peu plus tard, en se levant pour s'habiller, elle trouva sur le tapis un brillant échantillon de ces mêmes méthodes, sous la forme d'une pièce de six sous tombée des poches généreusement remplies de Suzanne. Durant les quarante-huit heures qui suivirent les pièces de six sous abondèrent d'ailleurs dans sa vie ; et Maisie se plaisait à calculer quelle pile de piécettes pouvait bien représenter pareille période d' « amusements ». Maisie vit bientôt que leur nombre ne se trouvait pas réduit par le dépit que Mrs. Wix eût pu ressentir du départ de Sir Claude, et qui eût pu la pousser à refuser sa part des plaisirs qu'il leur avait préparés avec tant de munificence. Du reste, il était impossible d'y échapper, à ces plaisirs ; et, comme le disait la bonne dame, c'eût été ridicule d'aller à pied quand un attelage piaffant vous attendait à la porte. Tout piaffait autour d'elles ; les garçons eux-mêmes en présentant les plats, dont Mrs. Wix, témoignant ainsi une fois de plus qu'il était inutile de s'obstiner dans une attitude de refus, se servait si largement que Maisie y voyait une preuve de son appétit au moins autant que sa logique. Cette fringale expliquait bien des choses à sa petite compagne, et rendait compte de l'état général de Mrs. Wix non moins que de celui qui se trouvait dû à ces circonstances particulières. Elle avait à rattraper bien des dîners manqués, et il était émouvant de penser que la flamme du sens moral avait brûlé chez elle si haut et clair devant ces temps de famine. C'était pour échapper à son présent état de découragement qu'elle participait aux festins offerts, mais la chance qui lui permettait d'y prendre part était précisément l'un des sinistres symptômes qui venaient la décourager. Somme toute, l'affaire se transformait en lutte entre son refus de se laisser acheter, et son consentement à se laisser habiller et nourrir, et, dans cette lutte, l'élément le plus bas triomphait. D'ailleurs, impossible de nier que ce séjour en France ne fût une consolation pour elle ; consolation si grande qu'elle permettait également à Maisie de laisser son instinct faire confiance à l'avenir, et d'écarter tout pressentiment de danger. C'était au fond le meilleur moyen de tenir la promesse « d'être gentille », qu'elle avait faite à Sir Claude. C'était aussi le meilleur moyen que pouvait offrir la vie à l'étranger, en regardant, pour ainsi dire, par-dessus la tête du Doute.

Ils se dissipèrent enfin, tous ces doutes, lorsque le mauvais temps cessa ; l'effet sur elle fut immense, et le soleil finit par briller aussi clair que Sir Claude l'avait promis. C'était comme s'il avait été dans le secret des dieux, et la joie de vivre prit si bien possession des deux amies, que peu à peu un souffle d'espérance traversa de nouveau l'atmosphère, et envahit toute la scène. C'était magnifique de se promener le long des falaises, mais plus agréable encore, peut-être, de se traîner du côté de l'ombre (car il faisait chaud au soleil), le long du port débordant de couleurs et de senteurs fortes, et dans les rues pleines, pour des regards anglais, de ressemblances curieuses ou de contrastes amusants avec celles de l'Angleterre. Mais ce qu'il y avait de plus agréable que tout, c'était de grimper lentement le long de la Grand-Rue jusqu'à la porte de la Ville Haute, et, passant sous cette arche, de monter jusqu'au sommet des remparts pittoresques et biscornus, avec leurs rangées d'arbres, leurs recoins tranquilles, et leurs bancs invitants où de vieilles femmes au teint hâlé, coiffées de bonnets tuyautés d'un blanc neigeux et ornées de boucles d'oreilles d'or étonnamment longues, s'asseyaient pour tricoter ou faire un léger somme ; avec ses maisonnettes jaunes qu'on eût dites habitées par des avares ou des gens d'Eglise, et la masse sombre du Château où de petits soldats flânaient sur le pont jeté au-dessus des douves maintenant à sec, et où la lessive du régiment pendait aux fenêtres des tours. C'était un coin dont Maisie finissait par se demander s'il ne répondait pas tout à fait à l'idée qu'on a du Moyen Age, et elle fut à ce propos plus satisfaite que choquée de s'apercevoir une fois de plus que l'imagination historique était assez limitée chez Mrs. Wix : les devoirs de guide de Maisie s'en trouvaient agréablement accrus, comme si c'était là un des sujets sur lesquels elle eût pour mission de l'éclairer. Elles s'asseyaient ensemble au haut du vieux bastion tout gris, elles dominaient de là la Ville Neuve, qui leur paraissait tout aussi vieille que l'autre, et un peu plus loin on apercevait le grand dôme de l'église avec sa statue dorée de la Vierge, dont elles apprirent bientôt qu'elle était fameuse, et qui leur plaisait parce que si différente de tous les endroits où elles avaient jusque-là prié. Elles visitèrent ensuite l'église, et Mrs. Wix confessa qu'en ce qui la concernait, elle avait commis au début de la vie une fatale erreur, en n'appartenant pas au catholicisme. Cet aveu amena Maisie à se demander un peu anxieusement à partir de quel moment de l'existence une telle erreur pouvait bien devenir irréparable. Le jour suivant, elles retournèrent sur les remparts ; cet endroit était pour ainsi dire le plus éloigné qu'elles eussent atteint au cours de leur voyage, ce voyage qui devait les séparer à jamais de tout ce que le passé avait eu de pénible ; de nouveau, il les aida à se pénéter d'un optimisme qui, de la part de Maisie, était volontaire, et de celle de Mrs. Wix (l'enfant s'en apercevait bien), désespéré. Durant plusieurs heures, Maisie eut tant de choses à faire remarquer à Mrs. Wix, qu'elle fut relativement lente à s'apercevoir qu'elle était d'autre part l'objet d'un même soin. Dès qu'elle commença à y prendre garde, le procédé se fit plus rapide : il prit place parmi cette série de phénomènes bien connus, qu'elle eût groupés, si seulement son vocabulaire le lui avait permis, sous la rubrique des répercussions produites sur sa propre personne par les connaissances qu'elle avait acquises. Ces répercussions ne furent jamais si nombreuses que pendant ces jours où elle attendit avec sa vieille gouvernante le retour de Sir Claude, et pour la simple raison que, de ce savoir, Mrs. Wix se doutait davantage. Une chose était sûre : jamais encore Mrs. Wix n'avait entretenu tant de soupçons capables de mettre à ce point son élève sur la défensive, en dépit du sentiment d'union plus étroite que ces moments livrés à l'aventure établissaient entre elles. Certes, l'élève faisait ici autant de découvertes merveilleuses qu'elle en avait faites sur la route de Folkestone, et si Mrs. Wix était demeurée invisible et présente pendant tout ce temps que Maisie avait passé en compagnie de Sir Claude — ainsi, durant ses longues heures passées auprès de Mrs. Wix, et surtout durant les intervalles de silence, Sir Claude demeurait-il le thème perpétuel, inévitable, de leurs pensées. Tout cela les ramenait à l'époque des premières émotions qui avait suivi le mariage de Sir Claude, et à la place qu'il avait tenue dans la salle d'études, pendant cette période critique d'amour et de douleur ; seulement, depuis lors, il avait réussi à dilater les sentiments qu'il leur inspirait comme un ballon énorme.

Elles revécurent tout cela, en dépit des interdictions et des doutes, durant cet entracte qui semblait traîner, alourdi par le poids de sa propre douceur. C'était comme si elles avaient tâché, plus fort que jamais, de prendre en main l'avenir, et que cet effort eût fait battre leur cœur aussi fortement qu'un tic-tac d'horloge mesurant les secondes, et il était inévitable aussi que cette horloge sonnât de temps à autre une heure solennelle. Oh ! il y eut plusieurs de ces heures-là, et deux ou trois des pires s'écoulèrent sur les paisibles remparts de la ville.

Il n'y avait rien au monde que Maisie désirât davantage que de se montrer gentille envers Mrs. Wix, comme Sir Claude le souhaitait, mais c'était surtout parce que ce désir se trouvait concorder avec son instinct pour rétablir la paix autour d'elle, et que cet instinct lui-même s'en montrait ravivé. D'ailleurs, sitôt ranimé, ce même instinct se trouva d'autres emplois, et ce fut ainsi qu'elle commença à se créer les difficultés qu'elle voulait précisément le plus écarter. Sa principale occupation, durant ces jours-là, avait été de deviner les mots laissés entre les lignes, et de plus en plus, elle comprenait à n'en pas douter que ce qui demeurait sous-entendu de la sorte, c'est, chose terrible à dire, que Mrs. Beale allait être complètement sacrifiée. Il y eut des moments où chaque minute de l'absence de Sir Claude fut pour elle comme un clou dans le cercueil de Mrs. Beale. Elle se voyait ramenée ainsi par des voies détournées aux beaux et lointains souvenirs des premiers temps de son intimité avec la Perle des Overmore, de la grâce et du charme de cette dame si singulière par sa joliesse, son intelligence, et même ses malheurs. Mille pensées bourdonnaient dans l'esprit de Maisie, dont quelques-unes au moins étaient bien simples. Après tout, Mrs. Beale était sa belle-mère, sa parente. Elle était aussi, en partie pour cette même raison, la meilleure amie de Sir Claude (« sa plus grande amitié du côté des dames », comme aurait dit Maisie), de sorte que cette personne avec qui Mrs. Wix leur ordonnait à tous deux de rompre sans délai, était pour l'un sa plus grande amie, et pour l'autre, la propre femme de son père. Chose étrange, sa compréhension des raisons qui justifiaient un tel conseil ne le cédait en rien à son pressentiment d'un désastre, mais il y avait dans ces mêmes raisons quelque chose qu'elle ne pouvait accepter, sans s'obliger à un suprême effort d'ingratitude et de dureté. Ce qui prouvait peut-être que, si déshéritée, si dénuée qu'elle fût, un vague écho de l'influence familiale persistait en elle, et qu'elle se souvenait encore d'une des leçons sacrées apprises au foyer. C'était même la seule qu'elle eût retenue, mais du moins la retenait-elle heureusement dans toute sa force. Bref, elle gardait l'ineffaçable notion qu'il existait des choses qu'il suffisait à maman de faire ou de ne pas faire pour être considérée par papa comme « une femme répugnante » ; et papa à son tour se voyait qualifié d'homme « au-dessous de tout » par maman, et pour les mêmes motifs. Ce souvenir portait ses fruits, et lui faisait craindre d'être maintenant traitée de la sorte par Mrs. Beale ; s'appliquant à soi, une telle expression la faisait frissonner. La douceur même de la vie à l'étranger où Maisie se trouvait plongée donnait plus que jamais libre cours à de telles craintes, qui augmentèrent à mesure que l'absence de Sir Claude se prolongea. Assise à côté de Mrs. Wix, elle regardait la grande Vierge dorée, tandis que l'une des vieilles femmes à boucles d'oreilles établies à l'extrémité du banc, se levait et s'apprêtait à partir d'un pas trottinant.

— Adieu, mesdames ! dit la vieille femme de son aimable voix fêlée, et nos deux amies furent si touchées par cette démonstration qu'elles se levèrent, et y répondirent presque par une révérence. Elles reprirent place sur le banc, et ce ne fut qu'ensuite, au milieu du bourdonnement des insectes d'un été français, et dans une phase de rêverie quasi somnolente, que Maisie comprit enfin quelle responsabilité c'était de tenir en dehors d'une telle atmosphère une personne qui en aurait si bien fait partie. Cette atmosphère ne lui avait encore jamais semblé si prestigieuse qu'en se moment, avec ses statues luisant dans le ciel bleu, et ses romanesques politesses.

— Après tout, pourquoi faut-il que nous choisissions entre vous deux ? Pourquoi ne serions-nous pas quatre ? demanda-t-elle enfin.

Mrs. Wix eut le soubresaut d'un dormeur subitement réveillé, ou même d'un porte-étendard qui entend siffler une balle. Sa stupeur devant cette rupture d'armistice retarda quelque peu sa réponse.

— Pourquoi ne serions-nous pas quatre incorrections vivantes, c'est là ce que vous voulez dire ? Eh bien, parce que le hasard fait que deux d'entre nous sont des gens convenables ! Dois-je comprendre que vous désirez que je reste avec vous, même si cette femme était capable...

Maisie l'interrompit, avant qu'elle pût mentionner ce dont Mrs. Beale serait bien capable.

— Que vous restiez comme ma gouvernante, mais oui... Juste comme vous l'étiez chez maman. Mrs. Beale vous le permettrait, dit l'enfant.

Mais déjà Mrs. Wix avait bondi :

— Et qui, s'il vous plaît, donnera cette même permission à Mrs. Beale ? Osez-vous prétendre, petite malheureuse, que ce sera *vous* ?

— Pourquoi pas, puisqu'elle est libre, maintenant ?

— Libre ? Est-ce que vous allez commencer à l'imiter, lui ? Eh bien, si Sir Claude est assez grand pour mieux savoir ce qu'il fait, ma parole, je crois bien que j'ai le droit de vous traiter comme si vous l'étiez aussi. Quoi qu'il en soit, vous serez bien obligée de prendre garde à ce que vous faites, si c'est là l'attitude que vous comptez prendre.

Mrs. Wix ne s'était encore jamais montrée aussi dure, mais d'autre part, Maisie se rendait bien compte qu'elle-même ne s'était encore jamais conduite de façon aussi inconsidérée. Les sous-entendus de Mrs. Wix, toutefois, l'emplissaient de curiosité et de stupeur plutôt que de colère ; elle sentit qu'elle pouvait continuer à insister, non par esprit de contradiction, mais pour arriver enfin à un accord. Toutefois, la légèreté dont elle venait de faire preuve ne cessait pas d'irriter sa grande amie, qui poursuivit au cours d'un second accès d'indignation :

— Libre, libre, libre ? Si elle est aussi libre que vous paraissez l'être, ma chère, on peut dire qu'elle l'est grandement !

— Libre ? moi ?

Toute réflexion faite, et en dépit du sens formidable que semblait revêtir ce mot, Maisie se risqua à le répéter d'un ton critique.

— Enfin, dit Mrs. Wix, vous savez bien que personne n'est libre de commettre un crime.

— Un crime ?

De nouveau, la façon dont ce mot avait été dit obligeait Maisie à le répéter.

— Vous commettriez un crime aussi grand que le leur (et moi aussi, du reste), si vous approuviez par votre présence l'immoralité de leur conduite.

Maisie ne répondit pas tout de suite : il y avait quelque chose de final dans ces fortes paroles.

— Pourquoi est-ce de l'immoralité ? demanda-t-elle enfin.

Sa compagne lui parla cette fois sur un ton de reproche qui était plus doux parce qu'il était plus profond :

— Vous êtes incroyable ! Savez-vous ce dont vous parlez ?

Dans l'intérêt d'un accord ultérieur, Maisie sentit qu'il fallait surtout s'exprimer avec clarté.

— Bien sûr, du fait qu'ils pourront profiter de leur liberté.

— Oui, mais pour quoi faire ?

— Eh bien, pour vivre avec nous.

Mrs. Wix eut un rire presque dément :

— Nous ? Merci bien !

— Alors, pour vivre avec moi.

Ces simples mots firent bondir Mrs. Wix :

— Alors, vous m'abandonnez ? Vous rompez avec moi pour toujours ? Vous me jetez dehors ?

Bien qu'un peu tremblante, Maisie soutint cet assaut :

— Il me semble que ce sont là des choses que vous me faites *à moi*.

Mrs. Wix ne prêta nulle attention à son courage :

— Quoi que je fasse, je puis en tout cas vous promettre que je vais continuer à veiller sur vous ! Vous me demandez pourquoi c'est immoral, quand vous voyez de vos propres yeux que Sir Claude s'en est si terriblement rendu compte qu'il a préféré s'éloigner de vous pendant des mois plutôt que de vous laisser affronter cette honte ! Et ne voyez-vous pas que dès qu'il a essayé de se conduire comme il faut, il a commencé par se laver les mains de Mrs. Beale et par vous emmener loin d'elle ?

Maisie parut accorder quelque attention à cet argument, mais plutôt pour ne pas montrer de parti pris que parce que sa conviction s'en trouvait ébranlée.

— Oui, je vois ce que vous voulez dire. Mais, à cette époque-là, ils n'étaient pas libres. Elle sentit que Mrs. Wix allait se cabrer de nouveau à ce mot odieux, mais réussit à la calmer par un geste de reproche : Je ne crois pas que vous sachiez combien ils sont libres, maintenant.

— Je le sais en tout cas au moins autant que vous !

Maisie triompha d'un scrupule de délicatesse :

— Vous avez entendu parler de la comtesse ?

— La séductrice... de votre père ? Mrs. Wix jeta à l'enfant un regard oblique. Bien entendu. Elle le paie.

— Oh ! vraiment ? L'assurance de l'enfant en fut diminuée ; c'était, semblait-il, une explication de l'attitude de papa ; et en quelque sorte, une excuse. Elle tenait à être juste : Je ne dis pas qu'elle ne soit pas généreuse. Elle l'a été pour moi.

— Comment, pour vous ?

— Elle m'a donné beaucoup d'argent.

Mrs. Wix eut l'air stupéfait :

— Et, dites-moi, s'il vous plaît, qu'avez-vous fait de tout cet argent ?

— Je l'ai donné à Mrs. Beale.
— Et qu'est-ce que Mrs. Beale en a fait ?
— Elle l'a renvoyé.
— A la comtesse ? Sornettes, dit Mrs. Wix.
Elle avait à ce sujet des idées aussi arrêtées que Suzanne.
— Eh bien, ça m'est égal ! répliqua Maisie. Ce que je dis, c'est que vous ne savez pas le reste.
— Le reste ? Quel reste ?
Maisie chercha à l'expliquer le plus clairement possible :
— Papa m'a gardée là une heure.
— Je sais, Sir Claude me l'a dit. Mrs. Beale le lui avait dit.
Maisie eut l'air incrédule :
— Comment le pouvait-elle, quand moi je ne le lui ai pas dit ?
Mrs. Wix s'y perdait :
— Dit quoi ?
— Eh bien, qu'elle est épouvantable !
— La comtesse ? Naturellement, elle est épouvantable, répondit Mrs. Wix. Elle ajouta au bout d'un moment : C'est pour cela qu'elle le paie.
Maisie pesa le pour et le contre :
— C'est ce qu'elle fait de mieux, alors, si elle lui donne autant qu'elle m'a donné, à *moi*.
— En tout cas, ce n'est pas ce qu'il fait de mieux, *lui !* Ou peut-être que si, après tout, ajouta Mrs. Wix.
— Mais elle est horrible pour de vrai, continua Maisie.
Mrs. Wix l'interrompit :
— Vous n'avez pas besoin d'entrer dans ces détails. Et, contredisant de façon patente cette injonction, elle

demanda : En quoi cela rend-il plus convenable ?...

— Que je vive avec eux ? Eh bien, papa m'a abandonnée à eux, pour les beaux yeux de la comtesse, et pour ses moustaches ! Oh ! je l'ai bien compris, dit Maisie d'un air profond.

— J'espère au moins qu'il vous a comprise, lui. C'est plus que je ne peux faire ! reconnut Mrs. Wix.

C'était la défier de parler plus clairement, et notre héroïne lui répondit à l'instant par la phrase suivante :

— Je veux dire que ce n'est pas un crime.

— Enfin, est-ce que Sir Claude ne vous a pas volée à vos parents ?

— Il ne m'a pas volée, il m'a seulement empruntée. Je savais que ce ne serait pas pour longtemps, affirma audacieusement Maisie.

— Permettez-moi de vous dire que vous n'en saviez rien, s'écria Mrs. Wix, et que ce n'est pas très beau de votre part de ne pas m'avoir soutenue hier soir quand vous avez menti avec tant d'audace ! En réalité, vous espériez, juste comme je l'espérais moi-même, et comme j'ai encore la folie de l'espérer maintenant, que ça pourrait être le début des temps meilleurs !

Oui certes, Mrs. Wix se montrait maligne pour la première fois de sa vie, et notre héroïne souffrit moins de cette accusation de mensonge que de celle d'avoir montré ce manque de cœur dont elle s'efforçait justement de se garantir. Et soudain, elle s'abandonna à de véhémentes protestations :

— Jamais, au grand jamais, je n'ai espéré que je ne reverrais plus Mrs. Beale ! Ce n'est pas vrai, pas vrai ! répéta-t-elle.

Mrs. Wix bondit, avec à la bouche une réponse toute

prête à éclater, mais bien que la bonne dame fût évidemment chargée à faire explosion, le coup ne partit pas tout de suite, et laissa à Maisie le temps d'empirer encore les choses en ajoutant :

— Elle est merveilleusement belle, et je l'aime ! Je l'aime, et elle est merveilleusement belle !

— Tandis que je suis hideuse, moi, et que vous me détestez ? Mrs. Wix regarda pendant un instant Maisie d'un œil fixe, puis se contrôlant : Je ne veux pas vous aigrir en vous accusant formellement de rien de pareil, bien que ce ne serait pas la première fois qu'on me dise que je suis hideuse. Je ne le sais que trop, et j'avoue que (bien que je n'aie pas de moustaches, ou est-ce que j'en aurais par hasard ?), la comtesse est tout de même une Vénus comparée à moi ! Mes prétentions doivent donc vous sembler monstrueuses, ce qui équivaut somme toute à ne pas m'aimer. Mais osez-vous vraiment me dire que vous *voulez* vivre avec eux dans le péché ?

— Vous savez ce que je veux ! Vous savez ce que je veux ! Maisie parlait avec ce tremblement qui annonce les larmes.

— Oui, je sais. Vous voudriez que je sois quelqu'un d'aussi affreux que vous. Eh bien, je ne veux pas. Voilà ! Quant à Mrs. Beale, c'est quelqu'un d'aussi affreux que votre père, continua Mrs. Wix.

— Ce n'est pas vrai ! Pas vrai ! hurla presque l'enfant.

— Vous voulez dire qu'au moins Sir Claude a l'esprit, la grâce et la beauté ? Mais il paie, juste comme la comtesse paie. Tout en parlant, Mrs. Wix se leva, et cette dernière phrase révélait un cynisme caché.

Maisie elle aussi se mit debout ; sa compagne fit quelque pas, et puis s'arrêta. Elles échangèrent un regard tout nouveau entre elles, et Mrs. Wix semblait se pavaner dans sa grande toilette.

— Et vous, est-ce qu'il ne vous paie pas ? demanda sa malheureuse élève.

Mrs. Wix bondit :

— Taisez-vous, horrible petit monstre que vous êtes ! lui cria-t-elle avec une espèce de gémissement de fureur, et, secouée par une dernière secousse, elle s'éloigna rapidement.

Maisie retomba sur le banc, et éclata en sanglots.

## XXVI

Bien entendu, rien de si terrible ne pouvait être définitif, ni même durer plus de quelques minutes ; et Maisie et sa gouvernante se rapprochèrent trop vite l'une de l'autre pour avoir des deux parts l'impression de la rancune. Mais, bien qu'elles regagnassent l'hôtel en silence, Maisie eut le sentiment que Mrs. Wix avait pris possession d'elle pour ne plus la lâcher. Durant ces dernières vingt-quatre heures, la main de Mrs. Wix avait déjà fait preuve d'une capacité toute nouvelle pour ne pas lâcher, et l'une des vérités les moins contestables aux yeux de l'enfant, était l'indéniable air de grandeur récemment acquis par Mrs. Wix. Il est vrai que l'importance des intérêts en jeu surpassait encore l'anguleuse âpreté de ses attitudes ;

dans l'après-midi, durant leur promenade en voiture, Maisie put apprécier pleinement cette combinaison singulière, grâce au pensif et majestueux silence que cet état de choses impliquait. Maisie gardait encore en son tréfonds la cicatrice du ton adopté par Mrs. Wix pour la menacer de continuer à veiller sur elle. Bref, la faiblesse de sa grande amie s'était muée en force, et c'est à la lumière de cette autorité nouvelle qu'on pouvait constater tout le chemin par elle parcouru. Cette même menace, toute pleine d'une âpre exultation, Maisie aurait pu y répondre par de l'insolence ; mais avant que rien de si laid ne pût se produire, d'autres développements en avaient pris la place. Ces développements nouveaux commencèrent à se faire jour au moment où Mrs. Wix se mit à témoigner d'une dignité en rapport avec les appartements qu'elles occupaient à l'hôtel, et les avantages évidents qu'elle avait obtenus. Elles commandèrent un café après le déjeuner, comme le leur permettaient les arrangements faits par Sir Claude, et ce café leur fut servi dans le salon blanc et or pendant qu'elles attendaient la voiture. Il fut du reste flanqué d'une couple de liqueurs, et Maisie eut l'impression que Sir Claude n'aurait guère pu être pris davantage au mot, si des cigarettes et des histoires de fumoir avaient suivi. En tout cas, l'influence de ces plaisirs de luxe était dans l'air. Et tout cela n'était pas sans rapports, lui sembla-t-il, au moment où elle se dressait sur la pointe des pieds devant la glace de la cheminée, tirant sur ses gants et secouant la tête pour remettre en place une de ses plumes, avec la voix de Mrs. Wix demandant soudain :

— Enfin, êtes-vous complètement dénuée de sens moral ?

Maisie retomba sur les talons, sentant bien que sa vague réponse confinait à l'imbécillité, et ce fut la première fois qu'elle mit en pratique avec Mrs. Wix les méthodes d'insuffisance intellectuelle qui avaient si bien réussi avec papa et maman. Les apparences étaient contre elle, et c'était justement à cause de sa candeur, non moins qu'à cause de la pression morale exercée par sa partenaire, que cette idée de sens moral colora toute leur promenade en commun. Au début, la pauvre enfant savait à peine de quoi il s'agissait ; mais elle comprit bientôt que c'était quelque chose dont il lui était possible de faire connaissance au cours de cette brève promenade en voiture, sans autre signe extérieur que son simple abandon aux ressorts de la victoria. La beauté du jour n'en était qu'augmentée, et la splendeur de l'après-midi sur la mer, et la brume des lointains promontoires, et la douceur de l'air sur les lèvres. Ce fut d'ailleurs le cocher, qui, souriant, et faisant claquer son fouet, se retournant vers elles, désignant d'invisibles objets au loin, et proférant des mots inintelligibles (et nos touristes reconnaissaient en tout ceci les caractéristiques d'une nation vouée surtout au culte du langage), ce fut donc cet homme poli, dis-je, qui fit tourner si court leur promenade qu'il leur restait encore au retour un long moment avant la tombée de la nuit. Ce long moment, sur le conseil de l'obligeant cocher, elles le passèrent à se promener à pied sur le sable luisant de la plage. Maisie avait déjà vu celle-ci le jour précédent en compagnie de Sir Claude, mais c'était une raison de plus pour faire voir à Mrs. Wix cet endroit marqué, comme elle le disait, sur sa liste, et parmi ceux dont elle connaissait le nom français. A cette heure tardive, les baigneurs étaient absents et la marée était basse, les flaques miroitaient au soleil couchant, et il y avait aussi des endroits secs où elles purent de nouveau s'asseoir, admirer et discourir ; et ce fut cette circonstance, en ce moment où elles écoutaient toutes deux le clapotis des vagues, qui donna à Mrs. Wix un nouveau courage pour s'enquérir sur un ton de défi :

— En somme, est-ce que vous en seriez complètement dépourvue ?

Elle n'avait pas besoin, maintenant, de poser plus clairement la question ; c'était là du moins un des résultats de leur silencieuse méditation en commun au sujet de ce sentiment dont, mon Dieu, puisqu'il fallait enfin regarder les choses en face, Maisie était si absolument, si terriblement dépourvue. Cet incident marqua de façon toute particulière l'instant où la fillette reconnut enfin que l'esprit de sa grande amie s'était élevé à un niveau qui pouvait bien passer, du moins jusqu'à nouvel ordre, pour le summum du sublime. Rien de plus remarquable n'avait eu lieu pour Maisie dans le premier émoi de son départ, aucun acte de perception intellectuelle plus difficile à retracer à l'aide de nos méthodes rudimentaires, que l'idée qu'elle se fit, durant le reste de cet après-midi à Boulogne, de la façon dont Mrs. Wix la jugeait. Je désespère si bien de suivre un par un ses pas silencieux dans ce domaine, que je dois me contenter de vous assurer que ce jugement porté sur elle par Mrs. Wix prit désormais à ses yeux le relief le plus saisissant. Mrs. Wix la voyait sous l'aspect d'une petite personne si extraordinairement renseignée, que, pour autant qu'on avait à en tenir compte, les lacunes de son savoir eussent été tout à fait négligeables, si elles n'avaient pas été si embarrassantes. Certes, Mrs. Wix était plus qualifiée que jamais pour surmonter un embarras de ce genre ; je ne suis pas sûr que Maisie ne reconnaissait pas vaguement ici l'étrange destin qui la désignait pour développer cette sorte d'habileté chez les adultes de son entourage : à ce point de vue du moins, elle était leur éducatrice ; rien ne pouvait être plus marqué, par exemple, que la part qu'elle avait prise à cette éducation en ce qui concernait Mrs. Beale. Puisque toute son histoire, aux yeux de Mrs. Wix, était faite des étapes successives de son instruction en certaines matières, l'apogée en serait sans doute le moment où ces connaissances, pour ainsi dire, déborderaient d'elle de toutes parts. Condamnée comme elle l'était à en savoir de plus en plus, n'était-il pas logique de penser que ce développement ne pourrait s'arrêter avant qu'elle ne sût *la plupart des choses* ? En fait, pendant ce moment de repos sur le sable, Maisie en vint à songer qu'elle se trouvait décidément sur la route qui mène à *tout* savoir. Ce n'est pas pour rien qu'elle avait eu des gouvernantes : qu'avait-elle fait de son temps, depuis toujours, sinon apprendre encore et sans cesse ? Elle contempla le ciel rose avec le paisible pressentiment que bientôt elle n'ignorerait plus *rien.* L'enfant et la gouvernante flânèrent dans l'ardente atmosphère du soir jusqu'à ce qu'enfin le ciel devînt gris, et il semblait que chaque souffle de brise apportât à Maisie des informations nouvelles. Au moment où elles se décidèrent à rentrer, on eût dit que cet inévitable état de choses était devenu pour Mrs. Wix une longue corde tendue par une main nerveuse, où les précieuses perles de l'intelligence se trouvaient devoir être enfilées en bon ordre.

Le soir, dans leur chambre, elles eurent une nouvelle scène d'émotion bizarre, dont Maisie n'aurait pu vous dire ensuite si c'était en plein milieu ou dès le début que sa compagne évoqua avec plus d'insistance que jamais l'idée de sens moral. L'essentiel d'ailleurs est qu'elle s'écria, et cette fois encore de façon bien inattendue :

— Dieu me pardonne, on dirait presque qu'il commence à faire son apparition chez vous !

Oh ! de quelles étranges confusions n'était-il pas sorti, ce sens moral, qui commençait ainsi à faire son apparition ! Pas si étranges, d'ailleurs, que les cris de désespoir, et l'on peut bien dire de rage, par lesquels la pauvre dame mena le deuil de son heureuse ignorance à elle. Il y eut un moment où elle saisit l'enfant dans ses bras, et l'embrassa aussi étroitement qu'aux temps anciens des départs et des retours. Ne sachant visiblement comment se faire pardonner par une telle victime les contagions subies, elle paraissait expliquer et implorer, au comble de l'égarement, et pour ce qu'elle avait fait, et pour ce qu'elle était en train de faire, une réponse qui enfin la rassure, l'absolve, et même la plaigne.

— Je ne sais pas ce que je vous ai dit, ma toute chérie ! Je ne sais pas ce que je suis en train de vous dire, ni, hélas ! ce que les secousses que j'ai reçues de vous m'ont rendue capable de dire. Ai-je perdu toute délicatesse, toute décence, tout sentiment du bien et du mal ? J'en ai grand-peur, bien que ce soit moi la dernière personne à qui on eût prédit que pareille chose pouvait arriver. Je l'ai fait pour *vous,* mon précieux trésor, pour ne pas vous perdre, ce qui aurait été pire que tout ; de sorte que j'ai dû payer de ma propre innocence (ne riez pas !) le privilège de m'accrocher à vous et de vous garder. Faites au moins que je n'aie pas payé en pure perte ! Ne permettez pas que je me sois plongée pour rien dans toutes ces hontes et toutes ces horreurs ! Je n'avais jamais rien su de tout cela ; je n'avais jamais rien voulu en savoir ! Maintenant, j'en sais trop, beaucoup trop, gémit lugubrement la pauvre femme. J'en sais tellement que quand j'entends parler de semblables choses j'en arrive à me demander où j'en suis — et aussitôt, ce qui est pire, je me rends compte combien je me suis éloignée de mon point de départ ! Je me demande ce que j'aurais pensé, moi et ma chère petite disparue, si j'avais pu moi-même me voir ainsi franchir toutes les bornes ! Et il y a des bornes que j'ai franchies avec *vous* devant lesquelles j'aurais bien cru reculer !... Cette simple supposition semblait bouleverser Mrs. Wix. Je me suis avancée ainsi, pas à pas, par amour pour vous, tout simplement, et maintenant, qu'est-ce que diraient les gens (*eux* exceptés, bien entendu), s'ils voyaient quels chemins je prends ? Il faut bien que je continue à vous suivre, non ? Donc, je dois au moins faire mon possible pour que ce soit *vous* qui me suiviez ! Mais ce ne sont pas eux les pires : je veux dire que ce n'est pas lui ; c'est votre ignoble papa, et cette personne qu'il a justement fallu qu'il choisisse (non, je ne parle pas de la comtesse), et qui est bien la seule créature au monde encore pire que lui ! Tout de même, ils auraient bien pu vous perdre, sans gâcher aussi la vie d'une honnête femme ! Ce qu'il y a de pis, c'est que j'ai été obligée de faire ce que j'ai fait : vous jeter à la face tout ce péché que vous avez accepté, et chercher mon avantage dans votre vilenie. Ce qui m'a fait perdre patience ce matin, c'est que vous paraissiez tout savoir sans avoir l'air de condamner : car c'était bien cela, si vous vous en souvenez ! Grâces soient rendues à Dieu, si enfin vous le faites !

Il faisait chaud cette nuit-là, et l'une des fenêtres ouvrait sur le petit balcon à la balustrade duquel, après le dîner Maisie s'était longtemps penchée pour jouir du bruit des conversations, des lumières, de l'animation du quai embelli par l'heure et par la saison. Les exigences de Mrs. Wix l'avaient obligée à renoncer à cette attitude, elle s'était trouvée prise dans les bras de la bonne dame, bien que sa gêne et sa pitié en face de cette avalanche eussent pourtant fini par lui permettre de se dégager quelque peu et l'eussent même positivement aidée à le faire. La fenêtre était encore grande ouverte, le spectacle, les plaisirs étaient encore là, et de sa place dans la chambre aux parquets cirés et aux élégants panneaux éclairés plutôt par la réverbération du dehors que par la lampe, l'enfant pouvait du moins continuer à jouir de toutes ces choses. Elle paraissait écouter, observer ; enfin elle répondit à Mrs. Wix par une question :

— Si je fais quoi ?

— Si vous le condamnez.

Cette réponse fut faite avec quelque sévérité.

Elle eut pour effet de produire chez Maisie un vague soupir oppressé, et, l'instant d'après, l'enfant s'avança de nouveau sur le balcon, sous le poids, pour ainsi dire, de cette réponse ambiguë. De nouveau, elle se pencha à la balustrade ; elle respira la nuit d'été ; elle se replongea dans cette atmosphère étrangère. Il y avait un café au rez-de-chaussée de l'hôtel, une terrasse garnie de petites tables et de chaises, délimitée par des caisses à fleurs, où les gens étaient assis. Et ce spectacle était encore enrichi par l'éclat des tabliers blancs des garçons, et par la présence d'un homme et d'une femme envoyant par-dessus la clôture la musique grinçante d'une guitare, et la plainte traînante d'une chanson où il était question « d'amour ». Maisie savait ce que signifiait ce mot français, et se demanda si Mrs. Wix le savait aussi. Mrs. Wix était restée à l'intérieur de la chambre, tranquille comme une image, et peut-être la musique ne parvenait-elle pas jusqu'à elle. Au bout d'un moment, mais pas avant que les musiciens ne se fussent tus et n'eussent commencé à circuler avec une sébile, Maisie revint vers elle :

— Est-ce que c'est un crime, l'amour ? demanda la petite fille.

Mrs. Wix bondit comme une bête hors de sa tanière.

— Défendu par la Bible.

— Eh bien, il ne commettra jamais un crime.

Mrs. Wix la regarda d'un air sombre :

— Il en commet un maintenant.

— Maintenant ?

— Oui, puisqu'il vit avec elle.

Maisie avait sur le bout de la langue la réponse bien connue : « Mais maintenant, il est libre ! » Mais elle se rappela à temps qu'une des choses qu'elle venait justement d'apprendre dans l'espace d'une heure, était que cela n'y faisait aucune différence. Ensuite, et déjà sur le point de se précipiter corps et âme dans la bonne direction, elle revint vaguement à l'idée qu'après tout cela pouvait quand même faire une différence, et diminuer l'étendue du crime pour Mrs. Beale. Mais cette idée se vit à son tour réduite à néant par l'air désespéré de Mrs. Wix, qui paraissait inférer d'après l'attitude de son élève, qu'en somme celle-ci n'avait encore pas bien saisi ce dont il s'agissait. Jamais l'enfant n'avait eu un tel désir de comprendre qu'au cours de ce tête-à-tête, et pendant un instant son esprit se concentra dans l'effort de trouver enfin les paroles qui attesteraient sa bonne foi :

— S'il vous plaît, ma bonne, ayez confiance en moi, voilà tout ! dit-il-elle enfin, et c'était peut-être bon signe de se voir ensuite mise au lit par Mrs. Wix avec un long et impartial gémissement.

Le lendemain, il n'y eut pas de lettre de Sir Claude, et Mrs. Wix laissa échapper que c'était là un très mauvais présage ; pourtant, après un déjeuner de café au lait et de croissants qui les fit se sentir plus étrangères que jamais, et qui les obligeait une fois de plus à recourir au crédit qu'il leur avait ouvert, ce fut pour ainsi dire afin de communier paisiblement dans la pensée de l'absent, qu'elles prirent de nouveau la colline et le rempart pour but de flânerie, au lieu de se plonger dans les distractions offertes par la foule assemblée sur la plage et dans l'eau peuplée de baigneurs demi-nus. De nouveau, elles contemplèrent leur Vierge dorée ; de nouveau, elles s'affaissèrent sur le vieux banc, de nouveau, elles sentirent qu'on était bien loin de Regent's Park. Enfin Mrs. Wix exprima clairement ce qu'elle pensait du silence de leur ami :

— Il a peur d'elle ! Elle lui a défendu d'écrire !

Maisie savait déjà qu'il avait peur, mais l'allusion qu'y fit à ce moment sa compagne eut deux résultats inattendus. Le premier fut son étonnement plein de muet reproche devant le ton d'âpre moquerie que Mrs. Wix prenait pour parler de Sir Claude, à qui pourtant elle n'était pas moins dévouée que Maisie elle-même. Le second résultat fut de lui faire comprendre soudain bien plus profondément le fait dont il s'agissait. Nous avons vu que Maisie partageait la peur de Sir Claude à l'égard de certaines gens, et il s'ensuit qu'elle avait eu sa bonne part de l'effroi qu'avait récemment inspiré Mrs. Beale. Ce qu'il lui semblait à présent, c'est que si cette communauté de sentiments apparaissait vaine en ce qui le concernait, lui, elle n'en justifiait pas moins les plus égoïstes inquiétudes. Maisie n'avait pas eu le temps d'aller très loin dans ce sens lorsque Mrs. Wix parla de nouveau, et cette fois de façon trop brusque pour n'être pas déplacée :

— Ne vous est-il jamais arrivé d'être jalouse d'elle ?

Rien de pareil n'avait jamais eu lieu ; mais à peine cette idée fut-elle dans l'air que Maisie sauta dessus. Elle la prit, l'examina, et enfin déclara avec une assurance qu'elle était, hélas ! seule à trouver admirable :

— Mon Dieu, oui, puisque vous me le demandez...

Elle hésita, puis reprit :

— Oui, bien souvent !

Mrs Wix la regarda un instant de travers ; l'approbation qu'exprimait ce regard n'était certes pas complète. Il correspondait en tout cas à un sentiment qui lui fit sans doute répéter de nouveau :

— Oui, il a peur d'elle.

Cette phrase ne fut pas perdue pour Maisie, et elle eut son effet en dépit de l'état d'inattention causé chez elle par son acquiescement à cette idée toute neuve de jalousie — acquiescement né de son désir de montrer qu'après tout elle n'était pas si simple. Il était évident que Mrs. Wix continuait à prendre son sens moral pour un faux-semblant intéressé, et quel meilleur gage donner de sa sincérité que de faire ainsi l'aveu de la plus inquiète des passions ? Une telle révélation ferait échec au découragement ; et le découragement fut en effet tellement surmonté que, soutenues quelque peu par un intense besoin d'optimisme, provoqué, comme il arrive toujours, par ce sombre présage qu'était l'absence de toute lettre, la gouvernante et l'élève trouvèrent le ton de cette matinée, non dans le soupçon mutuel, mais dans une franchise sans précédent. Il y avait certes des moments consacrés à la méditation et au silence, et Maisie se persuada plus que jamais qu'elle n'était aux yeux de sa grande amie qu'une créature très superficielle, pour ne pas dire pis, et d'autant plus superficielle qu'elle s'efforçait d'être plus profonde. Le résultat de tant de savoir était-il justement de reconnaître en présence de Mrs. Wix le peu qu'on ne saurait jamais ? La réponse à cette question se perdit heureusement dans l'éclaircissement produit par une lumineuse remarque de Maisie à propos de Mrs. Beale, remarque que Maisie n'aurait jamais cru avoir l'occasion de faire :

— Si je pensais qu'elle était méchante avec lui, je ne sais pas ce que je ferais !

Mrs. Wix loucha plus que jamais. Elle confirma même son clin d'œil par un grognement sauvage :

— Je sais ce que je ferais, moi !

Maisie ne voulut pas se laisser dépasser :

— Eh bien, moi, je ne vois qu'une chose !

— Et qu'est-ce que c'est ? demanda Mrs. Wix sur un ton de défi.

Maisie soutint son regard comme s'il s'agissait d'un jeu où chaque battement de paupière se paie d'un gage.

— Je la tuerais !

Au moins, pensait-elle tout en détournant la tête, ces mots garantiraient l'existence de son sens moral. Elle détournait la tête, mais sa compagne se tut si longtemps que Maisie se sentit obligée de la regarder de nouveau. Alors, elle vit que les lunettes étaient brouillées par les larmes, et, au bout d'un instant, il lui sembla que celles-ci jaillissaient de ses propres yeux. En réalité, la propriétaire des lunettes en versait aussi, et celles de Maisie étaient si abondantes qu'à peine put-elle s'apercevoir qu'à travers ce brouillard Mrs. Wix lui tendait la main d'un geste définitif et lent. Ce fut la pression de cette main qui mit fin à toute la scène, et pas seulement à toute cette scène : elle mit aussi le point final à des révélations qui bien souvent avaient flotté autour d'elles, mais qu'il restait à faire sans les atténuer même d'un faible sourire. Oh ! il n'y avait pas l'ombre de légèreté, de plaisanterie ou de gêne, dans la façon dont elles demeurèrent longtemps assises côte à côte, ni dans celle dont la voix de Mrs. Wix s'éleva à un moment quelconque de cette durée, assez haute pour ne pas donner l'impression de la honte, et pas assez haute pour déranger les vieilles femmes assoupies :

— Je l'adore. Je l'adore.

Maisie comprenait très bien, si bien qu'un moment de plus, et elle aurait répondu : « Moi aussi ! » Mais quelque chose eut lieu, qui amena d'autres mots sur ses lèvres, quelque chose de plus qu'une compréhension plus juste de Mrs. Wix produite par la pression de sa main. Leurs mains demeurèrent jointes en un signe d'alliance qui passait de loin toute parole, et Maisie se contenta de dire avec une tranquille simplicité :

— Oh ! je sais.

Leurs mains étaient si bien jointes et leur accord si complet que seul le bruit profond et lointain d'une cloche, porté jusqu'à elles dans l'atmosphère de ce jour d'été, vint réveiller en elles le sens de l'heure et des habitudes. Elles avaient touché le fond, et leurs deux âmes s'y étaient trouvées confondues, mais brusquement, elles tressaillirent : la cloche leur rappelait l'hôtel, et l'hôtel l'heure du déjeuner. Elles seraient en retard ; et leur pas précipité sur le chemin de l'hôtel avait on ne sait quoi de confiant dans son élan. Quand elles arrivèrent enfin sur le seuil, le service de la table d'hôte était commencé ; on s'en apercevait dès le pas de la porte, à l'absence dans le vestibule et sur l'escalier du « personnel » (Mrs. Wix avait appris ce mot-là) réuni au complet dans la salle à manger. Elles montèrent chez elles pour se donner un coup de brosse, et ce fut Maisie qui en passant, d'un geste impulsif, ouvrit la porte du salon blanc et or. Elle fut donc la première à pousser ce cri qui faillit faire tomber Mrs. Wix à la renverse contre son épaule, tout juste comme dans le cas contraire Maisie eût défailli sur l'épaule de Mrs. Wix. En tout cas, serrées l'une contre l'autre, elles ne purent que contempler d'un œil fixe la situation nouvelle qui leur était faite. Cette situation assumait la ravissante silhouette de Mrs. Beale : debout, avec son chapeau et sa jaquette, au milieu des valises et des couvertures de voyage, Mrs. Beale souriait et tendait les bras. Pour une passagère fraîchement débarquée, son visage était certes bien différent de celui de Maisie et de Mrs. Wix, telles que les ondes de la Manche les avaient amenées sur ce rivage, pâles, chancelantes, et à demi mortes, à la suite de ce voyage entrepris *dans leur propre intérêt*. Mrs. Beale était aussi radieuse que ce jour où elle faisait son apparition, aussi brillante, aussi pleine de force que la bonne étoile qui l'amenait, et Maisie constata aussitôt qu'elle n'avait jamais été plus belle. Tout cela se passa en moins de temps qu'il n'en faut pour le dire, mais l'enfant devina pourtant d'où venait ce rayonnement tout nouveau. L'explication s'en trouvait dans les bras ouverts, les yeux grands ouverts, les lèvres entrouvertes de Mrs. Beale ; elle éclatait dans la façon dont la jeune femme cria bien haut à l'enfant :

— Je suis libre ! Je suis libre !

## XXVII

PLUS surprenante encore fut la façon dont Mrs. Beale parut annoncer cette nouvelle à Mrs. Wix autant qu'à Maisie ; et celle-là s'effondra soudain à bout de forces dans un fauteuil, tandis que celle-ci s'abandonnait aux baisers de la visiteuse. Sitôt dégagée des bras de Mrs Beale, Maisie put constater toute l'étendue de la stupéfaction de sa gouvernante, et voir que, tout en faisant face à cette rencontre, le visage de la pauvre dame semblait en quelque manière s'écrier avec véhémence :

— Maintenant, au nom du Ciel, ne venez pas vous vanter que vous me l'aviez bien dit !

Mais déjà Maisie se trouvait dans une disposition d'esprit bien éloignée de toute vantardise, car le rapide coup d'œil jeté aux objets qui environnaient Mrs. Beale lui avait montré qu'aucun de ces bagages n'appartenait à Sir Claude. La valise de Sir Claude lui était désormais bien familière (et quelle n'était pas son affection pour cet objet !) et il y eut un instant où son absence lui fit l'effet du pire présage. Il lui restait encore à apprendre la vraie signification de ces solutions de continuité où se manifeste parfois une disparition définitive, et elle ne se rendit pas compte que ce soudain coup au cœur était comme un avant-goût de l'expérience de la mort. Bien entendu, cette angoisse s'effaça tout de suite devant la gaieté de Mrs. Beale, comme si elle s'était dévorée elle-même au cours d'une question anxieusement posée.

— Vous êtes venue seule ?

— Sans Sir Claude ?

Chose étrange, Mrs. Beale paraissait plus gaie que jamais.

— Mais oui, dans ma hâte de vous rejoindre ! Abominable petit diablotin que vous êtes !

Et sa belle-mère, avec un clair éclat de rire, administra à Maisie une tape qui était en même temps un pinçon.

— Qu'est-ce que vous maniganciez, et pour qui me preniez-vous donc ? Mais je suis contente d'être à l'étranger, et après tout, c'est vous qui m'avez montré le chemin. Sans vous, je n'aurais peut-être pas trouvé le moyen de faire ce voyage, du moins, pas tout de suite. En tout cas, me voilà, et un moment de plus, et j'aurais commencé à me tourmenter à votre sujet. Cette chambre est vraiment très bien...

La bonne grâce de Mrs. Beale s'étendait à l'endroit où elle se trouvait, et elle ajouta même un peu plus tard que cet hôtel était charmant. Ensuite, plus rose de bonheur que jamais, elle répéta son grand argument :

— Je suis libre ! Je suis libre !

Maisie, de son côté, demeura ferme dans son point de

vue ; elle regarda de nouveau dans la direction de Mrs. Wix, toujours étonnée, et attira une fois de plus l'attention de sa vieille amie sur la façon vraiment supérieure dont elle évitait de relever cette assertion. Ce qu'elle releva l'instant d'après fut la phrase précédente concernant Sir Claude :

— Où est-il ? Est-ce qu'il ne va pas venir ?

Au moment de répondre, Mrs. Beale parut osciller en souriant entre ces deux attentes placées à ses côtés : il y avait quelque chose d'extraordinaire, de renversant, dans la façon tranquille dont elle acceptait Mrs. Wix, et Maisie commençait à voir le reflet de ce miracle sur le visage allongé de la pauvre dame :

— Il viendra, mais nous devons l'y obliger ! dit-elle gaiement.

— L'y obliger ? répéta Maisie.

— Il faut lui donner le temps. Nous devons jouer serré.

— Mais il nous l'a promis par tout ce qu'il y a de plus sacré ! répondit Maisie.

— Ma chère enfant, il m'a promis bien des choses par tout ce qu'il y a de plus sacré, et il n'a pas toujours tenu très exactement ses promesses.

Mrs. Beale était de si bonne humeur qu'elle persistait à trouver toute naturelle la présence de Mrs. Wix, envers qui sa politesse devint prodigieuse.

— J'ose dire qu'il a dû vous faire souvent les mêmes promesses, et ne pas toujours les tenir à l'heure dite. Mais il nous dédommage ensuite à sa manière, et ce n'est pas comme si nous ne savions pas ce qu'il est. Et il y a une chose qu'il est, continua Mrs. Beale, et qui fait du reste pour nous une simple question de tact.

Avant qu'elles aient eu le temps de se demander ce dont il s'agissait, le mot leur fut pour ainsi dire jeté en plein visage :

— Il est aussi libre que moi !

— Oui, je sais, dit Maisie, comme si elle pesait en toute indépendance d'esprit la valeur de cette assertion. Elle faisait même entrer dans la balance l'étrangeté d'avoir à entendre sa belle-mère annoncer ces choses-là, à elle qui avait été sans conteste la première personne à qui Sir Claude en eût parlé. Pendant quelques secondes, et comme si le son des paroles de Sir Claude persistait encore à ses oreilles, elle se retrouva avec lui, dans son souvenir et dans le crépuscule, debout dans le jardin de l'hôtel, à Folkestone.

Elle sentait bien que la facilité dont Mrs. Beale faisait preuve en tout n'était que le produit d'un état de bonheur et de confiance exaltée, une tendance enthousiaste qui continua à se faire jour, même quand Mrs. Beale, s'adressant toujours impartialement à ses deux auditrices, fut redescendue à un ton presque confidentiel :

— Eh bien, il ne nous reste rien d'autre à faire qu'à attendre. Il est incapable de se passer de nous bien longtemps. Et je suis sûre, ma chère Mrs. Wix, qu'il est incapable de se passer de vous ! Il tient à vous énormément, et il m'a parlé de vous bien souvent et dans le plus grand détail... Ah ! si vous saviez combien je compte sur vous pour m'aider...

Dans cet état d'expansion radieuse, elle ne trouvait même pas de mots pour exprimer combien elle comptait sur Mrs. Wix. Ce à quoi son exaltation parvenait, en tout cas, c'était à faire de sa présence et de sa fameuse liberté des réalités sans cesse plus considérables, et ce fut cet imposant ensemble qui força Maisie et Mrs. Wix, stupéfaites, et séparées l'une de l'autre, à échanger entre elles des signes vains et confus comme s'ils étaient fait dans un brouillard sans cesse plus dense. Elles communiaient en tout cas dans le même étonnement, et Maisie inconsolée contemplait les ravages produits par la stupeur chez Mrs. Wix. La bonne dame s'en trouvait réduite à un état de parfaite impuissance, et pleine d'une sombre détresse, elle demeurait assise, fascinée par le grand style de Mrs. Beale. Ces événements la réduisaient au plus profond silence : ce qui venait de se produire était ce à quoi elle s'était le moins attendue, et toute cette rigueur dont elle avait fait montre ne servait à rien devant cette situation nouvelle. Elle s'était attendue que Sir Claude reparût, soit avec sa complice, soit sans elle ; jamais, au grand jamais, à voir apparaître sa complice sans lui. Mrs Beale avait obtenu entre-temps un avantage dont elle pouvait continuer à tirer parti : elle regarda avec un air de gai reproche la silhouette comique et muette de la gouvernante :

— Vous ne voulez vraiment pas me donner la main ? Peu importe : vous y viendrez !

Elle n'essaya pas d'en faire l'épreuve, et, au lieu de lui tendre la main, la leva d'un geste gracieux en inclinant la tête, jusqu'à une longue épingle à chapeau toute noire qui ornementait sa brune chevelure.

— Est-ce qu'on garde son chapeau pour déjeuner ? continua-t-elle. Si vous avez aussi faim que moi, nous ferions mieux de descendre tout de suite.

Mrs. Wix resta sur ses positions : pourtant, elle répondit à cette question, mais d'une voix que son élève reconnut à peine :

— Je garde le mien.

D'un seul regard, Mrs. Beale fit le tour de la toilette flambant neuve de Mrs. Wix, et paru du même coup remonter à ses origines et la suivre dans ses développements. Elle accepta cette réponse comme définitive :

— Oh ! mais le mien n'est pas une pareille merveille !

Et elle se tourna joyeusement vers Maisie :

— Mais j'ai une merveille pour vous, ma chérie !

— Une merveille ?

— Un amour de chapeau dans mes malles. Je me suis rappelé *ça*, et elle désigna l'objet posé sur la tête de sa belle-fille.

— Aussi vous en ai-je apporté un autre, avec des plumes de paon. C'est du bleu le plus extraordinaire !

C'était étrange : en être déjà à causer de plumes de paon avec Mrs. Beale, au lieu de lui parler de Sir Claude ; c'était même si étrange que l'enfant n'eut pas la présence d'esprit de la remercier. Mais l'éclat de félicité où se trouvait montée Mrs. Beale se révélait tellement inaltérable, que Maisie doutait de moins en moins qu'il recouvrît les plus profonds desseins. Leur profondeur prenait vaguement les proportions d'un gouffre, en présence du beau courage avec lequel Mrs. Beale tenait tête, dans le petit salon blanc et or, à une situation rendue difficile par ce silence et cette réception des plus froides. Mrs. Wix était plus silencieuse que jamais : l'embarras produit par l'isolement de Mrs. Beale n'était rien comparé à l'embarras produit par sa bonne grâce. Ces remarques furent pour l'enfant le point de départ d'une interrogation nouvelle. Que se passerait-il, si, avec un peu de complaisance ?... Mais cette idée se perdit bientôt dans des perspectives trop inquiètes pour motiver l'espérance, et trop conjecturales pour la peur ; et tandis que la situation rebondissait ainsi à chaque instant, un garçon apparut sur le seuil pour leur rappeler que le service de la table d'hôte était terminé.

— Etiez-vous montées pour vous laver les mains ? demanda Mrs. Beale. Dépêchez-vous, alors, et je vous rejoindrai dans un instant ; ils ont mis ma malle dans cette jolie chambre : c'était celle de Sir Claude. On peut se fier à lui pour se choisir une bonne chambre ! ajouta-t-elle en riant.

La porte de la pièce voisine se trouvait ouverte, et ce fut du seuil de celle-ci que Mrs. Beale, s'adressant de nouveau à Mrs. Wix, lui jeta la recommandation qui donnait le ton, comme elle l'eût dit elle-même, du genre qu'elle comptait bien prendre :

— Chère Madame, veuillez vous occuper de ma fille.

Le genre qu'elle comptait prendre comportait un changement si complet d'attitude qu'il rendait nécessaire (oh ! en vue d'une position honorablement subordonnée, mais point du tout servile !) une mainmise absolue et intéressée sur la respectabilité de la vieille femme. Aux yeux de Maisie, mieux vaut dire tout de suite que la réponse assuma la forme d'un sursaut de ladite respectabilité qui se leva d'un bond ; elle avait toujours été capable de pareils élans, et ce fut ainsi qu'elle entraîna à pas précipités son élève jusqu'à l'autre bout du corridor, où l'enfant et la gouvernante avaient leurs quartiers, emportant avec elle cette injonction de Mrs. Beale, tandis que cette dernière disparaissait à l'intérieur de l'ancienne chambre de Sir Claude. En somme, le changement le plus visible dans toute cette affaire était qu'en peu d'instants la petite protégée de Mrs. Beale était devenue sa fille. Maisie paraissait encore suivre tout cela des yeux, quand, après que la porte eut été presque brutalement refermée, Mrs. Wix et l'enfant se retrouvèrent face à face, et à mille lieues de penser au savon et aux essuie-mains. Mrs. Wix fut la première à laisser échapper un cri :

— Serait-il possible qu'elle en ait un ?

Maisie se sentit plus stupéfaite que jamais :

— Un quoi ?

— Eh bien, un sens moral.

A les entendre, on eût dit qu'il était possible d'en avoir deux, mais Mrs. Wix n'avait pas l'air de trouver cette idée drôle du tout, et Maisie ne voyait pas comment une réponse sortie de sa bouche pourrait servir à éclairer un mystère devenu à ce point obscur. Et, allant droit à une énigme plus grande encore :

— Est-ce que c'est elle qui est ma mère, maintenant ?

C'était un sujet sur lequel l'horrible nécessité d'avoir à donner un avis parut affecter Mrs. Wix comme un coup dans l'estomac. Elle n'y avait évidemment jamais accordé une pensée ; elle y pensa cette fois, et répondit aussitôt :

— Si elle est votre mère, Sir Claude est également votre père.

Mais l'enfant alla plus loin :

— Et alors mon père et ma mère...

Mais déjà elle s'interrompait, et Mrs. Wix lui répondait par un dur regard :

— Devraient vivre ensemble ? Ne recommencez pas !

Elle se détourna avec un grognement du côté du lavabo, et cette fois Maisie reconnut, non sans un certain soulagement, qu'en vérité il y avait quelque chose de dément dans cette proposition. Mrs. Wix s'éclaboussa avec bruit, mais sans grand soin, et l'instant d'après faisait de nouveau face :

— Elle a changé d'attitude.

— Elle a été gentille envers vous, approuva Maisie.

— Enfin, elle se l'imagine : « Allez habiller Mademoiselle ! » Mais c'est déjà quelque chose, fit-elle toute haletante. Et continuant à penser plus haut :

— S'il ne veut pas d'elle, elle vous aura, vous. Ce sera elle...

— Avec qui je vivrai à l'étranger ?

— Qui vous assurera un foyer.

Mais Mrs. Wix voyait plus loin, et rien désormais ne lui échappait.

— Oh ! elle est affreusement mobile. Ce n'est pas du sens moral.

Et, arrivant au plus haut degré de l'excitation :

— C'est un des ses trucs !

— Un truc ?

— Pour ne pas le perdre. Elle l'a sacrifié à son devoir.

— Alors, il ne viendra pas ? demanda Maisie.

Mrs. Wix ne répondit pas, absorbée dans ces vues nouvelles.

— Il a lutté. Mais elle a le dessus.

— Alors, il ne viendra pas ? répéta l'enfant.

Mrs. Wix avait son idée là-dessus.

— Si, le diable l'emporte !

Elle n'avait encore jamais employé un langage aussi grossier.

Maisie s'en moquait bien !

— Tout de suite ? Demain ?

— Trop tôt, en tout cas. Scandaleusement tôt.

— Mais alors, nous serons tous ensemble ! reprit l'enfant, et Mrs. Wix lui lança là-dessus un de ses regards exaspérés. Mais, avant qu'elle n'ait eu le temps d'ouvrir la bouche, l'enfant se hâta d'ajouter :

— Ensemble, avec vous !

L'air de mécontentement continua, mais Mrs. Wix se contenta d'ordonner à l'enfant de se laver les mains et de descendre. Ces ablutions hâtives se firent en silence, silence que Maisie rompit du reste pour s'exclamer subitement :

— Mon Dieu, n'est-ce pas qu'elle est belle ?

Mrs. Wix avait fini ; elle attendait.

— Certainement, elle sera très remarquée, dit-elle.

Toutes deux se hâtaient, et il était évident que l'impression produite par cette beauté aiguillonnait bizarrement leurs préparatifs de toilette avant d'aller la rejoindre. Pourtant, lorsqu'elles rentrèrent dans le petit salon, Mrs. Beale était déjà descendue ; sa chambre était vide, la porte grande ouverte, et une femme de chambre les renseigna. Mais une pensée qui traversa l'esprit de Mrs Wix les retarda encore :

— Et de quoi vivra-t-elle en attendant ?

Maisie s'arrêta net :

— Jusqu'à l'arrivée de Sir Claude ?

Ce n'était rien, comparé à la brusque violence de l'arrêt de Mrs. Wix :

— Qui paiera les notes ?

— Est-ce qu'elle ne peut pas ? demanda Maisie.

— Elle ? Elle n'a pas le sou.

L'enfant réfléchit :

— Mais est-ce que papa ?

— Ne lui a pas laissé une fortune ?

A l'entendre, on aurait dit que Mrs. Wix considérait papa comme mort, si toutefois elle n'avait pas immédiatement ajouté :

— Mais comment ? Il vit aux crochets d'autres femmes !

Oh ! oui, Maisie s'en souvenait.

— Alors, il ne pourrait pas envoyer ?...

Mais elle s'interrompit encore, cet expédient lui paraissant tout de même bizarre.

— Un peu de leur argent à sa femme ?

Mrs. Wix eut un rire plus étrange encore que cette fantastique hypothèse.

— Je crois bien qu'elle l'accepterait !

En toute hâte, elles se remirent en marche ; sur l'escalier, pourtant, Maisie s'arrêta de nouveau :

— Eh bien, si elle était restée en Angleterre ? demanda-t-elle.

Mrs. Wix parut réfléchir à la question :

— Et s'il était venu à sa place ?

— Oui, comme nous le pensions. Et Maisie, poursuivant son argument : Eh bien, comment aurait-elle fait pour vivre, alors ?

Mrs. Wix n'hésita qu'un instant :

— Aux crochets d'autres hommes !

Et elle descendit l'escalier.

## XXVIII

A table entre elles deux, Mrs. Beale fut aussi remarquée que Mrs. Wix l'avait prédit. Elle dépassait de beaucoup en beauté les autres femmes présentes, et savait mieux que quiconque accueillir avec art les hommages provoqués par cette beauté. Elle adressa surtout la parole à la seconde de ses voisines de table, et Maisie eut ainsi tout le loisir d'observer les yeux rivés sur la nouvelle venue et les signes échangés à son sujet, comme aussi de se perdre dans la multitude des significations qu'elle commençait, de façon certes confuse, mais pourtant assez nette pour en éprouver de la crainte, à découvrir dans le coup tout nouveau et si personnel que venait de jouer sa belle-mère. Si peu renseignée qu'elle fût sur les procédés de la diplomatie, elle sentit pourtant que la tête détournée de Mrs. Beale et son coude plus pointu que d'habitude en faisaient partie. Mrs. Beale avait l'habitude d'employer, pour désigner les méthodes utilisées par les gens désireux d'arriver à leurs fins, une phrase bien à elle, avec laquelle Maisie s'était à la longue familiarisée. On arrivait à ce genre de résultats (dans la phraséologie de Mrs. Beale, c'était une certaine Elle qui y arrivait, ou essayait d'y arriver), en « faisant de la lèche ». A présent, chose incroyable ! Mrs. Beale faisait de la lèche à Mrs. Wix. L'esprit de sa jeune amie n'avait jamais tant travaillé qu'en cette minute où elle se trouvait obligée de se demander quels avantages Mrs. Beale comptait ainsi obtenir. Durant la période de l'omelette aux rognons et du poulet sauté, Maisie hésitait encore quant à l'endurance dont Mrs. Wix allait faire preuve, cependant que la seule survivante des quatre pères et mères de Maisie bavardait aimablement avec la gouvernante. C'était étrange, mais Maisie se sentit dès cet instant aussi intéressée à l'avenir du sens moral de Mrs. Wix, que Mrs. Wix avait pu l'être au sien ; elle venait de comprendre que la bonne dame se trouvait avoir à résister cette fois à une tentation toute nouvelle. Dans les circonstances présentes, c'était bien plus difficile pour Mrs. Wix d'avoir à résister à Mrs. Beale elle-même qu'à l'image que Sir Claude présentait d'elle. Maisie sentit que les derniers événements (quelle que fût leur nature), risquaient d'avoir des conséquences bien plus grandes qu'elle ne s'y était attendue. Elle mettait ensemble toutes ces impressions, non sans un sentiment qui eût ressemblé, s'il lui était encore jamais arrivé de changer une pièce d'or, au vague soupçon, entravé par l'ignorance de l'arithmétique, qu'on ne lui avait peut-être pas rendu toute sa monnaie. A tâtons, elle en arrivait à la conclusion que le rôle passif lui était dévolu dans une affaire de substitution nullement volontaire. Une victime : tel eût certes été son rôle si le débat engagé entre ses beaux-parents avait dû se clore sur la phrase suivante de Mrs. Beale :

— Eh bien, puisqu'elle ne peut vivre qu'avec un seul de nous deux, comment voudriez-vous que ce ne soit pas moi ?

Cette réponse était bien différente de celle dont Maisie avait nourri l'espoir pendant de longs jours, et la désolation en était encore aggravée par l'absence de tout signe de Sir Claude témoignant qu'il ne l'acceptait pas comme définitive. Là-haut, Mrs. Beale n'avait-elle pas laissé entendre que Sir Claude et elle s'étaient séparés brouillés, qu'elle l'avait quitté, lâché en plein Londres, après une période de luttes à la suite desquelles son arrivée prouvait qu'elle s'était résolue à le sacrifier ? Maisie assistait par la pensée aux incidents qui s'étaient probablement produits dans la maison de Regent's Park, et l'idée que Sir Claude n'avait pas été équitablement traité l'emplissait presque d'épouvante. Cette émotion enlevait quelque chose à l'orgueilleux plaisir d'être assise en ce moment à côté d'une telle beauté, et l'enfant oubliait complètement que, bien que ce ne fût pas elle qui eût pensé tout d'abord à la solution consistant à sacrifier Mrs. Beale, elle l'aurait néanmoins vu adopter par Sir Claude sans un seul mot de reproche.

Ce que sa belle-mère s'était visiblement mis en tête d'obtenir de Mrs. Wix, c'était l'assentiment de la gouvernante au grand changement, à la transformation subtile comme un tour de passe-passe, selon laquelle rien n'était maintenant aussi indiqué pour Maisie que Mrs. Beale elle-même. En vérité, Maisie voyait fort bien la théorie que le coude pointu de sa belle-mère semblait essayer de faire pénétrer entre les côtes insuffisamment protégées de la gouvernante ; et cette théorie était qu'il importait fort peu que l'enfant fût attribuée au beau-père plutôt qu'à la belle-mère. Toute la question tenait dans la simple différence des sexes, et si Maisie n'avait été qu'un garnement en culottes, destiné sans doute à devenir avec l'âge un vaurien quelconque, rien n'aurait empêché Sir Claude de la garder. Les choses étant ce qu'elles étaient, il venait tout unimenț de dégringoler hors de l'emploi, et Mrs. Wix allait derechef prendre sa place. Et certes, ces arguments avaient touché notre jeune amie au bon endroit, grâce surtout au ton de voix sur lequel elle s'entendait désigner sous son appellation nouvelle. Car enfin, après tant de filiations différentes, elle demeurait tout de même l'enfant de quelqu'un, même si papa et maman pouvaient pratiquement être considérés comme morts. Au cas où la femme de son père et le mari de sa mère, par l'effet de quelque loi naturelle, et peut-être (pour ce qu'elle en savait), inscrite au Code, se trouvaient prendre la place de leurs partenaires défunts, l'associé de Mrs. Beale pouvait certes être considéré comme tout aussi décédé que l'associée de Sir Claude, et Mrs. Beale se trouvait occuper exactement la même position que ce père à qui le tribunal, dans le procès Farange, avait donné la priorité. L'objet de ce verdict célèbre vit le reste de sa journée tout rempli par la pompeuse splendeur de ce rôle assumé par Mrs. Beale. Cette attitude nouvelle se carrait, pour ainsi dire, entre la gouvernante et l'enfant, occupées qu'elles étaient à converser avec Mrs. Beale, et s'étalait si bien qu'elle ne leur laissait à toutes deux, dans les profondeurs sans fond où elles se trouvaient, que la ressource de vagues clins d'yeux en guise de signaux. Maisie avait pourtant l'impression qu'en somme Mrs. Wix aurait pu de temps à autre lancer une corde, ou faire partir une fusée, si elle en avait eu vraiment envie. Quoi qu'il en soit, elles ne s'étaient jamais trouvées si longtemps privées de tout moyen de communication, même télégraphique, et leur compagne réussissait à les séparer rien qu'en les gardant auprès d'elle. Du fond de cette impasse, elles croyaient voir leurs intérêts en commun avec Mrs. Beale, plus nombreux, plus importants que jamais, passer et repasser comme une procession sans fin. Ce fut un jour de gaies allées et venues, de bavardages si brillants, si intarissables de la part de Mrs. Beale, qu'ils donnaient l'impression de la musique et des bannières. Mrs. Beale ne tarda point à les prendre avec elle pour une flânerie à pied et une promenade en voiture, et même, vers le soir, elle fit le projet de les emmener à l'Etablissement où, pour un franc par personne, elles pourraient assister à un concert de célébrités. Ce plan rappela à Maisie les baraques d'Earl's Court, et les francs tintaient plus clair que les shillings, qui en ces temps-là avaient fait défaut ; pourtant, cette espérance se vit frustrée comme l'autre ; les francs manquèrent comme leurs prédécesseurs, et les baraques servirent d'exemple au concert. Bref, l'Etablissement se perdit dans de vagues lointains, et il n'était pas surprenant qu'une dame qui dès son arrivée s'était tenue si galamment sur la brèche s'avouât enfin à bout de forces. Maisie pouvait se rendre compte de son état de fatigue : la journée ne s'était pas écoulée sans qu'une telle observatrice eût l'occasion de remarquer que Mrs. Beale était surexcitée, et même de comparer mentalement la situation où se trouvait sa belle-mère à celle de l'Océan après une tempête. Une bourrasque avait soufflé sur Londres, et il faudrait à Mrs. Beale du temps pour se calmer. Son enthousiasme, sa gaieté, son esprit, qui n'avaient pas un instant cessé de s'exercer, donnaient à l'enfant l'impression de s'employer comme à contretemps, selon une expression qui lui était connue pour en avoir entendu user devant elle.

Mrs. Beale aussi se montrait ravie par les coutumes de l'étranger, mais la chance pour Maisie de les lui expliquer se trouva inopinément réduite à rien par l'expérience plus grande dont Mrs. Beale faisait preuve à l'égard de toutes ces choses. L'une des raisons qui firent que sa volubilité trouva peu d'échos, était le recul surpris de Maisie à l'idée que sa belle-mère avait pour ainsi dire été élevée sur le continent. Ce fut Mrs. Beale, et de façon bien déconcertante, qui commença donc à tout expliquer à ses amies ; ce fut elle, où qu'elles allassent, qui servit d'interprète, d'historien et de guide. Elle évoquait sans cesse ses anciens voyages, faits à l'âge de dix-huit ans ; à cette époque de sa vie, elle avait séjourné sur les bords du lac de Genève avec une noble famille hollandaise. Maisie avait été régalée autrefois d'anecdotes appartenant à cette période, mais celles-ci avec le temps avaient passé à l'état de fantômes, et l'évidente façon dont Mrs. Beale se sentait chez soi à Boulogne, sa manière d'être instruite de bien des choses que Maisie avait dû expliquer à Mrs. Wix ajoutaient beaucoup à la pompe de son arrivée, à la variété des avantages qu'elle avait obtenus. Tout cela faisait partie du vent qui gonflait ses voiles, ajoutait au poids nouveau de sa main, que Maisie allait commencer à sentir. L'effet sur Maisie fut d'aggraver le sentiment de sa séparation d'avec Sir Claude, en la lui faisant paraître plus longue. Il lui semblait que tout cela durait depuis bien des jours, et que, du fait que le théâtre de leurs actions se trouvait transporté en France, et que maman, ni Mrs. Beale, ni Mrs. Wix, ni elle-même n'étaient plus auprès de Sir Claude, ce dernier devait se sentir terriblement seul en Angleterre. Il lui semblait aussi que ses heures à elle se passaient à attendre, mais à peine aurait-elle pu dire ce qu'elle attendait. Il y avait des moments où le bavardage de Mrs. Beale ressemblait tout à fait au vacarme destiné à étouffer le bruit d'un coup porté. A aucun moment de la crise, le but de ce bruit n'avait été si ouvertement avoué que lorsque Mrs. Beale, au lieu de laisser Maisie se préparer pour le dîner avec sa gouvernante, poussa l'enfant (d'une poussée cette fois incontestablement maternelle), droit dans la chambre qu'elle avait héritée de Sir Claude. De ses mains prestes, elle se chargea de bichonner sa petite protégée, et dit enfin :

— Je vais divorcer d'avec votre père.

Cette phrase différait tellement de tout ce à quoi Maisie s'attendait, qu'elle mit quelque temps à parvenir jusqu'à son entendement. Mais l'enfant sentit que dans l'intervalle, elle avait dû visiblement pâlir :

— Pour épouser Sir Claude ?

Mrs. Beale la récompensa d'un baiser.

— C'est gentil à vous de présenter la chose de cette façon.

C'était un hommage, mais Maisie n'en formula pas moins une objection

— Comment est-ce possible, puisqu'il est déjà marié ?

— Il ne l'est plus, ou tout comme. Il est libre, vous le savez bien.

— Libre de vous épouser ?

— Libre, d'abord, de divorcer d'avec ce monstre.

La gratitude que Maisie croyait devoir éprouver depuis quelques jours à l'égard d'une certaine personne, n'avait pas préparé l'enfant à la reconnaître sous cette sinistre appellation. Aussi hésita-t-elle assez longtemps avant de se risquer à demander :

— Maman ?

— Elle n'est plus votre maman, répliqua Mrs. Beale. Sir Claude lui a donné de l'argent pour cesser de l'être.

Et, comme si elle se rappelait le peu qu'une transaction d'ordre financier pouvait signifier pour l'enfant :

— Elle accepte de ne plus recevoir d'argent de lui, s'il reconnaît d'autre part qu'elle n'a plus à subvenir à vos besoins.

Mais Mrs. Beale semblait n'avoir pas rendu assez justice aux capacités financières de sa belle-fille.

— Et il subviendra lui-même à mes besoins ? demanda Maisie.

— Il en endosse tout le souci et toute la responsabilité, et plus jamais elle n'entendra parler de vous. C'est un contrat signé en bonne forme.

— Eh bien, c'est très gentil de sa part à elle ! s'écria Maisie.

— Ce n'est pas si gentil que cela, ma chérie, mais il obtiendra son divorce.

Maisie garda un instant le silence, ensuite :

— Non, il ne l'aura pas, dit-elle. Et elle ajouta plus audacieusement encore : Et vous n'aurez pas le vôtre !

Mrs. Beale, qui se trouvait devant le miroir de la table de toilette, se tourna vers elle d'un air amusé et surpris :

— Et comment savez-vous cela ?

— Oh ! je le sais ! s'écria Maisie.

— Par Mrs. Wix ?

Maisie hésita, puis prit avantage de l'absence de tout mécontentement chez Mrs. Beale, ce qui la frappait d'autant plus qu'elle sentait avoir eu besoin de tout son courage pour parler comme elle l'avait fait :

— Par Mrs. Wix !

Mrs. Beale, faisant de nouveau face au miroir, jouait avec sa houppe à poudre :

— Ma petite chérie, elle se trompe !

Et se fut sa seule réponse.

L'aménité de cette réplique n'était pas dépourvue d'une certaine force, mais notre héroïne se rappela pourtant que Sir Claude lui-même avait répondu tout autrement. Mais ce souvenir ne l'empêcha pas de demander :

— Est-ce que cela signifie qu'il ne viendra pas avant d'avoir eu le sien ?

Mrs. Beale donnait une dernière touche à sa toilette ; elle était prête, et se dressait dans toute son élégance.

— Cela signifie, ma chérie, que c'est parce qu'il n'a pas le sien que je l'ai quitté.

Cette phrase ouvrit pour Maisie des perspectives démesurées. Elle s'en détourna bien vite, mais posa encore une question avant de quitter la chambre :

— Et vous aimez Mrs. Wix, maintenant ?

— Eh bien, ma poulette, j'allais justement vous demander si vous croyez qu'elle commence à aimer un peu la pauvre et coupable créature que je suis !

Maisie cherchait vainement une réponse :

— Je n'en ai pas la moindre idée. Mais je tâcherai de savoir.

— Oui, tâchez ! Essayez, je vous prie ! insista Mrs. Beale comme il s'agissait d'une faveur toute spéciale, et tout en se hâtant hors de la chambre au milieu d'effluves parfumés.

L'enfant essaya dès l'heure du coucher, rassurée maintenant contre la crainte que leur visiteuse voudrait la séparer pour la nuit de sa gouvernante.

— Avez-vous tenu bon ? demanda-t-elle dès que les doubles portes du corridor se furent refermées sur elle.

Mrs. Wix considérait d'un œil fixe la flamme de la bougie :

— Tenu bon ?

— Enfin, elle vous a fait de la lèche. Est-ce qu'elle a réussi ?

Le regard fixe de la gouvernante se porta sur le visage de son élève :

— Réussi à quoi faire ?

— A me garder au lieu...

— Au lieu de Sir Claude ?

Mrs. Wix s'efforçait visiblement de gagner du temps.

— Bien sûr. Qui d'autre ? Car ce n'est pas à votre place.

Tant de lucidité fit rougir Mrs. Wix.

— Oui, c'est bien là ce qu'elle veut.

— Eh bien, ça vous plaît ? demanda Maisie.

Elle fut obligée d'attendre quelque temps la réponse, car sa grande amie se trouvait dans le pire embarras.

— Mon hostilité contre cette liaison (la leur) en serait naturellement diminuée à certains égards. Elle m'a traitée aujourd'hui comme si, somme toute, je n'étais pas tout à fait de la boue. Evidemment, je sais fort bien sur qui elle prend ses exemples de politesse. Et bien entendu, je préférerai toujours l'autre dans ce rôle-là.

— Vous préférerez toujours ! répéta Maisie. Je l'espère bien !

Elle parlait avec une fermeté dont elle tremblait toute la première.

— Je croyais que vous l'adoriez, lui.

— C'est vrai, admit hardiment Mrs. Wix.

— Alors, vous avez commencé à l'adorer aussi, elle ?

Au lieu d'une réponse directe, Mrs. Wix éluda la question :

— Quel ton vous prenez, ma chérie ! Vous découvrez votre jeu !

— Pourquoi pas ? Vous avez découvert le vôtre, vous ! Mrs. Beale a découvert le sien. Chacun son tour !

Et Maisie éclata du plus extraordinaire petit rire qui eût jamais passé sur ses jeunes lèvres.

Celles de Mr. Wix émirent bientôt un son moins extraordinaire :

— Vous êtes incroyable ! hennit-elle.

Son élève répondit, sans chercher nullement l'insolence :

— Je crois que votre influence y est pour beaucoup.

— C'est juste ! C'est juste !

Mrs. Wix redevenait humble, et semblait se rappeler les accusations qu'elle avait naguère portées contre soi-même.

— Est-ce que vous l'accepteriez, donc ? Voilà ma question, dit Maisie.

— Comme remplaçante ?

Mrs. Wix y réfléchissait, et de nouveau ses yeux rencontrèrent ceux de l'enfant.

— C'est vrai qu'elle m'a cajolée, aujourd'hui.

— Vous n'avez pas répondu, persista Maisie. Je veux savoir si vous l'acceptez.

Mrs. Wix continua à temporiser.

— Je veux savoir si vous le faites.

L'expression de l'enfant montra la plus complète absence d'hésitations à ce sujet :

— Jamais de la vie !

— Pas même elle et lui, maintenant ?

Mrs. Wix rougit, elle comprenait.

— Lui seul ?

— Lui seul ou personne.

— Pas même moi ? s'écria Mrs Wix.

Maisie la regarda un instant, puis commença à se déshabiller :

— Oh ! vous, vous ne comptez pas !

## XXIX

Elle fut réveillée brusquement ; en ouvrant les yeux, elle vit Mrs. Wix debout, entièrement habillée, plus habillée que jamais, qui la contemplait du milieu de la chambre, et elle comprit aussitôt qu'il était sans doute déjà tard. L'instant d'après, elle était assise sur son lit, complètement éveillée, et effrayée à l'idée des heures de « séjour à l'étranger » qu'elle venait peut-être de perdre. Mrs. Wix avait déjà l'air d'avoir subi les contrecoups des événements de la journée, et il en fut de même pour Maisie lorsqu'elle l'entendit annoncer d'une voix bien distincte :

— Ma pauvre chérie, il est venu !

— Sir Claude ?

Maisie, dépassant d'un bond la petite descente de lit, sentit le parquet poli sous ses pieds nus.

— Il a fait la traversée cette nuit ; il est arrivé de bonne heure.

Mrs. Wix rejeta la tête en arrière d'un mouvement brusque :

— Il est ici.

— Et vous l'avez vu ?

— Non. Il est ici, il est ici, répéta Mrs. Wix. Sans le vouloir, elle s'était mise à parler étrangement bas, et elle tremblait si fort que leur émotion à toutes deux s'en accrut. Très pâles, elles se regardaient l'une l'autre.

— Mais c'est *magnifique* ! dit Maisie d'une voix entrecoupée, sollicitant ainsi une réponse, pour laquelle d'ailleurs elle n'était pas prête.

Le mot dont elle venait de se servir lui avait été inspiré par son sens diplomatique — pour empêcher en tout cas Mrs. Wix d'en employer un autre. Mais ce vieux et pâle visage, trahissant une indécision bien plus grande que son aspect ne l'eût fait récemment escompter par l'observateur le plus optimiste, ne fit montre que d'une espèce d'étrange protestation muette. Quant à Maisie, chose bizarre, ce nouvel événement la réjouissait bien moins que toute autre arrivée ou retour ancien de cet ami bien-aimé. Qu'était-il arrivé, la nuit, pendant son sommeil, à sa faculté de ressentir du bonheur ? Elle tenta de la réveiller en parlant, en manifestant son contentement, en se plongeant dans l'eau et enfilant ses vêtements, et elle découvrit que non seulement il était dix heures du matin, mais encore que Mrs. Wix n'avait pas déjeuné. La veille, à neuf heures, elles avaient eu ensemble un café complet servi dans leur salon. De son côté, Mrs. Wix avait évidemment besoin de chercher une diversion à ses propres soucis. Elle la trouva en protestant contre la hâte dont son élève faisait preuve, en lui rappelant avec une espèce de sévérité que le moment de la toilette consacré à l'eau et au savon ne doit jamais, sous aucun prétexte, être écourté, et en manifestant même une certaine réprobation à l'idée d'enfiler précipitamment ses vêtements en l'honneur d'un simple beau-père. Elle s'empara de Maisie avec une autorité silencieuse ; elle transforma le processus de l'habillage en une série d'opérations plus nettement déterminées que Maisie n'en avait connu, depuis l'époque lointaine de Moddle. Si différentes que fussent cette fois les impressions produites sur elle par la présence de Sir Claude, sa hâte de le voir était pourtant suffisante pour faire négliger à l'enfant les soins de sa toilette. Heureusement, l'activité de Mrs. Wix ne se dépensait pas à faire seulement des reproches à Maisie.

— Il est là. Il est là, répéta-t-elle plusieurs fois.

C'était sa seule réponse lorsque Maisie lui demandait depuis combien de temps elle était levée, et pourquoi elle avait respecté si scrupuleusement le sommeil de sa petite compagne. Pendant quelques minutes, cette phrase fut l'unique compte rendu qu'elle donna des allées et venues des autres, et la seule raison qu'elle produisit pour ne pas les avoir déjà vus, ainsi que pour la possibilité de les rencontrer plus tard au salon.

— Il est là. Il est là, déclara-t-elle une fois de plus, tout en tirant presque rageusement sur un des sous-vêtements devenu trop étroit de la petite fille, pour obliger les bords de l'étoffe « à se rejoindre ».

— Vous voulez dire qu'il est dans le salon ? demanda de nouveau Maisie.

— Il est avec elle, dit Mrs. Wix avec désolation. Il est avec elle, répéta-t-elle.

— Vous voulez dire, dans sa chambre à elle ? continua Maisie.

Mrs. Wix hésita un instant :

— Dieu sait !

Maisie se demanda l'espace d'une seconde, avec étonnement, comment, ou pourquoi Dieu pouvait le savoir ; toutefois, sa question suivante n'en fut guère retardée :

— Enfin, est-ce qu'elle va repartir ?

— Repartir ? Jamais !

— Elle restera tout de même ?

— Plus que jamais.

— Alors, est-ce que Sir Claude ne va pas repartir ? demanda Maisie.

— Repartir ? Si elle n'en fait rien ? Mrs. Wix parut pourtant considérer un instant cette possibilité : Pourquoi serait-il venu, rien que pour repartir ?

L'explication qu'en offrit Maisie était ingénieuse :

— Pour l'obliger à partir. Pour l'emmener.

Mrs. Wix ne se laissa pas ébranler :

— S'il peut si facilement l'obliger à partir, pourquoi l'aurait-il laissée venir ?

Maisie considéra la chose :

— Oh ! seulement pour me voir, moi. Elle en a le droit.

— Oui, elle en a le droit.

— C'est elle qui est ma mère ! insinua Maisie avec un petit rire timide.

— Oui, c'est elle qui est votre mère.

— Et puis, continua Maisie, il ne l'a pas laissée partir. Il n'aimait pas qu'elle vienne, et puisqu'il ne l'aime pas...

Mrs. Wix l'interrompit :

— Il faudra bien qu'il se fasse une raison, et voilà tout ! Votre mère voyait juste en ce qui le concernait. Je veux dire, votre vraie mère... C'est un homme faible. Très faible. Mrs. Wix semblait plus perdue que jamais dans ses réflexions : Il aurait pu se montrer moins faible même envers elle, je veux dire envers Madame. Enfin, ce n'est qu'un misérable esclave, déclara-t-elle avec une soudaine énergie.

Maisie fut plus étonnée que jamais :

— Esclave ?

— De ses passions.

Maisie demeurait surprise et même frappée par ces paroles. Au bout d'un instant, elle continua :

— Mais comment savez-vous qu'il va rester ?

— Parce qu'il tient à nous !

Et Mrs. Wix, après cette déclaration faite avec emphase, imprima à l'enfant un violent mouvement de rotation afin de la boutonner par-derrière. Elle n'avait encore jamais secoué Maisie de la sorte.

Une nouvelle question tomba, comme détachée par cette secousse :

— Mais est-ce qu'il vaudrait mieux pour lui que nous ne restions pas, même s'il tient à nous ?

— Vous voulez dire : que nous partions en le laissant avec elle ? Mrs. Wix parlait à la nuque de l'enfant. Ça ne vaudrait pas mieux pour lui. Ce serait sa ruine. Il n'aura plus rien, il aura tout perdu. Et sa perdition totale serait d'autant plus sûre, qu'au bout d'un certain temps, il va la haïr.

— Et alors, quand il va se mettre à la haïr (c'était étonnant de voir Maisie s'emparer si vite de cette idée), il viendra tout droit avec nous ! annonça Maisie.

— Jamais.

— Jamais ?

— Elle le gardera. Elle ne le lâchera jamais.

Maisie gardait quelques doutes :

— Quand il se sera mis à la haïr ?

— Peu importe, elle ne le haïra pas, lui. Ce n'est encore jamais arrivé à personne ! déclara Mrs. Wix.

— Si. Maman le hait, contesta Maisie.

— Votre maman ne le hait pas du tout ! C'était bouleversant : sa grande amie la contredisait brutalement. Elle l'aime ! Elle l'adore ! Une femme se rend toujours compte de ces choses-là ! Mrs. Wix parlait, non seulement comme si Maisie n'était pas une femme, mais encore comme si elle n'en serait jamais une : Je le vois bien, moi ! s'écria-t-elle.

— Alors, pourquoi l'a-t-elle quitté ?

Mrs. Wix hésita :

— Il la déteste. Ne vous tenez pas comme une bossue ; arrangez vos cheveux. Vous savez quels sentiments j'ai pour lui, ajouta-t-elle avec dignité, mais vous devez savoir aussi que j'y vois clair.

Maisie s'efforçait justement de faire de même :

— Mais alors, puisqu'elle l'a quitté, pourquoi Mrs. Beale ne le quitterait-elle pas ?

— Parce qu'elle n'est pas si bête !

— Si bête que maman ?

— Précisément, puisque vous tenez à ce qu'on vous le dise. Est-ce qu'elle a l'air de vouloir le quitter ? demanda Mrs. Wix. Et elle se plongea de nouveau dans ses pensées, puis continua plus violemment que jamais : Voulez-vous vraiment savoir pourquoi ? C'est elle qui sera son malheur et son châtiment !

— Son châtiment ? C'en était plus que Maisie ne pouvait accepter. Et à cause de quoi ?

— A cause de tout. C'est ce qui lui arrivera : il sera lié à elle pour toujours. Et cela lui sera bien égal, à elle, qu'il la haïsse, et elle ne le haïra pas en retour. C'est nous qu'elle va haïr !

— Nous ? répéta faiblement l'enfant.

— C'est vous surtout !

— Moi ? Mais c'est moi qui les ai rapprochés l'un de l'autre ! s'écria Maisie sur ton de reproche.

— Vous les avez rapprochés l'un de l'autre. La voix de Mrs. Wix indiquait qu'elle était pleinement d'accord. Oui, c'est du propre, ce que vous avez fait là. Asseyez-vous. Elle se mit en devoir de brosser les cheveux de son élève, et, tout en soulevant leur masse avec une certaine énergie, elle reprit âprement : Votre mère l'adorait dans les premiers temps ; ça aurait pu durer. Mais il a commencé trop vite avec Mrs. Beale. Comme vous le dites, continua-t-elle en la brossant rudement, vous les avez rapprochés l'un de l'autre.

— Je les ai rapprochés l'un de l'autre. Maisie était prête à le réaffirmer. Elle ne s'en vit pas moins, l'espace d'un instant, en assez mauvaise posture, puis elle parut trouver une issue. Mais je n'ai pas rapproché maman... La voix lui manqua.

— De tous les autres messieurs ? acheva Mrs. Wix. Non, votre cas n'est pas tout à fait aussi mauvais que cela.

— J'ai seulement dit au capitaine (Maisie en gardait le souvenir le plus net) que j'espérais que lui au moins, — il était si gentil ! — il allait l'aimer et la garder.

— Et même il n'y avait pas grand mal à cela, assura Mrs. Wix.

— Cela n'a pas fait non plus grand bien, fut obligée de reconnaître Maisie. Elle ne peut plus le sentir, oh ! plus du tout ! Elle me l'a dit à Folkestone.

Mrs. Wix réprima un tressaillement, puis, après un instant où elle ne parut s'arracher qu'à grand-peine à sa bizarre rumination des torts d'Ida :

— Eh bien, c'était du joli, de venir vous parler d'un individu pareil !

— Oh ! il me plaisait, se hâta de répondre Maisie, et, sur ce, avec un grognement inarticulé et une inconséquence plus marquée que jamais, sa compagne se pencha, et lui donna sur la joue un rapide coup de bec qui avait apparemment l'intention d'être un baiser.

— Eh bien, si Madame n'est pas d'accord avec vous, qu'est-ce que cela prouve ? demanda Mrs. Wix en guise de conclusion. Cela prouve qu'elle aime Sir Claude !

Maisie réfléchit à cette espèce de preuve jusqu'à ce qu'on eût fini de la coiffer, mais en se levant, elle montra qu'elle n'avait pas pleinement compris cette démonstration. Elle saisit le bras de Mrs. Wix :

— Il a peut-être obtenu son divorce !

— Depuis avant-hier ? Ne dites pas de bêtises !

Ce fut dit sur un ton d'impatience qui ne permit pas à Maisie la moindre réplique, et elle se rabattit sur un autre côté de la question :

— Eh bien, je savais qu'il viendrait !

— Moi aussi, mais pas dans les vingt-quatre heures. Je lui donnais quelques jours, gémit Mrs. Wix.

Maisie, que sa gouvernante avait enfin lâchée, la regarda avec intérêt :

— Combien de jours est-ce qu'elle lui donnait, elle ?

Mrs. Wix la considéra un instant, puis, avec un petit reniflement stupéfait :

— Vous feriez mieux de le lui demander ! Mais elle n'avait pas plutôt prononcé ces paroles qu'elle se ressaisit : Bon Dieu, nous en avons, une conversation !

Quoi qu'il en fût à ce sujet, Maisie estimait qu'il lui fallait voir Sir Claude, mais elle termina consciencieusement sa toilette sans parler, et Mrs. Wix aussi garda le silence. Il semblait presque que toutes deux eussent trop à penser pour pouvoir encore ouvrir les lèvres ; et c'était comme si l'enfant avait eu l'impression que sa grande amie la surveillait et se sentait à son tour surveillée par son élève. Enfin, Mrs. Wix s'approcha de la fenêtre et resta à regarder au loin — sans rien voir, Maisie s'en doutait. Puis notre héroïne, devant le miroir, donna enfin le dernier fini à sa toilette :

— Eh bien, je suis prête. Et maintenant, il s'agit d'y aller !

Mrs. Wix tourna la tête de son côté, mais comme si elle n'avait pas entendu ce que Maisie venait de dire :

— C'est terriblement grave. De lentes larmes immobiles se laissaient voir derrière les lunetttes.

— C'est très grave, très grave ! Maisie parlait comme si sa toilette était maintenant à la hauteur des circonstances, et même comme si elle venait de la parachever en se mettant sur la tête une barrette de juge : il faut que je le voie tout de suite.

— Comment est-ce possible s'il ne vous fait pas appeler ?

— Pourquoi ne puis-je pas descendre, et aller le trouver ?

— Parce que vous ne savez pas où il est.

— Est-ce que je ne puis pas regarder dans le salon ? Un tel acte semblait encore tout simple à Maisie. Mrs. Wix la rabroua aussitôt :

— Je ne voudrais pas vous voir regarder dans le salon pour tout l'or du monde !

Et, s'expliquant à demi :

— Le salon ne nous appartient plus, maintenant.

— A nous ?

— A vous et à moi. Il est à eux.

— A eux ?

Maisie, l'œil stupéfait, continuait à lui faire écho.

— Vous voulez dire qu'ils ont l'intention de nous empêcher d'y entrer ?

Tout courage abandonnait Mrs. Wix ; elle s'effondra dans un fauteuil, et, geste que Maisie lui avait déjà vu faire bien des fois, se couvrit le visage de ses mains.

— Ils le devraient, en tout cas ! la situation est par trop monstrueuse !

Maisie resta un moment debout, immobile, regardant autour d'elle dans la chambre :

— Je vais le chercher. Je le trouverai bien.

— Je ne ferai rien de pareil ! Je ne peux plus les voir ! s'écria Mrs. Wix.

— Alors, je le verrai toute seule.

L'enfant trouva enfin l'objet qu'elle cherchait des yeux : c'était son chapeau.

— Je l'emmènerai peut-être faire une promenade.

Et elle quitta la chambre d'un air décidé.

Le salon se trouvait vide quand elle y entra, mais quelqu'un remua sur le balcon au bruit de la porte qui s'ouvrait, et Sir Claude, rentrant aussitôt dans la chambre, se trouva face à face avec Maisie. Il portait des vêtements d'été tout neufs, et arborait un chapeau de paille au ruban de couleur claire ; toute ces choses, outre qu'elles frappaient Maisie en elles-mêmes, et comme la promesse d'un vrai grand voyage, prêtaient à Sir Claude un certain lustre, et comme un air de laisser-aller qui rappelait presque les Tropiques. Mais tout cela ne fit que rendre plus marquée encore la façon dont il s'arrêta net, sans lui tendre les bras, et demeura ainsi à distance bien plus longtemps qu'il ne l'avait jamais fait jusqu'ici en pareille occurrence. Son air d'incertitude la fit hésiter à son tour, et lui donna tout le loisir de penser qu'il devait être debout depuis un bon moment déjà, car il n'y avait pas trace de petit déjeuner dans la pièce et que, malgré l'heure tardive, il avait visiblement renoncé à la faire appeler. Mrs. Wix avait-elle raison d'affirmer qu'ils comptaient les exclure du salon ? Ce salon n'était-il désormais qu'à Mrs. Beale et à lui ? Une telle idée, au train où les pensées se succédaient dans son petit cerveau, ne pouvait que lui rappeler de quelle façon jadis tout ce qui lui appartenait avait appartenu également à Mrs. Beale et à Sir Claude. C'était étrange d'être là, et de lui souhaiter la bienvenue à l'autre bout d'un grand espace vide, car entre-temps, il lui avait souri et adressé la parole.

— Ma chère enfant, ma chère enfant ! dit-il, mais sans s'approcher de plus près.

En un instant, elle vit qu'il avait changé — changé plus qu'il ne s'en doutait ou ne voulait le paraître. Du reste, il sembla remarquer aussitôt l'impression produite sur le visage de l'enfant ; et, en conséquence, il lui tendit la main. Alors, ils se rapprochèrent l'un de l'autre ;

il l'embrassa, il rit : elle pensa même qu'il avait rougi, et il lui manifesta un peu de son habituelle tendresse :

— Me voilà, de nouveau, vous voyez, comme je vous l'ai promis.

Ce n'était pas ce qu'il leur avait promis — il ne leur avait pas promis Mrs. Beale, mais Maisie garda le silence sur ce point. Elle se contenta de rire :

— Je savais que vous étiez venu. Mrs. Wix me l'a dit.

— Vraiment ? Où est-elle ?

— Dans sa chambre. Elle a fait ma toilette. Elle m'a habillée.

Sir Claude fit d'elle un examen attentif. Son visage prenait dans ces occasions-là un doux air de moquerie qui lui était particulièrement cher et il n'y manqua pas dans cette circonstance. Il haussa les sourcils et leva les bras avec une feinte admiration ; somme toute, il était évidemment disposé à la gaieté :

— Fait votre toilette ? Je crois bien ! Elle vous a mer-merveilleusement habillée. Est-ce qu'elle ne va pas venir ?

Maisie se demanda s'il était préférable de dire la vérité :

— Elle dit que non.

— Elle préfère ne pas voir un pauvre diable comme moi ?

Maisie regarda autour d'elle, encore émue par le qualificatif qu'il venait de se donner, et son regard s'arrêta sur la porte de la chambre qu'il avait naguère occupée :

— Est-ce que Mrs. Beale est là ?

Sir Claude regarda vaguement du même côté :

— Je n'en ai pas la moindre idée !

— Vous ne l'avez pas vue ?

— Pas même le bout de son nez.

Maisie réfléchit, et sous le regard des beaux yeux

souriants de Sir Claude, elle sentit s'établir en elle l'imperceptible, mais entière et lucide conviction qu'il ne disait pas la vérité :

— Elle ne vous a pas souhaité la bienvenue ?

— Pas le moindre mot.

— Alors, où est-elle ?

Sir Claude se mit à rire, il paraissait à la fois amusé et surpris par son insistance à ce sujet :

— Je donne ma langue au chat.

— Elle ne sait pas que vous êtes là ?

Il rit de nouveau :

— Peut-être que ça lui est égal.

Maisie eut une idée ; elle prit Sir Claude par la manche :

— Est-ce qu'elle est partie ?

Leurs yeux se rencontrèrent, et elle s'aperçut alors que le regard de Sir Claude était beaucoup plus grave que le reste de ses manières.

— Partie ?

Elle s'était précipitée vers cette porte, mais avant qu'elle ait pu lever la main vers le bouton, il était près d'elle, et s'en était emparé.

— Laissez-la tranquille, où qu'elle soit. Peu m'importe ce qu'elle fait. C'est vous que je veux voir.

Maisie comprit ce qu'il voulait dire :

— Donc, elle n'est pas partie ?

Il continuait à faire semblant de traiter tout cela en plaisanterie, mais plus elle le regardait, plus elle s'apercevait qu'il était troublé.

— Ce ne serait pas son genre !

Elle le contemplait pensivement :

— Est-ce que vous étiez content qu'elle soit venue ?

— Comment pouvez-vous supposer une pareille chose ?

Et il lui avoua franchement :

— Nous avons eu une terrible bataille à ce sujet.

— C'est-à-dire que vous vous êtes disputés ?

Sir Claude ne savait plus où il en était :

— Que vous a-t-elle raconté ?

— Que je suis à elle aussi bien qu'à vous. Qu'elle représente papa.

Son regard se perdait du côté de la fenêtre ouverte et du ciel ; elle pouvait entendre Sir Claude faire tinter dans ses poches son argent ou ses clefs.

— Oui, c'est ce qu'elle dit sans cesse.

Et, pendant un instant, il eut l'air complètement désarmé.

— Vous dites que vous ne tenez pas à elle, continua Maisie. Donc, ça veut dire que vous vous êtes disputés ?

— Nous ne faisons que ça.

Il se dressait devant elle, si beau, si doux, si plein d'une espèce de richesse, en dépit de tous ces soucis possibles, au sein d'une telle familiarité retrouvée, que le sens des mots qu'il venait de prononcer se perdit pour elle dans un lumineux brouillard — au lieu de prendre peut-être le ferme accent d'une promesse.

— Oh! vos disputes! s'écria-t-elle avec découragement.

— Je vous assure que ce sont les siennes qui sont terribles !

— Je ne parle pas des siennes. Je parle des vôtres.

— Ah, n'en faites rien avant que j'aie au moins déjeuné ! Mais vous devenez maligne, en grandissant, ajouta-t-il. Puis il dit : Je suppose que vous avez déjà eu votre déjeuner ?

— Oh ! non, je n'ai rien eu.

— Rien dans votre chambre ?

Il semblait désolé.

— Mon cher vieux, nous le prendrons ensemble, en ce cas.

Il eut une de ses bonne inspirations.

— Dites, nous déjeunerons dehors.

— C'est juste ce que j'espérais. J'ai apporté mon chapeau.

— Vous l'êtes, maligne ! Nous irons dans un café. Maisie se trouvait déjà sur le seuil ; il regarda autour de lui dans la chambre.

— Un instant ! Où est ma canne ?

Mais il n'y avait de canne nulle part.

— Peu importe : je l'ai laissée... Oh !

Il s'interrompit bizarrement à ce souvenir, et sortit du salon.

— Vous l'avez laissée à Londres ? demanda-t-elle comme ils descendaient l'escalier.

— Oui, à Londres. Pensez donc !

— Vous étiez pressé de venir, expliqua Maisie.

Il passa le bras autour de sa taille :

— Oui, c'est sans doute à cause de cela...

A mi-chemin des marches, il s'arrêta de nouveau, se frappant la cuisse :

— Et cette pauvre Mrs. Wix ?

Une légère ombre passa sur le visage de Maisie :

— Vous voulez qu'elle vienne ?

— Mon Dieu non, je veux vous voir seule.

— Et c'est aussi ce que je veux ! répliqua-t-elle. Comme dans le temps.

— Comme dans le temps !

Il lui fit gaiement écho.

— Mais enfin, est-ce que Mrs. Wix a eu son café ?

— Non, elle n'a rien eu.

— Alors, je vais le lui faire envoyer ! Madame !

Et aussitôt, au bas de l'escalier, il appela la corpulente patronne. La dame, s'arrachant aux mille activités du vestibule plein d'animation et de mouvement, tourna vers lui un visage couvert d'une fraîche couche de poudre matinale, et un sein aussi profond qu'une cheminée recouverte de sa draperie de velours, au-dessus duquel son visage rond, encadré d'une frange de cheveux dorés, ne figurait pas mal une pendule d'un goût quelque peu voyant. Sir Claude lui commanda le petit déjeuner de Mrs. Wix avec des recommandations toutes spéciales, et c'était charmant d'entendre son facile et brillant français, dont l'ignorance même de Maisie pouvait apprécier toute l'excellence. La patronne, non sans se frotter les mains, et laisser échapper des intonations douces et flûtées, comme dans un duo riche en fioritures, l'accompagna jusque dans la rue, et tandis qu'ils s'attardaient quelques instants encore à causer, Maisie se rappela ce que lui avait dit Mrs. Wix au sujet de l'affection qu'il inspirait à tout le monde. A travers la couche de poudre et le sein soulevé par des soupirs, il était facile de voir qu'il plaisait à la patronne. Il lui avait évidemment commandé pour Mrs. Wix ce qu'il y avait de mieux :

— Et bien soigné, n'est-ce pas ?

— Soyez tranquille.

La patronne lui adressa un bon sourire.

— Et pour Madame ?

— Madame ? répéta-t-il, légèrement troublé par ce mot.

— Rien encore ?

— Rien encore. Venez, Maisie !

Elle marchait à son côté d'un pas rapide, mais il n'ouvrit plus la bouche avant d'arriver au café.

## XXX

Tout cela changea dès qu'ils furent assis ; l'endroit n'était pas au rez-de-chaussée de l'hôtel, mais plus loin sur le quai ; avec de grandes et claires fenêtres, et un sol recouvert de son qui ajoutait pour Maisie à l'attrait du café le charme d'une vague ressemblance avec le cirque. Ils se trouvaient à peu près seuls au milieu des boiseries peintes et des bancs de peluche rouge, peuplés seulement par quelques messieurs qui se curaient les dents avec d'intéressantes grimaces, autour de petites tables de bois sans nappes, et par un très vieux personnage à la boutonnière ornée d'un ruban rouge, qui, si l'heure eût été moins grave, eût rempli Maisie d'étonnement et d'admiration, rien que pour la façon dont il trempait ses tartines dans son café, et les faisait disparaître dans l'étroit intervalle séparant son nez de son menton. Sir Claude et Maisie eurent eux aussi leur café au lait et leurs tartines, dès que Sir Claude eut demandé à l'enfant si ce léger repas lui suffirait jusqu'au déjeuner. Dans cet établissement plein d'ombre et de fraîcheur, qui apparaissait à Maisie comme le lieu d'une espèce de désordre habituel et normal, l'endroit de réunion de ceux qui (les irréguliers, dont elle faisait partie), allaient trop tard au lit, et s'en levaient trop tard, l'allusion de Sir Claude au repas de midi lui donna beaucoup à penser, tout en regardant le garçon au tablier blanc jongler aussi habilement avec les plats et les assiettes qu'un certain prestidigitateur que son grand ami l'avait emmenée voir dans un music-hall de Londres. Sir Claude s'était remis à parler, à lui dire de quoi Londres avait l'air en ce moment, et combien il s'y était à la fois senti loin, et de cette ville et de Boulogne ; et tout ce qui concernait Suzanne Ash, aussi bien les distractions que les ennuis qu'elle lui avait occasionnés ; puis, il décrivit son retour, la traversée nocturne, la foule des voyageurs, parmi lesquels on rencontrait toujours trop de figures de connaissance. Il parla d'autres choses encore, et s'informa spécialement de la façon dont Mrs. Wix et l'enfant avaient passé le temps pendant son absence. S'étaient-elles amusées autant qu'il le leur avait promis ? Et n'est-ce pas qu'il n'avait exagéré en rien les ordres donnés pour qu'elles fussent bien traitées ? Maisie eut diverses choses à dire — et d'autres à taire — au sujet du succès de ces arrangements et de leur reconnaissance à toutes deux ; et, à chaque instant, ses pensées allaient se compliquant davantage, en même temps que croissait en elle la certitude de n'avoir encore jamais vu Sir Claude dans un état pareil à celui dans lequel il lui était rendu.

Mrs. Wix avait dit une fois (ou peut-être cinquante, et une fois aurait suffi, mais l'effet de cinquante répétitions n'était pas perdu) que le caractère de Sir Claude était merveilleusement divers. L'enfant en avait maintenant la preuve : cette diversité était bien l'un des traits les plus marquants de sa nature. De plus, le fait de se trouver avec lui dans un café, devant une petite table, comme si souvent autrefois dans l'agréable intimité des pâtisseries de Londres, ne faisait que souligner les différences de la situation. Ces différences étaient sensibles sur son visage, dans sa voix, dans chacun des regards qu'il jetait sur elle, dans chacun de ses gestes. Ce n'étaient là ni des regards ni des gestes dont il souhaitait vraiment qu'elle s'aperçût, et elle sentait bien aussi que ce n'étaient pas ceux qu'elle attendait de lui. Elle l'avait vu intimidé, elle avait vu cette sorte de timidité chez tous ceux avec qui elle était entrée en contact, mais elle ne l'avait encore jamais vu aussi intimidé qu'à présent. Peu à peu, elle se mit à ressentir une véritable terreur, une terreur qui s'aggravait du frisson éprouvé tout à l'heure à l'hôtel lorsqu'elle avait douté de la sincérité de la réponse de Sir Claude concernant Mrs. Beale. Il lui semblait enfin voir et toucher, comme de sa main étendue par-dessus la table, ce qu'il avait voulu dire quand, à plusieurs reprises, il lui avait confessé avoir peur. Comment un tel homme pouvait-il trembler si souvent ? Elle comprenait enfin qu'il existait une chose qu'un homme comme lui pouvait craindre par-dessus tout : il pouvait avoir peur de soi-même. Quoi qu'il en soit, il avait peur en ce moment, et cette peur regorgeait pour elle de douleur, de beauté, de détresse ; cette peur se servait de café et de tartines, parlait et riait, mais ses paroles et ses rires ne trompaient pas Maisie. La peur était dans sa voix moqueuse, traînante et fausse, dans cette façon qu'il avait eue de l'emmener au café pour imiter leurs anciens passe-temps de Londres, pour imiter en somme un état de choses qui entre eux avait complètement changé, et qu'elle avait vu changer sous ses propres yeux, quand, la veille dans le salon, Mrs. Beale s'était soudain dressée devant elle. Mrs. Beale continuait d'ailleurs de se dresser devant elle, en ce moment, et avant que leur café ne fût servi, l'enfant en était venue à poser sans détours la question que les quelques mots qu'il avait proférés en arrivant lui permettaient de risquer :

— Est-ce que nous allons déjeuner à midi avec Mrs. Beale ?

Sa réponse manqua de droiture :

— Vous et moi ?

Maisie s'appuya au dossier de sa chaise :

— Mrs. Wix et moi.

Sir Claude biaisa de nouveau :

— C'est une question, ma chère enfant, à laquelle Mrs. Beale elle-même doit répondre.

Oui, il avait biaisé, après un instant où quelque chose sembla demeurer suspendu entre eux, oscillant lourdement, et où ils sentirent passer sur eux le souffle de ce pendule ; elle comprit que tout à la fois s'écroulait sur eux.

— Puis-je vous demander, fit-il brusquement, ce que Mrs Wix vous a dit ?

— M'a dit ?

— Pendant ces deux ou trois jours où j'étais absent.

— Vous voulez dire : à propos de vous et de Mrs. Beale ?

Sir Claude, accoudé à la table, s'absorba un moment

dans la contemplation du marbre blanc placé sous ses yeux.

— Non, je crois qu'à ce sujet nous avons entendu à peu près tout ce qu'elle avait à dire, n'est-ce pas, avant mon départ. Je crois même que nous savons tout. Mais je veux parler de ce qui vous concerne, — comprenez-moi bien — de vos rapports avec nous, du fait que vous pourriez rester à nos côtés. Qu'a dit notre amie pendant que vous étiez seule avec elle ?

Maisie sentit tout le poids d'une pareille question ; et elle demeura silencieuse tout un long moment durant lequel elle considéra Sir Claude qui continuait à baisser les yeux.

— Rien, répondit-elle enfin.

Il eut l'air incrédule :

— Rien ?

— Rien, répéta Maisie, et une interruption eut lieu sous la forme du plateau portant les préparatifs du petit déjeuner.

Ces préparatifs étaient eux-mêmes aussi amusants que tout le reste ; le garçon versa leur café d'un récipient pareil à un arrosoir, et fit écumer ensuite le jet de lait chaud versé de toute la hauteur de son bras levé, mais Sir Claude et Maisie continuaient à se regarder, à travers toute cette aimable petite scène de la vie française, avec une gravité qui maintenant ne cherchait plus de faux-fuyants. Sir Claude renvoya le garçon à la recherche de quelque chose, et, relevant enfin la dernière réponse de Maisie :

— Elle n'a pas essayé de vous influencer ?

Face à face avec Sir Claude, il semblait à Maisie que Mrs. Wix l'avait essayé si peu qu'il ne valait guère la peine d'en parler ; et pendant un instant, elle se renferma de nouveau dans le silence. Enfin, trouvant un moyen terme :

— Mrs. Beale, l'aime bien, maintenant, et il y a quelque chose dont je me suis aperçue, quelque chose d'important. Mrs. Wix est contente qu'elle soit si gentille. Elle a été terriblement gentille toute la journée d'hier.

— Je vois. Et qu'a-t-elle fait ? demanda Sir Claude.

Maisie était en ce moment fort occupée de son petit déjeuner ; de son côté, son compagnon attaqua le sien, de sorte qu'en apparence du moins tout cela ressemblait plus que jamais à leur ancienne intimité d'autrefois.

— Oh ! tout ce qu'elle a pu s'imaginer. Elle a été aussi bonne pour Mrs. Beale que vous l'êtes, dit l'enfant. Elle lui a parlé toute la journée.

— Et que lui a-t-elle dit ?

— Oh ! je n'en sais rien.

Maisie n'en revenait pas de le voir s'informer avec autant d'insistance ; cela ne cadrait pas avec l'idée de son extrême intimité avec Mrs. Beale, dénoncée si violemment par Mrs. Wix, et qui, aux dires de cette dame, l'avait ramené à l'état de servage. En savait-il moins que sa belle-fille sur les faits et gestes possibles de la personne à qui il appartenait ? L'instant d'après, toutefois, elle ajouta :

— Elle lui a fait de la lèche.

Sir Claude la considéra plus attentivement que jamais, et il y avait évidemment dans le ton de l'enfant quelque chose qui l'obligea à demander très vite :

— Cela vous est égal que je vous pose des questions, n'est-ce pas ?

— Bien sûr, mais j'aurais cru que vous saviez tout cela mieux que moi.

— Ce que Mrs. Beale a fait hier ?

Elle crut qu'il rougissait un peu, et presque en même temps elle s'entendit répondre :

— Oui, *si* vous l'avez vue.

Il éclata d'un rire bruyant :

— Voyons, vieux frère, je viens de vous dire que le ne l'ai pas vue. Dites donc, est-ce que vous ne me croyez pas ?

C'était déjà pour Maisie une inquiétude telle que ses autres craintes s'en trouvaient reléguées au second plan.

— Est-ce que vous n'êtes pas revenu pour la voir ? demanda-t-elle enfin. Est-ce que vous n'êtes pas revenu parce que vous en avez toujours tellement envie ?

Il accepta cette enquête comme il avait accepté ses soupçons, avec une remarquable absence de ressentiment :

— Je vois très bien pourquoi vous vous imaginez ces choses-là. Mais cela n'expliquerait nullement mes faits et gestes. Comme je vous l'ai dit tout à l'heure à l'hôtel, c'était vraiment pour vous revoir, tout simplement.

Un instant, elle eut l'impression qu'elle éprouvait jadis lorsque d'une poussée il la lançait haut, très haut, aussi haut que possible, sur la balançoire qu'il avait fait installer pour elle dans le jardin de sa mère, et qui finit par se rompre sous le poids de la cuisinière, et l'extravagant usage qu'en fit celle-ci.

— Eh bien, c'est très beau de votre part ! Mais vous voulez vraiment dire que vous êtes venu pour me voir, et pour repartir tout de suite ?

— Toute la question est là. Je ne puis vous dire encore si je repartirai. Cela dépend...

— De Mrs. Beale ? demand Maisie.

— Elle, elle ne partira pas.

Il avait fini son café, et, reposant la tasse, il s'appuya au dossier de sa chaise, d'où elle put le voir lui sourire. Ce sourire ne fit que confirmer en elle la certitude qu'il traversait un moment difficile, et que, se retournant en quelque sorte au milieu de ses souffrances, il essayait différents remèdes. Il continuait à sourire, et elle poursuivit :

— Vous ne le savez pas ?

— Oui, je puis vous avouer que je sais au moins cela. Elle ne partira pas. Elle va rester.

— Elle va rester. Elle va rester, répéta Maisie.

— C'est cela. Voulez-vous encore du café ?

— Oui, s'il vous plaît.

— Et des tartines ?

— Oui, s'il vous plaît.

Il fit signe au garçon qui rôdait autour d'eux, et qui s'approcha, avec dans chaque main un récipient luisant et plein jusqu'aux bords, et animé du plus sincère intérêt pour Mademoiselle.

— Les tartines sont là.

Leurs tasses furent de nouveau remplies, et tout en regardant presque distraitement se former des bulles d'air dans le mélange parfumé :

— C'est cela, c'est cela, répéta encore à plusieurs reprises Sir Claude. C'est une situation terriblement difficile ! s'écria-t-il après que le garçon se fut éloigné.

— Parce qu'elle ne s'en ira pas ?

— Mon Dieu, pour mille raisons ! Mon Dieu, mon Dieu !

Mais il se contint, et recommença à manger.

— Je suis venu pour vous demander quelque chose. C'est pour cela que je suis revenu.

— Je sais ce que vous aller me demander, dit Maisie.

— En êtes-vous bien sûre ?

— J'en suis *presque* sûre.

— Alors, dites-le. Ce n'est pas à moi de courir seul toutes les chances.

La justesse de cet argument la frappa :

— Vous voulez savoir si je serai heureuse avec *elles*.

— Seule avec ces deux dames ? Non, non, mon vieux, vous n'y êtes pas. Eh bien, voilà !

Et Sir Claude se mit à rire.

— Voilà quoi ?

L'instant d'après, au lieu de lui dire de quoi il s'agissait, il étendait le bras sur la table, et posait la main sur la sienne, la serrait, comme inspiré par une idée soudaine :

— Est-ce que Mrs. Wix consentirait à rester avec *elle ?*

— Sans vous ? Oh oui ! Maintenant.

— A cause du changement d'attitude de Mrs. Beale, dont vous venez de parler ?

Avec son sens habituel des responsabilités, Maisie pesa, et l'attitude de Mrs. Beale, et l'humaine faiblesse de Mrs. Wix :

— Je crois qu'elle l'a embobinée.

Sir Claude réfléchit un moment :

— Ah ! la pauvre !

— Vous voulez parler de Mrs. Beale ?

— Oh ! non, de Mrs. Wix.

— Elle aime à être embobinée, traitée enfin avec autant d'égards que les autres. Oh ! elle aime beaucoup qu'on soit poli envers elle, expliqua Maisie. Ça lui fait beaucoup d'effet.

Elle fut surprise de voir que Sir Claude n'était pas complètement de son avis sur ce sujet :

— Beaucoup, jusqu'à un certain point.

— Oh ! jusqu'à n'importe quel point ! répliqua Maisie avec emphase.

— Eh bien, est-ce que je n'ai pas été poli envers elle ?

— Merveilleux, et vraiment, elle vous adore.

— Eh bien alors, ma chère enfant, pourquoi ne peut-elle pas me laisser en paix ?

Et cette fois, Sir Claude avait rougi, sans nul doute. Mais avant que Maisie ait pu répondre à sa question, ce qui d'ailleurs eût demandé fort longtemps, il continua sur un autre ton :

— Mrs. Beale s'imagine qu'elle l'a probablement tout à fait apprivoisée. Mais ce n'est pas vrai.

Bien qu'il parlât comme s'il était sûr de ce qu'il avançait, Maisie demeura ferme dans l'opinion qu'elle venait d'exprimer, et qu'elle réaffirma une fois de plus :

— Elle l'a embobinée.

— Ah ! peut-être, en ce qui la concerne, mais pas en ce qui me concerne, moi !

Maisie ne pouvait souffrir de l'entendre parler ainsi :

— Vous ? Ne voyez-vous pas combien elle vous aime ?

Sir Claude eut l'air de se demander s'il y croyait :

— Bien entendu, je sais qu'elle est admirable.

— Elle vous aime juste autant que je vous aime, moi, dit Maisie. Elle me l'a dit hier.

— Ah ! s'écria-t-il promptement, elle a donc essayé de vous influencer ! C'est que je ne l'aime pas, moi, voyez-vous ? Je rends justice à ses mérites, poursuivit-il, mais je veux dire que je ne l'aime pas comme je vous aime, et je suis sûr que vous ne vous attendez pas sérieusement à ce que je le fasse. Enfin, voyons, mon vieux, ce n'est pas ma fille ! Ce n'est même pas ma mère, bien qu'il aurait peut-être mieux valu pour moi qu'elle le fût ! J'aurai pour elle tous les égards qu'on a pour une mère, mais pas davantage.

Son agitation se faisait jour dans ce besoin de s'expliquer et de se justifier, bien qu'il tâchât de la maîtriser, de la cacher à l'aide de petits rires, de bouchées de pain, et d'autres petits gestes. Soudain, il s'interrompit, essuya sa moustache en la tiraillant fortement, et revenant à Mrs. Beale :

— A-t-elle essayé de vous persuader ?

— Non. A moi, elle a parlé très peu. Vraiment très peu, continua Maisie.

Ce détail parut frapper Sir Claude :

— Elle n'a été gentille qu'envers Mrs. Wix ?

— Gentille comme un ange ! s'écria Maisie.

Cette comparaison parut l'amuser, mais il ne la contredit pas, il poussa au contraire un petit soupir inarticulé et consentant :

— Je sais qu'elle peut l'être, quand elle veut. Mais quel profit en retirera-t-elle ? Mrs. Wix ne se laissera pas « embobiner ». C'est là ce qui rend la situation si terriblement difficile.

Maisie savait que la situation était terriblement difficile. Elle le savait, lui semblait-il, depuis quelque temps déjà, et il restait quelque chose de plus pressant à apprendre qui la concernait personnellement :

— Et qu'est-ce que vous êtes venu me demander ?

— Eh bien, fit Sir Claude, j'allais justement vous le

dire. Mais il faut que je vous prévienne, c'est quelque chose d'assez étonnant.

Maisie avait maintenant fini son déjeuner, et elle se tenait de nouveau droite contre le dossier de sa chaise ; elle attendait en silence ce qu'il allait lui dire. Il avait repoussé vers le centre la vaisselle du déjeuner, et s'était accoudé sur la table. Cette fois, elle était sûre de savoir ce qui allait venir, et une fois de plus, comme dans sa chambre, avec Mrs. Wix, elle retint son souffle et ferma les yeux dans l'attente de ce coup de tonnerre. Il allait lui dire qu'elle devait renoncer à lui. De nouveau, il la regarda avec une extrême attention ; enfin, il fit un effort pour parler :

— Est-ce que vous vous sentez capable de la laisser partir ?

Elle n'y comprenait plus rien :

— De laisser qui ?

— Mrs. Wix, tout simplement. Je mets tout au pis. Est-ce que vous vous sentez capable de la sacrifier ? Bien sûr, je sais que je vous demande beaucoup.

Les yeux de Maisie s'ouvrirent de nouveau tout grands : c'était si différent de ce à quoi elle s'attendait.

— Et rester seule avec vous ?

Il repoussa un peu plus loin sa tasse de café :

— Avec Mrs. Beale et moi. Bien entendu, ça serait un peu bizarre, mais toute votre histoire est plutôt bizarre, vous savez ? Quoi de plus singulier que d'être abandonnée, comme vous, par ses parents ?

— Oh ! il n'y a rien de plus singulier que ça ! tomba d'accord Maisie, heureuse de se trouver en présence d'une proposition qu'elle pouvait confirmer en toute connaissance de cause.

— Et, bien entendu, ce serait tout à fait irrégulier, continua Sir Claude. Je veux dire : notre petit ménage à nous trois, mais il y a longtemps que nous avons laissé derrière nous toutes les conventions, n'est-ce pas ? D'ailleurs, nous resterions à l'étranger, c'est tellement plus facile, et somme toute c'est notre affaire, et cela ne regarde que nous : nous sommes les seules personnes au monde que ça concerne. Je ne dis pas cela pour Mrs. Wix, la pauvre, je lui rends absolument justice ; je la respecte ; je vois ce à quoi elle veut en venir ; elle m'a fait beaucoup de bien. Mais il y a les faits. Les faits sont là, tout simplement. Et je suis là, moi, et vous êtes là, vous. Et elle ne veut pas céder. A son point de vue, elle a raison. C'est extraordinaire, la façon dont je vous parle, n'est-ce pas ? On pourrait croire que vous avez environ soixante-ans, et moi, je ne sais pas ce qu'on pourrait penser de moi. Que je suis un affreux goujat, peut-être bien, suggéra-t-il. J'ai eu des ennuis terribles, et voilà où nous en sommes. Vous nous avez fait un bien énorme, et vous pouvez continuer à le faire, aujourd'hui et toujours, vous devez le comprendre. Nous ne pouvons pas renoncer à vous : vous êtes tout pour Mrs. Beale et moi. Voilà les faits, comme je vous dis. C'est elle qui est votre mère, maintenant, Mrs. Beale, à cause de tout ce qui est arrivé, et moi, pour la même raison, je suis votre père. Personne ne peut le nier, et nous ne sortirons pas de là. Mon idée à moi serait un petit endroit tranquille, quelque part dans le Midi, où elle et vous pourriez vivre ensemble, et être aussi considérées que n'importe qui. Et je serai moi-même aussi considéré que quiconque, voyez-vous ? D'ailleurs, je n'habiterais pas avec vous, mais tout près, au coin de la rue, et ce serait juste la même chose. Mon idée est que tout doit se passer de façon parfaitement ouverte et franche. Honni soit qui mal y pense, n'est-ce pas ? Vous êtes ce que la vie nous a donné de mieux, à elle et à moi, vous, et ce que nous pouvons faire pour votre bien. Il en revenait là. Quand je lui dis de renoncer à vous, elle me rejette la même phrase au visage : « Renoncez à elle vous-même ! » C'est l'éternel cercle vicieux, et quand je dis vicieux, je ne fais pas de jeux de mots, ni de (comment dit-on ?) calembour. Mrs. Wix est l'obstacle ; je veux dire, comprenez-moi bien, au cas où elle vous aurait influencée. Elle m'a influencé, moi, et me voilà. Je n'ai jamais été dans une situation si pénible, et je vous prie de croire que c'est ma seule raison pour vous l'expliquer comme je le fais. Ma chère enfant, n'est-ce pas là, somme toute, le meilleur moyen d'en sortir ? L'idée m'en est venue hier à Londres après le départ de Mrs. Beale ; j'ai eu une journée atroce. Vas-y tout droit, et pose-lui la question ; laisse-la choisir librement pour elle-même. Et c'est ce que je fais, ma vieille : je vous pose la question. Pouvez-vous choisir librement ?

Ce long discours, prononcé d'une voix lente et souvent interrompue, avec des hésitations et de petits tics nerveux, avec des pauses et des reprises, avec un visage marbré de rougeurs et un air d'embarras, mais aussi avec des yeux suppliants, toucha l'enfant à un endroit si sensible qu'après le premier et pénible choc, elle put voir clairement où il voulait en venir, et le suivre mot par mot, d'autant plus qu'il finissait par retourner à son point de départ. Tout le temps, elle avait cru entendre un mot murmuré comme en sourdine :

— Vous appelez cela un sacrifice ?

— De Mrs. Wix ? Je l'appellerai ce que vous l'appellerez vous-même. Je ne cherche pas de dérobade : je n'ai jamais fait rien de tel, n'est-ce pas ? Je regarde la chose en face dans toute sa bassesse. Vous ne trouvez pas que c'est une bassesse de ma part de vous éloigner de Mrs. Wix, de vous escamoter pour ainsi dire, ici, dans un coin, et de vous corrompre à l'aide de sophismes et de tartines, pour vous décider à la trahir ?

— A la trahir ?

— Enfin, à vous séparer d'elle.

Maisie ne répondit pas tout de suite à la question ; l'image concrète qu'elle offrait était sans doute ce qu'elle avait de plus saisissant :

— Si je veux bien me séparer d'elle, où va-t-elle aller ?

— Elle retournera à Londres.

— Mais, je veux dire, que va-t-elle faire ?

— Oh ! quant à ça, je ne prétends pas le savoir. Je l'ignore complètement. Nous avons tous nos ennuis.

Maisie ne s'en était jamais tant aperçue qu'en ce moment :

— Et alors, qui me donnera des leçons ?

Sir Claude rit très haut :

— Les leçons que vous donne Mrs. Wix ?

Elle sourit vaguement ; elle comprenait ce qu'il voulait dire :

— C'est vrai qu'elle ne m'en donne pas beaucoup.

— Elle vous en donne si peu, répondit-il, que c'est encore un des côtés de la question. Nous n'engagerions probablement pas d'autre gouvernante. D'abord, nous ne serions pas capables d'en trouver une, pas une gouvernante comme il faut, en tout cas. Ce n'est pas ce qu'il nous faudrait, le genre comme il faut expliqua-t-il assez bizarrement. Je veux dire qu'elles ne resteraient pas, hum ! Nous vous donnerions des leçons nous-mêmes. Moi surtout. Vous voyez, je pourrais le faire, maintenant que je n'aurai plus à tenir compte de ce avec quoi il fallait compter autrefois. Je n'aurai plus à me cacher. Nos rapports, somme toute, sont plus réguliers.

Ces rapports semblaient même extraordinairement réguliers, de la façon dont il les présentait, et pourtant, comme Maisie s'efforçait de considérer la situation le plus judicieusement possible, une image bien différente continuait à se présenter à son esprit : l'image d'une vieille femme et d'une petite fille assises dans le plus profond silence sur un vieux banc de la Haute Ville. C'était hier, juste à cette même heure ; elles se tenaient par la main ; elles avaient communié dans la même émotion.

— Je crois que vous ne savez pas encore combien elle tient à vous, dit enfin Maisie.

— Si, si, je m'en rends parfaitement compte. Mais, tout de même !

Et, coupant court à son explication, un peu gêné, il eut un soupir impatient ; le soupir (sa petite compagne elle-même le devina) d'un homme accoutumé de longue date à ce genre d'argument ; d'un homme qui s'efforçait de son mieux d'être raisonnable, mais qui, s'il avait dû vraiment tenir compte de toutes ces choses-là, se serait trouvé irrémédiablement empêché. Au fait, il comprenait le mieux du monde, et si Mrs. Wix tenait tant à lui, c'était une raison de plus pour se débarrasser de Mrs. Wix.

Cette image de l'état où Mrs. Wix avait réduit Sir Claude occupa notre héroïne, tandis que Sir Claude lui-même appelait le garçon pour demander l'addition, et posait sur la table une pièce d'or que l'homme emporta pour aller chercher de la monnaie. Sir Claude le regarda s'éloigner, puis continua :

— Il n'y a pas de femme au monde qui ait moins à se plaindre d'un homme que Mrs. Wix de moi. Je veux dire, en ce qui la concerne directement.

Maisie approuva ce point de vue :

— Oui. Que pourrait-elle vous reprocher ? Mais aussi comment êtes-vous si sûr qu'elle s'en ira ?

— Vous savez certainement pourquoi : vous l'avez entendue proclamer tout cela, il y a deux ou trois jours à peine ! Comment pourrait-elle rester, après ce qu'elle a dit ce soir-là ? J'ai agi en dépit de ses avertissements ; elle avait absolument raison. Voilà où nous en sommes. L'affection qu'elle a maintenant pour Mrs. Beale, d'après ce que vous dites, est un motif suffisant, s'ajoutant à d'autres, pour la décider à rester sans moi pour votre bien ; ce n'est pas un motif suffisant pour la faire rester, même dans votre intérêt, *avec* moi — digérer, voyez-vous ? ce qu'il lui est impossible de digérer. Et quand vous dites qu'elle tient à moi autant que vous, j'ai peut-être le droit de vous contredire un peu. Est-ce que vous resteriez, vous, avec ces deux-là, sans moi ?

Le garçon revint avec la petite monnaie, et donna à Maisie un moment de répit avant de satisfaire à sa question. Mais quand le garçon se fut retiré, emportant avec d'élégantes formules de remerciements le pourboire que Sir Claude lui avait désigné d'un léger signe de doigt, le beau-père de Maisie reprit en empochant son reste :

— Consentiriez-vous qu'elle vous obligeât à vivre avec Mrs. Beale ?

— Sans vous ? Jamais, répondit alors Maisie. Jamais, répéta-t-elle.

Il eut l'air triomphant, et elle fut vraiment émue par l'accent de sa joie :

— Vous voyez bien que vous n'êtes pas comme elle, s'écria-t-il, toute prête à renoncer à moi ! Et revenant à sa première question : Pouvez-vous faire ce choix ? Je veux dire, pouvez-vous me répondre d'un mot, vous-même ? Est-ce que vous voulez rester avec nous sans elle ?

Maisie sentit alors passer vraiment sur elle un frisson de terreur, et il lui sembla tout à coup comprendre ce dont elle avait peur, comme elle l'avait compris pour Sir Claude. Elle avait peur d'elle-même. Elle regarda son beau-père d'un air qui, elle le vit bien, amena sur le visage de Sir Claude une expression de stupéfaction, stupéfaction dominée toutefois par la visible prétention de Sir Claude à jouer franc jeu avec elle, à ne pas user de ses avantages, à ne la presser ni à la pousser en rien — mais seulement à lui montrer de façon claire et généreuse où se trouvait sa chance.

— Puis-je y réfléchir ? demanda-t-elle enfin.

— Bien sûr, bien sûr ! Mais pendant combien de temps ?

— Oh ! rien qu'un petit moment, dit-elle avec douceur.

Un instant, il eut l'air d'envisager la chose comme s'il s'agissait d'une perspective des plus agréables.

— Mais qu'allons-nous faire pendant que vous réfléchissez ? Il parlait comme si ces réflexions étaient compatibles avec n'importe quelle distraction.

Maisie ne souhaitait qu'une seule chose, et au bout d'une minute, elle en fit l'aveu :

— Sommes-nous obligés de retourner à l'hôtel ?

— Vous en avez envie ?

— Oh ! non.

— Alors, ce n'est nullement nécessaire. Il abaissa son regard sur sa montre ; son visage était devenu très grave. Nous pouvons faire tout ce qui nous passera par la tête.

Il la regarda presque comme s'il était sur le point de lui dire qu'ils pourraient par exemple partir tout de suite pour Paris. Mais comme elle s'attendait quasiment à lui voir ouvrir la bouche pour lui faire cette proposition, il parut pris d'un soudain accès de découragement :

— Nous pouvons aller faire une promenade.

Elle était prête, mais il demeurait assis comme s'il avait encore quelque chose à dire. Pourtant, cette déclaration, elle non plus, ne vint pas, et ce fut Maisie qui parla :

— Je crois que j'aimerais voir Mrs. Wix avant.

— Avant de prendre une décision ? Bien, très bien. Il avait mis son chapeau, mais il lui restait encore à allumer une cigarette. Il fuma, pendant une minute, la tête rejetée en arrière, les yeux au plafond, puis, il fit remarquer : Je tiens à vous rappeler une chose, et j'ai le droit d'insister là-dessus : c'est nous qui remplaçons absolument et en tout vos parents. C'est leur défection, leur extraordinaire bassesse, qui nous a rendus responsables à leur place. Aucun enfant n'a jamais été plus entièrement confié et remis à la charge de quelqu'un que vous ne l'avez été à la nôtre.

On eût dit qu'il parlait au plafond, à travers la fumée de sa cigarette, et un peu aussi à lui-même. Après un silence, il alla plus loin dans cette direction :

— Bien que je doive admettre que c'est séparément que vous avez été confiée à Mrs. Beale et à moi.

A ce moment, dans cette attitude, il lui parut désirer

se placer de son côté à elle, du côté de tout ce qui serait pour elle le plus juste, le plus agréable, et le plus sage. Et elle éprouva le soudain désir de se montrer non moins délicate et généreuse, non moins préoccupée de ses intérêts à lui. Et quels étaient-ils, sinon ce souci d'être en règle dont il avait parlé tout à l'heure ?

— C'était à chacun de vous séparément, admit-elle avec la plus complète bonne volonté. Mais ne vous en souvenez-vous pas ? Je vous ai rapprochés l'un de l'autre.

Il se leva d'un bond avec un rire joyeux :

— Si je me rappelle ? Comment donc ! Vous nous avez rapprochés l'un de l'autre, vous nous avez rapprochés l'un de l'autre ! Allons !

## XXXI

Elle n'aurait pu dire combien de temps dura cette promenade avec Sir Claude — sauf que ce temps était trop court pour tout ce qu'elle voulait en faire, un intervalle, une barrière indéfinissable, infranchissable. Ils se promenèrent, ils flânèrent, ils regardèrent les vitrines, ils firent exactement tout ce qu'ils avaient fait autrefois, comme pour retrouver leur ancienne sécurité, pour extraire de toutes ces choses ce qu'ils en avaient déjà obtenu. Mais jadis, ils l'avaient obtenu sans effort, et ils n'atteignaient maintenant qu'à un sentiment plus intense que jamais de recherche anxieuse et de fuite. Le plus étrange était la façon dont cette ancienne sécurité s'était trouvée ébranlée. En fait, Sir Claude maintenant « était libre », et Mrs. Beale « était libre », et pourtant la situation présente semblait encore plus oppressante que celle d'autrefois. Maisie sentait bien que Sir Claude tout comme elle, jugeait que ce sentiment d'oppression ne serait nulle part plus fort qu'à l'hôtel, où, tant qu'une décision ne serait pas prise, tous éprouveraient une sensation comparable à celle de l'absence de terrain ferme où poser le pied. La nécessité de cette décision à prendre se dressait devant elle, plus formidable que jamais ; elle savait maintenant que sa décision ne dépendait que d'elle seule. Son choix, comme son grand ami venait de l'appeler, était devant ses yeux comme une addition impossible à faire inscrire sur une ardoise, et en dépit de tout son désir d'être à la hauteur, elle remit ce calcul de moment en moment au cours de sa promenade avec Sir Claude. Il lui fallait revoir Mrs. Wix avant d'arriver à faire ce total, et plus elle retardait cette entrevue, plus elle éloignait d'elle aussi ce pénible effort. En ce moment, elle ne se préoccupait en rien de la tâche qui lui incombait ; pour l'éviter, elle se plongeait plus que jamais dans la compagnie de Sir Claude. Elle n'aperçut rien de ce qu'elle avait vu les jours précédents, pas le moindre coin de ce paysage étranger qui d'abord avait été continuellement sous ses yeux. La seule sensation était celle de la main de Sir Claude, et sentir la sienne entre les doigts de son beau-père était sa façon muette de résister au temps. Elle allait par les rues, aussi privée de regard que s'il l'avait conduite, un bandeau sur les yeux. Ils avaient peur d'eux-mêmes, et c'étaient eux-mêmes pourtant qu'ils retrouveraient à l'hôtel. Maisie savait maintenant que ce qui les y attendait, c'était le déjeuner avec Mrs. Beale. D'instinct, elle faisait tout pour l'éviter, pour prolonger leur promenade, pour trouver des prétextes, pour emmener Sir Claude sur la plage, puis jusqu'au bout de la jetée. Il ne fit plus aucune allusion à la conversation qu'ils avaient eue pendant le petit déjeuner, et elle comprenait vaguement que sa façon de ne pas lui montrer qu'il attendait d'elle la réponse à toutes ces questions eût été pour toute personne présente, par exemple pour Mrs. Wix, une preuve de plus de la bonne éducation de Sir Claude. Il est vrai que deux ou trois fois, sur la jetée ou sur la plage, il jeta à Maisie un rapide coup d'œil, et que ce regard semblait lui proposer de partir sur-le-champ avec lui. Mais ce n'était pas là une allusion détournée aux responsabilités qu'elle avait assumées. Evidemment, il souhaitait tout autant qu'elle faire traîner les choses en longueur ; il n'était nullement pressé de rejoindre les autres. Maisie elle-même en ce moment était capable de se montrer secrètement cruelle envers Mrs. Wix — au point de ne pas se soucier du fait que Mrs. Wix allait commencer à s'inquiéter de son absence prolongée, ou peut-être même à se demander si ces deux vagabonds n'avaient pas trouvé quelque remède à la situation. Elle était d'ailleurs au moins aussi cruelle envers Mrs. Beale, car l'étonnement et l'inquiétude de Mrs. Beale seraient proportionnellement plus grands, comme l'était aussi leur objet. Quand enfin Sir Claude, à l'autre extrémité de la plage qu'ils avaient déjà traversée une première fois au milieu d'une foule bariolée, fit remarquer soudain avec un coup d'œil à sa montre qu'il était temps, non de rentrer pour la table d'hôte, mais d'aller à la gare chercher les journaux nouvellement arrivés de Paris, Maisie se demanda ce que

Mrs. Beale et Mrs. Wix diraient d'une pareille idée. Sur le chemin de la gare, elle se représentait même le beau-père et la fille adoptive établis dans une petite ville tranquille, dans le Midi, tandis que la gouvernante et la belle-mère, dans une petite ville du Nord, demeureraient associées l'une à l'autre par un vide et un étonnement communs, et par la série sans fin des réflexions auxquelles cette situation donnerait lieu. Les journaux de Paris étaient arrivés, et le compagnon de Maisie, avec une prodigalité bizarre, n'en acheta pas moins de onze, et cela leur prit du temps, cette flânerie à l'étalage du libraire, le long du quai plein d'une animation constante, où les rangées de volumes étaient toutes également roses ou jaunes, et où une des vieilles femmes en bonnet à l'ancienne mode, que Maisie aimait tant, réussit à persuader Sir Claude d'acheter trois de ces livres. Ils avaient maintenant tant de choses à rapporter à l'hôtel, qu'il semblait presque plus simple, avec une si abondante provision de lectures en vue d'un agréable voyage à travers la France, de sauter (comme Maisie l'aurait dit) dans le compartiment du train qui à quelques pas de là attendait le signal du départ. Elle demanda Sir Claude où allait ce train :

— A Paris ! Pensez donc !

Elle y pensait, certes. Ils restaient là, souriants, lui avec ses journaux sous le bras, elle avec ses trois livres, un jaune, et deux roses. Il lui avait dit que les volumes roses étaient pour elle, et le jaune pour Mrs. Beale, établissant, pour ainsi dire, de façon bien intéressante que ces couleurs différenciaient habituellement en France la littérature des adultes de celles des enfants. Elle sentait qu'ils avaient l'air tout prêts à prendre le train, et elle avoua enfin, à son compagnon :

— Je serais bien contente, si nous pouvions y aller. Est-ce que vous ne voulez pas m'emmener ?

Il continua à sourire :

— Viendriez-vous vraiment ?

— Oh ! oui ! Essayez.

— Voulez-vous que je prenne les billets ?

— Oui, prenez-les !

— Sans bagage aucun ?

Elle lui montra leurs bras pleins de journaux et de livres, et sourit à Sir Claude qui lui souriait en retour, mais elle avait tellement le sentiment d'être plus effrayée que jamais encore jusqu'ici, qu'il lui semblait presque contempler sa propre pâleur dans un miroir. Puis, elle comprit que ce qu'elle voyait, c'était la pâleur de Sir Claude ; il était aussi effrayé qu'elle.

— Du bagage, est-ce que nous n'en avons pas suffisamment ? demanda-t-elle. Prenez les billets ! En avez-vous encore le temps ? Quand le train part-il ?

Sir Claude se tourna vers un porteur :

— Quand le train part-il ?

L'homme leva la tête vers l'horloge de la gare :

— Dans deux minutes. *Monsieur est placé*[1] ?

— *Pas encore.*

— *Et vos billets ? Vous n'avez que le temps.* Puis, après un coup d'œil à Maisie.

— *Monsieur veut-il que je les prenne ?* demanda l'homme.

Sir Claude se tourna vers elle :

— *Veux-tu qu'il les prenne* ?

C'était bien la chose la plus extraordinaire du monde :

1. Les phrases en italique sont en français dans le texte. (N.d.T.)

l'excitation de Maisie était telle que non seulement, par une illumination subite, elle comprenait tout leur français, mais encore elle se mit à le parler avec une active perfection. Elle s'adressa elle-même au porteur :

— Prenaî ! Prenaî !

— *Ah, si Mademoiselle le veut !* et il attendit l'argent.

Mais Sir Claude la regardait fixement, et son visage était tout pâle :

— Alors, vous avez fait votre choix ? Vous la lâchez ?

Les regards de Maisie se portèrent tristement sur le train, où, au milieu des cris de « *En voiture ! En voiture !* » des têtes apparaissaient aux portières et des portes se refermaient. Le porteur insistait :

— *Ah ! vous n'avez plus le temps.*

— Il s'en va ! Il s'en va ! s'écria Maisie.

Ils le regardèrent démarrer, partir ; puis, l'homme s'éloigna avec un haussement d'épaules.

— Il est parti, dit Sir Claude.

Maisie se traîna quelques pas plus loin sur le quai ; debout, tournant le dos à son compagnon, elle suivait le train des yeux, retenant ses larmes, et serrant dans ses bras ses volumes roses ou jaunes. Elle avait eu vraiment peur, mais elle était retombée sur la terre. Le plus étrange était que durant cette chute sa crainte aussi avait été précipitée et brisée. Sa crainte avait disparu. Elle se tourna enfin vers Sir Claude, de l'endroit où elle se trouvait, et constata qu'il n'en allait pas de même pour son beau-père. La crainte de Sir Claude semblait assise à son côté, sur ce banc contre le mur de la gare où il était allé s'asseoir, et où, le dos appuyé au dossier, et l'air assez bizarre, lui sembla-t-il, Sir Claude continuait à attendre. Maisie s'approcha de lui, et il persista dans ses vains efforts pour paraître plaisanter.

— Oui, j'ai choisi, dit-elle. Je la lâcherai, si vous... si vous...

Elle dut s'interrompre ; il reprit promptement pour elle :

— Si je...

— Si vous laissez là Mrs. Beale.

— Oh ! s'écria-t-il, et elle vit alors combien désespérément il avait peur. Elle avait supposé au café qu'il avait peur de la révolte, de son progrès grandissant, mais comment aurait-il pu en être ainsi quand ces tentations — la tentation, par exemple, du train qu'ils venaient de manquer — étaient après tout si peu de choses ? Mrs. Wix avait raison. Il avait peur de sa propre faiblesse. De sa propre faiblesse.

Elle n'eût pu dire ensuite comment ils regagnèrent l'hôtel, tout au plus, aurait-elle pu dire que même alors ils n'y retournèrent pas directement, mais une fois de plus errèrent et flânèrent, finissant ainsi par se trouver au bord du quai où le bateau de Folkestone était amarré, et avait, semblait-il, encore une demi-heure avant son départ. Là, ils rôdèrent de nouveau comme ils l'avaient fait à la gare, échangeant de nouveau des silences, mais rien que des silences. Des gens ponctuels se trouvaient déjà sur le pont, choisissant des places, s'emparant des meilleures ; quelques-uns d'entre eux étaient déjà munis, installés, et recouverts de couvertures de voyage, la tête tournée vers l'Angleterre, tandis que le steward, réduit par cette belle journée à ne rendre que de légers services, enveloppait soigneusement les pieds des dames, ou débouchait à grand bruit les bouteilles. Sans un mot, ils considérèrent toutes ces choses ; ils remarquèrent même qu'une bonne place pour deux se trouvait libre au flanc d'un des canots de sauvetage, et s'ils musardèrent ainsi presque bêtement, sans se décider ni à montrer à bord ni à s'éloigner, ce fut la faute de Sir Claude autant que la sienne. C'était Sir Claude qui affectait cette espèce d'inertie complète dont elle comprenait bien le sens. Cette inertie prouvait simplement qu'il savait ce que signifait l'attitude de Maisie. Mais c'en était bien fini des prétentions à la plaisanterie ; leurs visages étaient graves et las. Quand ils s'éloignèrent enfin à pas lents, on eût dit que sa peur à lui, la peur de sa propre faiblesse, pesait lourdement sur l'enfant pendant qu'ils retraversaient le port. En passant dans le hall de l'hôtel, Maisie aperçut et reconnut aussitôt une vieille malle délabrée, une antique caisse dont elle connaissait les étiquettes pendantes et le grand W qui la marquait, initiale nouvellement repeinte à neuf, et intensément individuelle, qui semblait la regarder, la reconnaître, et en quelque manière la soupçonner. Sir Claude la remarqua aussi, et la vue de cet objet prêt pour le départ les inquiéta tous deux. Mrs. Wix s'en allait-elle et la responsabilité d'avoir à la lâcher était-elle enlevée, comme d'un tour de main, à son élève ? Immobiles à force de surprise en présence de ce signe fatidique, l'élève et le compagnon de celle-ci se sentirent encore plus étroitement unis dans une pensée commune qu'ils ne l'avaient été devant le train de Paris ou le bateau de la Manche ; puis, et toujours sans un mot, ils montèrent directement à l'étage. Mais, sur le palier, et à l'abri des regards des gens d'en bas, leurs forces défaillirent à tel point qu'ils durent s'appuyer l'un à l'autre ; ils finirent par s'asseoir tout simplement sur la plus haute marche, tandis que Sir Claude serrait la main de sa belle-fille avec une violence qui à d'autres moments l'eût sans doute fait crier. Les livres et les journaux gisaient épars autour d'eux :

— Elle croit que vous l'avez lâchée !

— Alors, il faut que je la voie ! Il faut que je la voie, dit Maisie.

— Pour lui dire au revoir ?

— Il faut que je la voie ! Il faut que je la voie, répéta seulement l'enfant.

Ils demeurèrent assis une minute de plus. Sir Claude, continuant à serrer fortement la main de l'enfant sans regarder celle-ci, dirigeait ses regards vers la cage de l'escalier, pleine du bruit des sonnettes électriques, et de l'agréable souffle de la mer. Enfin, desserrant son étreinte, il se leva lentement, et aussitôt, elle l'imita. Ils s'avancèrent ensemble le long du grand corridor, mais avant qu'ils fussent arrivés au salon, il s'arrêta de nouveau :

— Si j'abandonne Mrs. Beale ?

— Je sors tout de suite avec vous de nouveau, et je ne reviendrai pas avant qu'elle ne soit partie.

Il parut réfléchir d'un air d'étonnement :

— Jusqu'à ce que Mrs. Beale ?

Cette phrase donnait à tout cela une apparence de mauvaise plaisanterie.

— Je veux dire, jusqu'à ce que Mrs. Wix s'en aille, par le bateau.

— Est-ce qu'elle s'en va par ce bateau ? demanda presque stupidement Sir Claude.

— Je pense. Je ne lui dirai mêne pas au revoir, continua Maisie. Je resterai dehors jusqu'à ce que le bateau soit parti. J'irai sur le vieux rempart.

— Le vieux rempart ?

— J'irai m'asseoir sur le vieux banc d'où l'on voit la Vierge dorée.

— La Vierge dorée ? répéta-t-il vaguement. Puis, il la regarda de nouveau, comme s'il pouvait voir l'endroit et les objets dont elle avait parlé, et la voir, elle, assise là toute seule.

— Pendant que vous rompez avec Mrs. Beale.

Il eut un long soupir étouffé.

— Je dois la voir, d'abord.

— Ne pouvez-vous pas faire ce que je fais ? Sortir et attendre.

— Attendre ?

Et, une fois de plus, il eut l'air d'avoir complètement perdu le fil.

— Jusqu'à ce qu'elles soient parties toutes les deux, dit Maisie.

— Et qu'elles aient renoncé à nous ?

— Et qu'elles aient renoncé à nous.

Oh ! de quel air il se demanda pendant un instant si les choses pourraient se passer ainsi ! Mais son incertitude le fit seulement s'approcher de la porte, et, la main sur la poignée, rester immobile, comme aux écoutes. Maisie écoutait aussi, mais n'entendit rien. Tout ce qu'elle perçut enfin, ce fut la voix de Sir Claude, disant d'un ton méditatif et étouffé, de manière à n'être pas entendu dans le salon :

— Mrs. Beale ne s'en ira jamais.

Et, sur ce, il poussa la porte, et elle entra avec lui. Le salon était vide, mais au bruit de leur arrivée, la personne dont il venait de parler se montra sur le seuil de la chambre à coucher.

— Est-ce qu'elle s'en va ? demanda-t-il.

Mrs. Beale s'approcha, refermant la porte derrière elle.

— Je viens d'avoir avec elle une scène vraiment incroyable. Elle m'avait dit hier qu'elle resterait.

— Et mon arrivée a tout changé ?

— Oh ! nous avions même envisagé cette éventualité-là.

Mrs. Beale était toute rouge, cc qui ne lui seyait jamais très bien, et sa figure portait évidemment les traces de la scène à laquelle elle venait de faire allusion. D'ailleurs, elle n'avait pas dû avoir le dessous, et elle souriait et se frottait les mains, imitation soudaine de la patronne.

— Elle m'avait promis qu'elle resterait, même si vous reveniez.

— Alors, pourquoi a-t-elle changé d'avis ?

— Parce que c'est une bête féroce que cette femme. La raison qu'elle en donne est que vous êtes restés dehors trop longtemps.

Sir Claude eut un regard stupéfait :

— Quel rapport ?

— Vous êtes restés dehors des siècles, continua Mrs. Beale. Moi non plus, je ne parvenais pas à m'imaginer ce qui vous était arrivé. Tout la matinée, s'écria-t-elle, et l'heure du déjeuner est passée depuis longtemps.

Sir Claude paraissait s'en soucier fort peu.

— Est-ce que Mrs. Wix est descendue avec vous ? demanda-t-il seulement.

— Elle ? N'en croyez rien ! Elle n'a pas bougé de sa place.

Et Maisie crut voir la rougeur de Mrs. Beale s'accentuer.

— Elle est restée là à pleurnicher ; elle n'est même pas venue me voir, et, quand je l'ai fait demander, elle s'est refusée à venir. Elle a dit qu'elle n'avait besoin de rien, et je suis descendue toute seule. Mais quand je suis remontée, un peu réconfortée, heureusement — et Mrs. Beale eut un beau sourire belliqueux — elle était déjà en ordre de bataille !

— Et vous avez eu une grande dispute ?

— Nous avons eu une grande dispute, admit-elle, avec une franchise non moins grande. Et j'aimerais beaucoup savoir où vous étiez, pendant que vous me laissiez toute seule tenir tête à tout cela.

Elle attendait une réponse, mais Sir Claude se contenta de regarder Maisie, mouvement qui rendit Mrs. Beale plus agressive encore :

— Quelle sorte de sottises avez-vous bien pu faire ?

— Vous m'avez tout l'air de prendre la chose aussi mal que Mrs. Wix, répondit Sir Claude.

— Je la prends comme il me plaît, mais vous, vous ne répondez pas à ma question.

Il regarda de nouveau Maisie, comme si elle eût pu l'aider à faire cet effort, tandis que, souriant à sa belle-mère, elle offrait en guise de réponse :

— Oh ! nous avons été partout.

Mais Mrs. Beale ne répondit pas, ajoutant ainsi à la surprise que ressentait déjà quelque peu notre héroïne. Maisie n'avait encore reçu ni un mot, ni un regard de bienvenue, mais cette omission n'était peut-être pas plus remarquable que l'absence du moindre signe d'accueil à l'adresse de Sir Claude, dont Mrs. Beale s'était pourtant séparée à Londres deux jours plus tôt, et qu'elle retrouvait ici. Plus remarquable encore était l'aveu de cette promesse faite par Mrs. Wix, et dont l'élève de celle-ci n'avait pas encore eu connaissance. Sans faire attention à la présence de l'enfant, elle continua avec âpreté :

— Vous auriez sûrement pu vous douter qu'il se passerait quelque chose.

Sir Claude regarda sa montre :

— Je n'avais pas la moindre idée qu'il était si tard, ni que nous avions été dehors si longtemps. Nous n'avions pas faim. Le temps a passé comme un éclair. Qu'est-ce qui s'est produit ?

— Oh ! qu'elle est dégoûtée, dit Mrs. Beale.

— De qui donc ?

— De Maisie.

Même à ce moment elle ne regarda pas l'enfant, qui demeurait à la fois associée à eux et séparée d'eux.

— Parce qu'elle n'a pas de sens moral...

— Comment ferait-elle pour en avoir, bon Dieu ? Sir Claude essayait de nouveau de briller un peu aux yeux de sa petite compagne de promenade.

— En tout cas, comment sa promenade avec moi en est-elle la preuve ?

— Ne me le demandez pas, à moi, demandez-le à cette femme. Elle divague tout le temps qu'elle n'écume pas, déclara Mrs. Beale.

— Et elle abandonne l'enfant ?

— Elle abandonne l'enfant, fit Mrs. Beale avec une extrême emphase, et en ignorant plus que jamais la présence de Maisie.

Soudain, un brusque changement se produisit dans sa physionomie, produit, comme les autres s'en aperçurent bientôt, par la réapparition de Mrs. Wix sur le seuil de la porte que Maisie avait laissée entrouverte en entrant dans le salon à la suite de Sir Claude.

— Je n'abandonne pas l'enfant ! Je ne l'abandonne pas ! Jamais de la vie ! hurla-t-elle d'une voix de tonnerre, sur le pas de la porte, en s'avançant vers les trois opposants, mais en s'adressant directement à Maisie.

Mrs. Wix s'était ceint les reins — elle s'était positivement harnachée pour le voyage ; elle était vêtue à peu près comme elle l'avait été le jour de son arrivée, et armée d'un gros petit réticule rouillé qu'elle brandissait à l'appui de ses paroles, comme s'il était agi d'une hache de guerre. Il était clair qu'elle venait tout droit de sa chambre, où Maisie devina tout de suite qu'elle avait surveillé l'expédition de ses menus bagages.

— Je ne vous abandonne pas sans vous offrir une dernière chance. Voulez-vous venir avec moi ?

Maisie se tourna vers Sir Claude, qui lui parut se trouver subitement éloigné d'une bonne lieue. Elle ne regarda pas plus du côté de Mrs. Beale que Mrs. Beale n'avait regardé du sien : elle sentait déjà que l'hostilité entre elles deux était manifeste aux yeux de tous. Quelles vérités avaient pu se faire jour dans la dispute entre les deux femmes ? La vérité, en tout cas, se montra avec une suffisante netteté au moment où Maisie demanda à son beau-père :

— Viendrez-vous ? Ne voulez-vous pas venir ?

Elle posait la question comme si elle ne s'était pas déjà rendu compte qu'il lui faudrait renoncer à Sir Claude. C'était la dernière lueur de son rêve. Maintenant, elle n'avait plus peur de rien.

— J'aurais cru que vous étiez trop fière pour poser

une telle question ! interrompit Mrs. Wix. Mrs. Wix elle-même était visiblement trop fière.

Mais la question de l'enfant avait fait bondir Mrs. Beale :

— Me quitter, Maisie ?

C'était un gémissement de stupeur et de reproche, et sa belle-fille eut la surprise de constater ainsi qu'il n'y avait pas chez Mrs. Beale d'hostilité consciente envers elle, et que si cette dernière s'était montrée si altière, ce n'était pas qu'elle la soupçonnât, mais par suite de la situation délicate où la mettait sa pudeur.

Sir Claude tourna vers Mrs. Beale un visage empreint d'une vraie souffrance :

— Ne lui présentez pas la question de cette façon-là !

Et en effet, il y avait eu dans le ton de Mrs. Beale quelque chose qui rappela un instant à notre héroïne ces jours anciens où tant de ses grandes amies avaient été « compromises ».

Cette grande amie rougit ; elle se trouvait en face de Mrs. Wix, et, bien qu'elle se contînt à peine, elle obéit au conseil.

— En effet, ce n'est pas la manière !

Et, montrant qu'elle savait comment il fallait s'y prendre :

— Ne soyez pas plus sotte encore que d'habitude, ma chérie : allez tout droit dans votre chambre, et attendez que je vienne vous rejoindre !

Maisie ne fit pas mine d'obéir, et Mrs. Wix, d'un geste de sa main levée, prévint toute évasion :

— Ne bougez pas avant de m'avoir entendue. Je pars, mais il faut d'abord que je sache ce qui en est. Est-ce que vous l'auriez perdu de nouveau ?

Maisie parcourut du regard l'immensité de l'espace, à la recherche d'une perte qui pût se définir par des mots. Enfin, elle répondit bien gauchement :

— Il me semble que j'ai tout perdu.

Le visage de Mrs. Wix s'assombrit :

— Prétendez-vous vraiment l'avoir perdu, après toute la peine que nous nous sommes donnée ensemble pour le découvrir il y a deux jours ?

Et comme son élève ne parvenait pas à répondre, elle continua :

— Et prétendez-vous avoir déjà oublié ce que nous avons trouvé ensemble ?

Maisie se rappela vaguement :

— Mon sens moral ?

— Votre sens moral. N'est-ce pas moi, après tout, qui ai réussi à le faire naître ?

Elle s'exprimait comme elle ne l'avait jamais fait jusqu'ici, même dans la salle d'études, et avec un livre à la main.

Tout cela rappelait à l'enfant comment il lui était quelquefois impossible de répéter le vendredi la phrase qu'elle avait le mercredi si parfaitement sue par cœur, et elle sentait bien sa triste insuffisance en présence de ce passage difficile. Sir Claude et Mrs. Beale étaient là comme des spectateurs durant un examen. Pendant un instant, Maisie crut sentir le parfum de cette vague fleur que Mrs. Wix prétendait avoir cueillie, et lui jetait maintenant sous le nez d'un geste si péremptoire. Puis, ce parfum se dissipa, et, comme si elle glissait d'un escabeau, ses bras eurent un mouvement convulsif. Ce mouvement convulsif traduisait en elle un spasme plus profond que celui du sens moral. Elle regarda son examinatrice ; elle regarda les spectateurs ; elle sentit monter les larmes qu'elle avait su retenir à la gare. Ces larmes n'avaient rien à voir (non, assurément rien) avec son sens moral. Tout se réduirait au vieil, humiliant et médiocre aveu de la salle d'études.

— Je ne sais pas... Je ne sais pas...

— Alors, c'est que vous l'avez perdu.

Mrs. Wix parut refermer le livre, tout en tournant le regard fixe de ses lunettes sur Sir Claude :

— Vous l'avez flétri dans sa fleur. Vous l'avez tué au moment où il commençait à vivre.

C'était plus que jamais une Mrs. Wix nouvelle, une Mrs. Wix majestueuse et noble ; mais après tout Sir Claude n'allait pas consentir à être traité comme un petit garçon qui ne sait pas ses leçons.

— Je n'ai rien tué du tout, dit-il, au contraire : il me semble que j'ai produit de la vie. Je ne sais comment définir ce sentiment, ni même comment me conduire convenablement envers lui, mais ce n'en est pas moins la chose la plus belle que j'aie jamais rencontrée, la plus exquise, la plus sacrée.

Il tenait les mains dans les poches, et, bien qu'une trace des souffrances qu'il venait d'avouer s'attardât encore sur son visage, celui-ci s'inclinait avec une extraordinaire douceur vers les deux amies qu'il allait perdre.

— Savez-vous pourquoi je suis revenu ? demanda-t-il à la plus âgée des deux.

— Je crois bien ! s'écria Mrs. Wix, persistant de façon surprenante dans la dureté, et avec la chaleur du récent combat qui l'avait opposée à Mrs. Beale encore sur le visage. Cette dernière, comme éclaboussée par quelque vague soudaine, poussa une longue protestation inarticulée, et, se détournant, se tint un moment debout devant la fenêtre.

— Je suis venu ici pour faire une proposition, dit Sir Claude.

— A moi ? demanda Mrs. Wix.

— A Maisie. Qu'elle renonce à vous.

— Et elle accepte ?

Sir Claude hésita :

— Demandez-le-lui. Dites-le-lui, s'écria-t-il enfin à l'adresse de l'enfant, et, à son tour, il se détourna comme pour la laisser plus libre.

Mais Mrs. Wix et son élève demeuraient silencieusement confrontées, Maisie plus pâle, plus gauche, plus rigide, plus abasourdie que jamais. Elles se regardaient fixement, et comme aucune parole ne venait, Sir Claude se tourna de nouveau vers elles.

— Vous ne pouvez pas le lui dire ? Vous ne le pouvez pas ?

Elle se taisait toujours ; alors, s'adressant à Mrs. Wix, il s'écria sur un ton d'enthousiasme :

— Elle a refusé ! Elle a refusé !

Maisie, aussitôt retrouva sa voix :

— Je n'ai pas refusé. Je ne l'ai pas fait, répéta-t-elle.

Ces mots ramenèrent Mrs. Beale auprès de l'enfant.

— Vous avez accepté, ange que vous êtes, vous avez accepté !

Elle s'élança sur la fillette, et, avant que Maisie ait pu lui résister, s'était laissée tomber avec elle sur le canapé, l'étreignant, prenant possession d'elle :

— Vous avez déjà renoncé à elle, vous avez renoncé à elle pour toujours ! Vous êtes à nous deux, et rien qu'à nous deux maintenant, et le plus tôt qu'elle s'en ira sera le mieux !

Maisie avait fermé les yeux, mais un mot de Sir Claude les lui fit rouvrir.

— Laissez-la ! dit-il à Mrs. Beale.

— Jamais ! Jamais ! Jamais ! s'écria Mrs. Beale. Et Maisie se sentit serrée entre ses bras plus fort qu'auparavant.

— Laissez-la ! répéta plus violemment Sir Claude. Il regardait Mrs. Beale, et sa voix avait une expression toute particulière. A la façon dont les bras de Mrs. Beale desserraient leur étreinte, Maisie comprit que celle-ci s'était rendu compte de ce dont il était question ; elle se leva lentement du canapé, et l'enfant, une fois de plus, se trouva seule et séparée d'eux.

— Vous êtes libre ! Vous êtes libre ! continua Sir Claude, et à ce moment les épaules de Maisie reçurent une poussée pleine de rancune qui la plaça de nouveau au milieu de la chambre, le centre de tous les regards, et ne sachant trop de quel côté se tourner.

Elle se tourna avec effort vers Mrs. Wix.

— Je n'ai pas refusé de renoncer à vous. J'ai dit que je le ferais, si, lui, il voulait renoncer...

— Renoncer à Mrs. Beale ? s'écria précipitamment Mrs. Wix.

— Renoncer à Mrs. Beale ! Ne trouvez-vous pas cela exquis ? leur demanda à toutes Sir Claude, et même à la dame en question ; et il témoignait d'autant d'enthousiasme que si quelque merveilleux objet d'art ou quelque chef-d'œuvre de la nature se trouvait subitement placé au milieu d'eux. Son plaisir de connaisseur lui rendait rapidement des forces :

— Elle a posé cette condition, avec un tel sens du comme il faut ! C'était la seule condition à poser.

— La seule condition à poser ?

Mrs. Beale revint à la charge. Un instant plus tôt, elle s'était laissé humilier par lui, mais elle n'allait pas accepter ce nouveau camouflet, et à un semblable propos.

— Comment pouvez-vous dire de telles sottises et soutenir ses impertinences ? Et, au nom du Ciel, qu'avez-vous fait pour lui donner de pareilles idées ?

Elle se dressait dans sa juste colère, et ses yeux flamboyants erraient autour d'elle. Maisie en soutint courageusement le regard, sachant que cette fois le moment décisif était arrivé pour elle. Mais, en ce qui concernait sa belle-fille, Mrs. Beale se borna à une question formulée sur le ton le plus doux :

— Avez-vous vraiment, mon petit amour, posé une condition pareille ?

En somme, maintenant qu'il était arrivé, ce grand moment n'était pas si terrible. La certitude de savoir ce qu'elle voulait soutenait l'enfant. Toutes ces longues études lui avaient enfin enseigné ceci : et si elle attendit un instant avant de répondre, ce ne fut que pour faire preuve de gentillesse. Toute hésitation l'avait quittée, ou du moins la quittait rapidement. Elle répondit enfin :

— Est-ce que vous allez renoncer à lui ? Est-ce que vous allez renoncer à lui ?

— Ah ! Laissez-la tranquille ! Laissez-la tranquille ! murmura Sir Claude à Mrs. Beale en une soudaine supplication.

Mrs. Wix trouvait en même temps une nouvelle apostrophe :

— Ne vous suffit-il pas, madame, de l'avoir obligée à discuter vos rapports ?

Mrs. Beale ne prêta nulle attention à Sir Claude, mais Mrs. Wix avait le don de l'enflammer de colère :

— Nos rapports ? Qu'en savez-vous, hideuse créature que vous êtes, et de quel droit m'en parlez-vous, au nom du Ciel ? Sortez immédiatement, horrible vieille femme !

— Je crois que vous feriez bien, il ne faut vraiment pas manquer votre bateau, dit avec détresse Sir Claude à Mrs. Wix. Il était hors de jeu, maintenant, ou du moins il désirait l'être. Il connaissait le pire, et il l'avait accepté, et son seul souci était désormais de prévenir ou d'amortir les éclats vulgaires :

— Ne préférez-vous pas partir ? Partir tout de suite ?

— Avec l'enfant, aussi vite que vous le voulez. Pas sans elle. Mrs. Wix était de fer.

— Alors, pourquoi m'avez-vous menti, espèce de monstre ? Mrs. Beale hurlait presque. Pourquoi m'avoir dit, il y a une heure, que vous renonciez à elle ?

— Parce que j'en désespérais, parce que je croyais qu'elle m'avait abandonnée !

Mrs. Wix se tourna vers Maisie :

— Vous étiez *avec* eux, associée à eux ! Mais maintenant, vos yeux sont ouverts, et je vous prends !

— Non, vous n'en ferez rien !

Et Mrs. Beale, avec un bond sauvage, se saisit violemment de sa belle-fille. Elle la prit par le bras, et, parachevant ce geste instinctif, l'entraîna d'un nouvel élan vers la porte, que Sir Claude avait fermée dès l'instant où les deux femmes s'étaient mises à élever la voix. Adossée à cette porte, tout en injuriant Mrs. Wix, en la chassant à grands gestes de bras, elle continuait à barrer la sortie avec un illogisme passionné :

— Vous ne la prendrez pas, mais vous filerez vous-même ! Elle reste avec les siens, et elle est débarrassée de vous ! Je n'ai jamais rien entendu de si abominable !

Sir Claude était venu à l'aide de Maisie, et il gardait maintenant la fillette en face de lui, posant légèrement les mains sur les épaules de l'enfant, et faisant face à ses bruyantes adversaires. Mrs. Beale n'avait plus les joues rouges ; une sublime colère l'avait fait pâlir. Elle continuait à dénoncer et à congédier Mrs. Wix ; elle barrait la porte pour prévenir la fuite de Maisie ; elle semblait prête à chasser Mrs. Wix par la fenêtre ou par la cheminée.

— Vous en avez de bonnes, vous, discuter nos rapports, avec vos histoires de complicités et vos insultes. Au nom du Ciel, notre association est-elle faite d'autre chose que de tendresse pour cette enfant qui est le but et le devoir de notre vie, et qui continue à nous unir après nous avoir jadis rapprochés l'un de l'autre ?

— Je sais, je sais, s'écria Maisie dans un élan de bonne volonté. Je vous ai rapprochés l'un de l'autre !

Sir Claude laissa échapper le plus étrange des éclats de rire.

— Vous nous avez rapprochés l'un de l'autre ! On ne peut pas le nier !

Et doucement, il soulevait ses mains, puis les appuyait de nouveau sur les épaules de l'enfant.

Mrs. Wix dominait de si haut la situation qu'elle trouvait à chaque mot une âpre repartie :

— Vous voyez bien, fit-elle remarquer à Maisie, d'un air qui allait loin.

— Est-ce que vous avez renoncé à lui ?

Maisie persistait à interroger Mrs. Beale.

— A votre profit, affreuse petite horreur que vous êtes ? demanda Mrs. Beale avec indignation, et au profit de cette vieille diablesse à moitié folle qui vous a rempli la tête de ses idées infâmes ? N'étiez-vous vraiment qu'une horrible petite hypocrite pendant toutes ces années où je me suis donné tant de mal pour me faire aimer de vous ? Et où vous m'avez trompée en me faisant croire que j'y étais parvenue ?

— J'aime Sir Claude, je l'aime, *lui*, répliqua Maisie, un peu gênée toutefois d'offrir cette réponse en guise de légitime compensation.

Sir Claude continuait l'affectueuse pression de ses mains, et les paroles de Maisie ne répondaient au fond qu'à cela.

— Elle vous hait, elle vous hait ! fit-il observer à Mrs. Beale avec un calme bien étrange.

Ce calme ne fit que l'enflammer davantage :

— Et vous la soutenez ? Vous m'abandonnez à ses insultes ?

— Non, j'insiste seulement sur le fait qu'elle est libre, complètement libre.

Mrs. Beale le regarda d'un œil fixe et égaré :

— Libre de mourir de faim avec cette pauvresse à peu près folle ?

— Je ferai pour elle plus que vous n'avez jamais fait, rétorqua Mrs. Wix. Je m'userai les doigts à travailler.

Maisie, les mains de Sir Claude toujours posées sur ses épaules, sentit dans leur pression l'aveu d'une sorte de discret renoncement, et comprit que par-dessus sa tête à elle, il regardait Mrs. Wix d'une certaine manière :

— C'est inutile, l'entendit-elle dire. Elle a de quoi vivre.

— De quoi vivre ? Maisie ? Mrs. Wix glapissait. De quoi vivre, quand son ignoble père a tout volé ?

— Je lui ferai rendre l'argent, soyez-en sûre. Je m'occuperai de cette affaire.

Il sourit et fit signe à Mrs. Wix.

Ces mots eurent le pire effet sur son autre amie :

— Est-ce que je ne m'en suis pas occupée, moi, et est-ce que je ne me suis pas aperçue que j'étais au bord d'un gouffre ? C'est vraiment incroyable, votre cruauté envers moi ! s'écria-t-elle sauvagement. Ses yeux étaient pleins de brûlantes larmes.

Il lui parlait très doucement, la cajolait presque :

— Nous nous en occuperons de nouveau, nous nous en occuperons de nouveau ensemble. C'est un gouffre, mais on peut le contraindre, lui, on peut contraindre Ida... Pensez à l'argent qu'ils amassent maintenant ! dit-il en riant. Tout est pour le mieux, tout est pour le mieux, continua-t-il. Ça n'aurait pas marché, non, pas du tout ! Nous ne pouvions pas l'associer à nous. C'est on ne peut plus vrai : elle est unique ! Nous ne sommes pas assez bien pour elle, oh non ! Et il rit de nouveau avec exubérance.

— Pas assez bien, et cette folle le serait ? hurla Mrs. Beale.

Ensuite, pendant un instant, le silence se fit dans la pièce, et, au milieu de ce silence, Sir Claude répondit à cette question en s'approchant de Mrs. Wix avec Maisie. Bientôt, l'enfant s'aperçut qu'elle était au côté de la vieille dame, et que celle-ci lui tenait fermement le bras. Mrs. Beale barrait toujours le seuil.

— Laissez-les passer, dit enfin Sir Claude.

Pourtant, elle ne bougeait pas. Maisie vit qu'ils se regardaient fixement l'un l'autre. Puis, elle vit Mrs. Beale se tourner vers elle.

— Je suis votre mère, maintenant, Maisie ! Et c'est lui, votre père !

— C'est bien là le hic ! soupira Mrs. Wix avec un air de détachement philosophique et moqueur.

Mrs. Beale continuait à parler à sa jeune amie, et son effort pour se montrer raisonnable et tendre était somme toute remarquable :

— Nous représentons, comme vous le savez, Mr. Farange et sa première femme. Cette personne n'a aucun droit, sauf ceux que lui prêtent son ignorance et sa présomption. Nous avons la loi de notre côté.

— Oh ! la loi, la loi ! dit Mrs. Wix avec un dédain superbe. Laissez seulement la loi jeter un coup d'œil dans vos affaires !

— Laissez-les passer ! Laissez-les passer !

Sir Claude insistait, suppliant presque son amie.

Mais Mrs. Beale continuait à s'accrocher à Maisie :

— Vous me haïssez vraiment, chérie ?

Maisie fixa sur elle un regard tout neuf, mais lui répondit comme elle l'avait déjà fait :

— Est-ce que vous renoncez à lui ?

La réponse de Mrs. Beale mit du temps à venir, mais elle fut des plus dignes :

— Vous n'avez pas le droit de me parler de pareilles choses !

Elle était choquée, scandalisée jusqu'aux larmes.

Pour Mrs. Wix au contraire, c'était précisément ce point de vue qui était choquant :

— Vous devriez avoir honte ! fit-elle carrément.

Sir Claude tenta un suprême appel :

— Aurez-vous l'obligeance de cesser de pareilles horreurs ?

Mrs. Beale tourna les yeux vers lui, et, de nouveau, Maisie les regarda attentivement l'un et l'autre :

— Rendez-lui cette justice, continua Mrs. Wix en s'adressant à Mrs. Beale. Nous lui avons toujours été dévouées, Maisie et moi, et il nous a prouvé combien il nous aimait. Il voudrait faire plaisir à Maisie ; je crois même qu'il voudrait me faire plaisir. Mais il n'a pas renoncé à vous.

Ils demeuraient confrontés, les beaux-parents, sous le regard observateur de Maisie. Ce regard n'avait jamais été plus perçant qu'en ce moment-là.

— En effet, ma chère, je n'ai pas renoncé à vous, dit enfin Sir Claude à Mrs. Beale, et si vous le voulez, je puis prendre solennellement à témoin nos deux amies ici présentes, et leur déclarer que je ne ferai jamais rien de tel. Et voilà ! s'écria-t-il sur un ton de défi.

— Il ne le peut pas ! Ce fut là le tragique commentaire de Mrs. Wix.

Mrs. Beale, droite et ferme dans sa défaite, tournait de-ci de-là son beau visage :

— Il ne le peut pas ! répéta-t-elle d'un ton moqueur.

— Il ne le peut pas ! Il ne le peut pas !

Sir Claude appuyait gaiement sur ce mot avec une charmante insistance.

Rien de tout cela n'était perdu pour Mrs. Beale, mais elle continuait à défendre le seuil, et Maisie demanda à Mrs. Wix :

— Est-ce que nous allons manquer le bateau ?

— Oui, nous allons manquer le bateau, dit Mrs. Wix à Sir Claude.

Cependant, Mrs. Beale regardait Maisie bien en face :

— Je ne sais que penser de vous, s'écria-t-elle.

— Au revoir ! dit Maisie à Sir Claude.

— Au revoir, Maisie, répondit Sir Claude.

Mrs. Beale s'éloigna de la porte :

— Au revoir ! jeta-t-elle à Maisie, et, traversant la pièce, elle disparut dans la chambre voisine.

Sir Claude s'était approché de la porte et l'avait ouverte. Mrs. Wix était déjà sortie. Sur le seuil, Maisie s'arrêta ; elle tendit la main à son beau-père. Il la prit et la retint un moment dans la sienne, et leurs yeux se rencontrèrent, avec le regard de gens qui ont fait tout leur possible l'un pour l'autre.

— Au revoir, répéta-t-il.

— Au revoir !

Et Maisie suivit Mrs. Wix.

Elles arrivèrent juste à temps pour le bateau, qui à cette minute levait l'ancre, et, bousculées le long de la passerelle, parvinrent enfin sur le pont hors d'haleine, et si bouleversées qu'il leur fallut bien la moitié du voyage pour se calmer. La sérénité ne reprit possession d'elles que de façon lente, imparfaite, mais enfin, au beau milieu de la Manche, environnée par la mer tranquille, Mrs. Wix eut le courage de reparler de tout cela.

— Je ne me suis pas retournée. Et vous ?

— Moi bien. Mais il n'était pas là, dit Maisie.

— Pas sur le balcon ?

Maisie attendit un instant. Puis :

— Il n'était pas là, répéta-t-elle simplement.

Mrs. Wix aussi resta un moment silencieuse.

— Il est allé la rejoindre, observa-t-elle enfin.

— Oh ! je sais, répliqua l'enfant.

Mrs. Wix lui jeta un regard de côté. Ce que savait Maisie n'avait pas fini de l'étonner.

*Cet ouvrage a été réalisé par la*
*SOCIÉTÉ NOUVELLE FIRMIN-DIDOT*
*Mesnil-sur-l'Estrée*
*pour le compte des Éditions 10/18*
*en mars 2004*

*Imprimé en France*
Dépôt légal : 4e trimestre 1980
N° d'édition : 1237 – N° d'impression : 67275
Nouvelle édition : mars 2004